KNAUR

Über die Autorin:
Emily Gillmor, 1990 in Dublin geboren, hat am University College Dublin Englisch und Geschichte studiert. Sie ist mehrfach ausgezeichnete Springreiterin und hat ihre Erfahrungen in ihren Roman *Mit Dir steht die Welt still* einfließen lassen. Mit ihren Eltern und ihren beiden großen Schwestern wohnt sie in Enniskerry, County Wicklow.

EMILY GILLMOR

Mit Dir steht die Welt still

ROMAN

Aus dem Englischen
von Kerstin Winter

KNAUR

Die englische Originalausgabe erschien 2014 unter dem Titel
»One Chance« bei Transworld, Ireland,
a division of Transworld Publishers.

Besuchen Sie uns im Internet:
www.knaur.de

FSC
www.fsc.org
MIX
Papier aus verantwortungsvollen Quellen
FSC® C083411

Deutsche Erstausgabe November 2015
Knaur Taschenbuch

Redaktion: Julia von Natzmer
Covergestaltung: ZERO Werbeagentur, München
Coverabbildung: FinePic®, München
Satz: Adobe InDesign im Verlag
Druck und Bindung: CPI books GmbH, Leck
ISBN 978-3-426-51233-3

2 4 5 3 1

Für alle, die den Kick, den Kitzel
und die Katastrophen kennen.
Für alle, die diesen Sport lieben und leben.
Für die Sieger und die Wagemutigen.
Ihr Reiterinnen und Reiter – das ist für Euch.

1. Kapitel

MATTHEW

Für manche Menschen ist es eine Sucht, für andere ein Adrenalinrausch – das Gefühl von Panik, das sich in dir breitmacht, wenn du dich dem ersten Hindernis näherst. Konzentration pur: Jede Bewegung, jede Entscheidung, alles zählt. Eigentlich ist es so simpel: Du musst einfach nur springen! Aber es steckt so viel mehr darin – Tempo, Schrittlänge, Rhythmus, Höhe, Weite und am wichtigsten: Glück. Einmal läuft alles gut, tausendmal geht es schief. Warum ich es dennoch mache? Weil es sie gibt, diese Augenblicke, in denen alles stimmt, in denen die Wendungen scharf genug sind, die Galoppsprünge exakt passen und du gewinnst. Hast du einen solchen Moment einmal erlebt – und sei es wirklich nur ein einziges Mal! –, dann versuchst du dein ganzes Leben lang, es wieder zu schaffen.

Blaue Flecken, Abwürfe, Stürze, Tritte … wenn man ernsthaft darüber nachdenkt, ist es Irrsinn. In diesem Sport wimmelt es von Betrügern und Egomanen, die über Leichen gehen, um ihr Ziel zu erreichen. Geld? Geld existiert beim Springreiten nicht. Du schuftest dein Leben lang, um dir diesen Wahnsinn leisten zu können, und stehst am Ende mit leeren Händen da. Unschuld bringt dich nur in Schwierigkeiten, doch genau das war ich – unschuldig. Und außerdem dumm genug zu glauben, ich wüsste, auf was ich mich einlasse. Monatelang ließ ich mich herumschubsen, ohne dass viel dabei herumkam. Warum ich dennoch weitermachte? Stolz? Sturheit? Angst? Vielleicht von allem ein wenig, aber es steckte noch mehr dahinter. Ich hatte mich niemals in meinem Leben besser gefühlt als auf einem Pferderücken. Denn dieses Gefühl war für mich stark und beängstigend zugleich und mit nichts zu vergleichen.

Bis ich sie traf.

»Vergiss es, Matt! Auf gar keinen Fall gehst du von der Schule ab. Du bist erst siebzehn, Herrgott noch mal!«

Ich habe zwar damit gerechnet, dass er wütend wird und es mir zu verbieten versucht, aber auf eine solche Explosion war ich dann doch nicht vorbereitet. Ich streite nie mit meinem Dad; seine Statur und seine Ausstrahlung schüchtern mich ein. Seit ich denken kann, gab es nie einen einzigen Zweifel darüber, wer in diesem Haus das Sagen hat. Mein Dad ist ein guter Mensch, aber niemand, nicht einmal meine Mum, würde sich ihm jemals entgegenstellen – bis zu diesem Augenblick. Eigentlich würde ich furchtbar gern einen Rückzieher machen, den Mund halten und brav tun, was mein Dad von mir verlangt, wie ich es bisher immer gemacht habe, aber diesmal kann ich das nicht. Ich kann das nicht vergessen, ich kann nicht einfach wieder zur Schule gehen und für eine Zukunft lernen, die mich ohnehin nicht interessiert. Ich will von zu Hause weggehen und Springreiter werden. Ich habe noch nie etwas mehr gewollt, und ich werde dafür kämpfen, mit aller Kraft.

»Dad?«, sage ich flehend, aber seine Miene ist unnachgiebig, kühl. Ich sehe meine Mum hilfesuchend an, aber sie senkt den Kopf, um meinem Blick auszuweichen. Auch sie will nicht, dass ich gehe, aber selbst wenn – sie würde es nicht wagen, sich meinem Dad zu widersetzen.

»Siehst du denn nicht, dass das vollkommen verrückt ist?«, fragt er langsam, als ob ich dumm sei. »Willst du für den Rest deines Lebens Ställe ausmisten? Denn so wird es sein, das muss dir doch klar sein.«

»Das stimmt nicht!«, erwidere ich, doch ich weiß selbst, dass man mir meine Zweifel anhört. Ich habe furchtbare Angst zu gehen. Angst, dass ich es nicht schaffe. Dad lässt sein Gesicht in seine Hände sinken.

»Dann erklär mir doch bitte noch einmal, was du genau machen wirst«, murmelt er. Das habe ich bereits, aber anscheinend will er mich nicht verstehen.

»Shane Walker, der Profispringreiter, hat mir eine Stelle als Pferdepfleger und Bereiter angeboten. Ich würde bei ihm auf dem Hof wohnen und Vollzeit arbeiten.« Ich versuche, nicht allzu genervt zu klingen, aber es frustriert mich, dass ich es wiederholen muss. »Und was genau machst du als sein *Bereiter?*« Sein Sarkasmus kränkt mich mehr, als ich erwartet hätte.

»Na ja, anfangen würde ich natürlich als Stallarbeiter. Shane sagt, ich könne dann vielleicht nach einer Weile mit seinen jüngeren Pferden trainieren …«

Dad schnaubt, bevor ich den Satz noch zu Ende gesprochen habe. »Und du willst bei ihm auf dem Hof wohnen?«

»Ja. Mit den anderen Pferdepflegern.« Ich bin noch nie von zu Hause weg gewesen, aber ich finde, es ist nun an der Zeit, dass ich lerne, allein zurechtzukommen.

»Du willst also die Schule für eine Arbeit schmeißen, von der du denkst, sie könnte dir *vielleicht* gefallen?«

Ich spüre, wie sich Zorn in mir aufbaut. Er denkt gar nicht daran, mich ernst zu nehmen. Ich weiß, ich bin erst siebzehn. Ich weiß, dass das Risiko groß ist, aber ich *will* diesen Job. Das ist es, was ich machen will. Und ich habe nie etwas anderes gewollt, seit ich vor sechs Jahren auf meinem ersten Pony gesessen habe.

Dass ich eines Tages in der Welt des Reitsports landen würde, hätte ich niemals gedacht. Denn als Kind hielt ich nicht viel von Pferden. Reiten war in meinen Augen nur etwas für kleine

Mädchen; kein Junge mit ein bisschen Selbstachtung würde sich jemals freiwillig auf einen Gaul setzen. Ich wuchs auf einer Farm in Wicklow auf, konnte also von klein auf mit Tieren umgehen. Wir hatten hauptsächlich Kühe und Schafe, aber ich half meinem Dad gerne bei seiner Arbeit. Meine erste Erfahrung mit dem Springreiten machte ich erst mit elf. Mein Dad und ich waren zu einer Landwirtschaftsausstellung gegangen, wo wir hofften, ein paar von unseren Rindern zu einem anständigen Preis verkaufen zu können.

In diesem Jahr herrschte eine besondere Atmosphäre. Wir gingen zwar schon seit Jahren auf diese Messe, aber bisher hatte ich dort noch nie so viel Publikum erlebt. Es war ein sonniger Tag, was immer viele Leute anzog, aber nicht derartige Mengen.

»Dad, was ist denn los? Wo kommen die ganzen Leute her?« Er band gerade die Kühe an, die später von den Organisatoren untersucht und bewertet werden würden. Je mehr Punkte sie bekamen, desto mehr waren sie wert.

»Heute darf hier zum ersten Mal ein Turnier abgehalten werden.«

»Was für ein Turnier denn?« Was war so toll, dass es eine solche Menschenmenge anzog?

»Ein Springturnier«, antwortete er und zog den letzten Strick fest. Unser Vieh war sehr sanftmütig; es brauchte nicht viel, um es anzubinden.

»So viel Aufruhr wegen eines Springturniers?« Das erstaunte mich enorm; in meinen Augen war Reiten allgemein furchtbar öde. Bei einem Galopp- oder Querfeldeinrennen hätte ich es ja noch verstehen können, das war prickelnd, das war riskant. Aber Springreiten? Soweit ich das beurteilen konnte, saßen die Reiter dabei einfach nur im Sattel und versuchten, gut auszusehen.

»Das sind echte Könner, Matt«, sagte mein Dad lächelnd. »Wir sehen es uns nachher an. Glaub mir, es ist weitaus spannender, als man meinen könnte.«

Aber ich hatte meine Zweifel.

Dad verkaufte an jenem Tag vier der fünf Kühe, die wir mitgebracht hatten. Auch für die fünfte bekam er ein Angebot, glaubte aber, dass der Interessent mehr zahlen würde, wenn er ihn etwas hinhielt. Das war mit Abstand Dads bestes Jahr gewesen. Das Springturnier und die Menschenmenge schienen die Leute dazu zu animieren, tiefer in ihre Taschen zu greifen.

»Die Kuh ist noch jung. Selbst wenn der Bursche nicht noch einmal zurückkommt, kann ich sie nächstes Jahr noch gut verkaufen.« Ich nickte zustimmend, als er sie in den leeren Hänger lud.

»Deine Mutter und deine Schwester werden begeistert sein, Matt. Wir haben heute einen hübschen Gewinn eingestrichen.«

In diesem Augenblick ertönte eine Stimme aus den Lautsprechern, die überall auf dem Gelände angebracht worden waren.

»Durchsage an alle Reiter: Das Turnier beginnt in zehn Minuten!«

»Ah, perfektes Timing«, jauchzte mein Dad begeistert und klatschte in die Hände. »Komm, gehen wir rüber. Ich glaube, es soll dort hinten auf dem Feld stattfinden.«

»Aber es geht doch erst in zehn Minuten los«, stöhnte ich. Mir knurrte der Magen, und bei dem Gedanken an Mums Eintopf wollte ich nur noch nach Hause.

»Dann sehen wir uns einfach das Warmspringen an. Es sind einige großartige Pferde dabei.«

Schlecht gelaunt und hungrig trottete ich ihm nach.

Die hintere Wiese war größer als die, auf der wir gewesen waren. Sie wurde normalerweise als Parkplatz genutzt, doch nun hatte man mit weißen Pfosten und Stangen zwei Bereiche abgeteilt. In dem zu meiner Linken befanden sich gut zwanzig Hindernisse, deren Stangen und Fangständer leuchtend bunt gestrichen waren. Die meisten Stangen lagen in den obersten Haltern, und ich ging davon aus, dass man sie vor Beginn des Wettbewerbs absenken würde. Zu meiner Rechten war ein kleineres Rund abgetrennt, in dessen Mitte nur zwei Hindernisse standen. Mindestens ein Dutzend Pferde galoppierten im Kreis.

Um beide Plätze hatten sich eine Menge Leute versammelt. Dad und ich schlenderten zu dem Platz zur Rechten, wo sich Pferde und Reiter gerade aufwärmten. Pferde wie diese hatte ich noch nie gesehen. Zum einen waren sie viel größer als die Ponys, die die Mädchen aus meiner Klasse ritten, zum anderen waren sie extrem gut gepflegt. Ihr Fell glänzte in der Sonne, Schweif und Fesselbehang waren sauber getrimmt, die Mähne war in so kleine Zöpfchen geflochten, dass ich nur staunen konnte. Die Pferde bewegten sich in einem lockeren, federnden Galopp, die Hälse waren anmutig gebogen, die Nüstern zur Brust gezogen, und Schaum sammelte sich um ihre Mäuler.

»Dad? Was machen die Leute in der Mitte da?«

»Das sind die Pferdepfleger. Sie helfen den Reitern, sich aufzuwärmen.«

»Wieso? Was müssen sie denn machen?«

»Siehst du die zwei Hindernisse in der Mitte? Nun, damit müssen sie zum Üben auskommen, die Pfleger bauen die Hindernisse so hoch, wie die Reiter sie brauchen. Außerdem helfen sie dabei, Sattel und Zaumzeug richtig einzustellen, und bringen dem Reiter, was immer er braucht.«

»Beraten sie die Reiter auch?«, wollte ich wissen und sah dabei zu, wie ein Oxer aufgebaut wurde, der mir unfassbar hoch vorkam.

»Das bezweifle ich. Normalerweise sind die Pferdepfleger den Reitern unterstellt. Du erklärst deinem Chef ja auch nicht, was er zu tun hat.«

»Aber wieso will dann jemand überhaupt als Pfleger arbeiten?«

»Wenn du etwas wirklich liebst, dann tust du alles, um ein Teil davon sein zu können«, antwortete er.

Damals verstand ich nicht, was mein Dad meinte. Für mich sah es so aus, als wäre ein Pferdepfleger nichts anderes als ein Handlanger.

Dennoch war das für mich ein Wendepunkt. Ich erinnere mich noch gut an ein großes graues Pferd, das gemächlich auf den riesigen Oxer, den der Helfer gerade aufgebaut hatte, zugaloppierte. Es lief das Hindernis im selben Tempo an, in dem sich auch die anderen Tiere im Rund bewegten, und ich war sicher, dass es in diesem langsamen Galopp nie und nimmer über die Stangen setzen konnte, zumal es den Kopf gesenkt hielt. Wie sollte das arme Tier das gewaltige Hindernis erkennen können? Es war nur noch wenige Schritte entfernt. Warum hielt es nicht an? Das Hindernis war definitiv viel zu hoch.

Ich wappnete mich innerlich gegen den Zusammenstoß, der zweifellos kommen musste. Wahrscheinlich hätte ich wegsehen sollen, aber ich konnte nicht. Doch es kam zu keinem Unfall, und der Reiter zerrte das Tier auch nicht in letzter Sekunde zurück. Stattdessen hob das Pferd auf dem letzten Sprung den Kopf und flog mühelos über die Stangen hinweg. Es landete sauber auf der anderen Seite und galoppierte gelassen davon.

»Dad! Oh Mann, Dad, hast du das gesehen?« Ich zerrte aufgeregt an seinem Ärmel und hoffte inständig, dass er das nicht verpasst hatte. »Das war ja Wahnsinn!«

»Hab dir doch gesagt, dass es ziemlich spannend ist.«

Und nun konnte ich meinen Blick nicht mehr von den Pferden abwenden. Eins nach dem anderen näherte sich den gigantischen Hindernissen und setzte mit Leichtigkeit hinüber.

Dann war das Warmspringen vorbei. »Komm mit, Matt«, sagte mein Dad. »Jetzt geht's los.«

Die zehn Minuten waren wie im Flug vergangen, und weil ich so sehr auf die Pferde konzentriert war, hatte ich gar nicht bemerkt, dass die Menschenmenge sich mittlerweile zum anderen Platz verlagert hatte. Dad und ich folgten. Ich zwängte mich in eine Lücke zwischen zwei älteren Herren, die nicht allzu glücklich darüber waren. Dad war groß; er konnte auch von hinten genug sehen. Das graue Pferd, das ich eben gesehen hatte, galoppierte in den Ring.

»Unser erster Teilnehmer ist Michael O'Doherty auf der zehnjährigen irischen Stute Rosa. Michael ist mit seinen fünfzehn Jahren heute unser jüngster Teilnehmer.« Bisher hatte ich nur auf das Pferd geachtet, aber nun, da ich den Reiter ansah, stellte ich überrascht fest, dass es sich tatsächlich um einen Jungen handelte.

Michael ritt das erste Hindernis in ebenso gemächlichem Galopp an wie zuvor beim Aufwärmen und überwand es locker. Zweites Hindernis – geschafft. Drittes, viertes, fünftes, sechstes, siebtes, achtes, neuntes, zehntes, elftes, zwölftes, dreizehntes – alle bewältigt. Oxer, Steilsprung, Doppelrick, Triplebarre – geschafft. Nichts schien Pferd und Reiter aus der Ruhe bringen zu können. Der Reiter durchritt die Wendung zum letzten Hindernis, eine rote Mauer, die höher war als alle Hürden zuvor, und galoppierte sie in einer Linie an, die mir perfekt vorkam. Mochte er auch wie ein Junge aussehen, die Konzentration und

Entschlossenheit in seiner Miene ließen ihn viel reifer wirken. Er näherte sich bis auf den letzten Galoppsprung, und für einen Sekundenbruchteil schien das Tier zu zögern. Doch dann hob es ab, überwand die Mauer, und der Kommentator verkündete über die Lautsprecher einen fehlerfreien Ritt. Michaels Miene entspannte sich, als er die Zügel locker ließ und dem Tier den Hals klopfte.

»Hat Glück gehabt, der Junge, da beim letzten Hindernis«, bemerkte einer der beiden älteren Männer neben mir.

»Absolut. Das Pferd hätte die Mauer fast verweigert«, antwortete der andere. Fasziniert schaute ich den nächsten Reitern zu. Ich konnte kaum glauben, wie wichtig jede kleine Bewegung zu sein schien und wie nah Sieg oder Niederlage beieinanderlagen. Und dann die Pferde … an den Pferden konnte ich mich einfach nicht sattsehen.

In den kommenden Wochen sprach ich von nichts anderem als dem Springreiten, und meine Familie konnte es bald nicht mehr hören. Ich recherchierte im Internet, in Büchereien, in Tageszeitungen. Ich fing an, mich für internationale Turniere und Meisterschaften zu interessieren, und las alles, was ich über die Spitzenreiter dieser Welt, ihre Pferde und ihre Erfolge finden konnte. In der Schule erzählte ich nichts von meiner neuen Leidenschaft. Ich hatte Angst, dass meine Freunde sich über mich lustig machen würden, wenn sie erführen, dass ich plötzlich auf Pferde stand, aber zu Hause hatte ich kein anderes Thema mehr. Mein zwölfter Geburtstag näherte sich, und ich bettelte und flehte um ein eigenes Pferd.

»Das ist eine riesige Verantwortung, Matt«, wandte meine Mum ein. »Und am Ende sind wahrscheinlich dein Vater und ich diejenigen, die sich um das Tier kümmern müssen, aber dazu haben wir beide keine Zeit.«

»Mum, ich schwör's dir. Ich schwöre, ich mache *alles*. Dad und du werdet gar keine Arbeit haben.«

»Aber du musst doch auch in die Schule.«

»Ich nehme mir die Zeit, ganz bestimmt.«

»Ich weiß nicht«, sagte sie zögernd. Doch zum Glück sah mein Dad das Ganze positiver. Und dann war mein zwölfter Geburtstag da … »Matt, wach auf! Komm raus.« Das Geschrei meiner kleinen Schwester riss mich aus dem Schlaf. »Komm raus, das musst du sehen.«

Vor uns stand ein kleines braunes, zotteliges Pony. Es konnte nicht größer als einen Meter dreißig sein, und Mähne und Schweif sahen aus, als könnte man sie nie und nimmer bändigen. Aber das machte nichts. Ich hatte bekommen, was ich mir seit Monaten so innig gewünscht hatte. Meine Eltern hatten das Pony auf dem Pferdemarkt gekauft; es war erst vier Jahre alt und bisher kaum geritten worden. Mum besaß aus ihrer Jugend noch Sattel und Trense, die sie mir schenkte. Das Leder war hart und musste dringend gefettet werden – in den nächsten Wochen hatte ich ständig schwarze Finger davon.

Am nächsten Tag versuchte ich zum ersten Mal aufzusteigen. Meine Schwester hatte das Pony Bowie getauft. Bisher war ich nur in Reitschulen unter Aufsicht und mit Anweisungen geritten, und ich hatte keine Ahnung, was ich tun musste. Mum zeigte mir, wie man das Pony sattelte und auftrenste, dann half sie mir hinauf.

»Sitz ruhig und versuch, dein Gleichgewicht zu finden.«

Ich tat, was sie mir sagte, und passte die Steigbügel an, bis sie sich richtig anfühlten. »Jetzt drück deine Schenkel sanft in die Seiten.« Mum war die Einzige aus unserer Familie mit Reiterfahrung, und sie wollte, dass ich zuerst die Grundlagen lernte. Am liebsten hätte ich es jetzt auf eigene Faust ausprobiert, aber ich diskutierte lieber nicht mit ihr, sondern befolgte ihre Anweisungen.

Doch Bowie reagierte nicht – er regte sich nicht einmal! Er zuckte nur kurz mit einem Ohr, als wäre ich ihm lästig.

»Versuch's noch mal«, sagte Mum.

Dieses Mal drückte ich meine Beine so fest ich konnte zusammen. Bowie machte ein paar Schritte, blieb aber wieder stehen, sobald ich nachließ.

»Du musst den Schenkeldruck aufrechterhalten. Deine Beine sind zu locker.«

Ich versuchte es erneut und umklammerte ihn mit aller Kraft. Bowie begann gemächlich zu traben, und ich hopste ungeschickt im Sattel auf und ab.

»Heb dich mit ihm aus dem Sattel«, rief Mum, aber ich hatte keine Ahnung, was sie meinte. Ich wurde weiterhin wie ein nasser Sack durchgerüttelt, ohne dass ich mein Gleichgewicht finden konnte.

Dann, plötzlich, kam Bowie zum Stehen. Er hatte eine Kuh auf dem Nachbarfeld gesehen und schnaubte vor Angst. Ich rutschte fast aus dem Sattel und brauchte einen Moment, bis ich wieder richtig saß

»Treib ihn weiter an.«

Wieder drückte ich die Schenkel in seine Flanken, aber es nützte nichts. Bowie hatte offensichtlich keine Lust.

»Tritt ihn doch mal!«, rief meine Schwester. Sie saß auf dem Zaun und schaute meiner Demütigung neugierig zu.

Ich stieß meine Fersen in den Ponybauch, aber Bowie regte sich noch immer nicht.

»Versuch's noch mal.«

»Das tu ich doch!«, brüllte ich meiner Mum frustriert zu. Ich ließ die Beine locker, holte aus und rammte meine Fersen so fest ich konnte in Bowies Seiten. Bowie flitzte im vollen Galopp davon. Mein Oberkörper bog sich zurück, und meine Beine schlugen haltlos hin und her. Ich versuchte, ihn anzuhalten, verlor dabei aber die Zügel und konnte sie nicht wieder aufnehmen. Mum brüllte etwas, aber ich verstand sie nicht. Bowie stürmte auf das Eisentor zu. Angst packte mich. Er wird doch nicht hinüberspringen wollen?, durchfuhr es mich panisch.

Wir waren nur noch einen Galoppsprung entfernt, und ich lehnte mich zurück, um mich gegen den Aufprall zu wappnen. Doch als Bowie das Tor erreicht hatte, blieb er abrupt stehen. Ich wurde mit einem Ruck aus dem Sattel geschleudert, ging zu Boden, überschlug mich und landete hart auf dem Hintern. Das Gras fühlte sich an wie Beton.

Bowie senkte den Kopf, trottete ein paar Schritte vom Zaun weg und begann zu grasen, als wäre nichts geschehen. Ich rappelte mich auf und hörte meine Schwester lachen, als ich mir mein schmerzendes Hinterteil rieb.

Mum musterte mich mitfühlend. Sie hatte Bowie eingefangen und hielt ihn für mich fest.

»Alles okay mit dir?«, fragte sie sanft. Doch ich sah ihr genau an, dass auch sie sich das Lachen verkneifen musste.

»Ja, ja, klar«, brummelte ich und ignorierte meine kichernde Schwester.

»Sollen wir es noch mal versuchen?«, fragte sie und deutete auf Bowie. Ich hätte schwören können, dass das Pony selbstzufrieden aussah.

»Ja«, murmelte ich. »Versuchen wir es noch mal.«

Rückblickend war Bowie das Beste, was einem Anfänger wie mir hatte passieren können. Er war frech und gerissen und warf mich bei jeder Gelegenheit ab. Ständig ging er über die Felder mit mir durch, und vor Hindernissen blieb er regelmäßig wie angewurzelt stehen. Er war allgemein ein Alptraum.

Es dauerte Monate, bis ich es schaffte, ihn ohne die Hilfe meiner Mum zu satteln und zu trensen. Ihn von der Weide zu holen war ebenfalls schwierig; manchmal war es bereits stockfinster, bis er sich endlich bequemte, in den Stall zu kommen. Es dauerte eine halbe Ewigkeit, bis wir kapiert hatten, dass er es war, der nachts die Kuhställe öffnete und die Tiere freiließ. Meine Eltern hatten mich in Verdacht, die Tore nicht richtig geschlossen zu haben, und erst als Dad mit eigenen Augen sah, wie Bowie die Riegel öffnete, wurde uns klar, dass er der wahre Täter war. Anschließend befestigten wir gleich drei neue Riegel an seiner Box, und das hinderte ihn endlich daran, sich auf eigene Faust umzusehen.

Doch trotz aller Schwächen war Bowie auch ein großartiges Pony. Ja, er war wilder und frecher, als das Durchschnittspony für erste Reiterfahrungen sein sollte, aber auch zäher und wagemutiger. Meine Wochenenden waren plötzlich voll mit Springwettbewerben, zu denen Mum uns fuhr. An manchen Tagen war Bowie der Star der Veranstaltung, der mit Abstand jedes Turnier gewann, an anderen Tagen warf er mich schon vor dem ersten Hindernis ab. So war er eben.

Nach drei Jahren voller Erfolge und Misserfolge waren meine Beine so lang geworden, dass sie weit unter Bowies Bauch baumelten, und ich gab ihn widerwillig an meine überglückliche kleine Schwester ab. In den folgenden Monaten ritt ich viele verschiedene Ponys. Ich hatte mir den Ruf erarbeitet, stark und zäh zu sein, und manch eine Mutter fragte meine Mum, ob ich wohl das Pony ihrer Tochter reiten könnte, weil es seit einiger Zeit Mucken machte. Das tat ich gerne, doch oft stellte ich fest, dass diese Tiere einfach nur entsetzlich verhätschelt und verzogen worden waren, und nach ein paar festen Worten und dem Einsatz von Sporen benahmen sie sich wieder gut.

Meine Eltern boten mir nicht an, mir ein neues Pferd zu kaufen. Ich wusste, wieso. Nun, zwei Jahre später, am Ende des Sommers, lag nur noch ein Jahr Schule vor mir, aber ich wollte nicht mehr zurück, und das wussten sie auch.

»Ihr könnt mich nicht zwingen, wieder zur Schule zu gehen«, entgegne ich, als ich endlich den Mut dazu aufbringe. In der Miene meines Dads zeichnet sich Überraschung ab. Normalerweise widersetze ich mich seinen Wünschen nicht.

»Gesetzlich unterstehst du noch immer meiner Verantwortung, Matt. Ich *kann* dich durchaus zwingen, wenn es sein muss«, antwortet er mit drohendem Unterton.

»Na schön, dann tu es – zwing mich!«, antworte ich und erhebe zum ersten Mal überhaupt meine Stimme gegen meinen Dad. »Dann mach ich eben blau, rassel mit Absicht durch die Prüfungen und benehme mich so, dass sie mich rausschmeißen. Ich kämpfe von nun an jeden Tag gegen dich, bis ich achtzehn werde und endlich selbst entscheiden darf. Und ich schwöre dir: Ein weiteres Jahr Schule unter Zwang wird nichts an meiner Meinung ändern. Im Gegenteil – das macht mich nur entschlossener.« Wenn ich jetzt nachgebe oder verunsichert wirke, dann lässt er mich nie gehen, das weiß ich genau.

Dad ist sichtlich hin- und hergerissen. Er kann nicht damit umgehen, dass sich ihm jemand widersetzt, aber er scheint meine Argumente abzuwägen. Natürlich will er nicht, dass ich ihn das ganze kommende Jahr bekämpfe. Ich habe keine Ahnung, ob ich meine Drohung wirklich wahr machen kann, aber er soll es zumindest glauben. Schließlich stöhnt er entnervt auf.

»Woher kennst du Shane überhaupt?«, fragt er in dem Versuch, die Taktik zu ändern.

»Mum hat mir seine Nummer gegeben«, antworte ich zögernd. Ich möchte Mum eigentlich nicht mit hineinziehen – sie hasst es, sich mit Dad zu streiten –, aber ich muss ihm die Wahrheit sagen, wenn ich will, dass er mir in dieser Sache vertraut. Er fährt mit dem Kopf zu ihr herum. Sie hat die ganze Zeit still in einer Ecke des Raumes gesessen, doch nun weiten sich ihre Augen. Ich wünschte, ich hätte den Mund gehalten.

»Ich kenne ihn seit meiner Kindheit«, beeilt sie sich zu erklären und stolpert über ihre Worte. »Ich bin doch nicht davon ausgegangen, dass Shane ihm tatsächlich einen Job anbieten würde …« Sie flüstert die letzten Wörter beinahe. Eigentlich war es reines Glück, dass Shane mir die Stelle gegeben hat. Als wir uns unterhielten, erzählte er mir, dass in den vergangenen Monaten drei Leute gekündigt hatten und er verzweifelt jemanden suchte, der Vollzeit für ihn arbeitete. Von Anfang an betonte er, dass er keine Teilzeitarbeiter wollte, sondern jemanden, der sich der Aufgabe wirklich widmen kann. Ich weiß, dass meine Mum nun ein schlechtes Gewissen hat. Sie hat das Gefühl, dass diese ganze Auseinandersetzung ihre Schuld ist. Doch Dads Miene wird weicher, als er sie betrachtet. Wenn es um meine Mutter oder meine Schwester geht, wird er meistens lammfromm. Zumindest kann er keiner von beiden lange böse sein. Bei mir ist das anders. Da hält er sich nicht zurück.

»Willst du diese Stelle wirklich so unbedingt?«, fragt er und wendet sich wieder mir zu. In seiner Stimme liegt ein Hauch Traurigkeit.

»Ja.« Wird er mich lassen? Wird er wirklich ja sagen? Aber zunächst sagt er nichts, und die Spannung zwischen uns wächst und wächst, bis ich glaube, es keine Sekunde länger aushalten zu können.

»Na schön«, murmelt er schließlich.

Ich kann kaum glauben, was ich da höre. »Danke«, stammele ich überrascht.

Hastig stürze ich aus dem Zimmer, bevor er es sich anders überlegen kann. Mein Herz rast wie verrückt. Ich habe es mit Dad aufgenommen und gesiegt! Ich hätte niemals geglaubt, dass ich das schaffen würde. Dann stürmt die Wirklichkeit mit Wucht auf mich ein: Ich gehe nicht mehr in die Schule zurück. Ich ziehe aus und fange an zu arbeiten. Ich werde für das arbeiten, was ich mir mehr als alles andere auf der Welt wünsche!

Ich laufe nicht direkt hinauf in mein Zimmer, sondern bleibe draußen vor der Küche stehen und belausche meine Eltern.

»Was machst du denn da?«, höre ich meine Mutter fragen. »Ich dachte, es war dir so wichtig, dass er die Schule zu Ende macht.«

»Das ist es mir auch«, gibt Dad zurück. Er klingt müde. »Aber es bringt einfach nichts, ihn zu zwingen. Lass ihn ein paar Monate lang Ställe ausmisten und am eigenen Leib spüren, wie hart diese Arbeit ist, dann kommt er schon freiwillig zurück.« Ich weiß, dass er sie trösten will, aber sogar ich kann hören, wie unsicher er klingt.

Mum ist einen Moment still. Als sie wieder spricht, klingt sie ängstlich. »Ich hoffe nur, du hast recht«, sagt sie leise.

Am nächsten Morgen rufe ich Shane an, um ihm zu sagen, dass ich die Stelle annehmen möchte. Er erklärt mir daraufhin, was ich zu tun haben werde, und es ist verdammt viel. Ich muss jeden Morgen um sieben Uhr aufstehen und die Pferde im Stall füttern, seine eigenen und die der Einsteller. Dann müssen die Pferde auf unterschiedliche Weiden gebracht werden. Bowie hatten wir immer zu anderen Tieren gestellt – Kühe, Schafe, Nachbarpferde –, und es machte ihm nie etwas aus. Aber Shane erklärt mir, dass die Pferde, die bei ihm stehen, zu wertvoll seien. Er kann nicht riskieren, dass sie sich verletzen oder miteinander kämpfen. Wenn ich mich nicht strikt an den Plan halte, fliege ich wieder raus.

Spätestens jetzt ist mir klar, dass für Shane die Pferde immer an erster Stelle kommen werden und ihm weit wichtiger sind als die Menschen, die sich um sie kümmern. Und obwohl ich es mir nicht gerne eingestehe, hat mein Dad wohl recht gehabt, was das Ausmisten angeht. Die dreißig Boxen müssen täglich gereinigt werden, und Shane lässt am Telefon keinen Zweifel daran, dass das in meinen Aufgabenbereich fällt. Der Stalldienst werde mich bis mittags beschäftigen, erklärt er, meine Arbeit an den Nachmittagen sei dagegen ganz unterschiedlich. Mal werde ich die Pferde und ihre Ausrüstung pflegen, putzen und für anstehende Turniere vorbereiten, dann wieder Hindernisse reparieren und streichen. An den wenigen Nachmittagen, die ich freibekomme, wird Shane, so verspricht er mir, mich auf einem seiner Pferde trainieren. Darauf freue ich mich ungeheuer. Ich beobachte seinen Werdegang schon lange, und die Chance zu haben, von jemandem wie ihm zu lernen, ist einmalig.

Shane war ursprünglich genau wie ich ein einfacher Junge vom Land. Mit fünfzehn ging er von der Schule ab, um für den international berühmten Springreiter Tony Mullins zu arbeiten. Langsam, aber stetig stieg Shane in den Klassen auf, indem er junge, scheinbar untalentierte Pferde für wenig Geld kaufte und alles aus ihnen herausholte, was möglich war. Mit Mitte zwanzig hatte er sich den Ruf erworben, knallhart und entschlossen zu sein, und er trainierte immer öfter verhaltensauffällige oder schwierige Pferde, die andere Reiter längst aufgegeben hatten. Und eines von diesen schwierigen Pferden verschaffte ihm einen Namen: FireCracker.

FireCracker war ein Pferd, das durch zahllose Hände gegangen war, darunter viele Profis, die ihn wieder abgaben, weil er nicht beherrschbar war und ihrer Meinung nach keine Zukunft hatte. FireCrackers Besitzer waren mit ihrem Latein am Ende, als sie zu Shane kamen. Niemand hatte ahnen können, was für eine großartige Partnerschaft sich daraus entwickeln würde. Schnell stieg Shane mit dem Pferd im internationalen Ranking auf und überraschte alle, als er schließlich sogar die internationale *Horse of the Year Show* mit ihm gewann.

Nach fünf absolut erfolgreichen Jahren wurde FireCracker an einen Amerikaner verkauft; will man den Gerüchten glauben, dann verlangte Shane eine Million Euro für ihn, aber niemand weiß es genau. FireCracker machte Shane zu einem der ganz Großen in seinem Metier. Von nun an standen die Pferdebesitzer, die ihre Tiere von ihm reiten lassen wollten, Schlange, und er ist seitdem stets unter den ersten zehn der Weltbesten geblieben.

Ich bewundere Shane nicht nur wegen seines Erfolgs, sondern auch dafür, wie er an die Spitze gekommen ist. Die meisten Topreiter haben viel Geld im Rücken; einige stammen sogar aus den reichsten Familien dieser Welt. Shane hatte nichts dergleichen; mit viel Blut, Schweiß und Tränen gelang es ihm aus eigener Kraft, bis ganz nach oben zu kommen. Damit hat er allen gezeigt, dass *alles* möglich ist, wenn man es nur will.

Am Telefon klingt er kühl und gelassen – im Gegensatz zu mir. Ich kann die Freude in meiner Stimme nicht unterdrücken.

»Kannst du übermorgen anfangen?«, fragt er plötzlich.

»Okay …«, antworte ich überrumpelt. So schnell schon?

»Schön.« Und damit legt er auf.

Mum fängt an zu weinen, als ich ihr erzähle, dass ich schon am nächsten Tag ausziehen werde. Dad sagt gar nichts, sondern verlässt einfach schweigend den Raum. Ich kann nicht damit umgehen, wenn Mum weint; ich weiß nie, was ich dann sagen oder tun soll. Also tätschele ich ihr unbeholfen den Rücken und hoffe, dass es sie irgendwie tröstet. Auch Ann weint, aber ich glaube, das liegt eher daran, dass Mum so erschüttert ist. Ann ist inzwischen elf, und natürlich hat sie kapiert, was los ist, aber sie versteht wohl nicht so recht, warum wir so ein Trara darum machen.

»Kommst du denn manchmal zum Essen?«, bringt Mum schluchzend hervor.

»Na klar«, verspreche ich, aber es bringt nichts. Sie weint immer noch. Plötzlich weiß ich nicht mehr weiter. »Herrgott, Mum«, bricht es aus mir heraus. »Es ist ja nicht so, als ob ich sterben würde oder so …« Dann sehe ich zu, dass ich in mein Zimmer laufe, bevor Dad zurückkommt und mich zusammenfaltet, weil ich Mum zum Weinen gebracht habe.

Am nächsten Tag nehme ich den Bus zu Shanes Hof, der am Rand von Dublin liegt. Es ist überhaupt nicht weit, keine Stunde von Wicklow entfernt, wo meine Familie lebt. Ich habe es nicht gewagt, Dad zu fragen, ob er mich fährt, und wenn meine Mutter derart emotional ist, sitze ich lieber nicht mit ihr im Auto. Zumal ich mir meine Vorfreude von keinem der beiden verderben lassen möchte.

Es ist später Nachmittag, als ich ankomme. Shane hat mir geraten, am Abend zuvor einzutreffen, da ich früh werde aufstehen müssen. Meine Tasche ist nicht besonders schwer. Ich besitze nicht viel Kleidung und habe nur das eingepackt, worin man auch arbeiten kann. Schließlich weiß ich, dass ich hier auch schweißtreibende, schmutzige Aufgaben erledigen muss.

Es herrscht ziemlich viel Betrieb, und überall laufen Leute herum, aber niemand macht sich die Mühe, mich zu begrüßen oder mir auch nur einen zweiten Blick zuzuwerfen. Mir begegnen ein paar Jungen in meinem Alter, die mit Eimern oder Mistgabeln unterwegs sind, also arbeiten sie wohl auch hier. Die meisten von ihnen sind aber etwas älter und besser gekleidet.

Ich versuche, nicht neugierig hinzusehen, würde aber zu gerne wissen, wer diese Jungs sind. Sind es Freunde von Shane? Oder Reitschüler? Aber es könnten natürlich auch die Besitzer der Pferde sein, die hier zur Miete stehen.

Langsam gehe ich zum Büro. Ich weiß, wo es ist, denn ich war bei meinem Bewerbungsgespräch hier. Ich lasse mir Zeit, schaue mich um und lasse das Treiben auf mich wirken. Die meisten Gebäude sind entweder dunkelgrün oder grau. Es gibt wenig Farbe zu sehen, bis auf die zahlreichen grünen Koppeln. Wohin ich auch sehe – überall sind Pferde. In den Ställen, auf den Weiden, direkt vor meiner Nase, geritten oder geführt. Mein Dad ist Farmer, ich bin also an den Geruch von Tieren gewöhnt, aber hier riecht es anders. Kühe und Schafe stinken, hier jedoch hängt kein unangenehmer Geruch in der Luft. Es ist schwer zu beschreiben, aber die Atmosphäre auf diesem Hof hat etwas Warmes, Entspanntes. Als ich endlich die Tür zum Büro erreiche, klopfe ich behutsam an.

»Herein!«, ruft Shane, und als er mich sieht: »Matt!« Jemand steht neben ihm und grinst mich an, als ich eintrete.

»Das ist also unser Frischfleisch?«, bemerkt der Unbekannte.

»Hör auf, ihn zu ärgern«, sagt Shane streng, und der andere verstummt, grinst jedoch weiter, was mich etwas verunsichert. »Matt, das ist Nick. Du wirst schon lernen, seine dummen Bemerkungen zu ignorieren. Ich mach's nicht anders.«

Nick ist groß und kräftig, aber wenn man ihm ins Gesicht blickt, erkennt man, dass auch er noch jung ist. Ich schätze ihn auf höchstens Anfang zwanzig, und es ist irgendwie beruhigend, dass er nicht viel älter ist als ich. »Nick ist dein Zimmergenosse, und er wird dich morgen genau einweisen. Außerdem steht er dir in den ersten Wochen als Ausbilder zur Verfügung, aber ich würde vorschlagen, dass du schnell lernst. Faulpelze mag ich hier auf dem Hof nicht. Es gibt immer viel zu tun, und ich kann niemanden gebrauchen, der nicht mithält.«

Shane sieht mich abwartend an, und ich nicke.

»Gut«, fährt er etwas freundlicher fort. »Nick wird dir zeigen, wo du unterkommst.« Und damit verlässt er das Büro, und ich begreife mit etwas Verzögerung, dass dieses Gespräch beendet ist.

Ich wende mich mit einem nervösen Lächeln zu Nick um. »Hi«, sage ich, um das Eis zu brechen.

»Hallöchen.« Nick strahlt Selbstvertrauen aus, und ich ahne, dass es ihm Spaß macht, mich in Verlegenheit zu bringen.

»Arbeitest du schon lange hier?«, versuche ich es.

»Seit fast vier Jahren.«

»Wow. Dann gefällt's dir hier bestimmt, oder?« Er zuckt die Achseln, und ich winde mich innerlich. »Ähm … kannst du mir zeigen, wo ich schlafen soll?«

»Na sicher«, erwidert er fröhlich. Rasch marschiert er auf die Tür zu. Ich packe meine Tasche und folge ihm. Nick ist viel größer als ich, und ich kann mit seinen langen Schritten kaum mithalten. Keiner von uns sagt etwas, und ich haste stumm neben ihm her, bis ich etwas Graues aus den Augenwinkeln wahrnehme. Ich blicke nach links und sehe den Kopf einer wunderschönen grauen Stute aus einer Stalltür ragen. Ich weiß nicht, ob Nick aufgefallen ist, dass ich angehalten habe, aber ich gehe dennoch zu dem Pferd hinüber.

»Hey, hallo«, flüstere ich, als die Stute behutsam an meinen Taschen zupft, um zu sehen, ob ich vielleicht eine Belohnung darin habe. Es ist ein warmer Abend, und das Pferd trägt keine Decke, also betrachte ich sie ausgiebig. Unglaublich, wie stark und schön sie ist. Kein Pferd, auf dem ich bisher geritten bin, kann sich mit ihr vergleichen. Ihr Körper sieht aus wie gemeißelt, Mähne, Schweif und Schopf sind perfekt gestutzt und frisiert. Mir scheint es plötzlich, als wäre jedes Pferd, das ich in der Vergangenheit geritten bin, lediglich ein Transporter oder ein Pick-up gewesen. Aber diese Stute vor mir ist ein Ferrari – traumhaft schön, kraftvoll und schnell.

»Du hast ein gutes Auge …« Ich fahre zusammen, als ich Nicks Stimme neben mir höre, lächele aber.

»Sie ist umwerfend«, sage ich und streichele ihr Gesicht.

»Ja, das ist sie. Sie ist Shanes wichtigstes Pferd. Er hat auf ihr sogar ein paar internationale Turniere gewonnen. Sie ist hier auf dem Hof so was wie eine Berühmtheit.« Ich kann den Blick nicht von ihr abwenden, und Nick lässt mich ein Weilchen einfach nur staunen.

Doch dann klopft er mir fest auf den Rücken, um mich in die Wirklichkeit zurückzuholen. »Hier wirst du keinen einzigen Bauerngaul sehen«, verspricht er, als ich mich zu ihm umdrehe. »Diese Pferde …« Er deutet auf die Ställe um uns herum. »… das ist wahre Klasse.«

Ich habe überhaupt keine Ahnung, wie ich Nick einschätzen soll. War diese Äußerung als Prahlerei gemeint, oder liebt er Pferde genauso wie ich? Aber eigentlich ist es egal, denke ich, als ein plötzlicher Schub Erregung mir das Adrenalin durch die Adern pumpt. Ich bin endlich da, wo ich hingehöre.

2. Kapitel

ELIZABETH

Ich schließe meine Augen, als mein Körper abhebt. In meinen Ohren ploppt es, und mein Magen zieht sich so fest zusammen, dass ich befürchte, mir könnte übel werden. Ich höre Stimmen um mich herum, aber mein Herz hämmert mit jeder Sekunde heftiger. Ich packe mit der einen Hand meine andere und drücke so fest, dass es fast weh tut.

Zuerst höre ich ihr nicht zu. Ich halte sie für eine andere Passagierin, die nicht begriffen hat, dass ich unter akuter Flugangst leide, und einfach munter drauflosplaudert. Doch dann erklingt die Stimme erneut, diesmal lauter, deutlicher, und ich bin gezwungen, die Augen zu öffnen.

»Miss? Ist alles in Ordnung mit Ihnen?«

Vor mir steht eine Stewardess. Ihr blondiertes Haar ist zu einem festen Knoten zusammengebunden, und obwohl sie etwas zu stark geschminkt ist, hat sie ein freundliches Gesicht.

»Oh … ja, sicher«, presse ich hervor, aber sie glaubt mir nicht.

»Haben Sie Flugangst?«

»Ein bisschen«, gebe ich zu und versuche, den Griff um meine Hand zu lockern. Die Stewardess lächelt und beugt sich zu mir hinunter.

»Wie heißen Sie?«, fragt sie und drückt sanft meine Schulter.

»Elizabeth«, antworte ich.

»Möchten Sie vielleicht etwas trinken, Liebes? Damit Sie sich ein bisschen entspannen können?« Gott, wie gerne würde ich ja sagen – nichts würde mir jetzt besser helfen als ein doppelter Wodka Tonic –, aber ich kann nicht, nicht heute. Heute muss ich unbedingt bei klarem Verstand bleiben.

»Nein danke, geht schon«, versichere ich ihr und ringe mir ein Lächeln ab. Sie nickt mir noch einmal höflich zu, dann richtet sie sich auf, um nach den anderen Passagieren zu sehen.

Sobald sie außer Sicht ist, wühle ich in meiner Tasche, fische ein Fläschchen Notfalltropfen heraus, sprühe mir davon ein paar Stöße in den Mund und stecke es in meine Tasche zurück. Am liebsten würde ich die ganze Flasche hinunterkippen, aber ich könnte mir nie verzeihen, wenn meine Reaktionen dadurch verlangsamt würden. Um mich zu beruhigen, atme ich tief ein und aus, während das Flugzeug weiter steigt. Ich weiß, dass meine Flugangst bloß in meinem Kopf existiert, und das Ungewöhnliche dabei ist, dass mich nicht das Fliegen selbst so fertigmacht. Ich fürchte mich nicht davor, abzustürzen und zu sterben, wie normale Menschen es tun, sondern ich habe Angst vor der Angst, die ich empfinde, sobald ich ein Flugzeug besteige. Mein Herz beginnt zu rasen, und manchmal wird mir schlecht. Immer wieder sage ich mir, dass der Geist über die Materie siegen kann: Wenn ich fest daran glaube, dass die Rescue-Tropfen mir helfen, dann tun sie es auch. An manchen Tagen wirkt die Methode, an anderen nicht, und genau das sind die Tage, die ich fürchte. Heute jedoch habe ich Glück, und mein Magen entspannt sich ein wenig, als die Maschine den Steigflug beendet. Fast stoße ich vor Erleichterung ein nervöses Kichern aus. Ich fürchte mich noch immer, aber es lässt sich aushalten; die Panik hat mich nicht so stark im Griff wie sonst.

Ich hole mein iPhone hervor und lese erneut die E-Mail, die ich schon fast auswendig kann:

Mrs. O'Brien,
ich habe gerade erfahren, dass die Fuchsstute Wildfire zum Verkauf steht. Noch ist es nicht offiziell, und wir sollten unbedingt zuerst zugreifen.
Schicken Sie Elizabeth nach England, wo ich sie morgen Mittag auf dem Gelände von Hickstead treffen werde.
Mit freundlichen Grüßen,
Edward Dawson

Meine Mutter bekam diese E-Mail gestern Abend gegen zehn Uhr – sehr zu ihrem Unmut. Ihre schrille Stimme klingt mir noch ganz deutlich in den Ohren.

»Wer ist so unverfroren, uns so spät zu kontaktieren und dann auch noch zu verlangen, dass wir schon am folgenden Tag in ein *anderes Land* fliegen? Ich verstehe nicht, wieso du unbedingt ihn damit beauftragen musstest, ein Pferd für dich zu finden. Der Mann hat eindeutig keine Erziehung.«

Ich ignorierte ihr Gezeter einfach und buchte den ersten Flug am nächsten Tag von Dublin nach England. Ich habe ihr schon oft zu erklären versucht, wer Edward Dawson ist, aber der internationale Pferdesport interessiert sie einfach nicht. Daher habe ich vor langer Zeit aufgegeben, mich um ihre Meinung zu scheren. Ich will eine der besten Springreiterinnen der Welt werden, und obwohl sie es vielleicht nicht gutheißt, bezahlt sie die Rechnungen. Und, ja, ich weiß, dass ich ihr dafür dankbar sein sollte, aber es ist ziemlich schwer, jemandem Dankbarkeit entgegenzubringen, der alles missbilligt, was man tut.

Meine Mutter fand es beispielsweise befremdlich, dass wir Edward bisher nicht persönlich kennengelernt haben. Sie hat zwar bereits mit ihm telefoniert und über E-Mail mit ihm kommuniziert, aber ich weiß, dass Edward ständig auf Reisen und auf Turnieren ist, und dass er mich heute treffen möchte, kann nur bedeuten, dass es sich um ein wirklich ganz besonderes Pferd handeln muss. Seit ich als Kind mit dem Springreiten angefangen habe – damals ritt ich noch Ponys –, träumte ich davon, eines Tages Edward Dawson zu treffen. Bei der Olympiade im Jahr 2000 gewann er Gold, und seitdem habe ich seine Karriere fast wie besessen verfolgt. Irland ist im Springreiten immer schon überraschend stark aufgetreten, und zum großen Teil ist das Edward Dawson zu verdanken. Er verkörpert Ehrgeiz, Tatkraft und Erfolg. Ich möchte sein Talent, seine Fähigkeiten und an seiner Seite springen – aber noch dringender möchte ich ihn eines Tages schlagen. Mag mir auch noch vieles fehlen, so besitze ich wenigstens das: Ehrgeiz und den unbedingten Siegeswillen, den man benötigt, um eine Spitzenreiterin zu werden. Wenn ich die weltbesten Springreiter im Fernsehen sehe, dann stelle ich mir nicht vor, so gut zu sein wie sie – ich stelle mir vor, dass ich eines Tages besser bin! Man könnte vielleicht meinen, dass ich etwas zu sehr von mir eingenommen bin, aber wenn ich es in diesem Sport schaffen will, dann brauche ich dieses Selbstvertrauen.

Die Stimme des Piloten aus dem Lautsprecher reißt mich aus meinen Tagträumen, und als ich höre, dass wir uns schon wieder im Sinkflug befinden, packt mich nervöse Aufregung. Sobald wir in England gelandet sind und die Maschine steht, dränge ich mich durch die Leute, um das Flugzeug möglichst schnell zu verlassen. Die Stewardess von vorhin nickt mir erneut zu; wahrscheinlich denkt sie, ich wolle so schnell wie möglich wieder festen Boden unter meinen Füßen spüren, aber in Wahrheit kann ich es bloß nicht erwarten, Edward zu treffen. Ich spüre, wie der Groupie in mir erwacht, und ich kann nur hoffen, dass ich mich nicht vollkommen lächerlich mache, indem ich in Gekicher und Gestammel ausbreche, sobald ich ihn sehe.

Das Turniergelände von Hickstead liegt nur eine halbe Stunde Autofahrt vom Flughafen Gatwick entfernt. Das war einer der Gründe, warum ich mich für den Flieger und gegen die Fähre entschieden habe, denn der Hafen ist viel weiter weg. Leider habe ich nicht bedacht, dass kein Autoverleih gewillt ist, einer Achtzehnjährigen einen Wagen zu geben. Nach mindestens sechs sinnlosen wie frustrierenden Gesprächen gebe ich schließlich auf und verlasse den Flughafen, um mir ein Taxi zu suchen.

Während ich mich Hickstead nähere, überlege ich, wie ich mich Edward gegenüber verhalten soll. Ist es besser, still zu sein und ihn reden zu lassen? Oder soll ich offen und selbstbewusst auftreten, um ihm zu zeigen, dass ich nicht nur ein dummes Mädchen bin, dessen Eltern zufällig eine Menge Geld haben? Aber was, wenn ich das Falsche sage? Wenn ich mich lächerlich mache? Dann wird jeder denken, dass ich nicht in diese Welt gehöre, aber wenn ich nicht in diese Welt gehören darf, dann gehöre ich nirgendwohin.

Bald darauf habe ich das Turniergelände erreicht. Fast schnappe ich vor Schreck nach Luft, als ich auf das Taxameter blicke, krame in meiner Tasche und gebe dem Fahrer so gut wie alles Bargeld, das ich bei mir habe. Er sieht mich kaum an.

Ich verfluche mich gerade, nicht mehr Geld mitgenommen zu haben, als ich ihn schon sehe. Er lehnt lässig an einer Mauer, Zigarette in der einen, Handy in der anderen Hand. Er sieht sogar noch stärker und fitter aus, als ich erwartet hatte. Natürlich wirkt er im Fernsehen auch schlank und sportlich, aber die Kameras werden ihm nicht gerecht. Er ist nicht viel größer als ich, aber das bin ich gewohnt, denn ich überrage die meisten Jungs. Edward trägt ein blaues Polohemd und eine schwarze Reithose. Als ich näher komme, hebt er den Kopf.

»Elizabeth, nehme ich an?« Er hat telefoniert, als ich ankam, steckt das Handy jetzt jedoch weg und schenkt mir ein jungenhaftes Grinsen. Seine Zähne sind strahlend weiß, und sein Gesicht wirkt jung und frisch. Kaum zu glauben, dass er schon Ende dreißig ist.

»Hi«, sage ich schüchtern. Seine Augen sind so blau wie sein Hemd.

»Ich bin Edward Dawson.« Er nimmt meine Hand und sieht mir direkt in die Augen. Ich muss mir verkneifen, ihm zu sagen, dass ich das schon weiß – das dürfte ihm klar sein –, und ermahne mich einmal mehr, mich nicht wie ein verknallter Teenie zu benehmen.

»Freut mich«, antworte ich.

»Sollen wir reingehen? Man erwartet uns bereits.« Er kommt direkt zur Sache. Ich nicke, hoffe, dass ich nicht rot werde, und gehe ihm nach.

Hickstead ist eine riesige Anlage, und während wir an den makellos gestutzten Wiesen vorbeigehen, erklärt Edward mir, was er über Wildfire weiß.

»Sie ist eine zehnjährige amerikanische Stute und konnte bereits einige Erfolge einheimsen. Sie ist klein, aber selbstbewusst und definitiv am besten für eine Reiterin geeignet. Bisher gehörte sie einer gewissen Maddie Orwell, die es mit ihr im vergangenen Jahr unter die Top 50 der Weltrangliste geschafft hat. Maddie ist zwar eigentlich Amerikanerin, hat aber – zum Glück für uns – einen Engländer geheiratet, weswegen sie und das Pferd hier zu Hause sind …«

Ich nicke einfach nur. Edward braucht keine Ermunterung von mir. Er ist ganz auf das Pferd fokussiert, nichts anderes zählt im Augenblick. Ich habe gestern Abend selbst noch schnell zu Wildfire recherchiert, aber fast alles von dem, was Edward erzählt, ist mir neu.

»Maddie und Wildfire waren in dieser Saison dabei, sich ernsthaft einen Namen zu machen, und es sah sogar so aus, als würden sie in die amerikanische Equipe aufgenommen werden …«

»Aber warum steht Wildfire dann zum Verkauf?«, frage ich.

»Na ja, das tut sie ja nicht … offiziell«, antwortet Edward mit einem spitzbübischen Lächeln. Zum ersten Mal, seit wir uns kennengelernt haben, sieht er mich wirklich an.

»Maddie verkauft Wildfire nicht freiwillig.« Er bleibt stehen und senkt seine Stimme. »Maddies Familie gehört die *Anem Arms*-Hotelkette. Sie haben nicht zufällig gestern Nachrichten gesehen?«

»Zufällig doch«, entgegne ich. Wie gut, dass ich gestern beim Kochen den Fernseher eingeschaltet hatte. »Das Unternehmen hat Konkurs angemeldet, richtig?« Edward schenkt mir ein strahlendes Lächeln, und ich möchte vor Freude am liebsten jauchzen.

»So ist es, Mädchen … und das bedeutet, dass Maddie nicht länger die nötigen Mittel hat, um Wildfire zu halten. Tatsächlich kann sich Maddie nicht einmal mehr die Einstellmiete leisten. Der Stallbesitzer lässt das Pferd aus reiner Freundlichkeit hier stehen.«

Jetzt erst dringt wirklich zu mir durch, was Edward gerade gesagt hat. Meine Freude lässt nach, als mir bewusst wird, wie traurig es sein muss, ein so großartiges Pferd verkaufen zu müssen. Maddie ist bestimmt am Boden zerstört.

»Mein Gott, die Arme«, sage ich, ohne nachzudenken. Edwards Lächeln erstirbt.

»Ich glaube kaum, dass Sie noch Mitleid mit ihr haben, wenn Sie ihr erst einmal begegnet sind. Sie ist ein ziemliches Biest.« Und mit diesen Worten setzt er sich wieder in Bewegung.

Wir gehen quer durch die Anlage bis zum anderen Ende, wo sich ein Reitplatz aus Sand befindet. Zwei Leute stehen in der Arena, ein junger Kerl in dunkler Reithose und eine große Frau, die wohl Maddie sein muss. Der Mann richtet gerade das Zaumzeug einer hellen Fuchsstute – Wildfire. Ihr rötliches Fell schimmert in der Frühlingssonne, und der muskulöse Körper wirkt trainiert und definiert. Maddie steht mit finsterer Miene und verschränkten Armen da, als Edward und ich uns nähern. Sie macht einen ganz und gar unfreundlichen Eindruck, aber ich rufe mir in Erinnerung, dass in ihrer Lage wohl niemand blendende Laune hätte.

»Maddie, Liebes. Wie geht's dir?«, fragt Edward, als wir bei ihr sind.

»Ach, halt die Klappe, Edward. Ich bin heute nicht in Stimmung für deinen Blödsinn.«

Ihre Reaktion verblüfft mich so sehr, dass mir fast entgeht, wie Edward mir zuzwinkert. *Na, was hab ich dir gesagt?,* scheint sein Blick auszudrücken.

»Das ist Elizabeth«, fährt er fort und ignoriert Maddies Bemerkung. »Sie ist diejenige, die an Wildfire interessiert ist.« Ich strecke Maddie meine Hand entgegen, aber sie sieht mich nicht einmal an.

»Dann bringen wir's hinter uns«, brummt sie und dreht mir den Rücken zu. Ich blicke Edward hilfesuchend an, und er deutet auf Wildfire.

»Na los, steigen Sie auf«, sagt er.

»Wollen Sie sie denn nicht zuerst reiten?«, entfährt es mir.

»Warum sollte ich? Nicht ich will sie haben.«

Nervös betrachte ich Wildfire. Ich habe noch nie auf einem Pferd wie ihr gesessen. Was, wenn sie mich abwirft? Edward hat sie »selbstbewusst« genannt, und jeder, der sich ein bisschen mit Pferden auskennt, weiß, dass das ein Euphemismus für »schwierig« ist.

»Herrgott, Edward. Warum hast du das Mädchen überhaupt hierhergeschleppt, wenn sie sich nicht einmal traut, sich auf das verdammte Pferd zu setzen? Sie vergeudet doch nur unsere Zeit.«

Ich wende mich Maddie zu. Sie grinst mich höhnisch an.

Schweigend setze ich meinen Reithelm auf und nähere mich Wildfire. Sie wirkt wachsam, aber nicht beunruhigt. Der junge Kerl hält mir die Hand hin und hilft mir in den Sattel. Wildfire fühlt sich zierlich unter mir an, und plötzlich bin ich froh, dass sie nicht so groß ist. Meine Nervosität legt sich etwas. Ruhig reite ich sie über den Platz, trabe, galoppiere und mache mich mit ihrer Art, sich zu bewegen, vertraut. Sie ist ein sehr sensibles Tier, das unglaublich schnell auf meine Kommandos reagiert.

»Springen willst du gar nicht oder was?«, ruft Maddie mir zu, aber anstatt mich wieder von ihr verunsichern zu lassen, begegne ich ihrem Blick und halte ihn fest, und das lässt sie verstummen – wenigstens für eine Weile. Der junge Pferdepfleger baut einen simplen Steilsprung für mich und Wildfire auf, und ich überwinde ihn flüssig. Er legt die Stange etwas höher, aber Edward meldet sich zu Wort.

»Mach es bitte noch höher. Und zwar ein gutes Stück.«

Überrascht drehe ich mich zu ihm um. Er lächelt mir aufmunternd zu, und ich beschließe, lieber nichts zu sagen. Die Stange wird fast bis ans obere Ende der Ständer aufgelegt, und sofort wird mir mulmig zumute. Ich steigere das Tempo, um das Hindernis anzureiten, doch als wir wenden, entdeckt Wildfire es und beginnt vor Aufregung seitlich auszubrechen. Die Stimme meines Ausbilders erklingt in meinem Kopf: *Nimm die Zügel auf und treib sie voran!* Aber das tue ich nicht – im Gegenteil: Ich gebe die Zügel nach, beuge mich leicht vor und bin verblüfft, als Wildfire sich streckt und locker über das Hindernis setzt. Zufrieden klopfe ich ihren Hals, und die Stute entspannt sich unter mir.

»Das Mädel hat zwar einen furchtbaren Reitstil, aber immerhin einen gewissen Pferdeverstand.«

Ich verkneife mir ein Grinsen. Aus Maddies Mund war das wahrscheinlich ein Wahnsinnskompliment.

»Braves Mädchen«, flüstere ich Wildfire zu. »Wenn du Lust hast, arbeiten wir demnächst zusammen.«

Als ich Wildfire wende, besprechen Edward und Maddie sich miteinander. Maddie wirkt sogar noch mürrischer als zuvor, aber Edward strahlt. Wieder zwinkert er mir zu, und ich reite mit Wildfire zu ihnen.

»Also, was denken Sie?«

»Sie ist nett«, sage ich, weil ich weiß, dass ich meine Begeisterung besser nicht zeige.

»Nett?«, schnaubt Maddie. »Sie ist verdammt noch mal das beste Pferd, auf dem *du* je sitzen wirst, glaub mir das.« Ihre Miene wird weicher, als Wildfire an ihren Taschen schnuppert. Sie holt eine Packung Leckerlis heraus und gibt ihr vier davon. Die Stute frisst sie begierig. Als Edward erneut das Wort ergreift, ist Maddies düsterer Gesichtsausdruck wieder da.

»In meinen Augen passen Elizabeth und Wildfire gut zusammen. Was denkst du?«

»Die Kleine braucht noch verdammt viel Training. Meine Stallhilfe sitzt besser im Sattel als sie, aber … es hätte weit schlimmer kommen können.« Ihr Kommentar ist Balsam auf meine Seele. »Wie alt bist du?«, fragt sie plötzlich.

»Einundzwanzig«, lüge ich, weil ich nicht will, dass sie meint, ich sei leicht zu manipulieren. Aber es funktioniert nicht.

»Noch ’n verdammtes Kind«, bringt sie verächtlich hervor.

»Freut mich, dass du meiner Meinung bist«, fährt Edward fort, ohne auf Maddies Unhöflichkeit einzugehen. »Was hast du gehofft, für das Pferd zu bekommen?«

»Was gedenkst du, mir anzubieten?«

Ich blicke von einem zum anderen. Anscheinend kommen wir jetzt schon zum geschäftlichen Teil, und wenn ich mir ihre entschlossenen Mienen ansehe, ahne ich, dass die Verhandlung zäh werden wird.

»Elizabeths Familie ist bereit, sechzigtausend Euro zu bezahlen, was ich für einen fairen Preis halte.«

»Fair? Von wegen!«, platzt es aus Maddie heraus. »Das ist momentan eins der besten Pferde im Turniergeschehen!«

»In deinen Augen vielleicht. Ich persönlich halte Wildfire für ein sehr gutes Pferd mit viel Potenzial, aber noch hat sie sich nicht wirklich bewiesen«, sagt Edward ruhig.

Maddie steigt die Röte ins Gesicht, als würde sie jeden Moment explodieren.

»Sie hat sich noch nicht bewiesen? So ein Quatsch! Dieses Pferd hat bisher noch jeden geschlagen, dich eingeschlossen, und das bei mehreren Gelegenheiten.« Maddies Stimme wird immer schriller, bis sie Edward fast anschreit, aber Wildfire bleibt gelassen. Vielleicht ist sie an die Ausbrüche ihrer Besitzerin gewöhnt.

»Sie ist aber noch nie bei einem Nationenpreis gesprungen.«

Maddie verzieht das Gesicht. Offenbar hat er einen wunden Punkt angesprochen.

»Du weißt ganz genau, dass ich dieses Jahr nominiert worden wäre, wenn … wenn ich in der Lage gewesen wäre, sie zu behalten …« Ihre Stimme ist wieder leiser geworden, aber sie sieht so wütend aus, dass es mich nicht überrascht hätte, wenn sie auf Edward losgegangen wäre.

»Möglich. Aber wer will das schon genau sagen?« Er zuckt die Achseln, als würden sie sich bloß über das Wetter unterhalten. Einen Moment lang schweigen beide. Ich habe keine Ahnung, was Maddie durch den Kopf geht.

»Hunderttausend. Dafür würde ich sie verkaufen.« Mir sinkt

der Mut. Meine Eltern sind vermögend, aber nie und nimmer werden sie einwilligen, so viel Geld für ein Pferd auszugeben.

»Das ist doch Größenwahn«, bricht es aus Edward heraus. Zum ersten Mal scheint es vorbei mit seiner Gelassenheit.

»Das ist der Preis, den mir die Araber bezahlen, wenn sie zum Verkauf steht.«

»Und denen würdest du das Pferd verkaufen?«, fragt Edward entgeistert. Immer wieder kursieren Gerüchte, was mit einem Pferd geschieht, das in den Mittleren Osten verkauft wird: Irgendein Scheich erwirbt ein teures Pferd für seinen Sohn, der wahrscheinlich nicht reiten kann. Der Sohn fällt entweder herunter oder verliert das Interesse, woraufhin der Scheich das Pferd schnellstens wieder loswerden will. Wohin es danach geht, ist ihm egal, Hauptsache, er hat keine Probleme mehr damit. Ich habe keine Ahnung, ob irgendetwas an den Gerüchten stimmt, aber weil man diese Geschichte so oder so ähnlich oft hört, wird wohl irgendwo ein Quentchen Wahrheit darin stecken.

»Mich interessiert in diesem Fall nur das Geld. Wenn ich das Pferd verkauft habe, geht's mich schließlich nichts mehr an«, sagt Maddie, und jedes Mitgefühl, das ich vielleicht für sie empfunden haben mag, ist endgültig erloschen. Bisher habe ich ihre Grobheit ihrer Trauer über den Verlust von Wildfire zugeschrieben, aber jetzt kommt sie mir wie ein geldgieriges Miststück vor. Selbst Edward scheint ihre Antwort zu erschüttern. In diesem Augenblick wird mir klar, was ich tun kann, um dieses Pferd zu bekommen.

»Siebzigtausend«, sage ich. Ich weiß, dass ich meine Eltern überreden kann, Wildfire für diesen Betrag zu kaufen. Edward sieht mich verdattert an, und Maddie schnaubt verächtlich.

»Gib's auf, Kleine. Wie ich schon sagte, von den Arabern kriege ich hunderttausend für sie.«

»Tatsächlich? Und wie lange wird das dauern? Ein paar Wochen? Monate vielleicht?« Sie sieht mich zum ersten Mal wirklich an; jetzt habe ich ihre volle Aufmerksamkeit. »Sie brauchen Geld, und meine Familie kann es Ihnen bis heute Nachmittag auf Ihr Konto überweisen. Und das kann Ihnen garantiert kein anderer bieten.« Eine Ewigkeit starren wir einander an. Ich gebe alles, mir nichts anmerken zu lassen, aber mein Herz hämmert so heftig, dass es fast weh tut. Ich kann Maddies Gesichtsausdruck nicht deuten, und als sie den Mund aufmacht, habe ich keine Ahnung, was sie antworten wird.

»Okay. Bis zum Nachmittag habe ich das Geld, und Wildfire gehört dir.« Fast kapiere ich nicht, was sie mir da gerade sagt. Erst als Edward in die Hände klatscht, wird mir klar, dass ich gerade ein Pferd gekauft habe.

»Dann ist es also abgemacht«, ruft er fröhlich. Maddie stößt ein Grunzen aus und stampft davon.

Edward schaut zu mir auf. Wieder strahlt er.

»Nicht schlecht, Elizabeth«, bemerkt er. »Das war wirklich beeindruckend.«

Ich werde rot. »Danke«, murmele ich, ohne ihm in die strahlend blauen Augen sehen zu können.

»Wann fliegen Sie zurück?«

»Morgen früh«, antworte ich.

»Dann sollten wir zwei heute Abend essen gehen, um zu feiern. Sagen Sie Maddie nichts davon, aber ich denke, Sie haben gerade eins der besten Pferde dieser Welt gekauft. Das schreit nach knallenden Sektkorken.«

Ich kann mir das Kichern nicht verkneifen, und sein Lächeln wird noch breiter. Eben gerade habe ich mich wie eine starke, unabhängige Frau gefühlt, aber nun, da Edward mich so jungenhaft angrinst, komme ich mir plötzlich wieder vor wie ein Teenie, der in einen Star verknallt ist.

Anschließend regelt Edward alles Nötige mit Maddie und meiner Mutter, und obwohl ich etwas erstaunt bin, dass er mich komplett aus allen Formalitäten heraushält, bin ich auch froh darüber; so muss wenigstens nicht ich meinen Eltern beibringen, dass sie bis zum Abend siebzigtausend Euro auf Maddies Konto transferieren sollen. Stattdessen gehe ich in den Stall zu Wildfire und lasse mir von ihrem Pfleger ihren Tagesablauf erklären. Überrascht stelle ich fest, dass ihre Haltung keinesfalls besonders aufwendig ist. Sie braucht ausreichend Futter und sollte, wenn möglich, jeden Tag auf die Weide, aber darüber hinaus scheint dieses Tier keine besonderen Ansprüche zu stellen.

Obwohl mir Wildfire offiziell von heute Abend an gehört, wird es ein wenig dauern, sie mit der Fähre nach Irland zu transportieren. Mir macht es nichts aus, denn ich weiß, dass ich bis zu ihrer Ankunft noch einiges zu erledigen haben werde. Als ich den Stall verlasse, kommen Edward und Maddie gerade aus dem Büro, in dem sie eine gefühlte Ewigkeit gesessen haben. Maddie scheint zu kochen, aber Edward wirkt gelassen wie immer.

»Also – Lust auf ein Gläschen Champagner?«, fragt er mich, als wir zusammen zum Ausgang schlendern.

»Aber ich habe gar nichts anzuziehen für ein Restaurant.« Ich habe nur Wechselwäsche und eine Jeans eingepackt, die ich beim Rückflug anziehen wollte.

»Ach, macht nichts. Wir gehen in Reitsachen und produzieren einen kleinen Skandal. Na los, das wird ein Spaß.« Edwards gute Laune ist ansteckend, und wieder kann ich ein Kichern nicht unterdrücken.

Edward marschiert in das Restaurant, als ob es ihm gehört. Jetzt, da wir hier sind, fühle ich mich in meinen Reithosen vollkommen fehl am Platz, aber Edward steuert mich schon zu einem Tisch, ehe ich ihm noch sagen kann, wie unwohl mir dabei ist. Der Kellner kommt mit der Karte, aber Edward sieht nicht einmal hinein.

»Wir nehmen zweimal Hummer und eine extragroße Portion Pommes frites für die Tischmitte. Und ich hätte gerne eine Flasche Champagner. Geben Sie mir einfach Ihre beste, und wenn die erste leer ist, machen Sie eine zweite auf. Sie brauchen nicht erst nachzufragen. Danke.« Ich bin etwas verärgert, dass er einfach so für mich bestellt hat, aber ehe ich mich beschweren kann, klingelt sein Telefon. Er geht ran.

»Hallo? Ja … gut … Bis dann.« Er legt auf. Es ist der fünfte Anruf, den er bekommen hat, seit wir uns von Maddie verabschiedet haben.

»Tut mir furchtbar leid, Elizabeth, aber mein Alltag hört irgendwie nie auf. Trotzdem werde ich das blöde Ding jetzt einfach abschalten, denn das hier ist Ihr Abend, und ich will ihn mit Ihnen zusammen genießen.« Tatsächlich macht er das Handy aus, und mein Ärger schmilzt dahin. Schließlich habe ich noch nie etwas gegen Hummer und Champagner einzuwenden gehabt.

»Danke«, sage ich und freue mich, dass ich mit ihm hier sein kann.

Der Champagner kommt rasch, und nach dem zweiten Glas fühle ich mich schon sehr beschwingt. Meine Schüchternheit ist wie weggeblasen, und Edward bringt mich mit Skandalgeschichten aus der Springreitergemeinde immer wieder zum Lachen. Bald kommt es mir so vor, als würden wir uns schon ewig kennen.

»Bist du je Dan Copain begegnet, der letztes Jahr in der englischen Mannschaft den Nationenpreis in Dublin gesprungen ist?«, will er wissen.

»Ja, einmal kurz«, antworte ich. »Seine Frau hat sich gerade von ihm getrennt, nicht wahr?« Ich kenne ihn zwar nicht persönlich, aber irgendwie tut er mir leid, und das scheint man mir anzuhören.

»Ach, über Dans Scheidung muss man nicht traurig sein. Er jedenfalls ist es nicht.« Edward füllt erst sein Glas, dann meins, und langsam wünsche ich mir, dass der Hummer bald käme.

»Ist seine Frau nicht mit einem Stallarbeiter durchgebrannt?«

Edward nickt. »Ist sie. Aber er auch. Ihre Familien haben die zwei praktisch gezwungen zu heiraten, und keiner von beiden wollte diese Ehe wirklich.« Edward zuckt die Achseln, als ob solche Dinge alltäglich seien.

»Er hat also auch eine andere gehabt?«, frage ich überrascht.

Edward beginnt zu lachen. »Tja, er ist fremdgegangen, aber nicht mit *einer* anderen …«

Man sieht ihm an, dass er meine schockierte Miene genießt. Mir bleibt der Mund offen stehen. »Nein!«

»Doch.«

»*Der* ist schwul?«

»Stockschwul.« Und damit brechen wir beide erneut in lautes Gelächter aus.

Als der Hummer endlich serviert wird, inhaliere ich ihn förmlich, und Edward tut es mir gleich.

»Köstlich«, sage ich.

»Allerdings.« Plötzlich stockt unser Gespräch ein wenig. Edward runzelt ganz leicht die Stirn, bevor er das Wort wieder ergreift.

»Darf ich dich etwas fragen, Elizabeth?« Sein Tonfall hat sich verändert, und einen Moment lang mache ich mir Sorgen. »Warum hast du vorhin in Bezug auf dein Alter gelogen?«

»Wer behauptet, dass ich gelogen habe?«, kontere ich prompt.

Edward schenkt mir ein wissendes Lächeln. »Elizabeth, glaubst du wirklich, ich hätte eingewilligt, dir ein Pferd zu suchen, ohne mich vorher über dich zu erkundigen? Ich weiß nicht nur dein Alter, sondern auch, welche Turniere du gewonnen hast, auf welchen Pferden und Ponys du geritten bist und welche Trainer dich bisher ausgebildet haben.«

Mir steigt wieder die Röte in die Wangen, und zum ersten Mal an diesem Abend wird mir der Altersunterschied zwischen uns bewusst. »Achtzehn klingt so schrecklich jung«, gebe ich peinlich berührt zurück.

»Na ja, es *ist* auch jung. Aber wünsch dir die Jugend nicht weg. Du kannst dir nicht vorstellen, wie viel Geld ich zahlen würde, um noch einmal achtzehn zu sein.« Er lächelt. »Mit achtzehn kann man noch alles erreichen.«

»Ich weiß bereits, was ich erreichen möchte«, entfährt es mir, ehe ich nachdenken kann. Edward blickt mich fragend an. »Mein Traum ist es, Profispringreiterin zu werden«, fahre ich fort, obwohl es mir etwas peinlich ist, das ausgerechnet einer Person zu erzählen, die diesen Traum bereits mit allergrößtem Erfolg wahr gemacht hat. Doch das herablassende Lächeln, das ich erwartet habe, kommt nicht. Stattdessen mustert Edward mich interessiert, als sähe er mich erst jetzt richtig.

»Elizabeth, du magst vielleicht jung sein, aber du bist auch ehrgeizig, klug und talentiert, und nun besitzt du außerdem ein anständiges Pferd. Dein Traum kann schon sehr, sehr bald wahr werden, und lass dir von niemandem etwas anderes weismachen.« Sein Blick flackert kein einziges Mal, und mir wird klar, dass er es wirklich ehrlich meint. Zum ersten Mal nimmt jemand meinen Traum ernst, und das tut mir ungeheuer gut.

»Danke«, sage ich aufrichtig. Edward lächelt herzlich, und in meinem Bauch flattern Schmetterlinge auf.

Der Abend fliegt nur so vorbei, und ich stelle erstaunt fest, dass ich regelrecht enttäuscht bin, als die Rechnung kommt. Edward will nichts davon wissen, als ich Anstalten mache, die Hälfte davon zu übernehmen; er schüttelt nur den Kopf, als hätte ich einen extrem dummen Vorschlag gemacht. Er bietet mir an, mich zum Hotel zu bringen, und ich freue mich über die Gelegenheit, noch etwas länger mit ihm zusammen zu sein. Auf dem Weg überlege ich fieberhaft, wie ich den Abschied hinauszögern kann. Als wir an einem Pub vorbeikommen, versuche ich ihn zu überreden, mit mir hineinzugehen.

»Nur noch einen Drink auf mich, ja? Komm schon. Ich muss mich doch noch für den tollen Abend revanchieren.«

Er lacht, als ich versuche, ihn auf die Tür zuzuschieben. »Ich würde wirklich gerne, aber lieber nicht. Ein alter verheirateter Kerl wie ich braucht dringend seinen Schönheitsschlaf.«

Seine Worte ernüchtern mich schlagartig. Verheiratet? Natürlich wusste ich vorher, dass er verheiratet ist – mein Gott, jeder weiß das. Vor vier Jahren konnte man im Fernsehen verfolgen, wie er seiner damaligen Freundin bei der *Olympia Horse Show* einen Antrag gemacht hat, und ich habe Bilder seiner Hochzeit gesehen und dabei gedacht, was für eine schöne Braut sie ist. Und doch fühlt es sich an wie ein Schlag ins Gesicht, es jetzt von ihm zu hören. Ich habe den ganzen Abend mit einem verheirateten Mann geflirtet, ich war aufgeregt, als er meinen Arm gedrückt hat, und ich habe mir sogar vorgestellt, wie es wohl sein würde, wenn er mich küsste. Habe ich einfach vergessen, dass er verheiratet ist? Oder war es mir schlichtweg egal?

»Du hast recht«, erwidere ich schließlich. »Ich bin auch ziemlich müde.«

Den Rest des Weges schweigen wir.

»Danke für das Essen«, sage ich höflich, als ich ins Hotel

gehen will, aber als ich mich umdrehe, packt er meinen Arm und hält mich zurück.

»Es war wunderschön, dich kennengelernt zu haben, Elizabeth«, flüstert er und küsst mich zart auf die Wange.

In der Nacht träume ich von dem international erfolgreichen Springreiter Edward Dawson, aber dieses Mal hat es nichts mit meiner Karriere zu tun.

Eigentlich hoffe ich, nicht meiner Mutter über den Weg laufen zu müssen, als ich am nächsten Tag nach Hause zurückkehre. Mein Schädel pocht noch von zu viel Champagner, und mir ist klar, dass sie nach dem verrückten Tag gestern extrem schlechte Laune haben wird. Wenn es eines gibt, was meine Mutter nicht ausstehen kann, dann, zu etwas gedrängt zu werden.

»Hallo?«, rufe ich, als ich den weißen Palast betrete, der unser Zuhause ist. Meine Mutter liebt Ordnung und Klarheit über alles, daher sieht das Haus aus wie aus dem Katalog – wunderschön, aber nicht besonders einladend. Mein Vater ist eher ein Mensch der Bequemlichkeit, aber er ist oft auf Reisen und selten hier, daher überlässt er meiner Mutter die Oberherrschaft über unser Zuhause. Es ist still, als ich eintrete, und ich hoffe schon, dass ich meine Ruhe haben werde, aber natürlich soll es nicht so sein.

»Elizabeth, bist du das?«

Ich antworte nicht, sondern gehe direkt zu ihrem Zimmer, wo sie sich meistens aufhält und sich für das nächste »wichtige« gesellschaftliche Ereignis vorbereitet.

»Hi, Mum, geht's dir gut?«, frage ich und mache es mir auf ihrem großen Bett bequem, während sie vor dem Spiegel ihr ohnehin makelloses Make-up perfektioniert. Sie ist eine schöne Frau, das kann ich nicht leugnen. Als ich klein war, habe ich ihr jeden Tag dabei zugesehen, wie sie sich geschminkt und gestylt hat, und konnte es kaum erwarten, erwachsen zu werden und so wie sie auszusehen. Doch als ich heranwuchs, stellte sich heraus, dass ich keinesfalls wie sie aussehen würde. Ich habe zwar dasselbe blonde Haar und ihre helle Haut, aber da endet die Ähnlichkeit auch schon. Meine Mutter ist zierlich und hat eine tolle, weibliche Figur und eine niedliche Stupsnase. Ich bin groß und dünn und eher kantig wie ein Junge.

»Ich bin im Stress, wie immer. Gleich findet ein wichtiger Wohltätigkeitslunch statt, und danach muss ich mich beeilen, um rechtzeitig zu Bethanys Dinnerparty zu kommen, die heute Abend im *Four Seasons* stattfindet. Die liebe Bethany hat sich solche Mühe gegeben, dass ich einfach nicht absagen konnte.« Während sie redet, unterzieht sie jeden Millimeter ihres Gesichtes einer genauen Prüfung.

»Klingt gut … Kommt Dad mit?«

»Oh, wer weiß das schon. Du kennst doch deinen Vater. Er arbeitet, wann und wie es ihm passt, und hält es nicht für nötig, mich in seine Pläne einzuweihen.«

So ungern ich es zugebe, sie hat recht. Er ist Diplomat, also ständig in der Weltgeschichte unterwegs, und ihn zu erreichen ist so gut wie unmöglich. Ich schicke ihm oft Nachrichten oder E-Mails, bekomme aber nur selten eine Antwort, und falls er sich doch dazu bequemt, zu reagieren, ist es meistens etwas wie: »Hier geht alles drunter und drüber, melde mich bald.« Was er natürlich nicht tut. Früher war ich deswegen oft gekränkt, doch heute bin ich das nicht mehr. So ist es eben. Falls ich ihn mal sehe, dann nur durch pures Glück – tatsächlich kündigt er praktisch nie vorher an, wann er zu Hause sein wird.

Als ich noch klein war, versuchte meine Mutter, ihn in Schutz zu nehmen – er würde eben viel arbeiten, damit es uns gutging, hieß es immer. Aber in den letzten Jahren ist mir verstärkt aufgefallen, dass sich zwischen den beiden eine gewisse Bitterkeit breitgemacht hat, und inzwischen warte ich quasi jeden Tag darauf, dass einer von beiden verkündet, er wolle sich scheiden lassen. Nicht dass sich durch eine Scheidung viel ändern würde; ich bin es gewohnt, wenig mit dem Leben meiner Eltern zu tun zu haben, und nun, da ich Wildfire habe, könnte ich beginnen, mir ein vollkommen unabhängiges Dasein aufzubauen.

»Du und Edward Dawson wäret gestern ja fast in große Schwierigkeiten geraten«, sagt meine Mutter plötzlich. Mein Magen zieht sich zusammen, und mir steigt das Blut in die Wangen. Wie kann sie wissen, was ich für Edward empfinde? Ich bin mir ja selbst noch nicht einmal sicher!

»Was meinst du damit?«, frage ich und hoffe, dass meine Stimme nicht zittert. Meine Mutter blickt mich stirnrunzelnd an.

»Na ja, von mir zu verlangen, in wenigen Stunden derart viel Geld zu überweisen! Ich dachte, Edward macht Witze, als er mich anrief.« Ihr Blick bohrt sich in meinen, doch ich atme erleichtert aus. Natürlich kann sie nicht wissen, was in meinem Kopf vorgeht.

»Es musste sein, damit wir das Pferd bekommen konnten, und, Mum, du kannst dir nicht vorstellen, wie großartig Wildfire ist. Sie ist wirklich perfekt. Und mit ihr zusammen werde ich einen Riesenschritt weiterkommen.« Bei dem Gedanken daran, mit Wildfire auf Turnieren zu springen, packt mich die Aufregung, aber meine Mutter zeigt nicht einmal einen Hauch von Interesse.

»Mir ist vollkommen egal, wie dieses Pferd ist – die Anfrage war unverschämt, und ehrlich gesagt schockiert es mich, dass du so übereilt entschieden hast.« Seit meiner Kindheit gelingt es meiner Mutter immer wieder, mir das Gefühl zu geben, unbedeutend und dumm zu sein.

»Tja, aber danke, dass du es trotzdem gemacht hast«, sage ich kleinlaut.

»Ich habe gar nichts gemacht«, erwidert sie, steht auf und schnappt sich ihren Mantel.

»Was … was soll das heißen?«

»Nun, ich habe Edward mitgeteilt, dass ich wohl kaum so viel Geld ausgeben könne, ohne deinen Vater zu kontaktieren, und dazu hätte ich jetzt einfach keine Zeit. Du weißt sehr gut, wie viel ich immer zu tun habe, Elizabeth. Aber was macht Edward? Er ruft deinen Vater direkt an, ohne sich vorher mit mir zu besprechen, was ich eine Unverschämtheit finde, ganz abgesehen davon, dass ich keine Ahnung habe, wie er überhaupt zu ihm durchgekommen ist – du weißt ja, wie schwierig das ist. Aber wie auch immer. Er hat mit ihm gesprochen, und innerhalb weniger Stunden war das Geld da. Alles, ohne dass ich meine Einwilligung dazu gegeben habe! Unfassbar, wirklich!«

Sprachlos starre ich meine Mutter an. Jetzt weiß ich, warum Edward so lange in Maddies Büro war.

»Dann schreibe ich Dad wohl besser eine E-Mail, um mich zu bedanken«, murmele ich, eher zu mir als zu ihr.

»Mach, was du willst. Ich wasche in dieser Sache meine Hände in Unschuld.«

Sie nimmt ihre Handtasche und wendet sich bereits zum Gehen, als sie sich noch einmal zu mir umdreht.

»Hast du dir eigentlich schon einmal einen der College-Kataloge angesehen, die ich dir aufs Bett gelegt habe?«, will sie wissen. Meine Mutter sieht zwar viel besser aus als ich, aber was Geschäftssinn und Klugheit angeht, bin ich ganz das Kind meines Vaters. Die Schule ist mir schon immer so leicht gefallen, dass ich mich dort gelangweilt habe, und vielleicht ist das ein Grund, warum meine Mutter und ich uns nie wirklich gut verstanden haben: Sie kann nicht ertragen, dass ich immer beste Leistungen erbracht habe. Sie hat sich ihr ganzes Leben auf ihr Aussehen verlassen, und vielleicht erkennt sie langsam, dass Schönheit allein nicht ausreicht. Ich schätze, dass sie mich deshalb so drängt, aufs College zu gehen, und wenn wir uns näher stünden, wüsste ich vielleicht zu schätzen, dass sie sich um meine Zukunft sorgt. Nur leider will ich das Leben nicht, das sie sich für mich vorstellt. Ich weiß, was ich machen und wer ich sein will, und brauche ihre Ratschläge daher nicht. Ich würde mir wünschen, dass sie das versteht, aber das tut sie nicht.

»Ich habe ein bisschen darin geblättert«, lüge ich. Das College interessiert mich nicht. Ich habe meinen Schulabschluss erst vor wenigen Monaten gemacht und keine Lust, bald schon wieder Klausuren und Prüfungen zu schreiben. Wenn ich Profi im Springreiten werden will, bleibt keine Zeit fürs College; ich muss jetzt damit anfangen.

»Dein Schulleiter hat mir gesagt, dass man bei dir von ausgezeichneten Ergebnissen ausgeht und du dir so gut wie aussuchen kannst, wo und was du studierst.« Die Stimme meiner Mutter ist nun etwas freundlicher, aber trotzdem verliere ich langsam die Geduld. Wir haben schon viel zu oft über dieses Thema gesprochen, und sie kennt meinen Standpunkt genau.

»Die Bewerbungsfrist ist schon vorbei. Ich könnte dieses Jahr gar nicht mehr aufs College, selbst wenn ich es wollte«, sage ich und schaue auf meine Füße.

»Du könntest es im nächsten Jahr versuchen.«

»Ich will nicht aufs College«, erwidere ich bestimmt.

Eine Weile sieht sie mich nur an. »Nun ja … das wird sich noch zeigen.« Ihr Tonfall macht mir klar, dass sie jetzt nicht mehr darüber reden will – was mir mehr als recht ist. Sie gibt mir zum Abschied einen Kuss auf die Wange.

»Du solltest Rouge benutzen, Elizabeth«, fügt sie hinzu, als sie zur Tür geht. »Dann sieht dein Gesicht nicht mehr so konturenlos aus.«

Ich senke den Kopf und schweige. Ich wünschte, ich könnte behaupten, dass ihre kleinen, spitzen Bemerkungen mich nicht mehr treffen, aber es fühlt sich auch diesmal wieder wie ein Schlag in die Magengrube an.

Ich schäme mich, es zuzugeben, aber am Tag, als Wildfire in Irland ankommt, habe ich nichts anderes im Kopf als Edward. Ich habe beschlossen, die Stute auf seinen Hof zu stellen. Es scheint mir nur logisch, da er das Pferd für mich gefunden hat und sein Hof in Dublin liegt. Außerdem kann ich ihn auf diese Art immer wiedersehen. Jedes Mal, wenn ich mich selbst dabei erwische, von ihm zu träumen, rufe ich mich streng zur Ordnung. Er ist verheiratet, und selbst wenn er das nicht wäre, würde er sich wohl kaum für ein dummes kleines Mädchen wie mich interessieren. Ich rede mir ein, dass ich ihn bloß anhimmele, weil er so berühmt und erfolgreich ist – eine typische Starliebe also, die auch bald wieder vorbeigeht. Dennoch tut es ein bisschen weh, dass er auf meine E-Mails nur äußerst knapp antwortet. Ich melde mich nur bei ihm, weil ich bestimmte Fragen zum Kauf und Transport Wildfires habe, aber ich wünschte doch, er würde sich mir gegenüber wieder so benehmen wie an jenem Abend in England. Und ich werde wohl nie vergessen, wie er mich angesehen hat, als ich mit Wildfire dieses gigantische Hindernis überwunden habe: Er wirkte beeindruckt. *Ich* habe Edward Dawson beeindruckt!

Edwards Hof lässt sich nur mit einer Fabrik vergleichen. Ständig kommen und gehen Leute, und jeder hat immer irgendwas zu tun, keiner bleibt auch nur für einen kurzen Moment stehen. Das Gelände ist riesig, überall herrscht reger Betrieb, und sobald ich durch das Tor komme, scheint so gut wie jeder zu wissen, wer ich bin. Einer von Edwards Pflegern, Patrick, zeigt mir Wildfires neuen Stall. Mit einem Mal wird mir das ganze Ausmaß dessen, was hier geschieht, bewusst, und langsam fange ich an zu glauben, dass mein Traum tatsächlich wahr werden kann.

Als Wildfire eintrifft, ist sie wie erwartet erschöpft und hungrig, macht jedoch einen guten Eindruck. Es gibt Pferde, die Reisen als Stress empfinden, aber Wildfire tritt ziemlich unbelastet aus dem Transporter. Patrick hilft mir dabei, sie zu versorgen. Während wir sie füttern und ihr ihren Schlafplatz bereiten, wird mir bewusst, wie freundlich und sanftmütig die Stute eigentlich ist.

»Wo ist Edward?«, frage ich Patrick beiläufig. Ich weiß natürlich, dass er ein vielbeschäftigter Mann ist, aber ich hatte dennoch gehofft, dass er bei Wildfires Ankunft anwesend sein würde und ich noch ein bisschen Zeit mit ihm verbringen könnte.

»In seinem Büro«, gibt Patrick zurück.

Ich beschließe, dorthin zu gehen, und klopfe zögernd, schließlich will ich ihn nicht stören.

»Herein«, antwortet er ziemlich barsch. Als er mich jedoch erkennt, schenkt er mir ein so strahlendes Lächeln, dass mir die Knie weich werden.

»Elizabeth. Hallo. Wie geht's dir?«

»Hi.« Ich kriege fast nur ein Flüstern heraus. »Gut, danke. Und dir?« Unfassbar, dass ich vergessen konnte, wie gut er aussieht.

»Alles ganz wunderbar, dank dir. Ich nehme an, Wildfire ist gesund und munter eingetroffen?«

»Oh, ja … ihr geht's blendend. Patrick hat mir ein bisschen geholfen«, stammele ich.

»Schön.« Ein unbehagliches Schweigen legt sich über uns,

bis ich endlich begreife, dass Edward wissen will, warum ich gekommen bin.

»Ich wollte dich etwas fragen«, bringe ich hervor.

»Schieß los.«

»Ich habe mich gefragt … na ja, ich hatte gehofft, dass du vielleicht in Erwägung ziehen würdest … mich zu trainieren?« Jetzt ist es raus. Edwards Lächeln flackert einen kurzen Augenblick, und er wendet den Blick ab, aber ich beschließe, einfach fortzufahren. »Ich meine … ich dachte, weil du ja Wildfire schließlich entdeckt hast und … und sie hierbleibt und so weiter, und du ja schon weißt, was ich erreichen will …«

Bei dem letzten Satz sieht er mich direkt an, und ein winziges Lächeln erscheint auf seinen Lippen.

»Ich würde dich wirklich gerne trainieren, Elizabeth, aber ich glaube kaum, dass das eine gute Idee ist … für keinen von uns.« Seine Worte schmerzen mehr, als ich es für möglich gehalten hätte, und plötzlich fühle ich mich gedemütigt.

»Oh. Okay.« Ich wende mich zum Gehen, aber Edward hält mich auf.

»Warte. Es ist nicht so, dass ich dich für untalentiert halte. Im Gegenteil, du hast enorm viel Potenzial. Es ist nur …« Einen Moment lang scheint er mit den richtigen Worten zu ringen, dann steht er frustriert auf.

»Mein Gott, ich weiß nicht, wie ich es … Elizabeth, darf ich ganz ehrlich zu dir sein?« Ich nicke, obwohl mich die Nervosität packt.

»Ich mag dich, und zwar weit mehr, als ich sollte. Du bist so mutig und stark und, na ja, schön … du bist einfach großartig. Du bist das erstaunlichste Wesen, das mir je über den Weg gelaufen ist, und das darf nicht sein, weil … na ja, du weißt, wieso …«

Ich erstarre. Ich höre zwar, was er sagt, habe aber enorme

Mühe, das Gehörte zu verarbeiten. Ich meine, da steht Edward Dawson und sagt mir, dass er mich mag und schön findet! Ich glaube nicht, dass mich je jemand als schön bezeichnet hat. *Er ist verheiratet,* flüstert eine Stimme in meinem Ohr. *Aber er findet mich toll!,* schreit eine andere zurück.

In diesem Augenblick sieht Edward so verwundbar, so ängstlich und so jung aus, dass sich mein Herz weit für ihn öffnet.

»Ich … ich weiß nicht, was ich sagen soll …«

Edward macht einen Schritt auf mich zu. Wir stehen nun dicht voreinander. Er riecht nach Aftershave und Zigaretten, und mein Herz hämmert so laut, dass er es hören muss.

»Sag mir, dass du das anders siehst. Dass du mich nicht begehrst, weil ich zu alt für dich bin und außerdem verheiratet. Sag mir, dass du mich nicht willst, und ich verspreche dir, dass ich meine Gefühle für dich in mir einschließe und nie wieder davon sprechen werde …« Seine Stimme bebt. Seine Brust hebt sich. Seine blauen Augen brennen sich in meine, und ich bin sicher, dass er den Sturm in meinem Kopf sehen kann. Das hier … das kann ich doch nicht tun. Aber ich möchte so gerne. Dass er mich begehrt ist aufregend und erschreckend zugleich. Ich bin mir nicht sicher, ob ich damit umgehen kann, aber ich will auf gar keinen Fall, dass er sich wieder von mir abwendet.

»Ich … ich kann nicht«, presse ich hervor. »Ich kann dir das nicht sagen, weil … weil es nicht wahr ist.«

Edwards Blick verändert sich. Anstelle der Verletzlichkeit tritt nun Begierde. Er legt mir die Hand in den Nacken und küsst mich stürmisch und so innig, dass meine Knie weich werden. Als er sich von mir löst und mich mit seinen atemberaubend blauen Augen ansieht, wird mir bewusst, dass ich verloren bin.

3. Kapitel

ANFÄNGE

»Matt! Matt! Steh auf, du Mistkerl. Shane bringt uns um!« Nick schlägt mit einer Zeitschrift nach mir. Ich würde ihm gerne sagen, dass er das lassen soll, aber mein Schädel tut so weh, dass ich nur laut stöhnen kann.

»Es ist fast sieben. Wir haben die Pferde noch nicht gefüttert und müssen noch das ganze Equipment putzen.«

»Scheiße!«, murmele ich unter meiner Decke. Nick und ich sind bei einem Turnier in Cavan. Wir wollten bereits seit sechs Uhr auf den Beinen sein, denn wir haben heute verdammt viel zu tun, und nun wird alles hektisch.

Shane bleibt bei Turnieren nie bei den Pferden, denn das ist unser Job. Ich arbeite jetzt seit vier Jahren für ihn, und es ist immer noch höllisch anstrengend. Die Turniere, bei denen wir über Nacht oder gleich mehrere Nächte bleiben, sind immer die besten. Alle Teilnehmer parken ihre Transporter auf demselben Platz, und die Party beginnt, sobald das Turnier des Tages zu Ende geht. Ein Riesenspaß, bei dem alle unter Strom stehen, zu viel trinken und zu wenig schlafen. Ich schätze, ich habe seit vier Jahren nicht mehr genug Schlaf bekommen.

Mühsam setze ich mich auf und schaue mich um. Der Transporter ist ein einziger Müllhaufen, überall liegen leere Flaschen und Pizzakartons herum, der Boden starrt vor Dung und Sägespänen.

»Scheiße!«, sage ich wieder, diesmal lauter. »Wie sieht's denn hier aus? Wir müssen dringend aufräumen, bevor Shane kommt.« Der Transporter ist während der Auswärtsturniere zwar unser Schlafplatz, aber er gehört Shane, und der wird sauer, wenn wir ihn derart verlottern lassen.

»Ja, ja.« Nick zieht sich bereits seine fleckige Jeans an. »Wir müssen erst die Pferde fertig machen, dann kümmern wir uns um den Transporter. Ernsthaft, Matt, steh verdammt noch mal endlich auf.«

In den Ställen herrscht rege Betriebsamkeit. Die meisten Pfleger haben ihre Pferde bereits gefüttert, als Nick und ich unsere Eimer in die Boxen kippen und dabei beten, dass Shane nicht allzu zeitig eintrifft. Dass es gestern so spät geworden ist, war nicht geplant. Ich hatte die besten Absichten, früh zu Abend zu essen, schnell einen Drink in der Bar zu nehmen und anschließend den dringend nötigen Schlaf nachzuholen. Doch es sollte anders kommen. Wie immer. Die Bar befindet sich nicht weit von unserem Gelände entfernt, es liegt also nahe, gleich dort abzustürzen und alles andere zu vergessen. Aus einem Feierabenddrink werden unweigerlich zehn, und irgendwann torkeln Nick und ich mitten in der Nacht zum Transporter zurück.

Während ich die Ausrüstung schrubbe, was ich schon gestern Abend hätte tun sollen, frage ich mich, warum ich mir das eigentlich antue. Jedes Turnier läuft gleich ab: Komasaufen und Schlafentzug wechseln sich mit vollkommen verkaterten Tagen ab, an denen ich trotzdem so tun muss, als sei ich halbwegs gut drauf. Shane ist nicht dumm: Er weiß ganz genau, was wir bei solchen Gelegenheiten anstellen, und hat kein Problem damit, uns zusammenzufalten, wenn er denkt, dass wir es zu weit treiben. Wenigstens hat Nick diesmal niemanden abgeschleppt. Er ist ein echter Aufreißer, und nicht nur einmal bin ich morgens aufgewacht und habe ihn bei irgendeinem Kerl im Arm vorgefunden. Ich habe einen gesunden Schlaf und bekomme so gut wie nie etwas mit, aber ich fühle mich dennoch nicht wirklich wohl, wenn ich morgens neben einem nackten Hintern aufwache und den dazugehörigen Typen noch nicht einmal kenne.

Nick ist inzwischen dreiundzwanzig und von allen Pferdepflegern am längsten dabei. Als ich anfing, brachte er mir in zahllosen Lektionen schweißtreibender Quälerei das »richtige« Reiten bei, aber nach sechs Monaten hielt man mich endlich für gut genug, um an Turnieren teilzunehmen. Nick und ich reiten nur die jungen Pferde; jedes Tier, das eine halbwegs anständige Höhe überwindet, geht an Shane. Er ist derjenige, der das Geld und den Ruf besitzt. Auf seinem Hof bei Dublin arbeiten noch vier weitere Stallkräfte, aber Nick und ich sind die einzigen, die dort auch wohnen. Bei den richtig großen Turnieren nimmt Shane manchmal einen dritten Helfer mit, aber fast immer begleiten nur Nick und ich ihn. Wir beide sind gut befreundet; mit den anderen haben wir weniger zu tun, was aber vor allem daran liegt, dass sie nie besonders lange bei uns sind.

Viele Reiter haben ihre Pferde bei Shane eingestellt, und wir treffen sie häufig auf Turnieren. Ich mag es, wenn auf dem Hof viel los ist. Es findet sich immer jemand, mit dem man ein bisschen plaudern oder jammern kann. Das wahrscheinlich Beste am Leben auf dem Hof ist, dass man sich niemals einsam fühlen kann. Leer ist das Gelände ausschließlich früh am Morgen, wenn die angenehme Stille in der Luft nur von dem leisen Wiehern hungriger Pferde unterbrochen wird. Ich liebe den Morgen. Ich liebe diese wundervolle Ruhe vor dem hektischen Tag.

In meiner Anfangszeit durfte ich nicht mit zu den Turnieren, und ich habe die ersten sechs Monate, die ich regelrecht auf dem Hof festsaß, gehasst. Meistens kam ich nicht einmal durch die Tore hinaus. Jeder Tag war mit der immer gleichen öden Routine vollgepackt, und nicht selten dachte ich daran, alles hinzuschmeißen. Einmal habe ich sogar schon meine Tasche gepackt, aber der Gedanke, nach Hause zurückzukehren und wieder in die Schule gehen zu müssen, war mir unerträglich. Außerdem hätte ich zugeben müssen, dass meine Eltern recht gehabt hatten und ich doch nicht für diese Arbeit geeignet war – dass ich nicht zäh genug, nicht talentiert genug, nicht stark genug war. Ich hatte sie um diese Chance angefleht, ich wollte allen beweisen, dass ich es schaffen konnte. Und ich wünschte mir so sehr, zu den Turnieren mitzufahren und daran teilhaben zu können!

Das Niveau der Turniere, zu denen wir fahren, ist sehr unterschiedlich. Bei den internationalen Prüfungen treten Hunderte von Reitern gegeneinander an. Die Höhe der Hindernisse variiert je nach Klasse von einem Meter zehn bis zu einem Meter sechzig, der sogenannten S-Klasse. Diese Wettbewerbe dauern von zwei Tagen bis zu einer Woche. Und dann gibt es die Trainingsturniere, mit denen ich angefangen habe. Das sind eintägige Turniere mit limitierter Klasse und Teilnehmerzahl, bei denen es weder Preise noch Plätze gibt. Bei Trainingsturnieren darf man noch alle Fehler machen. Durch sie findet man heraus, was das Pferd und man selbst überhaupt zu leisten vermag.

Der Tag, an dem Shane endlich entschieden hat, dass ich an Turnieren teilnehmen durfte, wird mir wohl ewig im Gedächtnis bleiben. Nick und ich hatten gerade in Shanes nagelneuer Reithalle trainiert, die ideale Bedingungen bot. Nick war angewiesen worden, mich unter keinen Umständen ohne Shanes Erlaubnis springen zu lassen; ich durfte nur Bodenarbeit machen. Nick hielt sich allerdings nicht allzu sklavisch daran. Shane war selten anwesend, und Nick war sein Stellvertreter, also bestand keine Gefahr, von jemandem verpfiffen zu werden. Außerdem wollte Nick ein bisschen gesunde Konkurrenz schaffen. Wenn nur er springen durfte, konnte er niemanden schlagen, und Nick ist verliebt in den Sieg.

Ich ritt Harvey, einen vielversprechenden vierjährigen Wallach. Die Besitzerin hatte ihn zu Shane gebracht, damit er überprüfte, ob das Tier Talent hatte. Schon nach kurzer Zeit war Shane und uns Pflegern klar, dass der Wallach mehr draufhatte, als alles, was in letzter Zeit zu uns gekommen war, und Shane wollte unbedingt davon profitieren. Nun saß Nick am Rand der Halle und rauchte, und der Geruch machte mir ebenfalls Lust auf eine Zigarette.

»Der Gaul ist ja wirklich gut«, sagte Nick. »Aber über das Ding da kann er bestimmt nicht springen.« Er deutete auf ein Hindernis einer Übungsreihe, das mindestens eins dreißig hoch und ziemlich breit war.

»Klar kann er das«, behauptete ich, obwohl ich keine Ahnung hatte, wo Harveys Grenzen lagen. »Das Pferd ist etwas Besonderes.« Ich klopfte seinen dunkelbraunen Hals. Harvey war definitiv mein Lieblingspferd auf Shanes Hof. Er hatte nicht nur Talent, sondern auch einen tollen Charakter. Er biss und trat nie und wollte immer gefallen. Harveys Besitzerin sprang selbst kaum mit ihm, hatte aber genügend Geld, um sich am Erfolg zu beteiligen. Solche Besitzer sind nicht selten: Sie legen keinen Wert darauf, ins Training oder Turniergeschehen einbezogen zu werden – solange ihnen das Pferd gehört, fühlen sie sich als Sieger.

»Na, dann probier's aus, wenn du dir so sicher bist.« Nick lächelte. Er wusste, dass ich nur bluffte: Ich ritt Harvey zwar oft, war aber noch nie mit ihm gesprungen. Nick ließ mich nur mit erfahrenen Pferden springen, mit denen ich praktisch keine Fehler machen konnte. Dennoch war ich versucht, es zu tun, denn ich wusste, dass ich längst gut genug dafür war.

Ich wollte ihm gerade antworten, als sich eine andere Stimme dazuschaltete. »Ich hätte auch nichts dagegen, das zu sehen.«

Nicks Gesicht wurde leichenblass. Er ließ die Zigarette fallen und trat sie hastig aus. In der Nähe der Pferde durften wir nicht rauchen.

Ich wusste sofort, wem diese Stimme gehörte, noch ehe ich mich umwandte. Shane stand mit vor der Brust verschränkten Armen lässig an die Bande gelehnt. Sein sandfarbenes Haar war kurz geschnitten, und er trug ein weißes Polohemd und eine hellblaue Jeans. Sein finsterer Blick war auf mich gerichtet.

»Wir haben nur Blödsinn geredet, Shane – wir hatten natürlich nicht vor, mit Harvey zu springen.« Nick lachte gezwungen, aber Shane lächelte nicht zurück. Unverwandt sah er mich an. Ich fing an zu stammeln.

»Ehrlich. Ich würde doch nicht … nicht ohne deine Erlaubnis …«

»Ist das so?«, fragte er und zog die Brauen hoch. »Tja … meine Erlaubnis hast du jetzt, also los.«

Ich wusste nicht, was ich machen sollte. Ich warf Nick einen unsicheren Blick zu, aber er sah mich genauso hilflos an, wie ich mich fühlte. Was immer ich tat – ich steckte in Schwierigkeiten. Aus dieser Situation gab es keinen Ausweg. Den Job, für den ich so viel getan hatte, war ich wohl los. Shane schlenderte langsam zu der Kombination und stellte sich direkt an das letzte Hindernis, so dass er einen hervorragenden Blick über den Parcours hatte.

»Fang an«, sagte er.

Ach, verdammt, dachte ich, ich hatte ja sowieso keine Wahl. Ich nahm die Zügel auf und trieb Harvey zum Galopp. Harvey gehorchte problemlos. Ich ritt zum Aufwärmen ein paar Zirkel, dann wendete ich zur Reihe. Der erste Teil der Kombination aus drei Hindernissen bestand aus einem kleinen Kreuz. Harvey überwand es mühelos. Ich bewegte mich kaum über dem Sprung, da ich wusste, dass ich für die kommenden Hindernisse die Balance halten musste. Das zweite Hindernis war ein weit höherer Steilsprung, bei dem Harveys Potenzial deutlich wurde, als er vor Freude nach hinten auskeilte. Das nächste Hindernis war ein ein Meter dreißig hoher Oxer, und am liebsten hätte ich meine Ausbildung vergessen und ihn einfach hart angetrieben, aber ich zwang mich dazu, ruhig sitzen zu bleiben und erst nachzugeben, als ich spürte, wie Harveys Vorderbeine den Boden verließen. Und als er mit allen vier Beinen sicher und flüssig wieder landete, war meine Erleichterung ungeheuer. Ich ließ ihm noch zwei Galoppsprünge, bevor ich ihn durchparierte und auf Shane zutrabte.

Doch meine Erleichterung war nur von kurzer Dauer. Sobald ich Shanes Blick begegnete, wusste ich, dass die Gefahr noch nicht vorüber war. Das hier war ein Test, und ich hatte keine Ahnung, ob ich bestanden hatte oder nicht. Prompt sah ich vor meinem inneren Auge, wie ich meinen Eltern gestehen musste, dass ich gefeuert worden war und mit nichts in den Händen zu ihnen zurückkehrte. Shane rieb sich gedankenverloren das Kinn. Das Schweigen zog sich eine Ewigkeit hin.

»Nicht schlecht«, murmelte er schließlich. Er sagte es so leise, dass ich mir nicht einmal sicher war, ob er wirklich mit mir sprach. »Nein, wirklich nicht schlecht. Du warst nicht im Gleichgewicht und bist das Hindernis nicht gerade genug angeritten, aber es war kein schlechter Versuch.« Noch immer rieb er sich das Kinn.

»Danke«, erwiderte ich. Seine Reaktion überraschte mich, und ich hatte noch immer keine Ahnung, was auf mich zukam.

»Ich habe zwei Vierjährige, denen ein paar Wettkampferfahrungen guttun würden. Meinst du, du hättest dazu Lust, Matt?«

»Oh, ich … ja … ja, na klar.« Ich stolperte über meine Worte, so aufgeregt war ich. Ich hatte nicht nur meinen Job behalten, sondern durfte endlich auf Turnieren springen.

»Gut, dann kannst du Nick dort auch unterstützen. Es wird

langsam ja auch etwas zu viel für ihn allein.« Er wandte sich zu Nick, der aussah, als habe man ihm eine fette Ohrfeige verpasst.

»Nick, hilf ihm bei den Vorbereitungen, okay?« Nick bekam kein Wort heraus, sondern nickte nur.

Als Shane auf die Tür zuging, sahen Nick und ich uns nur an. Wir waren uns bewusst, dass wir ungeheures Glück gehabt hatten. Ein Grinsen breitete sich auf meinem Gesicht aus, als ich Shanes Stimme noch einmal vom anderen Ende der Reithalle hörte.

»Übrigens, Jungs – wenn ihr noch einmal etwas tut, was ich euch ausdrücklich untersagt habe, dann seid ihr zwei schneller weg von hier, als ihr euch umdrehen könnt. Glaubt mir, ich habe keine Probleme damit, euch zu ersetzen.«

Nach diesem Vorfall waren die nächsten Monate vollgestopft mit endlosen Springlektionen und den Vorbereitungen für die Turniere. Zuerst war ich überglücklich. Die Pferde waren jung und unerfahren, aber ich konnte endlich tun, was ich immer schon hatte tun wollen, und es machte mir großen Spaß, die Tiere zu trainieren und mit ihnen in immer höheren Klassen zu starten.

Es dauerte jedoch nicht allzu lange, bis ich begriff, dass die Pferde sich zwar entwickelten, ich aber auf einem bestimmten Niveau stehen blieb. Sobald die Pferde genug Erfahrung gesammelt hatten, musste ich sie an Shane, Nick oder die Besitzer abtreten. Keines konnte ich länger reiten als ein, zwei Monate.

Das mache ich nun seit vier Jahren, und langsam frage ich mich, warum ich eigentlich noch hier bin. Warum ich noch immer mit Pferden springe, die mir nichts bedeuten, und mich betrinke, weil ich sonst nichts zu tun habe. Ich will etwas Aufregendes erleben, ich will endlich eine Herausforderung, die mich an meine Grenzen bringt, und ich bin mir nicht mehr sicher, ob dieses Umfeld das richtige dafür ist.

Ich kann gar nicht mehr aufhören zu gähnen, während ich den Sattel schrubbe. Nick und ich haben es tatsächlich geschafft, alles zu erledigen, bevor Shane eingetroffen ist, aber er sieht uns an, dass wir durchhängen.

»Na? War's spät gestern?«, fragt er und klopft mir auf die Schulter. Ich nicke. Reden kostet mich zu viel Energie.

»Den kannst du weglegen«, sagt er und deutet auf den Sattel. »Komm mit, ich will dir ein Pferd zeigen.« Er klingt aufgeregt, was mich neugierig macht; nur ein wirklich besonderes Tier kann ihm eine solche Reaktion entlocken.

»Um welches Pferd geht's denn?«, frage ich, während wir auf die Box zugehen.

»Wildfire«, antwortet er.

»Wildfire? Das amerikanische Pferd, das dieses Jahr garantiert für den *Nations Cup* aufgestellt wird? Was macht das denn hier?« Wir sind hier zwar bei einem großen Turnier, aber ein Pferd wie Wildfire springt normalerweise im Ausland. Es wundert mich, dass es hier in Irland ist. Shane lächelt, als er die Neugier in meiner Stimme hört.

»Wildfire hat seit dieser Saison eine neue Besitzerin. Die übrigens gerade erst neunzehn geworden ist, wie man so hört.« Die Springreitersaison hat im Sommer ihren Höhepunkt, wird aber eigentlich nur zu Weihnachten unterbrochen. Jetzt haben wir Januar, und die Springreitergemeinde ist zurück, um bis zum nächsten Winter gegeneinander anzutreten.

»Wow, die hat's gut. Wer ist sie?«

»Sie heißt Elizabeth O'Brien.«

4. Kapitel

TRÄUME

So leise wie möglich schlüpfe ich aus dem Bett. Edward liegt auf dem Bauch und schläft tief und fest. Er ist nur zur Hälfte zugedeckt, sein Rücken ist nackt. Er ist perfekt trainiert, doch gleichzeitig von Narben übersät, die er sich im Laufe der Jahre zugezogen hat. Inzwischen kenne ich wohl die Geschichte jeder einzelnen von ihnen.

Ich weiß nicht, warum, aber bei seinem Anblick muss ich an unser »erstes Mal« denken. Es ist jetzt sechs Monate her, und bis dato hatte sich meine sexuelle Erfahrung auf ungelenke Schuljungen beschränkt, die kaum wussten, was sie taten. Edward änderte das. Er änderte buchstäblich alles. Für mich war dieses erste Mal nervenaufreibend, denn sein starker, erfahrener Körper schüchterte mich ein. Noch nie zuvor hatte ich erlebt, dass mich jemand so sehr begehrte, und es war angsteinflößend und erregend zugleich.

Edward bewegt sich, und ich erstarre. Er murmelt etwas, dann schläft er wieder ein. In Stresszeiten hat er einen furchtbar leichten und unruhigen Schlaf. Wenn alles läuft und in Ordnung ist, schläft er wie ein Baby, aber wenn eins seiner guten Pferde lahmt oder er eine schlechte Springleistung abgeliefert hat, kommt er manchmal gar nicht zur Ruhe. Jetzt allerdings bin ich sicher, dass ich der Grund für seine Unruhe bin, deshalb will ich ihn auf keinen Fall aufwecken.

Ich sehe mich in seinem wunderschönen georgianischen Zuhause um, und wie immer fühle ich mich wie ein Eindringling.

Katherine, Edwards Frau, ist ziemlich oft bei ihrer Familie in Spanien, daher sind wir fast immer hier. Wenn Katherine zu Hause ist, nimmt er sich ein Hotelzimmer. Wir verbringen beinahe jede zweite oder dritte Nacht miteinander, wenn möglich sogar mehr. Edward will mich am liebsten ständig an seiner Seite haben, und ich werde nervös, wenn wir uns ein, zwei Tage nicht sehen, weil ich befürchte, dass sein Verlangen nach mir vielleicht nachlassen könnte.

Ich habe nicht viel Erfahrung, an der ich meine Beziehung mit Edward messen könnte, aber mir ist schnell klargeworden, dass er launischer und unberechenbarer ist als eine Fuchsstute. Manchmal benimmt er sich jungenhaft und sehr lieb, dann wieder schreit er jeden an, der zufällig seinen Weg kreuzt.

Nach jenem Tag in seinem Büro hatte ich ein so schlechtes Gewissen, dass ich mich zu Hause eingeschlossen und mein Zimmer tagelang nicht verlassen habe, aber ich wusste natürlich, dass ich ihm über kurz oder lang wieder begegnen würde. Ich musste Wildfire reiten, ich musste an meinem Traum festhalten, denn das war das Wichtigste. Und ich war noch keine fünf Minuten auf seinem Hof, als er mich schon entdeckt hatte. Er zerrte mich förmlich in sein Büro.

»Wo warst du denn? Ich habe dich angerufen, ich habe dir E-Mails geschickt, und beinahe wäre ich zu dir nach Hause gekommen.« Er klang panisch, fast wütend.

»Es tut mir leid. Ich …«, begann ich, aber er unterbrach mich.

»Ich wollte dich unbedingt wiedersehen«, brachte er mühsam beherrscht hervor. »Wolltest du das etwa nicht?«

»Doch«, antwortete ich. »Aber ich … ich hatte ein furchtbar schlechtes Gewissen. Was ist denn mit deiner Frau?«

Edward fuhr sich mit der Hand durch seine blonden Haare, ehe er antwortete. »Ich muss dir etwas sagen. Meine Frau …

Katherine und ich … wir haben uns getrennt. Und das schon vor einer ganzen Weile. Wir beide haben ungefähr ein Jahr nach unserer Hochzeit gemerkt, dass es mit uns nicht wirklich funktioniert. Aber sie entstammt einer streng katholischen Familie. Wenn wir uns scheiden ließen, wäre das eine Katastrophe, und ihre Familie würde vermutlich kein Wort mehr mit ihr sprechen. Ich liebe Katherine zwar nicht mehr, aber so etwas würde ich ihr niemals antun wollen … Ich hoffe, du kannst das verstehen.« Edward sprach flehend auf mich ein, doch ich hatte Schwierigkeiten zu verarbeiten, was er mir da erzählte.

»Aber ihr zwei lebt noch zusammen?«, fragte ich verwirrt.

»Nur zum Schein … Niemand soll wissen, dass wir getrennt sind, aber wir haben seit gut einem Jahr kein Bett mehr geteilt. Du musst mir glauben, Elizabeth. Ich liebe Katherine nicht und sie mich auch nicht, aber ich … ich glaube, ich habe mich in dich verliebt …«

Bei seinen Worten schauderte ich von Kopf bis Fuß. Ich konnte nichts sagen, trat aber stattdessen einen Schritt vor und schlang meine Arme um ihn. Er reagierte sofort und küsste mich, und ich schmolz dahin. Schließlich zog er den Kopf zurück, um mir tief in die Augen zu sehen.

»Schließ mich nicht aus, bitte, Elizabeth. Das ertrage ich nicht.« Seine Hände lagen an meinen Wangen, und mir wurde bewusst, dass mir noch nie im Leben jemand derart intensive Gefühle entgegengebracht hatte.

»Das tue ich nicht, versprochen.«

Seitdem haben wir uns praktisch jeden Tag gesehen. Er trainiert mich auf Wildfire, und alle zwei, drei Abende führt er mich in teure Restaurants oder zu Partys in Dublin aus, und wenn er außerhalb des Landes an Turnieren teilnimmt, lässt er mich manchmal einfliegen, damit ich bei ihm sein kann. Manchmal kommt es mir so vor, als hätte ich gar nicht richtig gelebt, bevor ich ihn kennengelernt habe – so aufregend ist unsere Beziehung. Aber sie ist nach wie vor nervenaufreibend. Wenn ich bei ihm bin, will ich ihm auch unbedingt gefallen.

Sein Stöhnen reißt mich aus meinen Gedanken. Ich wende mich zu ihm um und sehe, dass er wach ist.

»Morgen, meine Schöne«, murmelt er schläfrig. »Heute ist ein großer Tag.«

»Erinnere mich bloß nicht daran.«

Strahlend blaue Augen sehen mich an, und ich muss lächeln. Er breitet die Arme aus, damit ich wieder ins Bett komme, und obwohl mir das bevorstehende Turnier echte Sorgen macht, kann ich nicht widerstehen und krieche zu ihm unter die Decke. Er zieht mich mit dem Rücken an sich und beginnt, mir den Nacken zu küssen.

»Alles wird gut«, flüstert er mir ins Ohr. »Konzentrier dich einfach und reite zielgerichtet. Das wird deine Saison.«

Ich weiß, dass er mich aufbauen will, aber der Druck, der auf mir lastet, ist enorm. Das ist meine erste echte Saison mit Wildfire, und ich weiß, dass eine Menge Leute sehr genau beobachten werden, was wir beide heute abliefern. Ich habe Wildfire erst im vergangenen Frühling bekommen, und da wir uns zunächst aneinander gewöhnen mussten und relativ spät in die Saison einsteigen konnten, haben wir auf dem Parcours noch nicht besonders viel Eindruck hinterlassen. Doch inzwischen haben wir wirklich zusammengefunden. Wildfire vertraut mir und ich ihr. Sie rackert sich für mich ab, und ich tue alles, was ich kann, um ihr zu helfen und sie zu ermutigen. Ich weiß, dass wir beide in dieser Saison echte Chancen haben, zumal Edward uns mit Rat und Unterstützung zur Seite steht.

»Wen reitest du heute?«, frage ich ihn, um von mir abzulenken.

»Minnie«, sagt Edward beiläufig. Der Große Preis heute bedeutet ihm kaum etwas – er ist höchstens eine Stufe auf dem Weg zu dem, was er wirklich will: die Teilnahme am irischen *Aga Khan*-Team bei der *Dublin Horse Show*. Das ist es, was alle Spitzenreiter Irlands wollen – und was auch ich will, aber für mich scheint der Traum momentan noch außer Reichweite. Edwards Traum geht natürlich noch darüber hinaus. Er will nicht nur ins Team, er will es auch zum Sieg führen.

»Sie macht es ganz gut, nicht wahr?«

»Ach ja, sie ist kein schlechtes Pferd. Ein bisschen aufmüpfig und stur, aber sobald sie kapiert, wer das Sagen hat, klappt es schon.« Mit der Zeit ist mir klargeworden, wie unterschiedlich Edward und ich ans Reiten herangehen. Er ist aggressiv und dominant und zwingt ein Pferd oft zum Gehorsam, während ich Wildfire mit Lob und Ermunterung dazu bringen möchte, *mit* mir zu arbeiten. Mir ist es am liebsten, wenn sie und ich im Einklang miteinander sind. Edward ist ein großartiger Trainer, der aus vielen Jahren Erfahrung schöpfen kann, aber dieser grundlegende Unterschied in unserem Reitstil sorgt nicht selten dafür, dass bei den Trainingseinheiten die Fetzen fliegen. Edward kann es nicht ausstehen, wenn jemand ihm widerspricht – am wenigsten, wenn es ums Springreiten geht –, aber wenn er mir befiehlt, ich solle sie bestrafen oder immer härter antreiben, muss ich mich einfach für sie einsetzen. Meistens reden wir dann eine Weile nicht miteinander. Edward entschuldigt sich nie, aber ich tue es auch nicht; wir nehmen einfach hin, dass wir unterschiedliche Meinungen haben, und lassen das Thema schnell fallen. Ich weiß, dass ich Talent habe und mit Wildfire meinem Traum, für Irland zu reiten, jeden Tag ein Stück näher komme, aber ich weiß auch, dass ich dazu Edwards Hilfe benötige.

»Deine Mutter hat mich gestern Abend angerufen.« Edward

stöhnt hinter mir auf. Ich verspanne mich. Genau das ist der Grund, warum er momentan so schlecht schläft.

»Was hat sie denn diesmal gesagt?«

»Dasselbe wie immer. Du sollst aufs College gehen. Sie betrachtet Wildfire als Ablenkung von allem, was für deine Zukunft gut ist. Du sollst endlich diesen Sport aufgeben, weil er dich nicht weiterbringt, und bla bla bla.« Edward lässt mich los, steigt aus dem Bett und steuert aufs Badezimmer zu.

»Ich weiß ja, dass sie deine Mutter ist, aber die Frau hat echt nicht alle Tassen im Schrank«, brummelt er und zieht die Tür hinter sich zu. Mir ist klar, dass Edward in Bezug auf meine Mutter nicht ganz unrecht hat, aber ich wäre froh, wenn er mir das nicht bei jeder Gelegenheit unter die Nase reiben würde.

Nur wenige Monate nach dem Kauf von Wildfire verkündeten meine Eltern, dass sie sich scheiden lassen würden. Das überraschte mich nicht besonders – ich kann mich nicht einmal daran erinnern, wann sie zum letzten Mal freiwillig zusammen gewesen sind. Das Dumme an der Sache ist nur, dass meine Mutter es zu ihrer Mission gemacht hat, Wildfire loszuwerden und mich aufs College zu schicken. Zum Glück hat mein Vater Wildfire bezahlt, so dass er der offizielle Besitzer ist, aber das hindert meine Mutter nicht daran, es mit anderen Strategien zu probieren. Ständig ruft sie Edward an, um ihn anzuflehen, mich nicht mehr zu trainieren, aber er hat sie bereits wiederholt darauf hingewiesen, dass ich über achtzehn bin und er nur dann damit aufhören würde, wenn ich es selbst so wollte. Wann immer ich nach Hause komme, stürzt sie sich auf mich, um mir vorzuwerfen, dass ich die besten Jahre meines Lebens für etwas vergeude, das mich nirgendwohin führen wird.

Zuerst war sie ganz pragmatisch und schlug mir vor, das College wenigstens in Betracht zu ziehen und das Springreiten als Hobby weiterzuführen. Aber als ich ihr ein für alle Male erklärte, dass es für mich niemals nur ein *Hobby,* sondern immer der Beruf meiner Wahl sein könne, rastete sie aus. Wie immer sich unsere Beziehung vorher gestaltet hat – jetzt, da ich mich unnachgiebig zeige, ist sie wahrlich auf dem Kriegspfad. Jedes Mal, wenn ich zum Training oder zu einem Turnier fahre, fängt sie sofort an zu zetern. Vergangene Woche fand ich auf meinem Bett einen ganzen Stapel Ausdrucke von Nachrichtenartikeln über Reiter, die bei Unfällen schwer verletzt wurden oder sogar tödlich verunglückt sind. Manchmal denke ich, dass sie Wildfire nur deshalb loswerden will, weil mein Vater sie ohne ihre Einwilligung gekauft hat – dass diese ganze Auseinandersetzung eigentlich gar nicht wirklich mit mir zu tun hat, sondern nur mit ihrem Stolz. Doch wie dem auch sei, mit ihr in einem Haus zu wohnen ist fast unerträglich geworden, und ich bin froh über jede Nacht, die ich woanders schlafen kann.

Natürlich hat meine Mutter auch längst kapiert, dass ich mit jemandem zusammen bin; ich bin noch nie eine gute Lügnerin gewesen, ich bin ein ziemlich aufrichtiger Mensch. Doch ich habe ihr gesagt, dass ich noch nicht so weit bin, ihn jemandem vorzustellen, und zumindest im Augenblick kann ich sie mir damit vom Hals halten. Ich habe keine Ahnung, was meine Mutter täte, wenn sie herausfände, dass Edward derjenige welcher ist.

Als er aus dem Bad kommt, sieht er schon etwas wacher aus. Er hat das Haar mit Wasser geglättet, und ich denke mit Schrecken daran, wie meins wohl aussieht.

»Sie hat gestern offenbar auch deinen Vater angerufen«, erzählt er, als er sich auf die Bettkante setzt.

»Sie hat *was?*« Schockiert setze ich mich kerzengerade auf. Ich dachte, meine Eltern hätten seit Monaten nicht mehr miteinander gesprochen.

»Keine Sorge. Beide haben bei mir den Eindruck hinterlassen, als sei das Gespräch nicht besonders gut verlaufen.« Seit wir Wildfire gekauft haben, stehen mein Vater und Edward in regelmäßigem Kontakt. Das passt eigentlich ziemlich gut: Beide sind extrem ehrgeizige Menschen, die in ihrem jeweiligen Fachbereich ausgesprochen erfolgreich sind. Aber wann immer Edward meinen Vater erwähnt, versetzt es mir einen Stich. Es ist traurig, dass mein Vater zu Edward, der im Grunde ein Fremder für ihn ist, ein besseres Verhältnis hat als zu mir, seiner Tochter.

»Du gehst nicht davon aus, dass mein Vater Wildfire verkaufen will, oder?«, frage ich und versuche, meine Eifersucht zu verdrängen.

»Eher nicht. Ich denke, dein Vater sieht in Wildfire die siebzigtausend Euro, die deine gierige Mutter nicht in die Finger bekommt.« Ich mag es nicht, wenn Edward so über meine Mutter spricht, aber es fällt mir schwer, sie zu verteidigen, da sie auch mich in letzter Zeit so rasend macht. Er legt mir eine Hand an die Wange.

»Was ist los?«, fragt er sanft.

»Ich … ich bin bloß nervös wegen heute«, lüge ich.

Er zieht mich zu einem Kuss an sich, und meine Verärgerung schmilzt, während meine Erregung wächst. »Wie wär's, wenn du mit mir duschen kommst und ich deine Sorgen wegwasche?« Er hebt mich hoch wie eine Puppe, und ich fange an zu kichern, als er mich ins Bad trägt.

Edward und ich fahren getrennt zum Turnier. Das hat nichts damit zu tun, den Schein zu wahren – eigentlich finde ich sogar, dass er sich mir gegenüber in der Öffentlichkeit zu liebevoll benimmt –, aber ich fahre meinen Transporter einfach am liebsten selbst an den jeweiligen Austragungsort. Ich bin früher mit Ponys gesprungen, und das habe ich ziemlich gut gemacht, daher hat mein Vater mir zum siebzehnten Geburtstag den Transporter als Belohnung geschenkt. Sobald ich meinen Führerschein hatte, ließ ich mir beibringen, wie man einen Lkw lenkt. Das hat mir nicht nur eine gewisse Unabhängigkeit verschafft, ich hatte von da an auch einen Ort, wo ich bei den Turnieren übernachten konnte. Früher genoss ich es vor allem, mit den Pferdepflegern Spaß zu haben und zu feiern, aber heute bin ich vor allem froh, selbst bestimmen zu können, wie das Pferd und ich beim Turnier ankommen. Es gibt nichts Schlimmeres, als mit einem hypernervösen Pferd einzutrudeln, weil man wie eine Verrückte fahren musste, um nicht zu spät zu kommen.

Der Turnierplatz ist rappelvoll. Es ist das erste Hauptturnier der Saison, und alle sind gekommen, um einen ersten Eindruck zu hinterlassen und sich zu behaupten. Ich stelle den Transporter ab und schlendere zum Parcoursplatz. Edwards Wagen ist noch nicht da. Sein Fahrer scheint sich verfahren zu haben. Ich sehe eine Weile zu, wie der gigantische Parcours, den ich in wenigen Stunden bewältigen muss, aufgebaut wird. Nun wünschte ich, ich wäre nicht allein gekommen. Wenn Edward hier wäre, würde er mir versichern, dass ich den Parcours locker überwinden kann. Oder wenigstens meine Freundin Orla, deren dumme Witze mich immer ablenken.

Ich höre, wie zwei Jungs, die auf die Ställe zugehen, sich lautstark unterhalten.

»Kümmer dich endlich um den Sattel, Matt. Wenn Shane kommt, muss der sauber sein«, sagt der Größere. Er hat rotbraunes Haar, das ziemlich struppig aussieht. Der Junge, den er angeschnauzt hat, wirkt jünger – etwa in meinem Alter. Er ist schmal, aber trainiert, und sein dunkles Haar ist sehr kurz geschnitten, was seine attraktiven Gesichtszüge betont. Seine linke Augenbraue ist gepierct, und unter dem rechten Ärmel seines T-Shirts lugt eine Tätowierung hervor. Ich ertappe mich dabei, wie ich ihn anstarre, während ich überlege, ob ich ihn wohl schon einmal gesehen habe. Aber ich glaube nicht; an ein solches Gesicht hätte ich mich erinnert.

»Was starrst du denn so?«

Ich fahre erschrocken zusammen, als ich Edwards Stimme höre.

»Nichts«, murmele ich schuldbewusst. »Ich dachte nur, ich hätte jemanden gesehen, den ich kenne.« Aber Edward scheint es schon gar nicht mehr zu interessieren; angespannt mustert er den Parcours.

»Bist du ihn schon abgegangen?«

Ich schüttele den Kopf. »Ich wollte auf dich warten.«

»Na, dann los.«

Edwards Können und Erfahrung zeigen sich vor allem immer dann, wenn wir auf einem Turnier sind. Er weiß ganz genau, wie ein bestimmtes Pferd auf ein Hindernis reagieren wird und was dem Reiter zum Verhängnis werden kann. Während ich zuhöre, stelle ich fest, dass das, was er sagt, mein Gefühl widerspiegelt, und das ist sehr beruhigend.

»Das letzte Hindernis solltest du über die lange Wendung anreiten«, sagt er abschließend.

»Ernsthaft?«, frage ich überrascht. Für das letzte Hindernis gibt es zwei Möglichkeiten. Der sicherere Weg führt um ein anderes Hindernis herum, so dass man den letzten Oxer gerade anreiten kann. Der Nachteil dabei ist der Zeitverlust, obwohl das Ziel im Stechen ist, auf Tempo zu springen. Die zweite Option besteht darin, direkt hinter dem Hindernis zu wenden und das letzte schräg anzureiten, was wertvolle Sekunden spart, aber das Risiko erhöht, die Stange abzuwerfen. Ich denke, dass ich die engere Wendung nehmen kann, und es kränkt mich, dass Edward das anders sieht.

»Die Wendung ist schwerer, als du denkst. Sie verlockt die Reiter, aber ich kann dir garantieren, dass so gut wie jeder, der es probiert, die Stange herunterreißt. Nimm den längeren Weg und setz sauber drüber, davon hast du mehr. Vertrau mir.« Er klingt so sicher, dass ich automatisch nachgebe. Wieder blicke ich zum letzten Hindernis. Ich muss ihm vertrauen.

5. Kapitel

UND DANN KAM SIE

Shane redet unaufhörlich, als wir auf den Parcours zugehen. Er erzählt mir alles über Wildfires Geschichte, Herkunft, über ihre Erfolge und wer bisher das Glück gehabt hat, sie zu reiten. Als wir den Parcoursplatz erreichen, sehe ich sie zum ersten Mal. Die Stute ist klein, und ihr dichtes Fell hat einen ungewöhnlichen Rotton.

»Das ist sie.« Shane läuft buchstäblich das Wasser im Mund zusammen. »Atemberaubend, nicht wahr?«

»Ja«, bestätige ich. Unwillkürlich erscheint ein Lächeln auf meinem Gesicht, aber nicht das Pferd ist der Grund dafür. Wildfire wird von einem großen blonden, absolut umwerfenden Mädchen geführt.

Die Stute hat den Kopf gesenkt, die Hand des Mädchens liegt auf ihrer Nase. Es sieht so aus, als würde das Mädchen mit dem Pferd sprechen, aber ich bin zu weit weg, um sie zu verstehen.

»Wer ist denn die Kleine da bei Wildfire? Die Pflegerin?«, frage ich und versuche, nicht allzu neugierig zu erscheinen.

Shane lacht. »Das ist definitiv keine der Pflegerinnen. Das ist Elizabeth.«

»Oh«, sage ich überrascht und ein bisschen enttäuscht.

Shane ahnt, was ich denke. »Warum fragst du? Sie gefällt dir, was?« Er rammt mir den Ellbogen in die Rippen, und mir steigt prompt die Röte ins Gesicht.

»Nein, nein, ich war nur neugierig«, erkläre ich, um mich

wieder aus dem Loch zu hieven, das ich mir gerade selbst gegraben habe.

»Ach, komm, Matt, ich will dich nur aufziehen. Im Übrigen könnte ich es dir nicht verübeln. Sie ist echt niedlich. Und ihre Eltern haben richtig viel Geld – sie sind Diplomaten oder so was. Aber falls du vorhattest, sie anzusprechen – spar es dir. Sie scheint was mit Edward zu haben. Er trainiert sie übrigens.«

»Edward Dawson?«, entfährt es mir. »Aber der ist doch mindestens vierzig. Und außerdem verheiratet.«

Shane zuckt die Achseln. »Das hat Edward noch nie abgehalten. Aber vielleicht ist es auch bloß ein Gerücht.«

Ich sehe wieder zu Elizabeth, die die Riemen am Zaumzeug anpasst und dabei konzentriert die Stirn runzelt. Edward steht neben ihr. Er wirkt gut trainiert und kräftig, ist aber kaum größer als sie. Sein Haar steckt unter seiner Reitkappe, und seine Haut ist gebräunter als die des Durchschnittsiren, was vermutlich auf seine vielen Reisen zurückzuführen ist. Sein Gesicht ist schon ziemlich wettergegerbt, aber er muss früher sehr gut ausgesehen haben. Der und sie? Ich denke nach. Das kann nicht sein. Es muss sich tatsächlich um ein albernes Gerücht handeln; auf Turnieren kursiert viel dummes Zeug.

Edward legt Elizabeth die Hand auf die Schulter und scheint ihr etwas ins Ohr zu flüstern. Sie wird rot, als er ihr in den Sattel der zierlichen Stute hilft.

»Reitet sie den *Großen Preis?*«, frage ich, gleichzeitig beeindruckt und ein wenig neidisch.

»Absolut, und sie hat sogar ziemlich gute Chancen, ihn auch zu gewinnen. Man prophezeit ihr und dem Pferd eine verdammt gute Saison.«

Ein Weilchen stehen wir beide schweigend da und hängen unseren Gedanken nach. Ich weiß, dass Shane über Wildfire sinniert: Er ist ein großartiger Reiter, vielleicht der beste im ganzen Land, und natürlich träumt er davon, ein Pferd wie Wildfire reiten zu können. Auch ich phantasiere ein bisschen, aber es hat ausnahmsweise nichts mit Pferden zu tun. Wie kann es sein, dass ich das Mädchen noch nie gesehen habe? Doch dann werde ich derb ins Hier und Jetzt zurückgeholt, als Shane mir kraftvoll auf den Rücken schlägt.

»Los, Amor. Du musst mein Pferd fertig machen.«

Ich seufze und folge ihm. »Herrgott, Shane, ich wollte doch nur wissen, wie sie heißt …«

Der *Große Preis* erweist sich als ungeheuer spannend. Von neunzig Teilnehmern schaffen es nur zehn bis ins Stechen, darunter Shane, Edward und Elizabeth. Diese letzte Temporunde ist knifflig, und die Wendung vor dem letzten Hindernis scheint jedem den Garaus zu machen. Wann immer ein Reiter die riskante Wendung nimmt, hält die Menge kollektiv den Atem an, nur um enttäuscht aufzustöhnen, als ein Pferd nach dem anderen ausscheidet. Schließlich kommt Shane herein und reitet den Parcours mit einer Anmut und Klasse, wie es nur ein Mann von seinem Format tun kann. Die Zuschauer fühlen sich ein wenig betrogen, als er, schlau, wie er ist, den längeren Weg nimmt und den Parcours fehlerfrei beendet. Zwar ist er langsamer als seine Konkurrenten, setzt sich aber dennoch an die Spitze, da jeder andere vor ihm mindestens ein Hindernis gerissen hat.

Elizabeth ist die Nächste. Sie sieht sehr blass aus, als sie in den Ring galoppiert. Mit bebenden Händen klopft sie Wildfire den Hals. Trotz ihrer Nervosität springt sie fehlerfrei und nimmt am Ende wie Shane die lange Wendung zum letzten Hindernis, doch weil Wildfire von Natur aus schneller ist, geht sie in Führung. Sie lächelt breit, als sie locker hinausgaloppiert und Wildfires Hals umarmt.

»Es überrascht mich, dass sie nicht die kurze Wendung genommen hat«, bemerkt Nick, der neben mir steht. »Wildfire ist so entspannt gesprungen, dass die zwei es bestimmt geschafft hätten.«

»Ja, das sehe ich auch so.« Vielleicht hat sie sich einfach nicht getraut, dieses Risiko einzugehen?

Edward galoppiert auf den Platz; er ist der letzte Reiter in seiner Klasse. Sein Pferd ist erhitzt und aufgeregt, und es ist offensichtlich, dass Edward die Stute beim Aufwärmen aufgeputscht hat, damit sie schneller wird. Edward überwindet die Hindernisse absolut sicher und kontrolliert. Wo die anderen sich durchgekämpft haben, springt er mit ungeheurer Leichtigkeit. Zum letzten Hindernis nimmt er die Wendung, an der die anderen gescheitert sind. Minnie touchiert die Stange leicht, aber sie bleibt liegen, wodurch Edward mit einem Riesenvorsprung in Führung liegt.

»Wow, das war erstklassig!«, jubelt Nick, während Edward unter dem Applaus der Zuschauer durch den Ring galoppiert. Mein Blick folgt ihm jedoch nicht. Ich beobachte Elizabeth, die auf der anderen Seite am Rand steht und schockiert Edward entgegenblickt.

Später am Abend gehen wir in den Pub. Nick holt an der Bar die Drinks und kommt mit einem vollen Tablett an unseren Tisch zurück.

»Lass uns feiern, Matt. Wir haben den Tag überstanden, ohne gefeuert zu werden.« Es wird langsam dunkel, und Shane ist bereits zum Hotel zurückgefahren, wo seine Verlobte Justine zum Essen auf ihn wartet. Es geschieht nur selten, dass die beiden sich abends an der Bar zu uns gesellen.

»Dem Himmel sei Dank, Nick, ich bin nämlich immer noch verkatert … und ich muss morgen zwei Pferde trainieren und du drei!«

»Ach komm, häng dich runter.« Nick schiebt mir eine Wodka Cola vor die Nase. »Nach ein paar Drinks reite ich viel besser. Und du auch.« Er zwinkert mir zu und lacht.

»Bullshit«, murre ich, trinke aber einen Schluck. Es hat keinen Sinn, mit ihm zu streiten.

Gleichzeitig blicken Nick und ich zum Fernseher über der Bar. Die Mehrheit der Gäste tut das ebenfalls, und erst nach ein paar Sekunden wird mir klar, warum. Gezeigt wird ein Interview mit Todd Watermen, Nummer eins der Weltrangliste der Springreiter, der gerade schon wieder einen Nationenpreis gewonnen hat. Er ist Engländer und über fünfzig. Sein narbiges Gesicht zeugt von harten Jahren, und ich schätze, dass auch sein Körper arg in Mitleidenschaft gezogen worden ist. Die junge Frau, die ihn interviewt, hat eindeutig gut recherchiert, und ihre Fragen sind präzise und klug. Ich höre genau zu. Nicks Schweigen sagt mir, dass er es mir gleichtut.

»Todd, vor drei Jahren haben Sie sich bei einem Sturz einen Wirbelbruch zugezogen, richtig?«, fragt die Reporterin gerade und kennt die Antwort natürlich schon.

Todd nickt höflich. »Oh, ja, leider … und es hätte zu keinem ungünstigeren Zeitpunkt passieren können. Das Pferd, das ich ritt, war das beste, das mir bis zu diesem Zeitpunkt untergekommen war, und ich war in der Weltrangliste unaufhörlich nach oben geklettert …« Todd spricht mit distinguiertem englischen Akzent, aber seine Stimme ist rauh und tief.

»Und was ist damals genau geschehen, wenn ich fragen darf?«

»Das dürfen Sie. Die meisten Leute in unserem Geschäft wissen es ja ohnehin längst. Ich trainierte auf unserem Gelände einen jungen Hengst, als er durch ein lautes Geräusch durchging, aufstieg und auf mich fiel. Ich kann mich an nicht mehr viel erinnern, aber ich wachte ein paar Tage später in einem Krankenhaus auf, wo man mir sagte, dass ich das Laufen erst wieder lernen müsste.« Die Reporterin schüttelt betroffen den Kopf, und Todd fährt fort. »Ich saß ein halbes Jahr lang im Rollstuhl. Aber ich war entschlossen, so bald wie möglich wieder zu reiten. Die ersten sechs Ärzte prophezeiten mir, dass ich nie wieder auf einem Pferd sitzen würde und dankbar sein sollte, dass ich überhaupt wieder gehen konnte. Aber ich zog so lange von Arzt zu Arzt, bis ich einen fand, der mir sagte, ich könnte es schaffen. Es kostete viel harte Arbeit, aber nun freue ich mich ungeheuer, dass ich wieder da bin, wo ich hingehöre …«

Todd erzählt seine Geschichte unbefangen und ohne Pathos. Ich habe sie schon zigmal gehört, finde sie aber immer noch großartig.

»Es ist wirklich fast ein Wunder«, sagt die Reporterin. »Hatten Sie denn gar keine Angst, wieder aufs Pferd zu steigen?«

»Nein«, antwortet Todd ohne Zögern. »Der Reitsport ist, wie jeder andere Leistungssport, mit Risiken verbunden. Die Verletzungsgefahr gehört eben dazu. Wer an die Spitze will, muss das von Anfang an akzeptieren. Meine einzige Angst bestand darin, vielleicht nie wieder aufsteigen zu *können*.«

»Noch eine Frage, Todd. Bei all der harten Arbeit, den Rückschlägen, Verletzungen, Auszeiten … warum bleiben Sie immer am Ball?« Gespannt beugt sich die Reporterin vor. Auf Todds Gesicht erscheint ein breites Grinsen, und er zuckt die Achseln.

»Es ist wie eine Sucht … Ich denke nicht, dass ich damit aufhören könnte, selbst wenn ich es wollte.«

Das Interview ist beendet, und es folgt ein Werbespot, in dem ein Erdmännchen über eine Autoversicherung spricht.

»Wow«, murmele ich leise.

Nick schüttelt den Kopf. »Der Kerl spinnt doch. Aber, verdammt, was würde ich darum geben, wie er zu sein!«

Drei Drinks später unterhält sich Nick mit einem Kerl, der mir vage bekannt vorkommt. So ist das in unserem Business – man kennt eigentlich niemanden, und doch jeden zumindest vom Sehen. Erst hatten wir uns zu dritt unterhalten, aber eben gab Nick mir per Augenkontakt das Signal, zu verschwinden, also habe ich behauptet, dass ich eine rauchen gehen würde. Sobald ich außer Sicht bin, lasse ich mich an einem Tisch in einer Ecke nieder und genieße es, etwas Zeit für mich zu haben. Morgen ist der letzte Turniertag, und die Leute trinken, um entweder den bisherigen Erfolg zu feiern oder den Kummer zu ertränken. So oder so ist am heutigen Abend Alkohol der Entertainer Nummer eins.

Ich zucke zusammen, als weiche, warme Hände mir die Augen zuhalten. Ich lasse mein Glas vorsichtig sinken und setze es auf dem Tisch ab, um nichts zu verschütten.

»Na, rate wer bin ich?«, fragt eine sanfte Stimme mit Süddubliner Akzent. Ich lächle.

»Hi, Linda«, begrüße ich sie herzlich. Sie nimmt ihre Hände weg und schiebt sich auf den Platz neben mich.

»Wie langweilig – woher wusstest du, dass ich es bin?« Kichernd versucht sie, auf dem Barhocker ihr Gleichgewicht zu finden, und mir wird klar, dass sie schon einiges getrunken hat.

»Du bist die einzige Person hier, die nicht wie ein Stallarbeiter klingt.«

Linda schlägt nach meinem Arm und lacht wieder. Ihr Pferd steht zur Miete auf Shanes Hof. Sie ist Mitte dreißig und arbeitet Vollzeit als Immobilienmaklerin. Springreiten ist für sie ein Hobby; sie hat keinen Ehrgeiz, Karriere zu machen oder in irgendeiner Klasse zu gewinnen. Sie nimmt an den Turnieren nur teil, weil es ihr Spaß macht. Manchmal beneide ich sie.

»Wie ist es heute für dich gelaufen?«

Ihr Gesicht leuchtet auf. »Ich habe in der Amateurklasse gewonnen.«

»Hey, das ist ja großartig«, sage ich und freue mich wirklich für sie. Die Amateurklasse mag zwar das Turnier für Nicht-Profis sein, ist aber genauso hart umkämpft wie jedes andere Turnier. Dabei den Sieg zu erringen ist nicht einfach. »Komm, darauf gebe ich dir einen Drink aus.« Ich will aufstehen, um zur Bar zu gehen, aber sie hält mich auf.

»Das ist lieb von dir, Matt, aber lieber nicht. Ich bin schon angeheitert genug, und ich will nicht, dass Roger mich noch zum Transporter tragen muss.« Sie deutet auf ihren Mann, der am anderen Ende der Bar steht und sich mit ein paar Männern unterhält.

»Ist er heute auch gesprungen?«, frage ich. Linda schüttelt den Kopf.

»Sein Pferd hat sich heute Morgen den Huf verletzt – nichts Ernstes, es sollte nächste Woche wieder verheilt sein, aber natürlich konnte Roger nicht mit ihm antreten. Schade, aber sehen wir es so: Ohne Roger hatte ich eine größere Chance auf den Sieg.« Sie grinst, als ich laut lache, dann wechselt sie das Thema. »Hast du heute die Topklasse gesehen?«

»Ja, hab ich. Es war toll. Dawson hat eine phantastische Runde abgeliefert. Hast du's gesehen?«

»Ja. Ich fand es enorm spannend … Die Hindernisse sind ja gewaltig. Mich reizt das zum Glück nicht. Ich bin froh, in meiner Spaßklasse zu bleiben.«

»Diese Stute, Wildfire, ist aber auch großartig, oder? Elizabeth hat wirklich Glück.«

Linda trinkt einen Schluck, und ich bemerke, dass sie zu Wasser übergegangen ist.

»Kennst du sie?«, frage ich.

»Eigentlich nicht. Ich habe ihrer Mutter Barbara das Haus

verkauft, in dem sie und Elizabeth jetzt wohnen. Ihre Mutter ist … eine interessante Persönlichkeit.« Bei den letzten beiden Wörtern zieht Linda die Brauen hoch.

»Inwiefern?« Ich gebe mir keine Mühe mehr, meine Neugier zu verbergen.

»Na ja, sie schien mir sehr … aufgedreht und nervös. Zuerst dachte ich, sie wäre nur ein Kontrollfreak, aber dann hörte ich von der Scheidung und konnte alles ein bisschen besser einordnen.«

»Scheidung?«

»Ja. Elizabeths Eltern liefern sich einen ziemlichen Rosenkrieg. Es geht um viel Geld und Besitz; übrigens steht alles in der Presse. Man munkelt, dass Barbara selbst die Storys an die Medien weitergibt, nur um ihren zukünftigen Ex zu demütigen.« Linda spricht, als sei das allseits bekannt, aber ich habe bisher noch nichts davon gehört.

»Armes Mädchen. Und wo sind die Eltern jetzt?«

»Keine Ahnung …«

»Weißt du denn, mit wem sie zusammen ist?« Noch während ich die Frage stelle, ist mir klar, dass ich einen Fehler begangen habe. Linda lächelt mich verschmitzt an.

»Oha, Matt. Bist du vielleicht ein bisschen verknallt?«, fragt sie anzüglich.

»Nein«, antworte ich etwas zu schnell.

»Warum auch nicht? Sie ist in deinem Alter, sehr hübsch …«

»Ja … Nein … Na ja …« Ich stolpere über meine Worte, während ich versuche, aus der Nummer wieder herauszukommen. Das Letzte, das ich gerade gebrauchen kann, ist das Gerücht, ich wollte etwas von Elizabeth – ich kenne das Mädchen doch gar nicht.

Linda lacht. »Schon gut, Matt. Ich verrate nichts.«

»Es gibt ja auch nichts zu verraten«, erwidere ich gereizt.

Linda scheint noch etwas sagen zu wollen, doch Roger tritt an unseren Tisch.

»Zeit, ins Bett zu gehen«, verkündet er freundlich, aber bestimmt. »Hey, Matt, wie geht's dir?«

»Prima, danke.« Ich kann nur hoffen, dass Linda den Mund hält.

»Du hast recht, lass uns gehen«, sagt Linda zu ihrem Mann. »Gute Nacht, Matt, und noch viel Spaß.« Sie zwinkert mir auffällig zu, und am liebsten würde ich im Boden versinken. Roger blickt von mir zu ihr, und ich weiß genau, dass er sie fragen wird, sobald die beiden außer Hörweite sind, und dann wird das Gerücht seine Runde machen. Während sie davongehen, überlege ich, ob ich nicht auch ins Bett gehen soll, aber aus irgendeinem Grund fühle ich mich auf einmal aufgekratzt.

Ich frage mich, wo Elizabeth sein mag, und schaue mich möglichst unauffällig um in der Hoffnung, sie irgendwo zu entdecken. Die Bar ist knallvoll, und ich erspähe viele bekannte Gesichter, bis ich endlich Elizabeth sehe. Sie sitzt allein an einem kleinen Tisch und spielt mit einer blonden Locke. Ihr T-Shirt wirkt frisch gebügelt, und ihre Reithose ist so grellweiß, dass sie mich fast blendet. Ein verwöhntes, reiches Mädchen, könnte man meinen, und ich weiß, dass nicht wenige Leute genauso denken, denn inzwischen kenne ich einige der Klatschgeschichten, die über sie kursieren: Offenbar war sie eine Weile Gesprächsthema Nummer eins. Aber nun, da ich sie vor mir sehe, kann ich keine davon glauben, denn sie wirkt ziemlich schüchtern und zurückhaltend. Aus der Nähe finde ich sie sogar noch schöner. Sie ist schlank und groß, hat helle Haut und zieht die Blicke der Umstehenden förmlich auf sich. Und anscheinend ist ihr das deutlich bewusst. Sie versteckt sich geradezu hinter ihrem Glas Wein.

Eine Weile beobachte ich sie nur. Eigentlich sollte ich austrinken und gehen. Der Gedanke daran, um fünf Uhr morgens aufzustehen und acht Pferde zu putzen, fertig zu machen und aufzuzäumen, macht mich jetzt schon fertig. Aber ich will auch nicht von ihr weg, zumal ich sie zum ersten Mal heute allein antreffe. Doch obwohl ich gehofft habe, mit ihr sprechen zu können, würde ich mich am liebsten davor drücken. Ich bin nicht besonders gut darin, den ersten Schritt zu machen; Nick ist normalerweise sehr forsch, was neue Leute angeht, so dass ich mich immer an ihn hänge.

Doch diesmal möchte ich kein Feigling sein. Ich rutsche vom Hocker und bahne mir den Weg zu Elizabeth. Sie schaut auf, als ich mir einen Stuhl unterm Tisch hervorziehe.

»Hi«, sage ich und strecke ihr meine Hand hin, die sie sofort entgegennimmt.

»Hi.«

»Ich bin Matt.«

»Elizabeth«, stellt sie sich vor und schenkt mir ein strahlendes Lächeln. Ich erwidere es.

»Eigentlich heiße ich Matthew«, korrigiere ich mich und biete ihr erneut die Hand.

»Liz«, erwidert sie und schmunzelt. »Also, *Matthew* … bist du heute auch geritten?«

Plötzlich habe ich das Gefühl, dass wir von allen Leuten in der Bar beobachtet werden. Ich bleibe normalerweise am liebsten im Hintergrund; ich bin noch nie scharf darauf gewesen, im Mittelpunkt zu stehen.

»Ähm … ja, ich hatte zwei Pferde in der Klasse der Vierjährigen. Es lief ganz gut.« Bevor ich mich selbst daran hindern kann, frage ich: »Und du?«

»Na ja, ich bin beim *Großen Preis* Zweite geworden …«

Ich nicke und tue so, als sei mir das neu, aber sie merkt sofort, dass ich ihr etwas vormache.

»Das ist doch großartig«, sage ich deshalb enthusiastisch. Sie reagiert mit einem kleinen Lächeln.

Dann folgt Schweigen. Wenn ich mich normalerweise mit Mädchen unterhalte, mache ich meistens Scherze oder spreche mit meinem Landei-Akzent, aber was soll ich mit einem Mädchen wie ihr reden? Ich überlege, wie ich am besten den Rückzug antrete, ohne als kompletter Idiot dazustehen, als sie das Wort ergreift.

»Ich mag dein Piercing.«

Automatisch fasse ich mir an die Augenbraue. »Oh, danke … es ist in einer feuchtfröhlichen Nacht entstanden. Ich mag das Ding eigentlich gar nicht so besonders, aber ich fand es irgendwie Geldverschwendung, es wieder rauszunehmen.«

Liz lächelt über mein Gestammel. »Mir gefällt's. Es ist irgendwie … sexy.«

Ich erwidere ihr Lächeln und fühle mich plötzlich ziemlich gut. »Aber, Liz, wir haben uns doch gerade erst kennengelernt. Du solltest nicht sofort mit mir flirten.«

»Oh, aber das tue ich ganz und gar nicht«, wirft sie mit gespieltem Entsetzen ein. »Ich würde mir gerne die Zunge piercen lassen.« Sie streckt sie mir wie eine Fünfjährige entgegen, und ich schüttele den Kopf.

»Tu's nicht. Ein Zungenpiercing ist nichts für Mädchen wie dich.«

»Was soll denn das heißen – für Mädchen wie mich?«

»Ich meine das nicht abwertend«, antworte ich hastig. Was ist denn nur los mit mir? Jetzt fange ich schon wieder an zu stammeln. »Ich meine bloß, dass … Na ja, wer sich die Zunge pierct, will sich von anderen abheben, und das tust du doch sowieso schon.« Ich bereue meine Worte, sobald sie heraus sind, aber nun ist es zu spät, sie zurückzunehmen.

Doch ich hätte mir keine Sorgen zu machen brauchen. »Oh,

das ist lieb von dir«, sagt sie ein bisschen verwirrt, und ich bin ungeheuer stolz, dass mein jämmerlicher Versuch, ihr ein Kompliment zu machen, offenbar Erfolg hatte.

Letztendlich gehören wir zwei zu den letzten Gästen in der Bar. Wir unterhalten uns angeregt und ohne Pause, und seltsamerweise sind die Themen Reiten und Pferde dabei kein einziges Mal aufgekommen.

»Das ist wirklich mein Ernst … Nick hat diesen Burschen bestimmt mit in unseren Transporter genommen, und jetzt weiß ich nicht, wo ich schlafen soll.«

Liz scheint sich köstlich zu amüsieren. »Du armer Junge!« Sie tätschelt mir die Schulter, und es prickelt in meinem Nacken. »Ich würde dir ja einen Schlafplatz bei mir anbieten, aber ich fürchte, Marshall wäre damit nicht einverstanden.«

»Wer ist Marshall?«, frage ich.

»Mein Hund. Er ist auf Turnieren immer dabei.«

»Du kommst allein zu den Turnieren?«

»Nein, nicht wirklich. Am Tag sind immer Freunde um mich herum, aber nachts schlafe ich tatsächlich allein im Truck.«

Vielleicht liegt es am Drink, aber ich wittere sofort meine Chance. »Hör mal, die Bar hier schließt gleich … sollen wir nicht trotzdem zu deinem Transporter gehen? Wir können dort ja noch was trinken oder so?« Aber sobald ich den Satz ausgesprochen habe, weiß ich schon, dass es keinen Sinn hat.

Liz blickt zu Boden, ehe sie antwortet. »Schau, Matt … ich fühle mich total geschmeichelt, wirklich. Aber es gibt da jemanden …«

Mein Herz sinkt.

Mist, das war viel zu forsch. Sofort versuche ich, zurückzurudern. »Schon okay … Tut mir leid. Manchmal bin ich wohl zu direkt.«

»Kein Problem«, erwidert sie lächelnd.

»Aber ich begleite dich trotzdem zu deinem Transporter. Es ist schon spät.« Auf einmal will ich nur noch in mein Bett.

»Danke.« Sie nimmt ihre Jacke, und wir gehen hinaus in die kalte Nacht.

Draußen ist noch viel los. Musik dringt aus diversen Transportern, die alle dicht an dicht geparkt sind. Liz' Hänger steht nur zwei Plätze von unserem entfernt. Er ist bleigrau, brandneu und blitzsauber. Dagegen wirkt Shanes wie ein klappriger Wohnwagen.

»Danke für die Begleitung«, sagt sie. »Marshall übernimmt ab hier.«

»Kein Problem. Schlaf gut.«

»Du auch.«

Aber ich will noch nicht ganz aufgeben. »Wir sollten mal zusammen ausgehen ... als Freunde natürlich ...«

Sie blickt mich so lange an, dass es mir wie eine Ewigkeit vorkommt. Vielleicht versucht sie, mich einzuschätzen. »Ja«, antwortet sie schließlich. »Ja, das sollten wir unbedingt machen.«

Als ich in mein Bett krieche, fühle ich mich wie ein Vollidiot. Warum mache ich manchmal alles falsch? Nick liegt im Bett über mir und schnarcht laut, aber zum Glück ist er allein. Ich schaue auf meine Uhr: Es ist bereits drei. Allein der Gedanke daran, dass ich schon in zwei Stunden wieder aufstehen muss, macht mich fertig.

Entschieden schließe ich meine Augen und versuche zu schlafen. Während ich langsam eindöse, bemühe ich mich, mir einen Plan für die morgige Arbeit zurechtzulegen, aber es hat keinen Sinn. Ich kann mich nicht konzentrieren. Meine Gedanken wandern immer wieder zu ihr zurück.

6. Kapitel

BETROGEN

Mir ist heiß, und ich bin verschwitzt. Meine Augen sind noch fest geschlossen, aber ich spüre die Sonnenstrahlen, die durch das Fenster des Transporters dringen. Marshall liegt zusammengerollt neben mir, wodurch mir noch heißer ist. Ich schiebe ihn behutsam weg, aber er wacht dennoch auf und knurrt mich an.

Mein Kopf pocht, mein Mund ist trocken. Endlich öffne ich die Augen; ich hatte definitiv ein paar Gläser Wein zu viel gestern Abend. Mein Blick fällt auf mein Telefon, und ich weiß, dass ich es nicht länger aufschieben kann. Es war so einfach gestern, es auszuschalten und zu vergessen, was geschehen ist, aber nun muss ich mich den Ereignissen stellen. Als ich das Handy einschalte, fängt es augenblicklich an zu summen; der Tag wird hart. Drei verpasste Anrufe von Edward, einen von Orla, zwei von meiner Mutter. Ich stöhne auf, als mir das Gespräch mit Edward von gestern Abend einfällt.

»Was war *das* denn?«, wollte ich von ihm wissen, sobald ich ihn nach dem Turnier allein zu fassen bekam. Wir befanden uns in seinem Transporter. Die Preisverleihung war vorbei, die Pferde waren versorgt.

»Was meinst du damit?«, fragte er mit gespielter Unschuld.

»Das weißt du ganz genau. Du hast gesagt, ich soll die Wendung in keinem Fall reiten, weil sie nicht zu schaffen sei, und dann fällst du mir *so* in den Rücken.« Ich wusste, dass ich ungerecht war, aber ich fühlte mich furchtbar verraten.

Edwards Miene verhärtete sich. »Benimm dich nicht wie ein Kind, Elizabeth«, sagte er herablassend.

»Du hast mir mit Absicht einen falschen Rat gegeben!«, fauchte ich und warf vor Zorn die Hände in die Luft.

Mit einem Riesenschritt war er bei mir und starrte mich ebenso zornig an. Ich verstummte. Plötzlich kam er mir fast bedrohlich vor.

»Elizabeth. Ich trainiere dich seit einem halben Jahr. Ich habe viel Arbeit investiert, um dir dabei zu helfen, deinen Traum zu verwirklichen, und heute bist du Zweite geworden und hast Reiter geschlagen, die schon sehr viel länger als du auf diesem hohen Niveau reiten. Willst du wirklich andeuten, dass ich dich wissentlich behindern wollte?« Edwards Stimme steckte voller Wut, und plötzlich schämte ich mich für das, was ich gesagt hatte. Ich wollte etwas erwidern, aber er war noch lange nicht fertig.

»Ich habe dir geraten, die lange Wendung zu nehmen, weil ich wusste, dass du dadurch fehlerfrei reiten und weiter aufsteigen würdest. Du bist noch neu in diesem Geschäft, Elizabeth, und du musst dich erst als ernstzunehmende Konkurrentin beweisen. Heute konntest du das, und zwar, weil du auf mich gehört hast, und anstatt mir Vorwürfe zu machen, solltest du mir lieber dankbar sein. Du musst erst genug Erfahrung sammeln und eine gewisse Routine entwickeln, *dann* kannst du Risiken eingehen!« Seine intensiv blauen Augen blitzten zornig, und ich wünschte, ich hätte den Mund gehalten.

»Ich glaube, wir brauchen beide heute Abend etwas Abstand. Wir reden morgen.«

Und damit war er fort.

Trotzdem war ich nach seinem Ausbruch noch immer wütend auf ihn, daher schaltete ich mein Handy aus, damit er mich nicht erreichen konnte ... und auch, damit ich nicht einknickte und *ihn* anrief. Aber nun, da der Morgen da ist und ich wieder klar denken kann, fühle ich mich wie eine unreife dumme Kuh. Ich bin bei meinem ersten wichtigen Turnier der Saison Zweite geworden, und das verdanke ich nur Edward und seinem Training. Ich hätte gestern Abend glücklich sein und feiern sollen, aber stattdessen habe ich einen Streit vom Zaun gebrochen und den Kürzeren gezogen.

In der Hoffnung, dass mich ein paar Drinks vielleicht wieder aufmuntern würden, war ich in die Bar gegangen, aber es nutzte nichts – mit jedem Glas wurde ich noch deprimierter, weil ich befürchtete, dass ich Edward dieses Mal vielleicht zu weit getrieben hatte. Manchmal kommt mir unsere Beziehung wie ein Balanceakt vor. Ein falscher Tritt, und ich verliere ihn.

Als ich gerade aufgeben und Edward anrufen wollte, um mich zu entschuldigen, hörte ich, wie Matthew den Stuhl neben mir hervorzog. Ich wäre fast im Boden versunken, als ich ihn erkannte. Ich war überzeugt, dass er meinen Blick vom Nachmittag mitbekommen hatte und nun wissen wollte, warum ich ihn so angestarrt hatte. Aber stattdessen war er nett und lieb, und in seiner Gegenwart fing ich endlich an, mich ein bisschen zu entspannen. Dass er mit mir flirtete, war schnell klar, und ich muss zu meiner Schande gestehen, dass ich es nicht nur genoss, sondern auch noch befeuerte. Nicht dass ich mit ihm ins Bett wollte. Aber es fühlte sich so gut an, locker mit ihm zu plaudern, und ich fürchtete, wenn ich nicht auf ihn einginge, würde er schnell das Interesse an mir verlieren und wieder gehen.

Matthew ist ganz anders als die Leute, denen ich bisher begegnet bin – vor allem in der Welt des Springreitens. Die meisten hier sind eingebildet und egozentrisch, aber Matthew wirkte freundlich und klug und nicht ehrgeizig, sondern zielstrebig.

Seine Witze waren gutherzig statt grausam und zynisch, und Klatschgeschichten schienen ihn nicht zu interessieren. Kein einziges Mal zog er über jemand anderen her, und als ich auf einen kleinen Skandal zu sprechen kam, nickte er höflich und wechselte kurz darauf das Thema. Ich weiß, dass Edward und ich in der Szene für wilde Spekulationen sorgen, und vermutlich wissen die meisten längst darüber Bescheid, was zwischen uns läuft. Wenn ich ehrlich bin, verunsichert mich das sehr. Matthews Abneigung, Klatsch und Gerüchte zu verbreiten, ist erfrischend und in gewisser Hinsicht sogar verführerisch. Bei ihm könnte ich wahrscheinlich sein, wer immer ich sein will – eine Chance, die wohl nur wenige Menschen auf dieser Welt jemals bekommen.

Ich mache vor Schreck einen Satz, als Marshall plötzlich vom Bett springt und zur Tür rennt. Erst jetzt registriere ich, dass es geklopft hat.

»Wer ist da?«, rufe ich. Ich habe keine Lust, im Schlafanzug aufzumachen.

»Das Krümelmonster. Es will wissen, wer die Kekse aus der Keksdose geklaut hat.«

Ich springe aus dem Bett, stürme zur Tür und reiße sie auf. Orla wirft sich in meine Arme und drückt mich fest an sich. Ich glaube, ich war noch nie so froh, meine beste Freundin zu sehen.

»Ich dachte, du könntest erst am Nachmittag vorbeikommen«, sage ich überrascht, aber hocherfreut.

»Ich habe eine Schicht getauscht, damit ich den ganzen Tag freibekomme.« Orla reitet auch, aber nur in den Amateurklassen. Sie ist Krankenschwester, die nur in ihrer Freizeit auf Turniere fährt, und obwohl ihr Pferd auch auf Edwards Hof steht, trainiert sie mit ihm nicht so intensiv wie ich. Orla ist ein paar Jahre älter als ich und für mich wie eine große Schwester, der ich alles erzählen kann. Tatsächlich ist Orla die einzige Person in meinem Leben, die die Wahrheit über Edward und mich kennt.

»Wie geht's dir, Liebes?«, fragt sie, als sie mich loslässt und sich auf meinem Klappbett niederlässt.

»Ganz gut eigentlich«, antworte ich. Ihre Anwesenheit muntert mich sofort auf. »Aber ich leide noch immer unter gestern Abend.«

»Wundert mich nicht«, sagt sie fröhlich. »Ich habe gehört, dass du Zweite geworden bist! Edward und du habt bestimmt wild gefeiert.«

»Eigentlich nicht. Ich bin hiergeblieben, während Edward ins Hotel gefahren ist. Aber es war dennoch ein schöner Abend.«

Orla neigt den Kopf zur Seite und sieht mich mitfühlend an. »Was ist passiert?«

»Wir haben uns gestritten … Aber es war meine Schuld. Im Nachhinein habe ich völlig überreagiert.«

Orla zieht die Stirn kraus, und ich weiß genau, was sie denkt. »Bist du sicher, dass es an dir lag? Oder hat Edward es wieder nur so gedreht, damit du dich schuldig fühlst?« Orla hat noch nie einen Hehl daraus gemacht, dass sie weder Edward noch unsere Art von Beziehung wirklich gutheißt. Sie würde sich ihm gegenüber nie unhöflich benehmen oder mir nahelegen, ihn zu verlassen, aber ich weiß, dass ihr Edward suspekt ist. Ich muss mir eben immer in Erinnerung rufen, dass sie ihn nicht so gut kennt wie ich.

»Nein, wirklich«, antworte ich.

Das scheint sie zwar nicht zu überzeugen, aber sie akzeptiert es. »Na, wenn das so ist, dann kannst du dich wohl nur bei ihm entschuldigen«, meint sie.

»Ja, sieht so aus …« Dennoch fürchte ich mich ein wenig vor unserer nächsten Begegnung.

»Also … was hast du denn gestern stattdessen gemacht?«, fragt Orla, die wie immer spürt, dass ich das Thema wechseln möchte.

»Ich glaube, ich habe einen neuen Freund gefunden«, erzähle ich verlegen, was Orla zum Lachen bringt. »Er heißt Matthew und arbeitet für Shane Walker.«

»Oh, den habe ich schon gesehen. Er sieht toll aus.«

»Ja … das tut er wohl«, erwidere ich, obwohl ich mich aus irgendeinem Grund kaum traue, ihr zuzustimmen.

»Du musst ihn mir unbedingt mal vorstellen. Kannst du nicht ein bisschen kuppeln?«

»Oh. Na klar … kann ich machen.«

Orla scheint mein Zögern aufzufallen. »Oder lieber nicht?«

»Doch, doch, wieso denn nicht?«, antworte ich hastig. »Du hast recht. Er ist wirklich süß – und nett dazu.«

»Und ich bin auf Männersuche!«

»Was für ein Glück für die Männerwelt!«

Orla und ich drehen uns um, als wir ein Geräusch an der Tür hören. Edward ist da. »Tut mir leid, dass ich störe, Mädels«, sagt er und gibt Orla einen Kuss auf die Wange.

»Das tust du nicht«, erwidert sie, fröhlich wie immer. »Ich muss sowieso noch den Parcours abgehen. Wir reden später weiter, Liz.« Sie zwinkert mir zum Abschied zu, und ich hoffe, dass Edward es nicht gesehen hat.

Edward setzt sich auf die Bettkante. Er wirkt nicht mehr aggressiv und wütend wie gestern, sondern ruhig und gefasst. Eine Weile schweigen wir beide; vielleicht, weil auch er nicht genau weiß, was er sagen soll. Als ich schließlich zu ihm aufschaue, bin ich überrascht, ihn lächeln zu sehen.

»Schönes T-Shirt«, sagt er.

Ich blicke herab auf mein *Powerpuff Girls*-Shirt, das ich schon habe, seitdem ich zehn Jahre alt bin, und immer noch als

Schlafshirt benutze. Nun muss ich lachen, und er stimmt ein. Das Eis ist gebrochen.

»Es tut mir leid«, beginne ich. »Ich habe überreagiert … Ich war einfach nur so schockiert, als ich sah, wie du das gemacht hast, wovon du mir vehement abgeraten hast.«

»Elizabeth, hättest du gefragt, was *ich* geplant hatte, dann hätte ich dir auch die Wahrheit gesagt. Aber ich halte es nicht für schlau, dass *mein* Plan den deinen beeinflusst!« Edward nimmt meine Hand, und ich weiß, dass ich alles sagen und tun würde, damit wir diesen Streit beilegen – damit er mich wieder will.

»Es tut mir wirklich leid«, wiederhole ich.

»Und ich will nur das Beste für dich.«

»Ich weiß.« Seine lieben Worte bewirken, dass ich mich noch schuldiger fühle. Edward neigt den Kopf und küsst mich zärtlich. Doch bald wird der Kuss drängender, und ich weiß, worauf es hinauslaufen wird.

»Noch schöner fände ich dich ohne das T-Shirt«, stöhnt er zwischen zwei Küssen. Einerseits bin ich sofort erregt – wie immer, wenn Edward mich küsst –, andererseits ist mir gerade nicht wirklich nach Sex. Ich habe Hunger und Kopfschmerzen und fühle mich aufgeschwemmt, und sich ganz fallenzulassen, wenn man sich absolut nicht sexy fühlt, ist nicht leicht. Aber ich sage nichts, denn ich bin heilfroh, dass wir nicht mehr streiten, und ich will den Waffenstillstand nicht gefährden.

Danach liege ich auf Edwards Brust. In seinen starken Armen fühle ich mich sicher. Ich verberge mein Gesicht an seinem Hals, und er streichelt sanft mein Haar. In solchen Momenten funktioniert unsere Beziehung am besten. Wenn wir allein sind, die Außenwelt weit weg ist, wenn es nur ihn und mich gibt, dann ist alles wunderbar.

»Verzeih mir, dass ich dich gestern Abend allein gelassen

habe. Sobald ich heute Morgen aufgewacht bin, wusste ich, dass ich das nicht hätte tun dürfen. Ich wollte dich anrufen, aber dein Telefon war anscheinend abgeschaltet.« Der letzte Satz klingt eher nach einer Frage.

»Mein Akku war leer«, lüge ich, weil ich weiß, dass er nur wieder sauer wird, wenn ich ihm sage, dass ich etwas Ruhe von ihm brauchte. Aber er scheint zufrieden mit meiner Antwort.

»Trotzdem hätte ich dich zum Feiern ausführen sollen. Dein erstes wichtiges Turnier, und du wirst Zweite, Elizabeth! Das ist eine beachtliche Leistung.« Er küsst mich wieder, und ich spüre, dass es ihm wirklich leidtut.

»Schon okay«, erwidere ich. »Ich habe mich hier eigentlich ganz gut amüsiert.«

»Ach ja?«

Ich versuche, beiläufig zu klingen. »Ja. Ich hab mit ein paar Leuten zusammengesessen … was getrunken … hat Spaß gemacht.«

»Jemand, den ich kenne?« Seine Stimme klingt ruhig und entspannt, aber ich kann sein Gesicht nicht sehen.

»Ich glaube nicht«, antworte ich aufrichtig. »Einer von ihnen hieß Matthew. Er arbeitet für Shane Walker.«

»Ein Stallarbeiter?«, fragt er entgeistert. Ich mag weder die Frage noch den herablassenden Unterton, daher antworte ich nicht, aber er deutet mein Schweigen falsch. »*Gefällt* dir dieser Stallbursche etwa?«

Ich wende den Kopf, um ihn anzusehen. »Nein, natürlich nicht.« Es klingt defensiver, als ich es beabsichtigt habe.

Edward legt den Kopf schief. »Läuft da was, was ich wissen sollte?«

»Nein«, sage ich schnell. »Er ist einfach nur ein netter Kerl … und ich finde es spannend, unterschiedliche Leute kennenzulernen. Ich bin ja schließlich noch neu in diesem Geschäft.« Ich stütze mich auf und steige aus dem Bett, um mich anzuziehen, aber ich spüre seinen Blick im Rücken.

»Na ja … freut mich, dass du ein paar Freunde gefunden hast.« Mit einem Mal springt er auf und packt mich um die Taille, und ich fahre erschrocken zusammen.

»Ich habe eine Idee«, verkündet er. »Enda Brown feiert nächste Woche ihren fünfundsechzigsten Geburtstag. Auf der Party wird jeder sein, der im Springreiten Rang und Namen hat. Wie wär's, wenn du mitkommst und ich dich den wichtigsten Leuten vorstelle?«

Ich drehe mich um und sehe ihn mit offenem Mund an.

»Ernsthaft?« Enda Brown war eine der besten Springreiterinnen ihrer Zeit, bevor sie sich aus dem Sport zurückzog. Ihre Karriere umfasst zwei Jahrzehnte, und drei Jahre in Folge war sie die unangefochtene Nummer eins der Weltrangliste. Aber meine Aufregung verebbt, als ich genauer darüber nachdenke.

»Glaubst du nicht, dass man es komisch findet, wenn du mit mir dort auftauchst?«

»Das glaube ich nicht … Katherine hat sowieso nie Lust auf solche Veranstaltungen. Die Leute werden denken, dass ich dich in die Welt des Springreitens einführe, was ich tatsächlich ja auch tue.«

Ich habe noch immer ein schlechtes Gewissen, wann immer ich Katherines Namen höre. In der ganzen Zeit, die ich mit Edward zusammen bin, habe ich sie noch kein einziges Mal getroffen. Sie kommt zu keinem Turnier und auch nicht mehr auf Edwards Hof, was mir bestätigt, dass ihre Ehe tatsächlich nur noch zum Schein besteht, wie Edward behauptet.

»Also – was meinst du?«, fragt er.

»Ich würde wirklich gerne mitkommen.«

Er strahlt mich an, während ich schon anfange zu überlegen, was ich zu diesem Anlass bloß anziehen soll.

»Ich liebe dich«, sagt er und streicht mir zärtlich eine Strähne aus dem Gesicht.

»Ich liebe dich auch.«

Als ich endlich geduscht und angezogen aus dem Transporter komme, treffe ich Orla in der Cafeteria. Sobald ich mich gesetzt habe, kommt eine Kellnerin, und ich bestelle ein großes irisches Frühstück, denn mein Magen steht kurz davor, sich selbst zu vertilgen. Ich habe von vorhin noch ein Dauerlächeln auf dem Gesicht, und Orla entgeht das natürlich nicht.

»Ich schließe aus deiner blendenden Laune, dass Edward und du euch wieder vertragen habt?«, fragt sie und nippt an ihrem Kaffee.

»Ja, absolut«, antworte ich, noch völlig aufgedreht. Ich erzähle ihr von Enda Browns Geburtstagsparty, und sie lässt sich von meiner Aufregung anstecken.

»Wahnsinn! Ich kann es nicht fassen. Ist es was Offizielles?«

»Abendgarderobe!«, antworte ich. Mein Frühstück kommt, und ich mache mich hungrig darüber her.

»Oh, mein Gott! Wir müssen shoppen gehen! Du brauchst ein Kleid.«

»Ich denke, ich leihe mir lieber etwas von meiner Mutter. Sie ist bestimmt ganz aus dem Häuschen, dass ich mich endlich mal mädchenhaft benehme.« Ich lache, aber Orla nicht. »Was ist?«, frage ich.

»Deine Mum ruft mich in letzter Zeit ziemlich häufig an.«

Ich stöhne entnervt. Orla ist eine der wenigen Freundinnen, die meine Mutter billigt, und es ist keine Seltenheit, dass die beiden telefonieren, aber Orlas Miene macht mir klar, dass etwas nicht stimmt.

»Sie versucht dich doch nicht auch irgendwie einzuspannen, dass Wildfire verkauft wird, oder?«

»Nein … Sie hat mich gefragt, ob ich wüsste, wer der Bursche ist, mit dem du zusammen bist.«

Einen Moment lang fehlen mir die Worte. »Was hast du ihr gesagt?«, frage ich schließlich nervös.

»Dass ich ihn noch nicht kennengelernt habe … aber ich fürchte, sie glaubt mir nicht.«

Ich starre auf mein Essen. »Tut mir leid, dass sie dir damit auf die Nerven geht«, ist alles, was mir dazu einfällt.

»Nicht so wild«, antwortet sie und legt eine Hand über meine. »Ich bin nur neugierig, ob Edward und du ab und zu darüber sprecht, in welche Richtung eure Beziehung sich bewegt.« Sie weiß, dass sie sich auf gefährlichem Terrain befindet, und in mir keimt tatsächlich Verärgerung auf.

»So lange sind wir doch noch gar nicht zusammen«, murmele ich.

»Schon, aber … na ja, es muss doch eine Art Plan geben. Will er zum Beispiel nicht irgendwann ausziehen? Oder sich von Katherine scheiden lassen, um dich zu heiraten?«

Ich weiß, dass Orlas Fragen berechtigt sind, und ich habe sie mir selbst schon öfter gestellt, aber ich begreife einfach nicht, warum sie mir ausgerechnet jetzt meine gute Laune verderben will.

»Ich bin neunzehn, Orla, und wir sind erst ein halbes Jahr zusammen. Würdest du von einem Kerl nach sechs Monaten verlangen, dass er dir einen Antrag macht?«

»Nein, würde ich nicht«, antwortet sie leise. »Entschuldige, Liz. Es geht mich auch nichts an. Ich … ich möchte ja nur, dass du glücklich bist.«

»Das bin ich«, versichere ich ihr. Ich will jetzt nicht mehr darüber reden.

Und zum Glück spürt Orla es. Anschließend reden wir über Pferde, Kleider und Jungs, und bald habe ich vergessen, dass ich sauer auf sie war. Als sie losdüst, um ihr Pferd für das nächste Turnier fertig zu machen, sehe ich ihr wehmütig hinterher. Ich bleibe noch ein Weilchen, trinke entspannt meinen Kaffee und beobachte die Leute. Ich muss heute nicht trainieren; Wildfire hat nach ihrer brillanten Leistung gestern auch eine Pause verdient. Ich bleibe nur, um Orla und Edward in ihren jeweiligen Klassen zuzujubeln.

Durchs Fenster entdecke ich Matthew, der auf dem Weg zu den Ställen ist. Er bewegt sich rasch und zielstrebig. Sollte ich hallo sagen? Daran kann ja wohl nichts Falsches sein. Jedenfalls ist es nicht unangemessen. Viele Frauen in festen Beziehungen haben Freunde, mit denen nichts läuft. Außerdem kann ich ihn Orla ja erst dann wirklich vorstellen, wenn ich ihn etwas besser kenne.

Matthew ist längst außer Sicht, als ich das Für und Wider abgewogen habe, aber ich weiß, wo Shanes Pferde stehen, und Matthew ist garantiert dort. Ich nehme noch einen letzten Schluck Kaffee, dann mache ich mich auf den Weg. Ich will ja nur hallo sagen, rede ich mir ein, aber bevor ich die Cafeteria verlasse, kritzele ich noch schnell meine Telefonnummer auf eine Serviette und stecke sie in meine Tasche. Was gibt es viel darüber nachzudenken? Ich will nur eben hallo sagen.

7. Kapitel

KONKURRENTEN

Der Schlafmangel scheint mein Schamgefühl noch zu verstärken. Ich muss ständig an den peinlichen Moment von gestern Abend denken, an ihren verwirrten Gesichtsausdruck, ihren mitleidigen Blick. Bestimmt ignoriert sie mich heute, und wahrscheinlich ist es auch besser so. Sie ist die Einzige, die meine Verzweiflungstat bezeugen kann, und wenn sie nichts sagt, kann ich wenigstens so tun, als wäre gar nichts gewesen. Dass Nick heute in bester Stimmung ist, macht es mir nicht leichter. Er hat mir stolz erzählt, dass er bei dem Typen, den er gestern in der Bar aufgerissen hat, noch landen konnte, aber zum Glück erspart er mir die Details.

»Ohne dir auf die Zehen zu treten, Matt, du siehst scheiße aus heute Morgen. Wann bist du denn schlafen gegangen?«

Ich habe vorhin einen raschen Blick in den Spiegel geworfen und weiß, dass ich keinen schönen Anblick biete. Ich habe Ringe unter den Augen, bin viel zu blass, und mein Haar hätte dringend eine Wäsche nötig.

»Spät jedenfalls«, brummele ich, während ich denselben Sattel schrubbe, den ich auch schon gestern geschrubbt habe.

»Hast du ein Mädchen kennengelernt?«

Ich mache mir nicht einmal die Mühe, den Mund aufzumachen. Ich schüttele bloß den Kopf.

»Hör zu, ich sage dir das jetzt so schonend, wie ich kann …« Nick dreht mich zu sich, so dass ich ihn ansehen muss. »Du musst mal wieder so richtig flachgelegt werden.«

»Halt die Klappe!« Ich versuche, ihn wegzustoßen, muss aber gleichzeitig lachen.

»Jetzt mal im Ernst, Matt. Wann hattest du das letzte Mal Sex?«

»Verpiss dich jetzt, Nick, wirklich.« Ich versuche, ihn zu ignorieren, aber ich weiß, dass er jetzt ohnehin nicht mehr lockerlässt.

»Komm schon, mir kannst du es doch sagen. Das ist nichts, für das man sich schämen müsste. Es sei denn, es ist mehr als einen Monat her – dann *solltest* du dich schämen!«

»Denkst du eigentlich auch mal an etwas anderes als Sex?«

»Eigentlich nicht«, antwortet er. »Aber das ist doch total normal und gesund. Ein Kerl – schwul oder nicht –, der nicht ständig an Sex denkt, ist irgendwie merkwürdig. Sex ist etwas ganz Natürliches, das man feiern muss.«

»Wirst du jetzt endlich die Fresse halten?« Langsam wird es mir peinlich. Die Anlage füllt sich langsam, und Nick spricht verdammt laut.

»Wozu denn? Du legst ein ungesundes Verhalten an den Tag, Matt. Wir sollten offen über Sex sprechen können. Vielleicht brauchst du jemanden, der dich aufklärt?«

Ich wende mich ab und tue so, als würde ich nicht zuhören. Wenn ich etwas sage, mache ich alles nur noch schlimmer.

»Also. Wenn ein Mann und eine Frau sich sehr lieb haben oder wenn sie zu viel getrunken haben oder einfach nur rattenscharf aufeinander sind …«

Ich wirbele herum und schleudere den Schwamm so fest ich kann in Nicks Richtung, aber er duckt sich lachend, so dass der Schwamm an ihm vorbeifliegt und jemanden, der hinter ihm steht, trifft. Ich erstarre, als ich erkenne, wer es ist. Liz hebt den Schwamm auf und kommt auf uns zu.

»Gehört der euch?«, fragt sie grinsend.

»Ja«, murmele ich. »Danke.« Verzweifelt krame ich in meinem Kopf nach einer witzigen Bemerkung, aber Nick redet schon, ehe ich den Mund öffnen kann.

»Hi, ich bin Nick.« Er wischt sich die Hand an der Jeans ab, bevor er sie ihr hinhält.

»Elizabeth«, antwortet sie und zwinkert mir heimlich zu, bevor sie seine Hand nimmt.

»Tja, also … Hallo, Elizabeth. Das ist mein Freund Matt.« Er deutet auf mich, und ich lächele sie an und bete, dass sie kein Wort sagt.

»Ja, weiß ich. Wir haben uns gestern Abend kennengelernt.«

»Ach – ehrlich?« Nick wirft mir einen Blick zu, der mir klarmacht, dass ich Liz schnellstens von ihm wegbringen sollte.

»Ähm … Liz, ich muss dringend ein Pferd vorbereiten. Lust, mir zu helfen?«

»Okay …«, sagt sie etwas verwirrt. »Also dann, Nick … hat mich gefreut.«

»Yep, mich auch.«

Man sieht ihm an, dass er gleich vor Neugier platzt, und ich weiß, dass er mich ausquetschen wird wie eine Zitrone, sobald er die Gelegenheit dazu bekommt. Ich packe das Putzzeug und laufe zum anderen Ende des Stalls, und Liz folgt mir schweigend.

»Tut mir leid wegen Nick … er ist eine ziemliche Nervensäge«, sage ich, sobald wir außer Hörweite sind.

»Nicht weiter schlimm«, erwidert sie und dreht sich eine Locke um den Finger. »Ihr zwei scheint ja gerade eine spannende Unterhaltung gehabt zu haben.«

»Oh, Shit, du hast den Mist also gehört?«

Sie nickt grinsend. »Ich fand's lustig. Er macht sich offensichtlich mehr Gedanken über dein Liebesleben als du.«

Ich lache. »Nick interessiert sich nicht für mein Liebesleben.

Nick interessiert sich nur für Sex.« Ich nehme eine Bürste aus dem Putzeimer und fange an, einen grauen Hengst zu putzen, den ich nachher reiten muss. Er hat bisher noch wenig Erfahrung, denn sein Besitzer kam nicht mit ihm zurecht, weshalb ich ihn zum Trainieren bekommen habe. Er ist seit fast drei Monaten bei uns, springt aber erst seit kurzem fehlerfrei, und nun wird es nicht mehr lange dauern, bis sein Besitzer ihn sich zurückholt. Obwohl ich mich inzwischen daran gewöhnt haben müsste, dass die Pferde kommen und gehen, bin ich ein wenig traurig, diesen Hengst ziehen lassen zu müssen. Er ist ein sehr anhängliches Pferd, und ich bin derjenige, der am meisten Arbeit in ihn gesteckt hat.

»Ja, du hast recht. Liebe und Sex sind zwei grundverschiedene Dinge«, murmelt Liz nach einer Weile, aber mir kommt es vor, als rede sie mehr mit sich selbst als mit mir.

»Reitest du heute?«, frage ich, um das Thema zu wechseln.

»Nein … aber eine Freundin von mir. Orla«, antwortet sie, plötzlich wieder munterer. »Sie reitet in der Amateurklasse.«

»Oh, cool.« Ich weiß nicht so recht, was ich sagen soll. Wieso bin ich in ihrer Gegenwart nur so unbeholfen?

»Und du?«, fragt sie.

»Wieder nur in der Vierjährigen-Klasse. Ich würde auch gerne in der S-Klasse starten, aber ich habe nicht das Geld, um mir ein gutes Pferd zu kaufen.« Liz nickt höflich, wird aber leicht rot, und ich verfluche mich dafür, das Thema Geld aufgebracht zu haben.

Eine Weile steht sie einfach nur da und betrachtet den Hengst, während ich ihn bürste, aber mit jeder Sekunde, die verstreicht, fühle ich mich unwohler. Ich suche verzweifelt nach einem klugen Gesprächsthema, aber mein Kopf ist wie leergefegt. Als sie wieder das Wort ergreift, seufze ich erleichtert.

»Und wer ist das hier?«, fragt sie und streichelt dem Grauen den Hals.

»Wir nennen ihn Hughie. Er ist ganz verschmust. Heute springt er einen Meter.«

»Hey, Hughie.« Sofort beginnt der Hengst, auf der Suche nach Leckerlis an Liz' Händen und Taschen zu zupfen. Sie lacht.

»Der ist aber süß – gehört er dir?«

»Nein. Ich trainiere ihn nur, damit er Erfahrungen sammelt. Er geht bald wieder zu seinem Besitzer zurück.« Ich kann selbst hören, dass ich ein wenig traurig klinge; der Bursche hier ist mir wirklich ans Herz gewachsen.

»Ich fände das entsetzlich«, sagt sie plötzlich.

»Was denn?«

»Mich an ein Pferd zu gewöhnen, es zu reiten, sich mit ihm anzufreunden, Arbeit reinzustecken und es dann wieder abgeben zu müssen.«

Ich zucke die Achseln. Ich weiß nicht, was ich dazu sagen soll.

»Ich bin daran gewöhnt«, antworte ich schließlich, und so ist es ja auch. Endlich bin ich mit Hughie fertig und lege die Bürste in die Kiste zurück. »Und außerdem sind nicht alle Pferde, die ich reite, so nett wie Hughie.« Ich klopfe ihm den Hals. »Manche sind echte Arschlöcher.«

Liz lächelt, und ich lächele automatisch zurück. »Ich muss jetzt los«, sagt sie. »Das Springen fängt gleich an.«

»Oh, na klar … dann los. Braucht deine Freundin Hilfe? Beim Warmreiten vielleicht?«

»Nein, schon okay, ich mach das gerne.«

Ich nicke, noch immer nervös. »Na gut. Dann viel Glück für deine Freundin.«

»Danke, werde ich ihr ausrichten. Und auch viel Glück für

dich.« Ich erwarte, dass sie jetzt geht, aber sie steht noch immer da und kaut auf ihrer Unterlippe. Ich frage mich gerade, was sie noch von mir wollen könnte, als sie mir eine Papierserviette mit einer Nummer darauf in die Hand drückt.

»Falls du mal Lust hast, ins Kino zu gehen oder so was – ruf mich doch einfach an.« Und damit macht sie kehrt und trabt davon, ehe ich noch etwas sagen kann.

Ich starre auf die Serviette. Ich kann kaum glauben, was gerade passiert ist. Wahrscheinlich sehe ich aus wie ein Idiot, als ich breit grinsend zu Nick zurückschlendere.

»Hast du Lust, mir zu erklären, was zwischen dir und der scharfen Blondine abgeht?«, fragt er ohne Umschweife.

»Nein«, antworte ich und will mich an ihm vorbeidrängen. Ich habe Hughies Sattelzeug bei mir, und es wird langsam schwer.

»Matt, bis vor ein paar Minuten dachte ich noch, du wärst einfach nur ein armer Irrer, den die Mädels nicht mal dann angucken, wenn er nackt durch eine Bar tanzt, aber ich habe mich offenbar schwer geirrt.« Ich weiß, dass er vor Neugier fast umkommt – er ist das größte Klatschweib des Universums –, aber ich werde mich hüten, ihm mehr zu erzählen.

»Sie ist einfach ein nettes Mädchen – nichts weiter. Eine Freundin.«

»Eine Freundin?« Nick zieht die Augenbrauen hoch.

In diesem Moment gesellt sich Shane zu uns. Er ist frisch rasiert und makellos gekleidet. »Worüber tratscht ihr zwei denn gerade?«, will er wissen. Ich fühle mich mit meinen fettigen Haaren und den Schmuddelklamotten blöd neben ihm, und ich spüre einen kurzen Stich Neid.

»Über nichts«, sage ich und bete, dass Nick die Klappe hält.

»Genau, über nichts«, antwortet Nick mit einem Grinsen.

»Wir haben uns nur über Matts neue *Freundin* unterhalten.« Sofort steigt mir das Blut in die Wangen, und ich wende mich hastig ab. Ohne etwas zu sagen, beginne ich, das Pferd zu satteln.

»Um wen geht es denn?«, fragt Shane mäßig interessiert.

»Um Elizabeth«, sagt Nick aufgesetzt vornehm.

»Elizabeth O'Brien?« Shane klingt überrascht.

»Die und keine andere. Unser kleiner Matt hat mich echt beeindruckt.« Nick klopft mir auf den Rücken, aber ich drehe mich noch immer nicht um. Mein Gesicht hat inzwischen vermutlich die Farbe von Roter Bete.

»Reiß dich zusammen, Nick. Lass den Jungen in Frieden und sieh zu, dass du deine Arbeit erledigst.«

Nick mag zwar so tun, als seien Shane und er befreundet, aber dass er sein Vorgesetzter ist, steht außer Zweifel, und wenn Shane etwas anordnet, dann tut er es, ohne es zu hinterfragen. Als ich mit Hughie fertig bin, ist Nick verschwunden.

»Bist du bereit?«, fragt Shane und reicht mir Helm und Gerte. Ich nicke und hoffe, dass mein Gesicht wieder eine halbwegs normale Farbe angenommen hat.

Shane und ich gehen den Parcours gemeinsam ab, und er gibt mir Tipps für den Umgang mit Hughie und die Hindernisse. Ich bin froh, dass ihn das, was Nick eben erwähnt hat, nicht zu interessieren scheint.

»Er ist heute offenbar ein bisschen schwierig«, sagt Shane, als ich mich mit Hughie warmzuspringen beginne. »Achte darauf, dass du ihn auf jedes Hindernis energisch zutreibst.« Shane hilft mir fast immer beim Aufwärmen, sofern er nicht mit den eigenen Pferden beschäftigt ist. Er lässt Nick und mich nie aus den Augen, was bedeutet, dass ich mich möglichst immer in Bestform präsentieren muss, selbst wenn ich eigentlich einen Durchhänger habe. Ich pariere Hughie durch und kehre im

Schritt zu Shane zurück, der in der Mitte des Rings steht. Zufrieden klopft er den Hengst am Hals.

»Gut gemacht, Matt! Heute reitest du wirklich gut.«

Sein Lob kommt unerwartet. »Danke«, murmele ich, als ich plötzlich abgelenkt werde.

Eine entspannt wirkende Liz lehnt am Zaun und sieht mir zu, und als ich ihrem Blick begegne, lächelt sie.

Shanes Stimme unterbricht meine Trance. »Matt!«

Ich zucke leicht zusammen, ehe ich mich wieder ihm zuwende, und hoffe, dass er nicht ahnt, was in meinem Kopf vor sich geht.

»Sei vorsichtig, was Elizabeth angeht«, sagt er so leise, dass ich ihn kaum verstehe. »Ich habe Gerüchte gehört und glaube nicht, dass sie so lieb und unschuldig ist, wie sie aussieht.« Verblüfft sehe ich ihn an, und er erwidert meinen Blick ernst. Mir fällt keine Antwort dazu ein, aber ich glaube kaum, dass er eine erwartet.

Seine Miene wird ein wenig sanfter. »Gib gut acht auf ihn heute«, sagt er in normaler Lautstärke. »Mir scheint, er wird ein bisschen größenwahnsinnig.«

Irgendwie habe ich das dumpfe Gefühl, er könnte auch mich damit meinen.

Wie immer ist es ein hektischer Tag. Nick und ich haben unaufhörlich zu tun. Als alles gelaufen ist, bin ich froh, als wir endlich unsere Sachen zusammenpacken. Wir haben unendlich viel Zeug, und alles muss sorgfältig verpackt und am richtigen Platz verstaut werden, sonst bekommen wir die Ausrüstung nicht unter. Für das übrige Heu bleibt nur noch das Dach des Transporters, und ich hasse es, es dort festzuzurren: Der Wagen ist fast sechs Meter hoch, und man kann sich nirgendwo festhalten. Nick weiß, dass ich es nicht gerne tue, und überlässt den Job aus diesem Grunde immer mir – ein klassisches Beispiel für seinen kranken Sinn für Humor. Nach der ersten Ladung klettere ich die Leiter an der Seite herab. Sie reicht nur bis halb zum Boden, daher habe ich mir eine Plastikkiste daruntergestellt. Ich lasse die Leitersprossen los, um auf die Kiste zu springen, doch dort ist nichts. Weil ich nicht darauf eingestellt bin, so tief zu landen, komme ich hart auf dem Beton auf und stürze zu Boden.

»Verdammt!« Ich blicke auf meine Hände. Sie sind aufgeschürft und beginnen bereits zu bluten. Ich stemme mich hoch und spüre einen dumpfen Schmerz in meinem Knöchel, als ich ihn belaste.

»Oh, Gott, das tut mir so leid.«

Ich drehe mich um und sehe Edward Dawson vor mir. »Ich habe meinem Stallburschen gesagt, er soll die Kiste wegnehmen, weil ich mit dem Transporter zurücksetzen wollte. Mir war nicht klar, dass das Ding dort einen Zweck hatte.« Obwohl er sich entschuldigt, wirkt er alles andere als zerknirscht, und ich kann ihn auf Anhieb nicht leiden. Er strahlt Arroganz aus und blickt mich herablassend an.

»Schon okay«, murmele ich, da ich weiß, dass es keinen Sinn hat, mich aufzuregen. Ich stütze mich gegen den Transporter und versuche erneut, den lädierten Knöchel zu belasten. Edward beobachtet mich.

»Kann ich etwas für dich tun? Ich habe ein furchtbar schlechtes Gewissen.« Vielleicht meint er es ja ernst, aber ich traue ihm nicht. In meinen Augen fühlt er sich etwas zu cool.

»Nein, geht schon. Danke.« Ich mustere ihn genauer. Kann ich ihn vielleicht nur wegen der Gerüchte über ihn und Elizabeth nicht leiden? Bin ich vielleicht eifersüchtig?

»Kenne ich dich?«, fragt er und grinst plötzlich.

»Glaub ich nicht«, antworte ich und gebe alles, um höflich zu klingen.

»Doch, doch, ich kenne dich. Bist du ein Freund von Elizabeth?«

Ich schweige und sehe ihn nur an. Ich habe keine Ahnung, worauf er hinauswill. Kann es sein, dass Edward eifersüchtig auf *mich* ist? Nach einer Weile nicke ich.

»Ah, ich wusste es doch. Also, ich bin ja froh, dass sie endlich ein paar Leute kennenlernt. Die Kleine ist wirklich was Besonderes.«

Ich schenke ihm ein halbherziges Lächeln. Was will er mir damit sagen? »Ja, ist sie«, antworte ich schließlich und versuche, den Schmerz in meinem Fuß und in meinen Händen zu ignorieren.

Edward kommt näher und bleibt dicht vor mir stehen.

»Und hübsch ist sie auch, nicht wahr?« Er zwinkert mir zu, und nun weiß ich, dass es hier nicht nur um meine Eifersucht geht. Ich kann den Mann nicht leiden, weil er arrogant *ist.* Da ich fürchte, dass ich das Falsche sage, wenn ich den Mund aufmache, bleibe ich stumm.

»Na, hat mich gefreut, Matt. Pass auf, dass du den Knöchel schonst.« Er schlägt mir kraftvoll auf den Rücken, so dass ich beinahe das Gleichgewicht verliere. Und erst als er schon weg ist, fällt mir auf, dass sein Transporter nirgendwo zu sehen ist.

8. Kapitel

ENTZWEIT

Wildfire wiehert angstvoll. Ich schaue mich panisch um, kann sie aber nirgendwo entdecken.

»Wildfire!«, rufe ich, und sie wiehert als Antwort. Es klingt, als habe sie Schmerzen, aber ich kann sie noch immer nicht entdecken.

»Wildfire!« Jetzt gerate ich wirklich in Panik. Ich kann nichts sehen. Alles ist nebelig, nicht einmal der Boden unter meinen Füßen ist zu erkennen. Ich beginne zu rennen, aber Wildfires Schreie werden leiser, also versuche ich, zurückzulaufen, doch ich weiß nicht, wo ich bin und wohin ich laufen soll.

»Wildfire, wo bist du?«, rufe ich so laut ich kann. Ich spüre, dass mir Tränen über die Wangen laufen. Ihr Wiehern wird leiser und leiser, und mir wird klar, dass ich sie verliere. Verzweifelt sinke ich auf die Knie und vergrabe meinen Kopf in den Händen. Plötzlich fühlt es sich an, als kitzelten Grashalme meine Beine. Ich blicke auf und stelle fest, dass ich nicht mehr im Nebel sitze, sondern auf einer schönen, grünen Weide. Die Sonne wärmt mein Gesicht, und ich brauche einen Moment, um mich an das helle Licht zu gewöhnen. Wildfire hat zu wiehern aufgehört.

Ich wende mich um, und da steht sie ruhig und entspannt im Sonnenschein. Sie schnaubt mir aufmunternd zu, und ich erhebe mich und gehe zu ihr. Als ich mich nähere, entdecke ich einen Jungen neben ihr sitzen.

»Hi«, sagt Matthew.

»Hi«, antworte ich verwirrt. Was macht er denn hier? Aber ich setze mich neben ihn, und stumm sehen wir eine Weile zu, wie Wildfire grast.

»Sie hatte sich verirrt. Aber jetzt ist alles wieder gut«, sagt Matt leise.

»Hast du sie gefunden?«, frage ich.

»Nein. Sie hat selbst zurückgefunden.« Matt nimmt meine Hand und drückt sie sanft. Ich entziehe sie ihm nicht; es fühlt sich gut und richtig an. »Jeder verirrt sich mal, aber das macht nichts, solange man immer wieder den Weg zurückfindet.«

»Habe ich mich verirrt?«, frage ich. Ich kann meinen Blick nicht von ihm abwenden.

»Ich weiß nicht – hast du?«, kontert er. Mir ist nicht klar, wie ich das verstehen soll.

»Was machst du eigentlich hier«, möchte ich wissen und bemerke gleichzeitig, dass ich ihn nicht wieder gehen lassen will.

»Sag du's mir.«

»Ich möchte dich küssen«, antworte ich. Mein Herz rast plötzlich.

»Dann küss mich.«

Nervös lege ich eine Hand an seine Wange. Matthew regt sich nicht und überlässt mir die Führung. Seine Miene ist ruhig und gelassen, aber irgendwie liegt etwas Schelmisches darin, als hätte er das von Anfang an geplant. Ich beuge mich vor und lege meine Lippen leicht auf seine; sie sind wärmer, als ich erwartet habe. Und dann höre ich auf zu denken und übergebe den Rest meinem Instinkt. Unsere Hände sind überall, und unsere Körper bewegen sich im Einklang, während meine Erregung wächst und wächst. Mein Atem beschleunigt sich, meine Lust baut sich auf, und mit einem sanften Stöhnen erreichen wir beide schließlich den Höhepunkt. Ich schlage die Augen auf und stelle fest, dass ich nicht mehr auf der Wiese bin …

Die Sonne scheint hell in mein Schlafzimmer. Ich bewege langsam meine Glieder und spüre das Nachbeben des Traumes.

»Wow, das war mal etwas anderes«, murmele ich, fast entsetzt darüber, was mein Verstand soeben erschaffen hat. Noch nie zuvor hatte ich im Traum einen Orgasmus; ich habe zwar schon gehört, dass es anderen Mädchen passiert, es aber bisher noch nie selbst erlebt. Und es überrascht mich, wie intensiv er gewesen ist – dass allein meine Vorstellungskraft mir so viel Vergnügen bereiten kann. Was mich jedoch noch mehr verblüfft als die Macht meiner Phantasie, ist das Objekt meiner Begierde. Ich habe Matthew doch gerade erst kennengelernt! Offenbar ist er mir direkt unter die Haut gegangen. Es wäre albern, mir nach diesem Traum einreden zu wollen, dass ich ihn nicht attraktiv finde, aber ich will nicht mit ihm zusammen sein, sondern mit Edward. Dessen bin ich mir sicher. Ich stehe auf und verdränge den Traum aus meinem Bewusstsein. Jeder kann erotische Träume haben, deswegen muss man kein schlechtes Gewissen haben, rede ich mir ein. Und als ich geduscht habe und mich anziehe, bin ich erstaunlich gut gelaunt.

Vor mich hin summend, springe ich die Treppe im Haus meiner Mutter immer zwei Stufen auf einmal nehmend herunter. Für Ende Januar ist es ungewöhnlich sonnig draußen, und ich habe eine frühe Trainingsstunde bei Edward, daher bin ich froh, dass ich so munter bin, was auch immer der Grund dafür ist. Als ich in die Küche schlendere, wird meine Stimmung allerdings empfindlich gedämpft, denn meine Mutter sitzt bereits mit einem dampfenden Kaffeebecher in der Hand am Tisch.

»Hi«, sage ich. Ich sehe auf die Uhr: Es ist noch nicht einmal acht Uhr. »Du bist aber früh auf.« Meine Mutter steht selten vor neun auf, wodurch ich fast immer schon aus dem Haus bin, ehe sie in der Küche erscheint.

»Tja, ich habe heute *Unmengen* zu tun«, erwidert sie und nippt an ihrem Kaffee. Frisur und Make-up sind wie immer makellos, aber sie wirkt müder als üblich. Ich schnappe mir eine Banane aus der Obstschale und steuere schon wieder auf die Tür zu, bevor sie mir wegen irgendwas Vorhaltungen machen kann, aber sie ruft mich zurück.

»Kann ich dir etwas zeigen, Elizabeth?«

Ich atme ein paarmal tief durch, ehe ich mich wieder zu ihr umdrehe. Ich bin wild entschlossen, mir meine gute Laune nicht verderben zu lassen. »Ja, klar«, sage ich so respektvoll wie möglich. Wenn ich mich zusammennehme, eskaliert die Situation vielleicht nicht. Sie reicht mir einen braunen Briefumschlag, der bereits geöffnet worden ist. Ich schaue sie an. Sie lächelt, und erstaunlicherweise wirkt es aufrichtig.

»Es ist etwas wirklich Tolles«, sagt sie aufgeregt. »Na los, sieh hinein.« Ich ziehe den Brief aus dem Umschlag und überfliege ihn. Ich werde zu spät zu meiner Trainingsstunde kommen.

Sehr geehrte Elizabeth O'Brien,
wir danken Ihnen für Ihre Bewerbung an der University of Oxford. Wir freuen uns, Ihnen mitteilen zu dürfen, dass Sie für den Studiengang Betriebswirtschaftslehre zugelassen worden sind …

Ich höre auf zu lesen und blicke zu meiner Mutter. Sie strahlt noch immer, aber ich merke bereits, wie Wut in mir hochkocht.

»Was soll das?«, frage ich barsch.

»Dein ehemaliger Wirtschaftslehrer hat mir gesagt, dass man keine bessere Ausbildung bekommen kann, und Oxford ist ein so hübsches Städtchen …«

»Ich habe mich dort aber nicht beworben«, unterbreche ich sie.

»Nein, aber ich für dich. Ich weiß ja, wie schnell dir die Dinge über den Kopf wachsen, und da habe ich dir das ganze Theater einfach abgenommen. Dein Vater weiß bereits Bescheid. Er ist ganz aus dem Häuschen.« Beim letzten Satz zerreiße ich den Brief, und ihr Lächeln verblasst.

»Ich werde dort nicht studieren«, sage ich knapp.

»Jetzt sei nicht albern, Elizabeth. Weißt du eigentlich, wie privilegiert du bist, an einer Universität wie Oxford angenommen zu werden? So etwas kann man nicht einfach ablehnen.« Sie redet mit mir, als sei ich ein kleines Kind, das sein Mittagessen nicht mag, und das macht mich wahnsinnig.

»Wie oft haben wir dieses Thema jetzt schon besprochen?«, frage ich. »Ich will nicht studieren. Ich will keine Geschäftsfrau werden, sondern professionelle Springreiterin. Warum willst du das nicht endlich verstehen?«

»Ich verstehe es ja«, sagt sie und erhebt sich. »Ich verstehe, dass du Pferde magst und gerne reitest, aber du verschwendest deine Zeit an einen albernen Traum, der niemals wahr werden wird. Du bist ein intelligentes Mädchen, das sich furchtbar kindisch verhält.«

Ihre verächtlichen Worte treffen mich tief. »Du hast doch keine Ahnung, was ich kann und was nicht.«

»Aber willst du denn nicht aufs College gehen und einen Traum verfolgen, der erreichbar ist, anstatt albernen Pferdephantasien nachzuhängen? Ist dir eigentlich bewusst, wie viele Leute alles dafür gäben, um so klug zu sein wie du?« Sie ergreift meine Hände, während sie spricht, aber ich ziehe sie weg.

»Hör endlich auf, deine Träume auf mich zu projizieren!« Ich brülle jetzt fast. »Nur weil du zu dumm warst, um aufs College zu gehen, hast du noch lange nicht das Recht, mich jetzt dazu zu zwingen.« Ich weiß, dass ich zu weit gehe, aber ich bereue nicht, was ich gesagt habe. Sie hat mir in der Vergangenheit schon so viele Gemeinheiten an den Kopf geworfen, dass ich es nur gerecht finde, ihr wenigstens einmal zu zeigen, wie schrecklich sich das anfühlt.

Meine Mutter steht da wie erstarrt, und einen fürchterlichen Augenblick lang glaube ich, sie werde mich ohrfeigen. Sie tut es nicht, aber ihre nächsten Worte haben einen ähnlichen Effekt.

»Wildfire wird verkauft.«

»Wird sie nicht! Dad wird das nicht zulassen.« Ich will nur weg. Ich will weg und so tun, als sei das alles nicht passiert.

»Doch. Er hat gestern Abend eingewilligt … als er gehört hat, dass du in Oxford angenommen worden bist.«

Ich starre sie sprachlos an. Tränen treten in meine Augen, und meine Sicht verschwimmt. »Das kannst du nicht machen.«

»Eines Tages wirst du mir dankbar dafür sein.« Doch sie versucht nicht einmal, meinem Blick zu begegnen.

»Bitte! Dieses Pferd bedeutet mir alles!« Und doch weiß ich ganz genau, dass sie jetzt, da sie hat, was sie schon immer wollte, nicht nachgeben wird.

»Es ist beschlossen. Ich will jetzt nicht mehr darüber reden«, sagt sie ruhig und setzt sich.

In diesem Moment hasse ich sie aus tiefstem Herzen. »Du kannst Wildfire nicht verkaufen. Das wird Edward nicht zulassen …«

Meine Mutter schnaubt verächtlich. »Wieso sollte das Edward kümmern?«

»Weil er …« Am liebsten würde ich sagen »Weil er mich liebt«, aber das kann ich nicht, denn das würde alles nur noch schlimmer machen. Andererseits – wie sollte es noch schlimmer kommen können? »Weil ich ihm wichtig bin …«

Es ist, als hätte man eine Glühbirne über dem Kopf meiner

Mutter angeknipst. »Ich fasse es nicht. Erzähl mir jetzt bloß nicht, dass der Mann, mit dem du zusammen bist, Edward ist.«

Ich erwidere nichts, drehe mich um und laufe nach oben, aber sie kommt mir nach.

»Wag es nicht, mich jetzt einfach so stehen zu lassen.« Sie stürmt in mein Zimmer, als ich eine Tasche unter meinem Bett hervorzerre.

»Ich verschwinde«, murmele ich, während ich wahllos Kleidung aus den Schubladen in die Tasche schleudere.

»Und wo willst du hin? Willst du etwa bei Edward und seiner *Frau* einziehen?«, kreischt sie fast hysterisch. Ich habe noch nie erlebt, dass meine Mutter derart die Fassung verliert. Ich höre auf zu packen und wende mich zu ihr um.

»Du verstehst nichts, weil du zu egozentrisch und arrogant bist, um über deinen Tellerrand hinauszublicken. Dein Leben besteht nur aus sterbenslangweiligen Dinnerpartys, aber ich will etwas erleben, ich will *leben*. Dein Leben ist für mich ein Alptraum, und ich hasse alles, was mit dir zu tun hat.«

Darauf sagt sie nichts mehr. Sie geht. Vor Zorn bebe ich am ganzen Körper, packe in die Tasche, was immer hineingeht, und verlasse das Haus. Als ich in meinem Wagen sitze, breche ich in Tränen aus.

Ich weiß nicht, wie viel Zeit verstreicht. Immer wieder versuche ich, mich zusammenzureißen, aber sobald ich daran denke, dass ich Wildfire hergeben muss, ist wieder alles vorbei. Mein Handy klingelt, und auf dem Display erscheint Edwards Nummer. Schluchzend nehme ich den Anruf an und versuche ihm zu erklären, was geschehen ist, aber ich bringe kaum mehr als einen Schwall zusammenhangloser Worte zustande.

»Du kommst jetzt sofort zu mir, Elizabeth«, sagt er. »Ich kümmere mich darum.«

Ich lasse mir Zeit damit, zu ihm zu fahren. Mich auf den Verkehr konzentrieren zu müssen beruhigt mich ein wenig, und bis ich bei ihm angekommen bin, habe ich mich wieder einigermaßen im Griff. Edward wird alles wieder hinbiegen. Daran klammere ich mich.

Er reicht mir einen Gin Tonic, als ich eintrete.

»Ich will keinen Drink, danke«, sage ich und gehe in Richtung Küche.

»Nun nimm ihn schon. Das entspannt«, insistiert er, und erst als ich das Glas zum Mund hebe, bemerke ich, dass ich noch immer am ganzen Körper zittere. Der Gin ist stark und brennt in meiner Kehle, aber ich zwinge mich, drei große Schlucke zu nehmen, ehe ich mich an den Küchentisch setze.

»Wo ist Katherine?«, frage ich und bete, dass sie nicht gleich zur Tür hereinmarschiert.

»In der Stadt. Sie hat ein Vorstellungsgespräch bei *Gloss* als Modeberaterin oder so was.« Er klingt sarkastisch, und mir wird klar, dass er nicht gerade froh darüber ist, dass sie sich in Irland aufhält.

»Und wenn sie diesen Job bekommt … wird sie wieder öfter hier sein, richtig?«

Zum zweiten Mal an diesem Tag zieht mir die Panik die Kehle zu. Es ist so leicht, Katherine und ihre Beziehung zu Edward zu vergessen, wenn sie nicht in der Nähe ist, aber nun kann sich alles ändern. Am liebsten würde ich erneut in Tränen ausbrechen, aber stattdessen greife ich zu meinem Glas.

»Lass uns jetzt nicht *darüber* reden … Erzähl mir lieber genau, was deine Mutter gesagt hat.«

Und das tue ich. Ich erzähle ihm, dass sie sich in meinem Namen in Oxford beworben hat, dass sie meinen Vater überzeugt hat, Wildfire zu verkaufen, und dass sie über unsere Beziehung Bescheid weiß. Das Letzte sage ich nur zögernd, weil ich befürchte, dass er wütend wird, aber das wird er nicht. Er nimmt meine Hand und drückt sie sanft.

»Es tut mir leid«, sage ich.

»Was tut dir leid?«

»Ich hätte ihr nichts von uns erzählen dürfen.«

»Elizabeth, das ist meine letzte Sorge. Irgendwann werden die Leute es sowieso herausfinden …« Bei diesem Satz wird mein Herz etwas leichter. *Irgendwann werden die Leute es sowieso herausfinden.* Er denkt also an eine Zukunft. Er sieht eine Möglichkeit, dass wir zusammenbleiben, ohne dass wir weiterhin ein Geheimnis daraus machen müssen. »Wichtig ist jetzt vor allem, dass wir sie daran hindern, Wildfire zu verkaufen.«

»Aber sie ist wild entschlossen«, erkläre ich müde. »Und sie wird auf niemanden hören, am wenigsten auf uns. Vor allem nicht jetzt, da sie weiß, dass wir zusammen sind …«

Edward steht auf und beginnt, auf und ab zu gehen. »Diese Frau, die sich deine Mutter schimpft … was ist sie nur für ein Biest! Kapiert sie denn nicht, dass du kurz davor stehst, dir wirklich einen Namen zu machen? Jede Woche, bei jedem Turnier bekommst du mehr Aufmerksamkeit. Es wird nicht mehr lange dauern, bis dich das Auswahlkomitee vom *Irish Horse Board* entdeckt, und mit etwas Glück kannst du es dieses Jahr sogar noch in die *Aga Khan*-Mannschaft schaffen, aber was tut deine Mutter? Sie macht uns verdammt noch mal alles kaputt!«

»Ich weiß.« Ich bin auch wütend auf meine Mutter, aber dass er sie regelrecht beschimpft, geht mir doch etwas zu weit.

»Aber das kümmert sie ja alles nicht, weil sie eine geldgeile, verbitterte Hexe ist, die nicht ertragen kann, dass ihre Tochter Erfolg hat!«

Ich zucke zusammen, als Edward seine Faust auf die Granitarbeitsfläche schlägt. Er schweigt für einen Moment, und ich spüre, wie meine Angst zurückkehrt. Wenn Edward das nicht wieder hinbiegen kann, dann weiß ich auch nicht, was ich tun soll.

»Wie viel will deine Mutter für Wildfire?«, fragt er plötzlich.

»Weiß ich nicht. Ich glaube nicht, dass es ihr hier um Geld geht. Sie will sie einfach nur loswerden.« Edward setzt sich, sieht mich an und nimmt meine Hand.

»Und wenn ich Wildfire für dich kaufe?«

»Was?«

»Ich könnte sie kaufen, und du reitest sie weiter wie bisher.« Seine Stimme ist sanft, als spräche er mit einem Kind, aber ich kann nicht glauben, was er da sagt.

»Meine Mutter würde sie nie an dich verkaufen«, ist alles, was ich hervorbringe.

»Sie muss es ja nicht wissen. Ich bitte einen Freund, deinen Eltern ein Angebot zu machen. Von dem wahren Käufer erfahren sie erst, wenn die Sache in trockenen Tüchern ist.« Edward klingt nun so zuversichtlich und bestimmt, dass ich weiß, er wird es tun, ganz egal, was ich dazu sage. Wenn meine Mutter herausfindet, dass Edward und ich sie übers Ohr gehauen haben, wird sie wahrscheinlich nie wieder mit mir reden. Aber der Gedanke, Wildfire zu verlieren, ist schier unerträglich. Sie ist mein Traum, sie ist mein Ein und Alles, und ich würde alles tun, um sie zu behalten.

»Das würdest du für mich tun?«, flüstere ich.

»Aber ja. Willst du denn immer noch nicht verstehen, dass ich dich glücklich machen will?«

Erleichterung durchströmt mich, und ich fange an zu weinen. Edward sieht mich entsetzt an.

»Was ist denn los?«

»Nichts«, presse ich schluchzend hervor. »Ich liebe dich nur so sehr.«

Er lacht erleichtert und zieht mich in seine Arme.

Eine Weile sitzen wir einfach nur so da. Ich fühle mich winzig klein in seinen starken Armen, und ich schließe die Augen und genieße das Gefühl der Geborgenheit. Heute ist so viel passiert, dass ich nicht alles auf einmal verarbeiten kann. Ich frage mich, was meine Mutter gerade macht, und ich empfinde einen Stich Reue, als ich daran denke, was für furchtbare Dinge ich ihr an den Kopf geworfen habe. Doch dann schiebe ich das schlechte Gewissen beiseite. Sie hat es verdient. Edward hat recht – sie kann nur nicht ertragen, dass ich erfolgreich bin und sie nicht.

Schließlich regt Edward sich und reißt mich aus meinen Gedanken.

»Ich muss zurück zum Hof«, verkündet er. »Ich habe viel zu tun heute, aber mach dir keine Sorgen. Bis heute Abend gehört Wildfire mir.« Er klingt so sicher, dass all meine Zweifel ausgeräumt sind.

»Danke«, sage ich leise.

»Keine Ursache. Wie wär's, wenn du gleich duschen gehst und wir uns später auf dem Hof treffen?«

Ich küsse ihn dankbar, er nimmt meinen Kopf in seine Hände und erwidert den Kuss stürmisch. Doch schon ertönt das allzu vertraute Klingeln seines Telefons. Er springt auf und nimmt den Anruf entgegen.

»Hallo … Ja … Nein … Wie viel …? Wie hoch ist der Preis wirklich?« Er verlässt den Raum, womit unser Gespräch beendet ist. Edwards Telefon steht nie still. Es funktioniert ähnlich wie sein Verstand. Ständig denkt er an das nächste Turnier, das nächste Pferd, den nächsten Kauf – endlos. Aber vermutlich läuft dieses Geschäft einfach so.

Ich trotte hinauf ins Bad und ziehe mich aus. Das Wasser brennt auf meinem verweinten Gesicht, aber es fühlt sich gut an. Während ich unter dem heißen Wasserstrahl stehe, muss ich plötzlich an meinen Traum von heute Morgen denken.

Keine Ahnung, wieso er mir ausgerechnet jetzt wieder einfällt, aber die Bilder sind noch überraschend klar. Ich versuche, die Erinnerung zu verdrängen, aber ich sehe Matts Gesicht und spüre, wie er meinen Hals küsst. Gott, bin ich froh, momentan allein zu sein.

Die Bilder verblassen erst, als ich aus der Dusche trete und sehe, was sich auf der Ablage befindet: Lockenstab, Schminkpinsel, Make-up, Mascara und viele andere Dinge, die zweifellos Katherine gehören. Eben, als ich hereinkam, habe ich nicht darauf geachtet, jetzt aber fühle ich mich noch mehr wie ein Eindringling.

Ich verharre einen Moment still und lausche, ob Edward noch da ist, aber es ist nichts zu hören. Ich bin nicht daran gewöhnt, mit Katherines Sachen konfrontiert zu sein, und wieder wird mir bewusst, dass sie sehr viel öfter hier sein wird, wenn sie den Job in Dublin bekommt. Ich werde unbedingt mit Edward darüber reden müssen. Ich muss wissen, wie er sich unsere Zukunft vorstellt. Wird er Katherine verlassen? *Irgendwann werden die Leute es sowieso herausfinden* – was genau bedeutet das? Ich möchte ihn so vieles fragen, aber ich weiß, dass jetzt nicht der richtige Zeitpunkt dafür ist. Er kauft Wildfire für mich – und gibt mir auf diese Weise meinen Traum zurück. Es erscheint mir vermessen, nun auch noch von ihm zu verlangen, dass er Katherine verlässt. Wenigstens liebt er sie nicht mehr, und das muss ich mir eben immer wieder in Erinnerung rufen. Er ist nur nett zu ihr und schützt sie vor der öffentlichen Demütigung. Ich wende mich von den Kosmetika ab und beginne mich anzuziehen. *Er liebt nicht sie, sondern mich.*

9. Kapitel

ANGESCHLAGEN

»Ist mir egal, ob du momentan ein Krüppel bist, Matt. Wir haben dreißig Boxen auszumisten, und du hältst mich gerade echt auf. Verdammt noch mal, wir hängen hier bis Mitternacht fest, wenn du nicht endlich deinen Hintern bewegst.«

Das Turnier liegt drei Tage zurück, aber der Schmerz in meinem Knöchel ist geblieben. Ich habe ihn jeden Abend gekühlt, und die Schwellung geht langsam zurück, aber ich humpele noch immer. Dennoch darf ich mich nicht beschweren: Nick hält nur die Fakten fest. Ich brauche momentan doppelt so lange wie üblich, um meine Arbeit zu erledigen. Wir sind auch sonst meist nicht vor Einbruch der Dunkelheit fertig, aber in den vergangenen Tagen ist es immer später geworden. Nick war zunächst voller Mitgefühl und erbot sich, einen Teil meiner Arbeit mitzumachen, aber langsam verliert er die Geduld, und das kann ich ihm nicht verübeln.

»Tut mir echt leid, Nick, ich gebe alles.«

Er grunzt und marschiert voran, ohne noch länger auf mich zu warten. Meine Hüfte ruckt bei jedem Schritt nach oben, und wann immer ich den Fuß aufstelle, schießt mir der Schmerz das Bein hinauf. Tragen kann ich auch nichts – das muss Nick für mich tun.

Normalerweise ist Nick derjenige, der mich aufmuntert. Wir kehren nach der Arbeit in unseren kleinen Bungalow auf Shanes Hof zurück, bestellen uns Bier und Pommes frites zum Abendessen und schauen irgendeinen Schrott im Fernsehen.

Doch in den vergangenen Tagen ist Nick immer sofort in seinem Zimmer verschwunden, wenn wir endlich zu Hause waren; nach einem anstrengenden Arbeitstag hat er verständlicherweise keine Lust mehr auf mich.

Mit den anderen Arbeitern kann ich auch nicht richtig reden. Es herrscht eine gewisse Hierarchie auf dem Hof, und Nick und ich rangieren höher als sie. Die meisten trauen sich nicht einmal, mit mir zu plaudern. Wenn ich einen Witz mache, schauen sie mich nur entsetzt an, als hätten sie Angst, dass ich sie dazu verleiten wollte, etwas Falsches zu tun oder zu sagen. Die meisten sind ohnehin nicht lange bei uns. Nach ein, zwei Monaten haben sie gewöhnlich die Nase voll oder bauen irgendeinen Mist, und Shane wirft sie wieder raus.

Ich unterdrücke ein Stöhnen, als ich die Treppe hinaufgehe. Es ist nicht mehr nur mein Fuß, der weh tut. Hüften und Rippen sind ebenfalls böse geprellt. Ich atme tief ein und aus, bis der Schmerz etwas nachlässt, und denke an Edward und sein selbstgefälliges Grinsen. Er sprach von Liz wie von einem Ding – wenn auch von einem kostbaren –, das ihm gehört. Tja, wenn ich eins über Edward sicher weiß, dann, dass er garantiert nicht zu teilen bereit ist. Meine blauen Flecken sind Beweis genug dafür.

Als ich oben an der Steintreppe ankomme, sehe ich Shane. Er hat die Arme vor der Brust verschränkt und redet mit Nick. Nick gestikuliert frustriert, als erkläre er etwas. Beide wenden sich mir zu, und Nick wird rot. Sieh an, offenbar haben sie über mich gesprochen.

»Matt, kommst du mal eben her?«

Ich gehe auf sie zu und versuche, nicht zu humpeln, aber es funktioniert natürlich nicht.

»Nick hat erzählt, dass du dich beim Turnier verletzt hast.«

Nick blickt beschämt auf seine Füße. Ich nicke. Zu lügen hat keinen Sinn.

»Ja. Ich bin vom Transporterdach gefallen. Jemand hat die Kiste weggenommen, die wir uns immer an die Leiter stellen.« Ich komme mir vor, als sei ich wieder in der Schule und bekomme Ärger für etwas, das ein anderer getan hat.

»Und wer hat die Kiste weggenommen?«, fragt Shane und blickt skeptisch zu Nick.

»Keine Ahnung«, antworte ich schnell. »Nick war im Stall, und ich habe das Heu auf dem Dach festgezurrt, daher hat es keiner von uns gesehen.« Dass es Edward Dawson gewesen ist, erzähle ich ihm besser nicht. Shane kann den Mann ohnehin nicht ausstehen, obwohl ich nicht weiß, wieso.

Shane sieht von mir zu Nick und wieder zu mir. Er scheint zu überlegen.

»Matt, schaffst du deine Arbeit trotzdem? So wie bisher, meine ich?«

Ich zögere. Nick blickt noch immer zu Boden. Ich könnte seine Hilfe gerade wirklich gut gebrauchen, aber es ist offensichtlich, dass ich jetzt nicht darauf zählen kann.

»Nein … ich bin etwas langsamer als üblich, und schwere Lasten kann ich nicht tragen.« Es ist reines Glück, dass Shane mich in den vergangenen Tagen nicht angewiesen hat, ein Pferd zu bewegen, denn das hätte ich wohl kaum gepackt.

»Glaubst du, dass du dich ernsthaft verletzt hast?«

»Ach was, nein. Blaue Flecken, ein paar Schwellungen, vielleicht ist der Knöchel geprellt. Wird schon wieder.« Ein verletzter Pferdepfleger ist nutzlos. Shane ist meistens nett zu uns, aber er würde nicht zögern, mich vor die Tür zu setzen, wenn ich nicht mehr leisten kann, was er von mir verlangt.

»Okay, nimm dir zwei, drei Tage frei. Fahr nach Hause und komm am Montag fit und erholt zurück.«

Ich seufze erleichtert. Nick ebenfalls.

»Danke, Shane.« Erst jetzt merke ich, dass ich den Atem

angehalten habe. Ich will mich gerade etwas entspannen, als Shane noch etwas hinterherschiebt.

»Matt, wenn so was noch mal passiert, dann will ich das wissen. Ich mag es nicht, wenn mir etwas verheimlicht wird. Und das gilt auch für dich, Nick.«

Wir nicken beide stumm. Wir müssen das Glück, das wir gehabt haben, ja nicht strapazieren.

Doch sobald Shane außer Sicht ist, fahre ich zu Nick herum.

»Verdammt noch mal, was sollte *das* denn eben? Musstest du mich unbedingt bei Shane verpetzen? Ich weiß ja, dass ich in den letzten Tagen nicht viel geschafft habe, aber das hier hätte mich den Job kosten können.« Nun, da meine Panik abebbt, wird mir Nicks Verrat erst richtig bewusst.

»Ich wollte dir doch nur helfen!« Auch Nick wird jetzt sauer.

»Ach – und wie genau sollte das aussehen?«, brülle ich, und es ist mir egal, dass die anderen Pferdepfleger mich hören können.

»Morgen kommen drei neue Dreijährige auf den Hof. Shane hat mir gesagt, dass du sie einreiten sollst, und als ich ihm vorgeschlagen habe, dass ich das ja machen könnte, ist er misstrauisch geworden ... Er hat gedacht, du hättest keinen Mumm dazu. Ich musste ihm sagen, dass du verletzt bist. Wenn eins der neuen Pferde dich in deinem momentanen Zustand abgeworfen hätte, hättest du dir sonst was brechen können, und dann wärst du deinen Job mit Sicherheit los gewesen.«

Mein Zorn versickert. Er hat ja recht: Nie und nimmer kann ich in meinem jetzigen Zustand ein Pferd einreiten.

Ich schlucke meinen Stolz herunter. »Tut mir leid.«

Er sieht mich einen Moment lang an, um abzuschätzen, ob ich es ernst meine.

»Okay. Und Matt … mir tut es auch leid. Ich wollte dich echt nicht verpetzen, aber ich wusste nicht, was ich sonst hätte tun sollen.«

Ich zucke die Achseln. Wahrscheinlich hätte ich es auch so gemacht.

»Warum hast du Shane denn nicht gesagt, dass Dawson die Kiste weggestellt hat?«

Ich sehe ihn einen Moment lang an, bevor ich antworte. »Ich weiß nicht genau«, sage ich. »Es hätte ja nichts geändert. Was hätte Shane schon tun sollen?«

»Stimmt«, gibt Nick zurück. »Außerdem können die zwei sich ohnehin nicht leiden.«

»Wieso eigentlich nicht?«

»Wegen FireCracker.« FireCracker war das Pferd, das Shanes Ruf begründet hat. Auf diesem Pferd konnte er beweisen, dass er einer der besten Reiter weltweit war. »FireCracker ging zunächst an Edward, der allerdings zu dem Schluss kam, dass das Pferd nichts taugte und unter niemandem erfolgreich springen würde. Als er dann aber mit Shane großartige Leistungen ablieferte, war das natürlich extrem peinlich für Edward.« Nick ist sichtlich überrascht, dass ich die Geschichte gar nicht kannte.

»Wow! Was für eine Blamage! Sich so ein Pferd durch die Lappen gehen zu lassen!«

»Oh ja. Und seitdem befinden sich die beiden im permanenten Konkurrenzkampf.«

Ich denke an die vielen ironischen Bemerkungen und Anspielungen, die zwischen Edward und Shane gefallen sind, und endlich ergeben sie einen Sinn. Shane ist ein bescheidener Mensch, der den Sport liebt, weil er Pferde liebt. Edward liebt den Wettkampf und den Ruhm. Die beiden könnten unterschiedlicher nicht sein.

Ich unterstütze Nick den Tag über, so gut ich kann. Ich habe zwar offiziell frei, aber ich will ihn nicht mit der ganzen Arbeit allein lassen. Morgen wird ihm ein anderer Stallarbeiter unter die Arme greifen. Aber gegen sechs Uhr abends hat er genug davon, dass ich ihm wie ein verwundetes Hündchen hinterherhoppele.

»Herrgott noch mal, Matt, kannst du bitte endlich abhauen? Dein Anblick zieht mich total runter!« Ich muss lachen, als ich versuche, einen Futtersack in die Schubkarre zu hieven, aber Nick schüttelt den Kopf. »Man sollte meinen, du willst gar nicht nach Hause …«

Der fragende Unterton entgeht mir nicht. »Will ich auch eigentlich nicht«, sage ich ehrlich. »Zu Hause gibt es immer Streit. Meine Eltern verstehen einfach nicht, dass ich für Shane arbeiten will. Für sie ist Springreiten kein vernünftiger Beruf.«

»Immerhin hast du ein Zuhause …«

Nick klingt plötzlich seltsam, und ich halte mit der Arbeit inne, um ihn anzusehen. »Alles klar?«, frage ich.

Seine Miene verändert sich, als hätte man einen Schalter umgelegt, und der lustige, sorglose Nick ist wieder da. »Sicher … wieso?«

»Du sagtest gerade was von nach Hause gehen, und ich …«

»Komm schon, fang jetzt bloß nicht an, über Gefühle zu reden oder so was. Sonst komme ich nachher noch auf den Gedanken, du könntest dich auf mein Ufer schlagen.«

Ich lache. »Keine Sorge, Nick, ich bleibe hetero.«

»Und das ist gut so, denn selbst wenn du schwul wärst – bei mir hättest du keine Chance.« Er lacht über seinen eigenen Scherz, und ich stimme ein. Wahrscheinlich hat die Bemerkung von eben nicht viel zu bedeuten. Bestimmt hat er sich einfach nur versprochen. »Trotzdem haben deine Eltern nicht ganz unrecht«, fährt er fort. »Ich meine, du und ich, wir fallen hier nicht gerade die Karriereleiter rauf, oder?« Er hievt einen weiteren Futtersack auf den Karren. »Wieso rufst du nicht diese Liz an? Die baut dich bestimmt wieder auf.« Er macht Kussgeräusche, und ich hole aus, um ihm eine zu verpassen.

»Nein«, sage ich schließlich – mehr zu mir als zu ihm. »Ich war schon lange nicht mehr bei meiner Familie. Ich denke, ich sollte wirklich hinfahren.« Die Versuchung, Liz anzurufen, ist da, aber mein schmerzender Knöchel ist eine deutliche Warnung, warum ich das nicht tun sollte. Ja, ich fand sie aufregend, aber sie hat keinen Zweifel daran gelassen, dass ich keine echte Chance habe, und ich habe keine Lust auf noch mehr Drama.

Ich bin auf dem Weg zu unserem Bungalow, als jemand meinen Namen ruft. Ich drehe mich um und entdecke Adam, einen unserer Aushilfsarbeiter. Er wirkt besorgt und ängstlich, und als ich stehen bleibe, kommt er im Laufschritt auf mich zugetrabt.

»Matt, kannst du mir helfen? Cedric kommt nicht von der Weide. Seit einer Stunde versuche ich, ihn einzufangen, aber er haut immer wieder ab, sobald ich mich nähere.«

»Kein Problem.«

Erleichtert sinkt er in sich zusammen. »Vielen Dank, ehrlich. Ich weiß, dass du selbst genug zu tun hast, aber es ist fast dunkel, und Shane bringt mich um, wenn das Pferd über Nacht draußen bleibt.«

»Schon gut, wirklich.« Adam ist siebzehn und erst seit zwei Wochen dabei. Er kennt bisher weder die Eigenheiten der Pferde, die hier stehen, noch die Tricks, die man sich im Laufe der Zeit aneignen muss. Ich nehme mir einen Eimer und etwas Futter, ehe ich mich auf die Weide begebe. »Wenn er sieht, dass du etwas zu fressen dabeihast, kommt er meistens sofort.«

Wie vorhergesagt trabt Cedric uns entgegen, sobald er den Eimer in meiner Hand entdeckt.

»Darauf hätte ich auch selbst kommen können«, murmelt Adam deprimiert.

»Na, jetzt weißt du es ja«, sage ich, und er schenkt mir ein kleines Lächeln.

Ich kehre mit ihm zum Stall zurück, um mich zu vergewissern, dass er Cedric sicher unterbringt. Ein Pferd, das frei auf dem Hof herumläuft, fehlt uns gerade noch.

»Und? Wie gefällt es dir hier bislang?«, frage ich, um das Schweigen zu brechen.

»Gut«, antwortet Adam halbherzig. »Allerdings fällt es mir manchmal schwer, mitzuhalten. Alles muss immer nach einem ganz bestimmten Schema ablaufen. Irgendwie hatte ich mir das nicht so vorgestellt.«

»Na ja … betrachte den Hof als ein Geschäft«, erkläre ich ihm. »Pferde und Reiter sind unsere Kunden. Die Dinge laufen nach einem bestimmten Schema, weil wir die Kunden zufriedenstellen wollen. Es ist nicht immer leicht, auch nicht immer sinnvoll, aber so müssen wir es machen, damit der Laden läuft.« Adam nickt, während er zuhört, aber er wirkt nicht überzeugt. »Mit der Zeit wird es einfacher«, versichere ich ihm. »Und wenn du mal gar nicht weiterweißt, dann frag einfach mich oder Nick. Wir beißen nicht.«

»Kennst du Nick schon lange?«, fragt er.

»Ähm … ja. Vier Jahre, um genau zu sein. Wieso?«

»Ist er, ähm … na ja, ich meine … ist er – du weißt schon …«

»Ist er was?«, frage ich verärgert, denn natürlich weiß ich, worauf er hinauswill. Es ist nicht das erste Mal, dass einer der Stallhelfer ein Problem mit Nicks sexueller Orientierung hat. Adam fängt an zu stottern.

»Nein, ich meinte nicht, dass … ich hab mich bloß gefragt … Aber es ist ja eigentlich auch egal …«

»Ja, er ist schwul. Hast du was dagegen?«

»Nein! Überhaupt nicht. Ich mag ihn. Es ist nur, weil …«

»Nur weil was?«

»Na ja, mein Vater geht in dieselbe Kirche wie seiner.«

»Na und?« Ich verstehe wirklich nicht, worauf er hinauswill.

»Na ja, ich find's einfach nur überraschend, das ist alles. Ich hab nichts gegen Nick, ich schwör's.«

Ich mustere ihn einen Moment lang und komme zu dem Schluss, dass er eher verlegen als alles andere ist. Inzwischen haben wir Cedrics Box erreicht.

»Kommst du jetzt allein klar?«, frage ich.

»Ja, danke«, antwortet Adam. »Und es tut mir leid, was ich da gerade wegen Nick gesagt habe. Ich hab's echt nicht böse gemeint.«

Und das glaube ich ihm auch.

Dennoch geht mir seine Bemerkung nicht aus dem Kopf, während ich meine Tasche für das Wochenende packe. *Ich find's einfach nur überraschend, das ist alles.* Ich kapier nicht, was genau er damit meinte, und ich würde gerne Nick danach fragen, will aber nicht, dass er am Ende noch glaubt, Adam hätte etwas gegen ihn. Also beschließe ich, es einfach dabei zu belassen. Nick will nicht über seine Familie reden – das weiß ich inzwischen nur allzu gut –, und es wäre anmaßend, ihn nur aus Neugier auszuquetschen. Schließlich haben wir alle Leichen im Familienkeller begraben, und jetzt werde ich mich wohl mit meinen auseinandersetzen müssen.

10. Kapitel

EIN NEUES ZUHAUSE

»Danke noch mal«, sage ich bestimmt zum hundertsten Mal. »Du kannst dir nicht vorstellen, wie froh ich über dein Angebot bin.« Ich schleppe den letzten Karton in Orlas Wohnung, und sie zieht die Tür hinter mir zu.

»Oh, jetzt halt endlich die Klappe, Liz. Ich freu mich doch auch, dass du hier bist. Ich wohne nicht gerne allein.«

Nachdem Edward alles wegen Wildfire geregelt hatte, wurde mir klar, dass ich auf keinen Fall bei ihm bleiben konnte. Edward schlug mir zwar vor, eine der Angestelltenwohnungen auf dem Hof zu beziehen, aber obwohl ich mich mit seinen Leuten gut verstehe, möchte ich doch nicht rund um die Uhr mit ihnen zusammen sein. Zwischen all den Männern käme ich mir irgendwie fehl am Platz vor, daher rief ich Orla an, um sie zu fragen, ob ich ein paar Nächte bei ihr bleiben könne, bis ich mir darüber klargeworden bin, wie es weitergeht. Aber als Orla hörte, was passiert war, bot sie mir an, gleich ganz bei ihr einzuziehen.

Orla wohnt mitten in Dublin, so dass sie schnell im *Rotunda Hospital* sein kann. Ihre Wohnung ist hell und modern, hat zwei Schlafzimmer und liegt nur zwanzig Autominuten von Edwards Hof entfernt. Zum Glück kann ich mit meinen Preisgeldern zu Miete und Unterhalt beitragen, aber ich weiß, dass Orla mich auch dann aufgenommen hätte, wenn ich das nicht könnte. Die vergangenen Tage waren ganz schön kräftezehrend. Edward hat mir zuerst ein Hotelzimmer gebucht, da ich nicht wusste, wohin ich sollte, aber ich fühle mich jedes Mal schuldig, wenn er so viel Geld für mein Wohlbefinden ausgibt.

Wann immer mein Handy klingelt, weiß ich, noch ohne auf das Display zu sehen, dass es meine Mutter ist. Sie versucht mit jeder möglichen Taktik, mich zur Heimkehr zu bewegen. Sie hat mich angeschrien, hat gebettelt und geweint – sie hat sogar damit gedroht, sich an die Presse zu wenden und meine »Affäre« mit Edward öffentlich zu machen. Einen schlimmen Augenblick lang habe ich tatsächlich geglaubt, sie würde es tun und damit unsere Beziehung zerstören. Aber mit jedem Tag, der verstreicht, wird deutlicher, dass sie nur blufft. Das Einzige, mit dem sie es noch nicht probiert hat, ist Mitgefühl.

Ich mag nicht gerade die beste aller Töchter sein, aber ich wünschte mir doch, dass wir uns besser verstehen würden. Ich werde nie so schön oder so stilsicher sein wie sie, das weiß ich, aber ich bin wirklich davon überzeugt, dass ich eine gute Springreiterin werden kann. Wenn sie nur verstehen würde, warum ich abgehauen bin und warum mir Wildfire so wichtig ist! Aber darauf kann ich wohl ewig warten.

Bei Orla einzuziehen hätte eigentlich nicht mehr als einen Tag in Anspruch nehmen dürfen, aber weil ich weiterhin täglich trainiert habe und zu Turnieren gefahren bin, ist nun fast eine ganze Woche verstrichen.

»Also – wozu hast du heute Abend Lust?«, fragt Orla aufgekratzt.

»Ehrlich gesagt möchte ich einfach nur früh ins Bett. Ich bin total erledigt.«

»Nun sei mal nicht so eine Langweilerin. Wir müssen wenigstens deinen Sieg feiern.«

Heute bin ich ein wichtiges Turnier geritten und habe gewonnen. Die Hindernisse waren riesig, aber Wildfire hat sie mit

Leichtigkeit überwunden. Edward war nicht dabei, da er in Hickstead in der irischen Mannschaft beim Nationenpreis gesprungen ist, aber ich hatte eine Glückwunsch-SMS auf dem Handy, sobald ich abgestiegen war.

»Du musst doch völlig aus dem Häuschen sein.«

»Das bin ich auch«, antworte ich und strecke mich auf der Couch aus. Ich bin wirklich erschlagen, kann aber nicht zu grinsen aufhören. Orla konnte heute auch nicht dabei sein – sie musste arbeiten –, aber ich habe ihr längst detailliert Bericht erstattet.

»Irgendwo muss doch heute was steigen, oder? Gibt es bei einem solch großen Turnier nicht immer irgendwo eine Party?«

»Na ja … Dom hat gesagt, dass bei Sally Murphy heute etwas geht«, antworte ich. Ihre Begeisterung ist ansteckend.

»Großartig«, jubelt Orla und tanzt förmlich um die Couch herum. »Bei Sally Murphy geht es immer ziemlich ab. Genau das brauchen wir jetzt.« Sally Murphy ist die Tochter eines bekannten Hotelmagnaten und gibt das Geld ihres Vaters mit vollen Händen für Pferde und Partys aus. »Los, werfen wir uns in unser Schlampenoutfit und lassen es krachen!« Orla fischt bereits eine Flasche Wodka aus dem Kühlschrank.

»Du hast recht«, sage ich. Auch ich will das ganze Drama der letzten Tage vergessen. »Lass uns feiern.«

Dank Orla bin ich im Null Komma nichts aufgedreht und in Partystimmung. Sie ist der Typ Mensch, der nie schlechte Laune zu haben scheint. Meine Klamotten befinden sich alle noch in den Kartons, aber nachdem wir ein bisschen gewühlt haben, finde ich eine enge Jeans, ein weißes Seidentop und schwarze High Heels. Orla trägt ein sommerliches Kleid und hat ihr rotes Haar in lange Wellen gedreht. Zu meiner Schande muss ich gestehen, dass ich sie heimlich ganz schön beneide: Mit den vollen, knallroten Lippen und dem Porzellanteint sieht sie aus wie ein Pin-up-Girl aus den Fünfzigern. Auf meinen hohen Schuhen überrage ich ihre zierliche Statur ein gutes Stück und versuche, meine knochigen Schultern mit einem schwarzen Blazer zu kaschieren.

Wir verlassen die Wohnung, und während Orla ein Taxi anhält, hole ich mein Handy heraus, um Edward anzurufen. Keine Antwort. Er springt morgen für Irland, daher wird er früh ins Bett gehen, aber ich möchte ihm dennoch viel Glück wünschen. Ich versuche es noch einmal, werde jedoch auf seine Mailbox umgeleitet. Als Orla und ich in das Taxi steigen, geht eine SMS bei mir ein: *Bin im Meeting mit Taidgh Bourke.*

Taidgh Bourke ist der *chef d'équipe,* also der Kapitän der irischen Mannschaft und ihr Trainer in Personalunion. Wahrscheinlich wird in dieser Besprechung die Strategie für den kommenden Tag festgelegt. In der Hoffnung, dass er sich nicht gestört fühlt, schicke ich ihm rasch eine Antwort: *Wollte dir für morgen nur viel Glück wünschen. Liebe dich. X.* Ich habe mein Handy noch nicht wieder weggesteckt, als schon die Antwort kommt. *Danke. Ich dich auch*. Ich möchte noch mehr schreiben, möchte das Gespräch fortführen, aber der Zeitpunkt ist natürlich denkbar ungünstig. Der morgige Tag ist wichtig für ihn. Ich will ihn nicht ablenken oder verärgern. Daher stecke ich mein Telefon wieder weg. Er muss sich konzentrieren, und ich werde ihn unterstützen, und sei es nur dadurch, dass ich mich im Augenblick zurückhalte. Auch wenn es mir schwerfällt.

Ich war bereits ein-, zweimal auf einer Party von Sally Murphy, aber diese übertrifft alles. Diesmal hat sie eine riesige Suite im *Four Seasons* gemietet. Als Orla und ich eintreten, werden unsere Sinne durch dröhnenden Discosound und blitzende Lichter vernebelt. Die weiblichen Gäste sind aufwendig gestylt und geschminkt und tragen enge, superkurze Kleider, während die Männer fast ausschließlich in Polohemden und V-Pullis von Ralph Lauren herumlaufen. Man drückt uns Champagnerflöten in die Hand, und Orla und ich stoßen an und kippen das erste Glas praktisch in einem Zug herunter.

»Wie kann Sally sich das bloß alles leisten?«, brüllt Orla, um die laute Musik zu übertönen. »Die anderen Hotelgäste müssen doch durchdrehen.«

»Keine Ahnung.« Ich sehe aus den Augenwinkeln, wie ein Mädchen auf einem teuren Massivholztisch tanzt, während sie aus einer Sektflasche trinkt und sich einen Teil des Inhalts über das ohnehin schon durchsichtige Kleid schüttet. »Aber was soll's? Ist ja nicht unser Problem.« Ich schnappe mir eine offene, halbleere Champagnerflasche von der Theke und fülle unsere Gläser nach.

Während Orla und ich uns unseren Weg durch die riesige Suite bahnen, halten uns immer wieder Leute an, um mir zu gratulieren. Zuerst fühle ich mich geschmeichelt und freue mich, doch bald wird es mir peinlich. Sicher, ich kenne ein paar Leute hier, aber die meisten habe ich noch nie gesehen. Wie um alles in der Welt können die alle wissen, wer ich bin?

»Du bist ja berühmt!«, ruft Orla entzückt.

»Mein Pferd ist berühmt.«

»Verkauf dich nicht unter Wert. Du bist ein Wahnsinnstalent, das weiß jeder.« Ich will gerade etwas erwidern, als mich jemand um die Taille packt.

»Hallo, schöne Ladys. Wie geht's euch?« Ich erkenne Doms Stimme und drehe mich um, und er küsst mich auf beide Wangen.

»Gut – mit diesem köstlichen Champagner!«, sagt Orla und umarmt ihn. Mit Absätzen sind wir beide größer als Dom, aber er strömt ein solches Selbstvertrauen aus, dass niemandem auffällt, wie klein er ist.

»Und wie geht's dir?«, frage ich und fülle sein Glas mit einer anderen offenen Flasche auf, die bei uns steht.

»Alles gut. Ich reite jetzt Lady Gregorys Pferde.« Dom trinkt sein Glas in einem einzigen Zug aus und schenkt sich selbst nach, ohne dass er meine Ermunterung dazu braucht. Lady Gregory hat ein paar unfassbar gute Pferde, aber leider auch den Ruf, sehr schwierig zu sein, und ständig gerät sie mit diversen Reitern aneinander.

»Und wie läuft es?«, will Orla wissen.

»Toll«, erwidert Dom ohne Begeisterung. »Die Frau ist völlig wahnsinnig, das steht fest, aber ihre Pferde …! Sally hat sich heute nicht lumpen lassen, was?«

Okay, er will ganz eindeutig das Thema wechseln. »Ja, Wahnsinn«, stimme ich ihm zu. »Das ist selbst für Sally ziemlich krass.«

»Habt ihr euch mal umgesehen?« Ich schüttele den Kopf. »Das Esszimmer ist allein so groß wie eine Halle, und das Bad toppt alles … obwohl ich da jetzt nicht reingehen würde. Paul ist mit irgendeiner französischen Pferdepflegerin im Whirlpool.« Dom schaut uns verschmitzt an.

»Nanu? Ich dachte, Paul wäre mit Sally zusammen«, bemerkt Orla.

»Ist er ja auch«, antwortet Dom trocken. »Sally baggert auf dem Balkon Francis an. Seine Frau ist diese Woche in Spanien.«

»Jedem das Seine«, erwidere ich kopfschüttelnd. Inzwischen bin ich an die promiskuitive Bäumchen-wechsel-dich-Atmosphäre der irischen Springreiterszene gewöhnt. »Ist Edwin hier?«, frage ich Dom augenzwinkernd, da ich die beiden auf der letzten Party heftig miteinander knutschen gesehen habe.

»Edwin hat beschlossen, wieder hetero zu sein«, erwidert Dom, einen Hauch Bitterkeit in der Stimme.

»Wie kann man denn beschließen, hetero zu sein?«, fragt

Orla. Die Worte kommen etwas verzerrt, und mir wird bewusst, dass auch ich schon ziemlich angetrunken bin. Dennoch schenke ich mir erneut nach. Seit Wochen habe ich mich nicht mehr so sorglos gefühlt, und ich will noch nicht wieder zurück in die Realität.

»Eben«, sagt Dom verärgert. »Er wird ein paar Mädels vögeln und dann merken, dass er sich geirrt hat. Aber ich denke ja gar nicht daran, so lange auf ihn zu warten.«

»Richtig so! Immer nach vorn blicken!«, proste ich ihm zu, und er lächelt.

Zu dritt amüsieren wir uns prächtig. Wir tauschen Klatsch und Tratsch über die Leute um uns herum aus, lachen und trinken nach Herzenslust.

»Elizabeth.«

Als ich mich umdrehe, sehe ich Sally auf mich zustolpern. Ihr Minikleid reicht kaum über ihren Hintern, und ihr Make-up ist verschmiert. Ich lächele ihr zu.

»Koksbirne«, hüstelt Dom, und ich drehe mich um und bedenke ihn mit einem strafenden Blick, aber Sally merkt es gar nicht.

»Elizabeth! Du warst großartig heute! Bist du nicht total happy?« Sally schlingt die Arme um mich, und ich, die ich ebenfalls nicht mehr ganz stabil auf den Beinen bin, stolpere rückwärts, gehe zu Boden und reiße Sally mit, die auf mir landet. Der ganze Saal johlt und jubelt, und Dom und Orla lachen. Ich versuche, mich wieder aufzurappeln – meine Güte, bin ich voll! –, aber es gelingt mir nicht, bis Dom sich schließlich erbarmt und mich lachend wieder nach oben zieht. Ein Mädchen, das ich nicht kenne, hilft Sally auf.

»Tut mir total leid.« Sally wirkt, als wolle sie jeden Moment in Tränen ausbrechen.

»Schon okay«, lalle ich und lehne mich vorsichtshalber gegen die Wand. Die Dunkelhaarige, die Sally aufgeholfen hat, starrt mich feindselig an. Was zum Geier hat die denn gegen mich? Oder werde ich langsam paranoid?

»Das ist Tiffany«, sagt Sally, die sich wieder gefasst hat. »Sie kommt aus Amerika, und … Sag mal, weiß jemand, wo Paul ist?«

»Badezimmer«, antwortet Dom. Er kann sich das Grinsen nicht verkneifen, als Sally herumschwenkt und auf das Bad zutaumelt.

Ich will mich gerade wieder zu Dom und Orla umwenden, als Tiffany das Wort ergreift.

»Du hast heute also das S-Springen gewonnen?« Ihr starker amerikanischer Akzent ist kaum zu überhören.

»Ja, das habe ich«, antworte ich. Jetzt wird sie mir vermutlich gratulieren.

»Du reitest ein amerikanisches Pferd, richtig?«

»Ja …«

Sie schenkt mir ein arrogantes Lächeln.

»Wer trainiert dich?«, will sie barsch wissen.

»Edward Dawson.«

»Den kenne ich. Meine Schwester ist mit seiner Frau befreundet.« Sie starrt mich eine Weile nur an, als warte sie auf eine Reaktion.

»Ich kenne seine Frau eigentlich nicht«, sage ich wahrheitsgemäß, doch allein der Gedanke an Katherine verursacht mir sofort wieder Bauchschmerzen.

»Nein … das habe ich mir schon gedacht.«

Ein unbehagliches Schweigen folgt, und ich überlege gerade, wie ich mich möglichst elegant von ihr verabschiede, als Tiffany wieder zum Reden ansetzt. »Hurt er immer noch so rum?«

»Was?«, frage ich verdattert.

»Edward? Vögelt er immer noch jede, die er kriegen kann? Ich habe gehört, dass er mal mit einer Pferdepflegerin im Bett war. Katherine hat sie erwischt, und nun darf er nur noch männliche Helfer auf dem Hof einstellen.« Es dauert ein paar Augenblicke, bis ihre Worte bei mir ankommen. Auf Edwards Hof arbeiten tatsächlich nur Männer, aber ich habe mir nie etwas dabei gedacht.

»Das ist nicht wahr.« Ich versuche, bestimmt zu klingen, aber ich kann nicht verhindern, dass meine Stimme zu beben beginnt.

»Doch, das ist es. Katherine hat ihn in flagranti erwischt – er hat die Kleine in ihrem Ehebett klargemacht.« Tiffany lächelt, als wäre das alles nur eine amüsante Anekdote, aber in mir steigt glühender Zorn auf.

»Hau ab. Du hast doch keine Ahnung, wovon du sprichst.« Jemand packt meinen Arm – wahrscheinlich Dom oder Orla –, aber ich mache mir nicht die Mühe, mich umzudrehen.

»Was ist denn los mit dir?«, fragt Tiffany noch immer lächelnd. »Hast du etwa auch was mit ihm?«

Ohne nachzudenken, greife ich mein Glas und schütte ihr den Inhalt ins Gesicht. Ich weiß, dass immer mehr Leute sich zu uns umdrehen, aber wir beide stehen einen Moment nur da und starren uns an. Ihr Lächeln verblasst. Dann stürzt sie sich auf mich, aber Orla zerrt mich rasch aus dem Weg, und Dom stellt sich der nun hysterisch fauchenden Tiffany in den Weg.

»Du beschissene Schlampe!«, kreischt sie und wehrt sich gegen Dom, und ich bin plötzlich ganz schön froh, dass er sie festhält. Orla schleift mich aus der Suite und in den Korridor, der wie ausgestorben daliegt. Da ich in meinem angetrunkenen Zustand nicht mit ihr Schritt halten kann, stolpere ich, gehe zu Boden und breche in Tränen aus.

»Ach, Gott, Liz, schon gut. Beruhig dich wieder … sie wird

nicht an Dom vorbeikommen.« Orla murmelt beruhigend auf mich ein, aber ich schluchze hysterisch. »Was ist denn los?«, fragt sie schließlich.

»Was sie über Edward gesagt hat …«, bringe ich zwischen den Schluchzern hervor.

»Sie weiß doch gar nichts über Edward. Das sind alles nur blöde Gerüchte und außerdem …«

»Aber wenn sie stimmen?«

Orla sieht mich eine Weile nur stumm an, offenbar unschlüssig, was sie sagen soll. Schließlich seufzt sie, hilft mir auf und bringt uns beide nach Hause.

Als ich am nächsten Morgen aufwache, geht es mir dreckiger als je zuvor. Mein Mund ist staubtrocken, und mein Kopf fühlt sich an, als hätte man ihn mit einem Ziegelstein malträtiert. Am liebsten möchte ich wieder einschlafen, aber Marshall leckt mir über die Wange und lässt mich nicht. Endlich schlage ich die Augen auf und wälze mich auf die Seite. Ich trage noch immer die Jeans und das weiße Top. Marshall nutzt die Chance und leckt mir den Nacken ab.

»Hau ab!«, stöhne ich und will ihn wegschubsen, aber er bleibt hartnäckig.

»Höre ich Leben dadrin?«, ruft Orla aus der Küche, aber ich stöhne als Antwort nur lauter. Als ich mich aufrichte, steht sie mit einer Tasse Tee im Türrahmen. Ein Grinsen breitet sich auf ihrem Gesicht aus.

»Du siehst ja entzückend aus«, bemerkt sie.

»Ich glaube, ich sterbe«, bringe ich hervor, und meine Stimme klingt wie ein Reibeisen.

»Eigentlich hätte ich dich lieber schlafen lassen, aber ich dachte mir, dass du Edwards Ritt bestimmt nicht verpassen willst.«

»Wie spät ist es?« Ich springe so hastig aus dem Bett, wie mein verkaterter Schädel es zulässt. Marshall rennt aufgeregt um mich herum, weil er hofft, dass wir Gassi gehen.

»Eins«, sagt Orla, während sie ins Wohnzimmer zurückkehrt. Ich folge taumelnd.

»Ein Uhr schon? Mist. Nur gut, dass ich heute nicht trainieren muss.« Ich greife nach der Fernbedienung, suche hektisch nach Sky Sports und entspanne mich erst, als ich die grüne Arena von Hickstead auf dem Bildschirm sehe.

»Wem sagst du das? Ich bin auch erst vor einer halben Stunde aufgewacht. Zum Glück habe ich heute frei.«

Orla und ich schweigen, während das Turnier seinen Lauf nimmt. Edward springt großartig, im ersten Umlauf fehlerfrei, im zweiten mit nur vier Fehlerpunkten, aber der Rest des irischen Teams kassiert so viele Strafpunkte, dass Irland am Schluss beinahe ganz unten auf der Rangliste steht.

»Na ja, wenigstens kann Edward mit sich zufrieden sein«, murmele ich, während im Fernsehen eine Frau mit Modelmaßen den Pokal der deutschen Mannschaft überreicht, die ein nahezu makelloses Turnier geritten ist.

»Ja, das schon. Aber Irland muss seine Mannschaft vor der *Dublin Horse Show* dringend verbessern.«

»Sie werden auf jeden Fall Shane Walker ins Team holen. Er ist in dieser Saison nicht aufzuhalten.«

»Denke ich auch. Zwei Reiter fehlen dann aber immer noch … und wahrscheinlich eine Reserve.« Orla lächelt mir zu, und ich weiß, was sie denkt, aber ich gehe nicht darauf ein. Ich will so gerne in die irische Mannschaft, dass ich mir aus abergläubischer Angst, es mir damit vielleicht zu verderben, nicht gestatte, es anzusprechen.

Während des Turniers ist es mir gelungen, die Ereignisse vom Abend zuvor zu vergessen. Aber jetzt, da die Übertragung vorbei ist und ich in meinem verkaterten Zustand auf den leeren Bildschirm starre, sehe ich Tiffanys champagnertriefendes Gesicht wieder vor mir. Ich werfe Orla einen Blick zu. Am liebsten würde ich noch im Nachhinein im Boden versinken.

»Tut mir leid«, murmele ich. Orla sieht mich verwirrt an. »Na ja, tut mir leid, dass ich mich gestern so habe gehen lassen. Und du dich um mich kümmern musstest. Ich hab dir den ganzen Abend verdorben, nicht wahr?«

»Quatsch, hast du nicht, Liz. Wir hatten doch Spaß, bis ich dich von dieser irren Amerikanerin wegzerren musste. Dass du ihr den Drink ins Gesicht gekippt hast, schockiert mich allerdings immer noch. Das hätte ich dir gar nicht zugetraut.« Sie seufzt. »Und ich mag es nicht, wenn du so geknickt bist.«

Ich schaue zu Boden und versuche zu vergessen, wie verletzlich und gekränkt ich mich gestern Abend gefühlt habe, aber es klappt nicht.

»Ach, das lag nur an zu viel Alkohol … Ich weiß gar nicht, warum ich mich so aufgeregt habe.« Und am liebsten möchte ich auch gar nicht mehr darüber nachdenken.

»Bist du sicher?«, fragt Orla vorsichtig.

Wieder denke ich an Tiffanys Vorwürfe, und mir zieht sich alles zusammen. Der Gedanke daran, dass Edward mit einer anderen schläft, tut furchtbar weh, aber ich rufe mir in Erinnerung, dass das vor meiner Zeit gewesen sein muss. In den vergangenen Monaten hat er mir immer wieder gesagt, dass er mich liebt und dass ich alles für ihn bin. Nie habe ich ernsthaft darüber nachgedacht, ob er während seiner Ehe schon vor mir eine andere Beziehung gehabt hat, aber es ist nicht unwahrscheinlich. Und obwohl es dennoch weh tut, kann ich nichts dagegen sagen. Es wäre ziemlich vermessen, verurteilen zu wollen, was er getrieben hat, bevor wir uns kennengelernt haben.

»Seitdem wir zusammen sind, hat Edward so was nicht getan, dessen bin ich mir ganz sicher«, sage ich mit Nachdruck. Orla scheint das zu reichen, denn sie antwortet nichts darauf.

»Wollen wir heute nicht einen Mädelsabend machen?«, frage ich. »Keine Party, kein Drama – nur Schlafanzüge, Eis, Fernsehen und Kartons auspacken? Ich habe ein paar Fotos, die ich gerne aufhängen würde, wenn es dir nichts ausmacht.«

»Klingt super.«

11. Kapitel

FAMILIE

Ich klopfe vorsichtig an die Tür. Keine Ahnung, warum ich so nervös bin – schließlich handelt es sich um meine Familie. Ich habe sie bereits vorgewarnt, dass ich komme, und sie schienen sich aufrichtig darauf zu freuen. Ich freue mich auch. Schließlich habe ich sie seit über einem Monat nicht mehr gesehen, und so ungern ich es zugebe, sie fehlen mir. Ich vermisse Mums aufdringliche Fürsorge, Dads ansteckendes Lachen und die frechen Sprüche meiner Schwester. Zu Hause fühle ich mich geerdet – hier kann ich allem für eine Weile entkommen –, und dennoch bin ich aufgeregt. Auch wenn ich mit Nick immer darüber Witze reiße, ist es mir doch wichtig, was meine Familie denkt, und ich wünsche mir so sehr, dass sie meine Berufswahl gutheißt.

Meine Mutter öffnet die Tür und drückt mich fest an sich. Meine Rippen protestieren, aber ich lasse mir nichts anmerken.

»Oh, Matt! Du warst eine Ewigkeit nicht zu Hause. Wie schön, dass du ein paar Tage freihast!«

Sie drückt noch fester, und ich beiße mir auf die Lippe. »Ich hab euch auch vermisst. Wie geht's euch?«

Mum macht sich los und betrachtet mich von Kopf bis Fuß. »Ach, wie immer …« Verlegen senke ich den Blick, während sie mich mustert. »Du siehst ziemlich dünn und blass aus. Isst du denn auch genug?«

Ich nicke nur. Was immer ich sagte – sie würde mir ohnehin nicht glauben.

»Ist das Matt?«, höre ich meinen Dad aus der Küche.

Ich trete ein und hoffe, dass meine Mutter das Humpeln nicht bemerkt, aber ich spüre ihren besorgten Blick. Ihr entgeht eben nichts.

Dad sitzt am Esstisch und liest Zeitung. Er schiebt die Brille auf die Stirn und betrachtet mich mit zusammengekniffenen Augen. Mein Dad ist blind wie ein Maulwurf, setzt die Brille aber immer nur dann auf, wenn meine Mutter ihn dazu zwingt.

»Matt!«

»Hi, Dad.« Ich bleibe stehen, sobald er sich in meine Richtung dreht. Dad nimmt auch bei unangenehmen Themen kein Blatt vor den Mund, daher biete ich ihm am besten keinen Aufhänger.

»Na, wie geht's? Was macht die Arbeit?« Er hat sich erhoben und tritt mir nun entgegen. Er ist groß, breit und einschüchternd, und prompt fühle ich mich wieder wie ein Kind.

»Die Arbeit läuft gut. Wie immer gibt es unheimlich viel zu tun … Ich werde diese Woche ein paar Dreijährige anreiten.«

»Aha? Und was genau heißt das?«

»Na ja, das Pferd wird langsam daran gewöhnt, einen Menschen zu tragen«, erkläre ich. »Zunächst schulen wir es an der Longe, dann trensen und satteln wir es, und zum Schluss steigen wir schließlich selbst auf den Rücken.«

»Wird ein Pferd denn nicht wild, wenn es plötzlich etwas Schweres tragen muss?«

»Manchmal schon«, gebe ich zu. »Aber mach dir keine Sorgen. Wir machen das mit maximalen Sicherheitsmaßnahmen, und Nick ist immer dabei, um zu helfen, falls es nötig wird.«

»Klingt nach harter Arbeit«, bemerkt mein Dad.

»Halb so wild«, sage ich achselzuckend. Dad weiß wenig über Springreiten, und was solche Dinge betrifft, kann das meinetwegen auch so bleiben.

»Na ja, jedenfalls freue ich mich, dass du mal wieder hier bist.« Dad hebt die rechte Hand. Ehe mir bewusst wird, was er vorhat, klopft er mir schon fest auf den Rücken, und mir entfährt ein kleines Wimmern.

»Alles okay mit dir?«, fragt er besorgt.

»Jaja«, murmele ich, obwohl mir vor Schmerzen die Tränen in den Augen brennen. »Ich bin letzte Woche gestürzt, aber es war nicht schlimm.«

Eine lange Weile starrt er mich stumm an. Ich kann keine Regung auf seinem Gesicht erkennen, kein Gefühl. Nach einem Moment meldet sich meine Mutter zu Wort.

»Wie wär's, wenn wir jetzt essen? Wo ist Ann? John, geh sie doch rasch holen.«

Dad zuckt zusammen, als er seinen Namen hört, als sei er tief in Gedanken versunken gewesen.

»Was war?«, fragt er.

»Würdest du bitte Ann holen?« Er nickt, geht und lässt Mum und mich allein. Sie mustert mich erneut von Kopf bis Fuß – ich komme mir langsam vor wie ein Tier im Zoo. »Brauchst du was? Entzündungshemmende Salbe? Schmerzmittel?«

Ich schüttele den Kopf. »Nein, es geht wirklich inzwischen.« Und das ist nicht mal gelogen. Am Morgen nach dem Sturz kam ich kaum aus dem Bett, und am Tag darauf war es so schlimm, dass Nick mir beim Duschen und Anziehen helfen musste, was mir unendlich peinlich war, zumal er nicht mit anzüglichen Bemerkungen geizte. Meine Mutter scheint nicht wirklich beruhigt, lässt das Thema aber erst einmal fallen.

»Ich mache mir wegen Ann Sorgen«, sagt sie ganz plötzlich. Sie hat sich dem Herd zugewandt und rührt im Topf, was immer sich darin befindet. Es riecht nach Kartoffel-Lauch-Suppe, die ich als Kind so gerne gegessen habe.

»Wieso?«

»Sie hat seit einiger Zeit einen Freund und seitdem kein anderes Thema mehr – Christopher sagt dies, Christopher mag das –, und ich will einfach nicht, dass sie sich so abhängig von ihm macht. Dazu ist sie noch viel zu jung.« Ich höre aus dem ersten Stock die gedämpften Stimmen meines Dads und meiner Schwester, aber es ist unmöglich, etwas zu verstehen.

»Sie ist fünfzehn, Mum«, sage ich und bin sicher, sie macht sich völlig umsonst so viele Gedanken. »Wahrscheinlich ist er ihr erster Freund, und alles ist ganz neu für sie. Das gibt sich wieder.« Ich kenne mich mit Mädchen in dem Alter nicht besonders gut aus. Als ich so alt war, habe ich eine großen Bogen um sie gemacht, und bin auch heute noch lieber mit etwas älteren Frauen zusammen – was Nick gerne zum Anlass nimmt, Witze darüber zu reißen.

»Ich will nur nicht, dass man ihr weh tut«, sagt meine Mutter und holt die Suppenteller hervor. »Mir wäre es lieber, wenn sie nicht so fixiert auf ihn wäre.«

»Wirklich, Mum, mach dir keine Sorgen. Ann weiß schon, was sie tut.«

Sie schenkt mir ein dankbares Lächeln, aber ich weiß, dass sie es anders sieht. Ich kann es ihr nicht verdenken. Für sie und Dad ist Ann immer noch das kleine, süße Mädchen, und dass sie jetzt einen Freund hat, ist bestimmt hart für sie beide. Trotzdem muss Ann – genau wie ich – ihren eigenen Weg gehen.

Ann kommt gut gelaunt in die Küche. »Entschuldigt, dass es so lange gedauert hat. Ich habe gerade mit Christopher telefoniert. Er hat mir eine total süße Geschichte über seinen kleinen Bruder erzählt, und die musste ich noch zu Ende hören.«

Dad wirkt leicht frustriert, als er hinter ihr ins Zimmer kommt, und ich grinse. Als Ann mich fest umarmt, muss ich erneut aufpassen, mir nichts anmerken zu lassen.

Meine Schwester ist ein hübsches Mädchen, das immer schon sehr auf sich geachtet hat. Sie trägt figurbetonte Kleidung, die ihr schmeichelt, ihr Haar ist geföhnt, und sie ist sorgfältig geschminkt. In der Schule ist sie bei Mädchen und Jungen gleichermaßen beliebt; es hat mich damals immer wahnsinnig gemacht, dass all meine Kumpels auf sie standen, obwohl sie so viel jünger war.

»Hey, wie geht's dir?«, frage ich erfreut.

»Bestens«, gibt sie strahlend zurück. »Hat Mum dir von meinem Freund erzählt? Christopher?«

»Kurz«, gebe ich zu.

»Oh, mein Gott, Matt, er ist so süß und lieb und nett, und die halbe Schule ist total eifersüchtig, weil er mit mir zusammen ist.« Und mit einem Mal verstehe ich die Sorge meiner Mutter. Ann hat immer eine Unmenge an Verehrern gehabt, aber dass *sie* jemanden so großartig findet, ist tatsächlich neu.

»Du musst ihn unbedingt kennenlernen, Matt. Ihr versteht euch bestimmt großartig.«

»Okay«, sage ich, da ich weiß, dass es wahrscheinlich niemals geschieht.

Wir setzen uns um den Tisch, und Mum verteilt Suppe. Ann sitzt noch nicht ganz, als sie auch schon die Geschichte nacherzählt, die sie eben am Telefon gehört hat. Es erschreckt mich ziemlich, wie sehr sie sich verändert hat. Ihre prallen Babywangen sind verschwunden, und ihre großen Augen sind dick mit Eyeliner umrahmt. Plötzlich wird mir bewusst, wie viel ich verpasst habe, da ich nicht mehr in der Nähe wohne.

»Und, Dad, wie läuft die Arbeit bei dir?«, frage ich, um das Gespräch von Christopher wegzusteuern. Dad geht sofort darauf ein; er ist sichtlich froh, das Thema wechseln zu können.

»Gut in letzter Zeit. Das Wetter hat bisher gestimmt, das Korn entwickelt sich gut. Vor Weihnachten haben wir mehr

Rinder verkauft als in den vergangenen fünf Jahren, was ein schöner Jahresabschluss war. Deine Mutter zieht Kochäpfel im Garten und verkauft sie dem Supermarkt im Ort, so dass wir noch ein hübsches Zubrot haben … Aber ich gehe davon aus, dass das für dich alles nicht so spannend ist, deswegen will ich dich damit nicht langweilen.«

Dad ist geschickt darin, kleine Spitzen wie diese zu verteilen. Er würde mir niemals direkt Vorwürfe machen, lässt aber auch keine Gelegenheit aus, mir klarzumachen, wie enttäuscht er ist, dass ich ihm nicht auf der Farm helfe.

»Matt, erzähl uns doch etwas von Shanes Hof, ja? Reitest du viel?« Mums Stimme klingt angespannt, während sie den Auflauf auf unsere Teller verteilt. Dad hat wieder diesen emotionslosen Gesichtsausdruck wie zuvor, und es gefällt mir gar nicht, dass ich keine Ahnung habe, was in seinem Kopf vorgeht.

»Es macht wirklich Spaß«, erzähle ich und versuche, möglichst begeistert zu klingen. »Shanes Pferde liefern großartige Leistungen ab, und ich reite oft die jüngeren Pferde, was mir total gut gefällt.« Das ist eine glatte Lüge. Ich langweile mich dabei inzwischen zu Tode, denn es ist jeden Tag dasselbe. Ich möchte unbedingt höher springen dürfen, aber es hat keinen Sinn, das meinen Eltern zu erklären. »In ein paar Wochen fahren wir nach Schottland zu einem großen Turnier. Das wird bestimmt toll.« Mum nickt höflich.

»Was ist mit dir passiert?«, fragt mein Dad aus heiterem Himmel, und Mum und ich zucken zusammen.

»Ich bin gestürzt. Habe ich dir doch gesagt.«

»Ja. Aber wie?« Seine Stimme klingt scharf.

»John, bitte … nicht jetzt.«

»Ich frag doch nur, Herrgott noch mal! Unser Sohn kommt verletzt – quasi verkrüppelt! – nach Hause, also ist es wohl mein gutes Recht, nachzufragen, was passiert ist!«

Jetzt blubbert die Wut in mir auf. Ich hole tief Luft und versuche, mich zu beherrschen. »Ich bin vom Dach des Transporters gefallen … mehr nicht, okay?«

»Und was in aller Welt machst du auf dem Dach des Transporters?« Sein Gesicht verfärbt sich rot, und ich weiß, dass auch er Mühe hat, sich zu beherrschen. Selbst Ann ist zum ersten Mal an diesem Abend das Lächeln vergangen.

»Ich habe Heu auf dem Dach befestigt. Wir transportieren es so.«

»Also war es Shanes Transporter, von dem du gefallen bist?«

»Ja«, sage ich. Worauf will er hinaus?

»Du bist gestürzt, während du etwas getan hast, was er von dir verlangt hat?«

»Ja.«

»Dann sollte doch wohl seine Versicherung dafür aufkommen, oder? Warst du bei einem Arzt?« Mein Dad weiß ganz genau, dass es in meinem Job so nicht läuft, aber er ist jetzt nicht zu bremsen.

»Ich brauche keinen Arzt. In ein paar Tagen ist alles wieder gut.« Meine Wut ist Frust gewichen. Ich habe diese Argumente schon so oft gehört.

»Aber du musst doch …«

»John, jetzt lass es gut sein. Bitte«, sagt Mum streng.

Er macht den Mund auf, überlegt es sich aber doch anders. Mum ist Dads große Schwäche. Er tut in der Regel alles, um sie nicht zu verärgern, selbst wenn er dazu manchmal seinen Stolz herunterschlucken muss. Ich schenke ihr ein dankbares Lächeln, und sie grinst, um mir zu bedeuten, dass sie Bescheid weiß.

»Wisst ihr, was Christopher heute Mittag erzählt hat …?«, bricht Ann das Schweigen, und die Spannung zwischen mir und meinem Dad löst sich langsam.

»Bist du sicher, dass du nicht hier übernachten willst?«, fragt Mum, als ich in der Tür stehe.

»Ganz sicher«, entgegne ich. Ich hatte es eigentlich vorgehabt, aber nach dem Beinahe-Streit beim Abendessen habe ich beschlossen, dass ich lieber fahre, solange wir uns alle noch vertragen. Ich will keine Auseinandersetzung mit meinem Dad, und ich fürchte, wenn ich bleibe, ist sie unausweichlich.

»Du weißt, dass er dich nicht kritisieren will«, flüstert Mum und deutet hinter sich in die Küche, wo Dad und Ann das Geschirr spülen. »Er macht sich bloß Sorgen um dich. Genau wie ich.«

»Ich weiß«, sage ich niedergeschlagen.

»Bitte denk dran, dass du immer nach Hause kommen kannst, was auch geschieht …«

Ich weiß, dass sie es nur gut meint, aber ihre Worte treffen mich dennoch tief. Würde ich zurückkommen, wäre das praktisch das Eingeständnis meiner Niederlage. Mit meiner Rückkehr würde ich zugeben, dass ich mich geirrt habe und naiv gewesen bin.

Mutlos trotte ich davon. Ich fühle mich keinesfalls geerdet, wie ich es erhofft hatte, sondern … traurig. Eigentlich wusste ich immer, was ich wollte und was ich tun musste, um es zu bekommen. Aber nun bin ich schon vier Jahre bei Shane und habe nichts vorzuweisen. Langsam, aber sicher muss ich mich fragen, ob ich es immer noch mache, weil es mein Traum ist – oder weil ich meinen Eltern beweisen will, dass sie mit ihrer Einschätzung falsch lagen.

Ich stehe in der eisigen Luft am Ende der Zufahrt, gehe die Kontakte in meinem Handy durch und versuche, mir darüber klarzuwerden, was ich nun tun soll. Zurück zum Hof will ich noch nicht. Nick und Shane würden Fragen stellen, die ich nicht beantworten will. Außer Nick habe ich nicht viele Freunde, und die wohnen alle weiter weg. Ich stehe noch immer unschlüssig herum, als ich plötzlich Schritte höre und mich umwende. Ann kommt mit besorgter Miene auf mich zu.

»Alles in Ordnung mit dir?«, fragt sie und streicht sich das Haar aus dem Gesicht.

»Ja, alles gut.« Ich kann noch immer nicht fassen, wie sehr sie sich verändert hat, seit ich sie an Weihnachten zum letzten Mal gesehen habe.

»Warum bleibst du denn nicht? Mum wird schon dafür sorgen, dass Dad nichts Dummes sagt.«

»Du weißt genauso gut wie ich, dass nichts Dad aufhalten kann, wenn er einmal zu wettern angefangen hat«, sage ich mit einem schiefen Lächeln.

»Du solltest dir das nicht so zu Herzen nehmen. Du machst das, was du liebst, und das ist das Wichtigste. Solange du glücklich bist, ist es doch egal, was er denkt.« Ann ist schon immer auf meiner Seite gewesen. Ich fürchte, dass ich das bis jetzt noch gar nicht richtig zu schätzen gewusst habe. »Du bist doch glücklich, oder, Matt?«

Einen Moment lang muss ich darüber nachdenken. Ja, manchmal zweifele ich daran, dass der Springsport das Richtige für mich ist, manchmal denke ich wirklich, ich hätte auf der Schule bleiben und Farmer wie mein Dad werden sollen. Aber dann rufe ich mir die vergangenen vier Jahre in Erinnerung. Zwar habe ich tatsächlich kaum etwas erreicht: Ich bin nicht berühmt, ich bin nicht reich. Aber wenn ich an all die Leute denke, die ich kennengelernt habe, an die Pferde, die ich geritten bin, an den Spaß, den wir hatten, und die vielen Reisen, die wir unternehmen, dann wird mir bewusst, dass diese vergangenen vier Jahre die besten meines Lebens waren und ich diesen Job um nichts in der Welt aufgeben will.

»Ja. Ich bin glücklich«, sage ich, und das ist die Wahrheit.

»Na bitte. Nur darauf kommt es an.«

»Seit wann bist du denn so ein cleveres Ding, hm?«

»Das war ich schon immer. Du kriegst es nur nicht mit, weil du nie hier bist.« Ich weiß, dass Ann es scherzhaft meint, aber so unrecht hat sie nicht, und plötzlich habe ich ein schlechtes Gewissen, dass ich kein Teil mehr ihres Lebens bin.

»Komm doch demnächst mal zu Shanes Hof. Dann kann ich dir alles zeigen.«

Ann lächelt. »Gerne. Das mach ich.« Sie scheint sich wirklich zu freuen. »Gute Nacht, Matt.«

»Gute Nacht, Ann.«

Sie verschwindet wieder im Haus, und fast wünsche ich mir, ich könnte hinterherlaufen. Ich stehe noch immer ganz allein vor derselben Frage wie eben, ehe sie zu mir herauskam: Wo soll ich heute übernachten?

Ich sitze schon mindestens dreißig Minuten im Auto, bis mir eine Idee kommt. Zuerst verdränge ich sie sofort wieder – denn das kann ich eigentlich nicht machen. Aber je mehr Zeit verstreicht, umso verlockender kommt es mir vor. Schließlich kann ich nicht mehr widerstehen und wähle die Nummer. Beinahe drücke ich auf »Auflegen«, ehe sie abnimmt, aber dann beherrsche ich mich doch.

»Hallo?« Ihre Stimme klingt leise und irgendwie zerbrechlich. Mist. Habe ich sie geweckt?

»Hi, Liz. Ich bin's, Matthew.«

Einen Moment lang herrscht ein unbehagliches Schweigen, ehe sie etwas sagt. »Matthew – ist alles okay bei dir?«

Ich habe im Geist geprobt, was ich sagen will, hatte vorgehabt, cool zu bleiben und ganz locker zu fragen, ob ich wohl für eine Nacht bei ihr auf der Couch schlafen könnte. Aber natürlich kommt alles vollkommen anders. Die Worte strömen aus mir heraus, und ich erzähle alles, was sich heute zugetragen hat. Sie sagt kein Wort und lässt mich reden, und nun, da ich fertig bin, bin ich fast sicher, dass sie mir sagt, ich solle mich zum Teufel scheren.

Es ist beinahe ein Schock, als sie mir zu beschreiben beginnt, wie ich zu ihr kommen kann.

Die Wohnung ist genau wie Liz: wunderschön, modern, aber überraschend warm und freundlich. Der Hund beginnt zu kläffen, als ich eintrete, wodurch ich mir wie ein Eindringling vorkomme.

»Marshall, sei still«, befiehlt Liz, nimmt den kleinen Hund auf den Arm und tätschelt ihn. »Entschuldige. Er mag Fremde nicht.«

»Kein Problem …« Ich stehe unbeholfen mitten im Wohnzimmer und wage es nicht, mich zu bewegen oder auch nur meine Tasche abzustellen. Die Wohnung sieht so sauber aus, und ich fühle mich plötzlich schmuddelig. Liz geht, um den Hund wegzubringen, und ich entdecke die Fotos an der Wand. Es sind Bilder von ihr auf Springturnieren, meistens auf Ponys. Sie sieht noch sehr jung aus auf den Fotos, die mit Datum und Ortsangabe versehen sind: Hickstead, Olympia, Spanien, Türkei, Kalifornien – Liz war schon überall. Aber es dauert eine Weile, bis mir auffällt, dass sie auf allen Fotos allein mit ihrem Pferd zu sehen ist. Wo sind denn ihre Eltern? Oder Freunde? Als ich höre, wie jemand in den Raum kommt, drehe ich mich um. Ich hatte Liz erwartet und bin verblüfft, eine Unbekannte vor mir zu sehen.

»Hallo«, sagt sie. Ihrem Tonfall entnehme ich, dass auch sie mich nicht erwartet hat.

»Hi«, begrüße ich sie zögernd. »Ich bin Matt, ein Freund von Liz.«

»Orla. Liz' Mitbewohnerin.«

Orla ist klein, fast einen Kopf kleiner als ich. Sie hat wildes rotes Haar und ein freundliches Gesicht. Unbeholfen strecke ich ihr meine Hand entgegen, und sie lacht.

»Du brauchst nicht ganz so formell zu sein«, sagt sie. Erst jetzt fällt mir auf, dass sie einen Schlafanzug trägt.

In diesem Moment kommt Liz zurück. »Hättest du gerne ein Glas Wein?« Sie bleibt stehen, als sie Orla sieht. »Oh … ihr zwei habt euch bereits kennengelernt?«

Ich nicke.

»Ja, Matt hat sich selbst vorgestellt«, sagt Orla mit einem Augenzwinkern.

»Ich habe nur deine Hand geschüttelt. Den Handkuss und die Verbeugung habe ich mir immerhin gespart«, erwidere ich grinsend. Orla kichert und lässt sich auf der Couch nieder. Liz setzt sich neben sie.

»Du hast also nichts dagegen, wenn Matt heute hierbleibt?«, fragt Liz.

»Überhaupt nicht. Solange er nicht in meinem Bett schlafen will …« Orla zwinkert mir wieder zu, und ich werde rot. Liz sieht ihre Freundin überrascht an, und irgendwie habe ich das Gefühl, als würde mir hier etwas entgehen, aber sie erholt sich schnell.

»Also … willst du jetzt ein Glas Wein?«, fragt sie erneut. Ich nicke. Noch immer stehe ich mitten im Raum. »Du darfst dich auch setzen, Matt«, fügt sie lächelnd hinzu.

»Sorry.« Wieder steigt mir die Röte ins Gesicht. Wieso fühle ich mich in ihrer Gegenwart bloß immer wie ein Volltrottel? Ich setze mich ans andere Ende der Couch, sie ist schwarz und weich, und ich schätze, mindestens sechs Personen hätten bequem Platz darauf gefunden. Ein großer, aber altmodischer Fernseher steht gegenüber. Liz reicht Orla und mir jeweils ein

Glas Rotwein. Dann lehnt sie sich auf der Couch zurück und zieht die Füße unter. Ich trinke einen großen Schluck, ehe ich auch nur versuche, den Mund aufzumachen.

»Danke, dass ich hier übernachten kann. Ich verspreche auch, morgen früh weg zu sein.« Der Wein breitet sich warm in meinem Bauch aus. Offenbar war mir kälter, als ich gedacht hatte.

»Schon okay, wirklich«, sagt Liz mitfühlend. »Ich weiß, wie das ist, wenn man Stress mit der Familie hat.« Zum Glück macht sie vor Orla keine weitere Anspielung auf meine Situation. »Und es ist ja nicht so, als hatten wir heute etwas geplant. Wir wollten einfach nur vor der Glotze abhängen.« Dazu passt das weite T-Shirt und die gemütliche Shorts, die sie trägt. Liz' Haar ist offen, und sie ist ungeschminkt.

»Trotzdem hoffe ich, dass ich euch den Fernsehabend nicht verderbe.«

»Gar nicht. Es ist nett, ein bisschen Gesellschaft zu haben«, sagt Orla und tätschelt mir freundlich das Knie. Ich schaudere leicht, als sie mich berührt; sie ist wirklich niedlich. Mein Glas ist bereits leer, und Liz schenkt nach, ohne mich extra zu fragen.

»Und woher kennt ihr zwei euch?«, frage ich, nur um etwas zu sagen. Orla und Liz sehen sich an und beginnen zu lachen. Liz ergreift das Wort als Erste.

»Orla und ich waren ein Weilchen mit demselben Kerl zusammen …«

Orlas Gesicht verfärbt sich rosa.

»Ernsthaft?«, frage ich überrascht.

»Oh, ja«, fährt Liz fort. »Kennst du Ben Wallace?«

Ich nicke. Ben Wallace sprang früher auf recht hohem Niveau, hatte jedoch vor zwei Jahren einen bösen Sturz, bei dem er sich einen Arm und ein paar Rippen brach. Seitdem hat man ihn kaum noch auf Pferden gesehen, doch er ist in der Szene als

Besitzer noch immer aktiv. Tatsächlich gehören ihm einige der Pferde, die Edward reitet.

»Ihr zwei wart mit Ben Wallace zusammen?«, hake ich staunend nach.

Orla grinst. »Na ja, ich nie offiziell, wir haben uns nur hin und wieder getroffen. Mir war allerdings nicht klar, dass er außer mir noch mit mindestens vier anderen Mädchen etwas am Laufen hatte, und Elizabeth war eine von ihnen.« Peinlich berührt verbirgt Orla ihr Gesicht, muss aber genauso lachen wie Liz.

»Es fiel uns auf, als wir uns bei einem Turnier zufällig unterhielten«, beendet Liz die Geschichte. »Komischerweise sind wir seitdem befreundet.«

»Ihr seid ja verrückt«, sage ich und wende mich Orla zu. »Du reitest also auch?«

»Ich habe ein Pferd und reite ein paar Amateurturniere im Jahr, aber ich bin längst nicht so ernsthaft bei der Sache wie Elizabeth.«

Mir wird bewusst, dass Liz mich anstarrt, und als ich ihren Blick erwidere, wird sie rot und widmet sich ihrem Glas. Sie füllt meines nach, aber nicht Orlas, die ihren Wein kaum angerührt hat.

»Jetzt du, Matt«, fordert sie mich auf. »Du bist an der Reihe, uns eine peinliche Geschichte zu erzählen. Du hast bestimmt eine Menge auf Lager, oder?«

»Oh, absolut.« Ich spüre schon jetzt, dass mir der Wein zu Kopf steigt, aber ich trinke weiter, und sei es nur, um meine Hände zu beschäftigen. Liz' Nähe macht mich nervös, und mit ihr und Orla im Doppelpack kann ich fast nicht umgehen. »Aber die behalte ich lieber für mich.«

»Dabei habe ich schon einige Gerüchte über dich gehört«, bemerkt Liz. Ich werfe ihr einen nervösen Blick zu und frage mich, was genau sie damit meint.

Orla wendet sich aufgedreht an Liz. »Oh, komm schon, Liz. Erzähl.«

»Man munkelt, dass du auf ältere Frauen stehst.«

Orla schnappt geschockt nach Luft, und ich spüre, wie ich hummerfarben anlaufe.

»Ist nicht wahr! Getreu dem Motto ›auf alten Pferden lernt man reiten‹ oder was?«

Ich denke einen Moment nach, ehe ich antworte, und zum Glück hat der Wein mir etwas Mut eingeflößt. »Kommt drauf an, was du mit ›alt‹ meinst …«

Wir zucken alle drei zusammen, als Marshall in Liz' Zimmer zu kläffen beginnt.

»Dieses verflixte Vieh macht mich noch fertig«, sagt Orla und presst sich eine Hand aufs Herz.

»Tut mir echt leid.« Liz steht auf und steuert auf ihr Zimmer zu. »Bestimmt vibriert mein Handy – das macht ihn immer ganz wild. Vielleicht bringe ich ihn dazu, einzuschlafen. Kleinen Moment, bin gleich zurück.« Sie macht die Tür zu und lässt mich mit Orla allein.

»Wahrscheinlich ihr Kerl. Der meldet sich fast jeden Abend«, bemerkt Orla beiläufig und nippt an ihrem Wein.

»Ihr Freund, meinst du?«

Orla zuckt die Achseln. »So könnte man ihn wahrscheinlich nennen …« Sie zögert einen Moment, dann fährt sie fort. »Hat Elizabeth dir von ihm erzählt?«

»Nein. Ich habe nur mitbekommen, was man sich so erzählt … Klatsch eben …«

»Es ist nicht Edward Dawson«, sagt Orla plötzlich. Sie scheint selbst überrascht und beeilt sich, es weiter auszuführen. »Tut mir leid, aber ich weiß, was die Leute so behaupten, und Elizabeth findet es schrecklich … weil es nicht stimmt.«

»Ich habe auch nie dran geglaubt.« Und als ich es jetzt ausspreche, wird mir klar, dass das der Wahrheit entspricht.

»Gut.« Wir schweigen einen Moment. Zwischen Orla und mir besteht eine gewisse Spannung, und ich habe das dumpfe Gefühl, dass es nichts mit Liz zu tun hat.

»Noch mal danke, dass ich heute hierbleiben kann.«

»Kein Problem. Wir haben ja eine große Couch, die nur darauf wartet, dass jemand darauf schläft.« Ich schenke ihr ein dankbares Lächeln. »Ich wusste übrigens schon, wer du warst, bevor du dich eben vorgestellt hast«, entfährt es Orla, und zum ersten Mal an diesem Abend wirkt auch sie verlegen.

»Oh«, mache ich überrascht. Hätte ich sie kennen müssen?

»Keine Sorge, ich habe dich nicht heimlich verfolgt, falls du das meinst. Ich habe dich nur bei dem einen oder anderen Turnier gesehen. Dich und den Kerl, mit dem du arbeitest … Nick, oder?« Ich nicke. »Ja. Der hatte mal was mit meinem Bruder … die Welt ist klein, nicht wahr? Na ja, jedenfalls hast du mich bestimmt schon mal gesehen, kannst dich aber nur nicht erinnern.«

»Ich habe dich definitiv noch nie gesehen«, sage ich im Brustton der Überzeugung.

»Wie willst du dir da so sicher sein?«

»Weil ich mich garantiert an dich erinnert hätte.« Die Worte sind heraus, bevor ich sie zurückhalten kann, und schon befürchte ich, dass sie mich für einen Schleimer hält.

»Danke«, erwidert sie erstaunt. Sie blickt einen Moment zu Boden. »Ich weiß, dass die Frage komisch klingt, aber was hast du gedacht, als du mich eben zum ersten Mal sahst?«

»Dass du total niedlich bist«, gestehe ich, während mein Puls sich beschleunigt.

Orla lächelt und wird noch eine Spur roter. »Komisch. Ich habe dasselbe von dir gedacht.«

Unwillkürlich blicke ich auf ihre Lippen. Sie sind voll und rosig, und in meinem berauschten Zustand fällt es mir schwer, wegzusehen.

»Bist du Single, Matt?«

»Ja, das bin ich.« Aber sobald ich es gesagt habe, ziehe ich mich schon zurück. Ich weiß, worauf das hier hinausläuft. Orla flirtet mit mir und ich mit ihr. Eigentlich würde ich sie furchtbar gerne küssen, und ich denke, sie hätte nichts dagegen. Es ist aufregend, dass so ein hübsches Ding wie Orla etwas von mir will, und das passiert nicht jeden Tag. Aber ich kann Liz nicht aus meinem Kopf verbannen. Wenn etwas zwischen uns laufen würde, würde sie es erfahren. Und obwohl eine Stimme in mir fragt, was mich das interessieren sollte – schließlich hat sie mir klargemacht, dass sie vergeben ist –, macht es mir etwas aus.

»Willst du mich küssen, Matt?«

»Ich …« Gott, ja, und ob ich das will. Aber etwas hält mich zurück. Unwillkürlich blicke ich zu Liz' Schlafzimmertür. Orla betrachtet mich einen Moment lang fragend, dann senkt sie den Blick und stößt ein kleines Lachen aus.

»Na klar, wie dumm. Wie konnte mir das nur entgehen?«

»Was denn?«

Aber Orla schüttelt nur den Kopf.

»Nichts … Hör mal, ich habe nur ein bisschen rumgealbert. Ich bin nicht mehr ganz nüchtern und benehme mich daneben.« Orla ist wieder ganz die Selbstbewusste, und tatsächlich bin ich ein bisschen traurig über diese verpasste Gelegenheit. Ich möchte mich entschuldigen, möchte einen Scherz machen, irgendetwas tun, um die Situation aufzulockern, aber sie spricht weiter, ehe ich noch die Chance dazu habe. »Ich denke, ich gehe jetzt schlafen.«

»Sicher?«, frage ich und habe plötzlich ein schlechtes Gewissen.

»Ja, sicher. Ich muss morgen früh aufstehen, deshalb ist es besser so.«

»Hat mich gefreut«, bringe ich hervor. Ich klinge ziemlich jämmerlich.

»Mich auch, Matt. Du scheinst ein echt netter Bursche zu sein. Schön, dass Elizabeth und du befreundet seid.« Sie gibt mir ein Küsschen auf die Wange, und ich spüre wieder das Knistern von eben. Als sie sich erhebt, geht Liz' Tür auf.

»Endlich – Marshall schläft. Ich musste ihm gefühlte zwanzig Minuten den Bauch kraulen, bis er sich bequemt hat, einzudösen.« Jetzt fällt ihr auf, dass Orla aufgestanden ist. »Gehst du ins Bett?«

»Ja«, sagt Orla. »Ich muss morgen früh raus, also sag ich jetzt besser gute Nacht.« Ich erwarte, dass Liz sie zum Bleiben überredet, aber sie tut es nicht.

»Okay … na dann, gute Nacht.« Liz beugt sich vor und küsst Orla auf die Wange. Orla schenkt mir ein letztes Lächeln, ehe sie in ihrem Zimmer verschwindet.

»Also … worüber habt ihr zwei euch unterhalten?«, fragt Liz, als sie sich wieder zu mir setzt und ihr Glas nimmt.

»Ach, eigentlich über nichts.« Ich weiß nicht, warum, aber ich habe ein schlechtes Gewissen, weil ich mit Orla geflirtet habe, und möchte nicht, dass Liz es herausfindet. Aber sie lächelt mir freundlich zu, und ich fange wieder an, mich zu entspannen.

»Wie läuft es denn mit Wildfire?«, frage ich beiläufig. Ob Liz weiß, was für ein Glück sie hat, ein solches Pferd zu besitzen?

»Sie ist toll. Ein absoluter Traum.« Liz klingt, als sei sie verliebt, und vermutlich ist es in gewisser Weise auch so.

»Und welches Ziel peilst du an?«, frage ich direkt.

»Was meinst du damit?«

»Komm schon. Alle Springreiter haben ein Ziel … einen bestimmten Titel oder ein Turnier, das sie unbedingt gewinnen wollen. Was ist deins?«

»Ich hab keins«, sagt sie, aber ich weiß, dass sie lügt. Ich lege den Kopf schief und mustere sie eingehend. Sie senkt den Blick. »Also schön. Ja, ich habe ein Ziel.«

»Und welches?«

»Ich möchte in der irischen Mannschaft bei der *Dublin Horse Show* springen«, gesteht sie zögernd.

Ich bin beeindruckt. »Wow. Nicht schlecht.«

Liz nutzt die Chance und stellt eine Gegenfrage. »Und du?«

»Na ja, ob ich ein Ziel habe oder nicht, spielt keine Rolle«, antworte ich. »Es wird sowieso nichts daraus. Ich habe kein Pferd dafür.« Das ist mir so rausgerutscht, und ich bereue es augenblicklich. Liz senkt den Blick, und ich könnte mich ohrfeigen. Ich wünschte, ich wäre nicht neidisch, aber ich bin es. Ich bin neidisch auf das Geld, das sie hat, und die Möglichkeiten, die sich daraus ergeben, und das kann ich nicht ändern. »Vielleicht sollten wir besser das Thema wechseln«, murmele ich verlegen.

Es entsteht ein unbehagliches Schweigen, und wir füllen es aus, indem wir die zweite Flasche leer machen. Mein Zustand hat inzwischen nichts mehr mit angeheitert zu tun; ich bin längst betrunken. Der Raum beginnt sich zu drehen, mein Kopf fühlt sich schwer an, meine Lippen sind taub. Ich konzentriere mich auf einen Fleck am Boden, aber mein Blick wandert immer wieder zu Liz zurück. Ich kapier's nicht: Sie hat mindestens so viel getrunken wie ich, wenn nicht mehr, aber sie wirkt trotzdem klar und wach.

Ich betrachte sie eingehend, während sie auf ihr Handy blickt. Seit ich hier bin, summt und vibriert es immer wieder. Ich habe nicht gefragt, wer es ist, und sie hat mir keine Erklärung angeboten. Sie tippt hastig Nachrichten und beißt sich dabei auf die Lippe, und wahrscheinlich hat sie keine Ahnung, wie sexy sie dabei aussieht. Ich hätte große Lust, sie zu küssen. Automatisch beuge ich mich vor, um ihr näher zu kommen, aber plötzlich schaut sie auf und lächelt mich an, und ich setze mich mit einem Ruck wieder kerzengerade auf.

»Willst du noch was?« Sie deutet auf die leere Flasche. Ich schüttele den Kopf. Noch mehr, und mir wird schlecht. »Du hast wahrscheinlich recht. Ich will mich nicht zu sehr betrinken – am Ende stellen wir noch was Dummes an.« Sie grinst und zwinkert mir zu, und plötzlich wünschte ich, ich hätte ja zu einer weiteren Flasche gesagt. »Und – wie steht's mit deinem Liebesleben?«, fragt sie aus heiterem Himmel.

Ich will mich locker seitlich abstützen, aber meine Hand rutscht auf dem Stoff ab, und fast wäre ich umgekippt. Liz hält sich die Hand vor den Mund, um ihr Lachen zu verbergen.

»Ähm … nicht besonders gut, um ehrlich zu sein«, sage ich und tue so, als sei nichts gewesen. Ich setze mich auf meine Hände, die schon wieder zu zittern begonnen haben, denn ich hasse es, wenn man mir solche Fragen stellt.

»Wieso das denn? Jetzt erzähl mir bloß nicht, dass ein so umwerfender Kerl wie du Schwierigkeiten hat, eine Frau ins Bett zu kriegen.« Es macht ihr Spaß, mich in Verlegenheit zu bringen, das sehe ich ihr an.

»Und was ist mit dir? Hast du nicht gesagt, dass du einen Freund hast?« Ich wäre ja gerne cool geblieben, aber meine Neugier hat gesiegt.

»Na ja, er ist nicht wirklich mein Freund …« Zum ersten Mal an diesem Abend scheint sie sich unwohl zu fühlen. »Er ist … ach, nicht so wichtig.« Es ist nicht zu überhören, dass ihr das Thema unangenehm ist, und ich bin nicht mutig genug, nachzuhaken. Gerade als ich befürchte, dass wir nun wieder verlegen schweigen, ergreift sie erneut das Wort.

»Ich glaube, das Thema Springreiten ist sicherer.« Und damit prusten wir beide los.

Ich bin total verspannt, als ich aufwache, aber der stechende Schmerz in Bein und Rücken hat nachgelassen. Ich brauche einen Moment, um mir klarzumachen, wo ich bin, und dann strömen auch schon die Erinnerungen an den gestrigen Abend in mein Bewusstsein. Ich setze mich zu schnell auf, und mein Kopf beginnt zu hämmern. Ich habe in meinen Klamotten geschlafen und brauche dringend eine Dusche. Ich schaue mich um: keine Spur von Orla oder Liz. Beide Zimmertüren sind zu. Ich versuche mich zu erinnern, was genau gestern alles geschehen ist, und als ich feststelle, dass ich es nicht mehr weiß, fange ich an, mir Sorgen zu machen. Vielleicht habe ich etwas Dummes gesagt oder getan. Ich gehe zu Liz' Tür und klopfe vorsichtig. Nichts. Ich versuche es noch einmal, diesmal lauter. Immer noch nichts. Ich beschließe, sie besser schlafen zu lassen, und überlege, ob ich es bei Orla probieren soll, sage mir aber, dass sie vermutlich schon zur Arbeit ist. Also kehre ich in die Küche zurück und suche mir ein sauberes Glas. Ich brauche dringend einen Schluck Wasser.

Im Licht des Morgens wirkt die Wohnung vollkommen anders. Gestern Abend sah sie romantisch und verführerisch aus, jetzt nur noch chaotisch. Als ich das Glas mit Wasser an die Lippen hebe, nehme ich meinen Eigengeruch wahr. Ich sollte wirklich unbedingt duschen. Liz begegnet beim Aufwachen bestimmt lieber einem sauberen Mann als einem stinkenden. Mein Rucksack steht noch an der Couch, und ich wühle darin herum; ich besitze nicht viel Kleidung, weil ich das meiste Geld für Reitsachen und Essen ausgebe. Kurz darauf ziehe ich die einzige halbwegs gute Jeans – die anderen haben Löcher – hervor und nehme ein Handtuch mit.

Ich marschiere auf das Badezimmer zu und reiße die Tür auf, und da steht eine splitternackte Liz mit dem Rücken zu mir, einen Fuß auf den Badewannenrand gestemmt. Ihr Haar ist feucht, Wasser tropft auf den Boden. Anscheinend hat sie gerade geduscht.

»Matthew! Raus!«, kreischt sie, als sie mich bemerkt. Ich springe zurück und werfe entsetzt die Tür zu.

»Tut mir leid. Echt, tut mir furchtbar leid. Ich hab das Wasser nicht gehört …«, stammele ich vor der geschlossenen Tür. »Ich wollte bloß duschen und dachte, du schläfst. Es tut mir leid … ich hau ab … jetzt sofort.« Ich haste zu meinem Rucksack und stopfe meine Sachen hinein, als die Badezimmertür aufgeht.

»Du musst nicht gehen, Matthew … Aber Herrgott noch mal, hast du nicht gelernt, dass man anklopft?«

Ich bin erleichtert, sie lächeln zu sehen. Sie trägt jetzt einen hellblauen Bademantel, der ihre schlanke Figur betont.

»Zu meiner Verteidigung … die meisten Menschen schließen die Tür ab.« Ich versuche, mein Gesicht zu verstecken; ich weiß, dass es tiefrot ist.

»Ich wohne mit einem anderen Mädchen zusammen, da muss man nicht abschließen.« Wir müssen beide lachen, und die Erleichterung vertreibt den Schrecken. »Du kannst jetzt aber rein und duschen, wenn du willst.«

Ich haste an ihr vorbei und wende den Blick ab. Ich kann sie nicht ansehen, ohne daran zu denken, wie sie gerade im Bad gestanden hat.

Als ich – sauber und duftend, aber noch immer verlegen – wieder herauskomme, steht Liz angezogen in der Küche und trinkt einen Kaffee. Sie lächelt mir entgegen und deutet fragend auf die Kaffeemaschine.

»Ja, gerne«, antworte ich.

Sie schlendert zu dem teuer aussehenden Gerät, um mir eine Tasse Kaffee zu machen. »Klein oder groß?«, fragt sie und hält zwei unterschiedliche Tassen hoch, die mir beide nicht gerade groß vorkommen. Auf Shanes Hof trinken wir den Kaffee eimerweise.

»Groß, bitte.« Ich stehe unsicher in der Küchenmitte herum und weiß nicht, wo ich mich hinsetzen soll.

»Ich muss gleich los. Ich habe in einer Stunde Training bei Edward und bin danach vermutlich den ganzen Tag lang unterwegs. Wir müssen alles für das nächste Turnier organisieren.« Sie reicht mir den Kaffee. Ihre Hände zittern; vermutlich ist sie genauso verkatert wie ich.

»Macht ja nichts. Ich packe meinen Kram zusammen und fahre wieder zu Shane«, sage ich.

Aber Liz schüttelt den Kopf. »Ach was, du kannst hierbleiben. Die blauen Flecken an deinem Knöchel sehen wirklich übel aus … du solltest dich ausruhen. Übrigens hast du doch erzählt, dass du ein paar Tage freihast.«

»Ja«, sage ich, »aber woher weißt du von den blauen Flecken an meinem Knöchel?«

Liz lacht leise. »Weil du sie mir gestern Nacht gezeigt hast.« Ein Flashback des Grauens erscheint vor meinem inneren Auge: Ich habe Hemd und Hose ausgezogen, um Liz meine vielen Kriegsverletzungen zu zeigen. Ich weiß noch, dass ich mir gestern Nacht großartig dabei vorkam, aber ich hätte es besser wissen müssen. Nick und ich haben beide die entsetzliche Angewohnheit, unter Alkoholeinfluss Hemmungen und Hüllen fallen zu lassen. Panisch überlege ich, was ich noch alles getan oder gesagt haben könnte.

»Keine Sorge, Matthew, es war wirklich witzig …«

Leider fühle ich mich dadurch auch nicht besser.

»Bleib einfach hier und entspann dich ein bisschen. Sieh

fern, iss was … wir haben zwar nicht viele Vorräte, aber ein Stück die Straße entlang ist ein toller China-Imbiss. Die Nummer steht am Kühlschrank.«

Ich muss zugeben, dass die Aussicht verlockend ist. »Bist du sicher?« Einen ganzen Tag lang nichts zu tun kommt mir himmlisch vor.

»Aber ja. Allerdings muss ich dich gegen Abend rauswerfen, weil … ich was vorhabe … na ja, eigentlich eher ein Freund von mir was vorhat … aber ich werde den ganzen Abend weg sein, daher …« Liz ist eindeutig nervös, obwohl ich nicht verstehe, wieso. Sie hat mir doch gesagt, dass sie einen Freund hat, warum also druckst sie nun so herum?

»Kein Problem, wirklich.« Es steht mir nicht zu, sie nach diesem Kerl zu fragen. Als sie sich zum Gehen wendet, fällt mir noch etwas ein. »Liz, warte …« Sie bleibt stehen und sieht mich an. »Ich muss erst am Montag wieder arbeiten. Hast du morgen Abend Zeit?«

»Ja«, antwortet sie schneller, als ich erwartet hätte, aber sie fasst sich rasch wieder. »Wir können ja morgen per SMS entscheiden, was wir machen, okay?«

»Wunderbar«, erwidere ich lächelnd.

12. Kapitel

DIE PARTY

»Kein Grund, nervös zu sein. Du siehst toll aus«, flüstert Edward, während ich an meinem Kleid zupfe. Es ist aus schwarzer Spitze und hat einen tiefen V-Ausschnitt. Ich wollte mir kein neues Kleid kaufen, weil ich mein Geld lieber spare, um Orla bei der Miete zu unterstützen, und dieses hier war das einzige, das dem Anlass angemessen war. Meine Mutter hat es mir zum sechzehnten Geburtstag gekauft, aber ich habe es bisher nicht getragen, weil ich es eigentlich zu eng und unbequem fand. Orla hat versucht, mich zu hohen Schuhen zu überreden, aber ich möchte nicht alle überragen – Edward eingeschlossen. Orla war auch diejenige, die mich frisiert und geschminkt hat, da ich kein Talent dafür habe, mich hübsch zu machen – sie dagegen umso mehr. Das Ergebnis ist phantastisch: Ich fühle mich selbstbewusst und schön. Sogar Edward überschüttet mich mit Komplimenten.

Matthew war schon weg, als Orla und ich nach Hause kamen. Einerseits war ich erleichtert, andererseits auch ein wenig enttäuscht. Er ist einfach ein netter, lustiger Kerl, sage ich mir immer wieder, aber ich kann leider nicht abstreiten, dass ich erst eifersüchtig war, weil er mit Orla geflirtet hat, und es dann sehr prickelnd fand, mit ihm allein zu sein. Dass ich dennoch nichts unternommen habe, lag daran, dass Edward mir dauernd Nachrichten geschickt hat.

Matthew bringt mich ziemlich durcheinander. Ich stehe auf ihn – das habe ich mir inzwischen eingestanden –, aber ich liebe immer noch Edward. Darf man sich von einem Mann angezogen fühlen, wenn man mit einem anderen zusammen ist? Ja, wenn man bestimmte Grenzen einhält – das jedenfalls sage ich mir die ganze Zeit. Ich bin total gespannt auf heute Abend, aber wenn ich ehrlich bin, freue ich mich genauso auf morgen, wenn ich Matthew wiedersehe.

Aber als wir Endas traumhaftes Haus betreten, wird mir doch ziemlich flau im Bauch.

»Wow, sind hier viele Leute«, flüstere ich Edward zu. Er ist erst vor wenigen Stunden aus England zurückgekehrt und vibriert förmlich noch vor Energie. Wir hatten uns kaum begrüßt, als er schon anfing, mich wild zu küssen, und nur mit Mühe konnte ich ihn bremsen, damit er mir nicht Frisur und Make-up ruinierte. Verstohlen betrachte ich Edward von Kopf bis Fuß, während er sich im Saal umsieht. Er trägt einen maßgeschneiderten Smoking, der seine athletische Statur betont. Gott, der Mann ist so sexy, denke ich und beiße mir verlegen auf die Lippe.

»Ich habe mir sagen lassen, dass Enda über zweihundert Gäste eingeladen hat – und ich kann dir garantieren, dass alle kommen werden. Sie ist beliebt.« Edward nimmt zwei Champagnergläser vom Tablett eines Kellners und reicht mir eines davon. Nach dem gestrigen Abend verursacht mir allein der Gedanke an Alkohol fast Übelkeit, aber ich trinke dennoch einen großen Schluck; vielleicht werde ich damit ein bisschen lockerer. »Komm, wir schauen uns ein wenig um.«

Endas Haus ist riesig und wirklich außergewöhnlich. Edward und ich stehen in der Eingangshalle mit der Wendeltreppe aus Holz, den grünen Wänden und dem rubinroten Teppich. Eigentlich entspricht der Raum nicht ganz meinem Geschmack, aber mir gefällt die farbenfrohe Herzlichkeit, die er ausstrahlt.

»Hat Enda denn Platz genug, um so viele Leute zu bewirten?«

Edward schüttelt den Kopf. »Draußen ist ein Pavillon aufgebaut«, sagt er und sieht auf seine Uhr. »Und dahin sollten wir jetzt auch gehen. Es gibt bald Essen.« Ich trinke noch einen Schluck Champagner, aber mein Magen protestiert, und rasch stelle ich das Glas auf dem Tablett eines Kellners ab, der gerade vorbeikommt. Zum Glück scheint Edward es nicht zu bemerken. »Sollen wir?«, fragt er, hakt mich unter und küsst mich auf die Stirn. Verblüfft darüber, dass er seine Zuneigung so öffentlich zur Schau stellt, sehe ich ihn an, aber er grinst nur frech.

Alle scheinen auf dem Weg zum Pavillon zu sein, und wir finden uns in einem dichten Menschenstrom wieder. Es geht nur langsam voran, und ich klammere mich an Edwards Arm fest, um ihn in der Menge nicht zu verlieren.

Auf dem Weg berichtet er mir detailliert und voller Leidenschaft von seinem Turnier in Hickstead. Wie so oft braucht er kaum Ermunterung von mir, und ich höre ihm aufmerksam zu, um möglichst viel von ihm zu lernen, doch plötzlich zieht etwas am Rand meines Sichtfelds meine Aufmerksamkeit auf sich. Ungefähr zwanzig Personen vor uns entdecke ich eine dunkelhaarige Gestalt, die leicht zu humpeln scheint, aber bevor ich richtig hinsehen kann, schiebt sich ein anderer davor. Es sind zu viele Leute hier. Edward ist aufgefallen, dass ich aufgehört habe, ihm zuzuhören.

»Was ist?«, fragt er leicht gereizt.

»Nichts. Ich dachte, ich hätte jemanden erkannt.«

Er schnaubt. »Kein Wunder. Ich würde sagen, dass du hier jede Menge Leute erkennst.«

Als wir endlich den Pavillon erreichen, verstehe ich, warum die Menge sich so langsam bewegt hat. Man muss einfach staunend stehen bleiben und sich alles ansehen. Silberne Lichter funkeln im Dach, die Tische sind mit schwarzen Tüchern gedeckt und mit silbernem Glitter bestreut. Auf jedem Tisch steht ein Strauß weißer Rosen. Am Ende des Pavillons befindet sich eine Tanzfläche, dahinter eine kleine Bühne, auf der eine Band Platz findet. Dass man hier tanzen kann, hätte ich nicht erwartet, und ich freue mich schon darauf.

»Ist das toll hier«, seufze ich. Edward muss lachen.

»Ja, Enda weiß definitiv, wie man eine Party ausrichtet.« Wir bahnen uns den Weg zu unserem Tisch, an dem bereits zwei Männer und zwei Frauen sitzen. Die Männer sind älter als Edward und lächeln mir freundlich entgegen, die Frauen, beide ungefähr Anfang dreißig, unterhalten sich angeregt. Mich scheinen sie gar nicht wahrzunehmen. Ich mustere sie verstohlen; sie sehen sich mit den blonden Haaren so ähnlich, dass sie Schwestern sein könnten.

»Elizabeth, das sind Adrian und Christoph«, erklärt Edward. »Sie gehören zum deutschen Team, das vorgestern gewonnen hat.« Die Männer schütteln meine Hand und küssen mich auf die Wange.

»Freut mich, Sie kennenzulernen«, sage ich unsicher. Das hier ist nicht mein gewohntes Terrain. »Ich habe das Turnier im Fernsehen gesehen. Sie waren großartig.«

»Danke«, sagt Christoph mit einem starken deutschen Akzent. »Edward hat uns viel von Ihnen erzählt. Es heißt, dass Sie beim nächsten Nationenpreis auf jeden Fall in der irischen Mannschaft reiten werden.«

Ich wende den Blick ab, weil ich weiß, dass ich rot werde. »Na ja, so weit sind wir wohl noch nicht«, murmele ich verlegen.

»Aber nicht mehr weit davon entfernt«, sagt Edward aufmunternd und drückt meine Schulter. Wieder bin ich erstaunt, dass er seine Zuneigung so öffentlich zeigt.

»Euer Team muss auf jeden Fall ernsthaft wachgerüttelt werden«, meldet sich Adrian zu Wort.

»Das musst du mir nicht sagen«, gibt Edward verärgert zurück. »Aber genug davon. Elizabeth hat vorgestern das S-Springen gewonnen und reitet ihr Pferd noch nicht einmal seit einem Jahr.«

»Das ist beeindruckend«, erwidert Adrian freundlich.

»Sie sind außergewöhnlich talentiert«, schwärmt Christoph, »und dann noch so hübsch. Die Männer müssen Ihnen in Scharen hinterherlaufen.«

Meine Wangen werden noch heißer.

»Bringt sie mir ja nicht auf dumme Gedanken«, sagt Edward. »Ich werde persönlich dafür sorgen, dass Elizabeth heute bis Mitternacht im Bett liegt.«

Mir bleibt der Mund offen stehen. Er hat es zwar scherzhaft gesagt, aber es hat sich dennoch anzüglich angehört. Christoph und Adrian scheinen sich allerdings nichts dabei zu denken; beide lachen herzlich.

»Ah, Edward, wieso denkst du eigentlich immer das Schlimmste von mir?«, fragt Christoph.

»Wahrscheinlich, weil ich dich so gut kenne«, antwortet Edward, und wieder lachen alle drei.

Man stellt uns die Vorspeisenteller auf den Tisch, und wir plaudern während des Essens locker weiter. Edward hat mich sonst keiner Person am Tisch vorgestellt, aber mir wird bald klar, dass er sie entweder nicht kennt oder sie ihn absolut nicht interessieren. Ich würde ihn gerne nach seiner Bemerkung von eben fragen, aber er unterhält sich die ganze Zeit mit Adrian und Christoph, ohne dass sich mir die Chance bietet, etwas einzustreuen. Ab und zu versucht Edward, mich in das Gespräch einzubeziehen, aber ich komme nicht mit: Ich kenne weder die Leute noch die Orte, von denen sie reden. Wein und Champagner lehne ich inzwischen lieber ab, weil ich befürchte, dass ich mich dann noch unwohler fühle. Ich gebe mein Bestes, um mit den Frauen mir gegenüber höfliche Konversation zu machen, aber sie stecken immer schnell wieder ihre Köpfe zusammen, also gebe ich auf und versuche, den drei Männern zuzuhören. Sie sprechen inzwischen nicht mehr nur über Pferde.

»Und, wie ist deine neue Frau so, Christoph?«, fragt Edward und trinkt das nächste Glas aus. Seine Bewegungen wirken etwas fahrig, und mir wird klar, dass er zu viel getrunken hat. Ein betrunkener Edward ist eine Seltenheit, und ich weiß nie, was ich dann von ihm zu erwarten habe.

»Jung und schön. Aber sie reist nicht gerne. Sie kommt nicht mit auf die Turniere, so sehr ich auch bitte und bettele.«

»Willst du sie denn wirklich dabeihaben?«, fragt Adrian anzüglich, und ich wünschte plötzlich, ich würde nicht zuhören.

»Manchmal schon. Mir fehlt die Gesellschaft. Edward versteht das bestimmt, nicht wahr, Edward?«

»Nun, Elizabeth ist auf Turnieren eine wunderbare Gesellschaft. Ohne sie wäre ich sehr einsam.« Bei Edwards Worten sterbe ich fast vor Verlegenheit, und als er unterm Tisch mein Knie drückt, schlage ich seine Hand weg. Überrascht schaut er mich an, aber ich komme nicht dazu, etwas zu sagen, denn um uns herum wird es plötzlich dunkel.

Ein Scheinwerfer wird auf die Bühne gerichtet, und als sich die Köpfe drehen, erscheint Enda Brown. In ihrem wunderschönen, glitzernden Abendkleid sieht sie aus wie ein Filmstar.

»Hallo, meine Lieben«, sagt sie schüchtern. Ihre Stimme hallt über die Lautsprecher durch den Pavillon. »Ich fühle mich sehr geschmeichelt, dass heute so viele Leute gekommen sind, um mit mir meinen Geburtstag zu feiern. Eure Liebe und Zuneigung ehrt mich ungeheuer.« Einige Gäste heben daraufhin ihr Glas und prosten ihr zu, also tue ich es ihnen nach. Edward flüstert immer noch mit Christoph und Adrian.

»Leute, die mir zum ersten Mal begegnen, sprechen mich oft darauf an, was für eine großartige Karriere ich gehabt hätte, aber das sehe ich nicht so. Nicht meine Karriere ist großartig, sondern mein *Leben,* denn Springreiten ist nicht nur ein Job für mich. Die meisten Menschen kommen aus dem Büro nach Hause und wollen ihre Arbeit erst einmal vergessen. Nun, mein Büro *ist* zu Hause, und ich kann meine Arbeit niemals vergessen.« Enda spricht mit solch einer Überzeugung und so klar, dass ich unwillkürlich an ihren Lippen hänge. »Springen und Pferde *sind* mein Leben, und ich könnte mir kein besseres wünschen! Ich möchte euch allen danken, dass ihr das heute mit mir feiern wollt.« Großer Jubel bricht aus, und Enda scheint den Tränen nah.

Sie verlässt die Bühne, und auf eine Leinwand wird ein Video projiziert. Es sind Ausschnitte von verschiedenen Turnieren, die Enda in den vergangenen Jahren gewonnen hat: Aachen, Paris, Kalifornien, Hickstead, Millstreet, und – natürlich! – die *Dublin Horse Show.* Im Hintergrund spielt Musik, aber sie geht zum größten Teil in Jubel und Applaus unter, wann immer Enda auf der Leinwand einen Durchgang fehlerfrei beendet.

Ich blicke zu ihrem Tisch hinüber. Sie wirkt extrem verlegen, während die Leute ihr auf den Rücken klopfen und ihre Wange küssen. Ich finde es großartig, dass sie nach so langer Zeit noch immer so bescheiden ist. Der Zusammenschnitt endet mit einem letzten Applaus, und fast unmittelbar danach beginnt die Band zu spielen. Innerhalb weniger Sekunden ist die Tanzfläche brechend voll, und Enda wird von ihrem Mann von ihrem Platz gezogen. Ich werfe Edward einen Blick zu. Er unterhält sich nicht mehr, sondern kippt ein weiteres Glas Wein herunter.

Ich werde langsam wirklich sauer, und ich kann es mittlerweile auch nicht mehr verbergen.

»Wieso hast du das vorhin gesagt?«, flüstere ich ihm ins Ohr.

»Was?«

»Na, dass du *persönlich* dafür sorgst, dass ich um Mitternacht im Bett bin. Und dass ich dir bei den Turnieren immer eine so gute Gesellschaft bin. Fandest du das nicht unpassend?«

Er runzelt die Stirn. »Aber du *bist* doch bei den Turnieren bei mir«, sagt er. Anscheinend stellt er sich absichtlich dumm.

»Ich verstehe nicht, wieso du mich so vorführen musstest«, sage ich wütend.

»Das war ein Witz. Jetzt sei nicht albern, Elizabeth.«

»Ich bin überhaupt nicht albern«, fahre ich ihn an. Sein Lächeln verschwindet.

»Na schön, ja, ich hatte es als Anspielung gemeint, aber nur deshalb, weil Christoph ein notorischer Schürzenjäger ist und ich ihm von vornherein die Idee austreiben wollte, er könnte dich den ganzen Abend anbaggern«, flüstert er verärgert.

»Aber warum musstest du denn gleich andeuten, dass wir zusammen sind?« Es fällt mir schwer, halbwegs leise zu reden.

»Weil wir zusammen *sind,* Elizabeth!«

»Aber die Leute sollen davon doch nichts erfahren, bis …« Ich lasse den Satz in der Luft hängen.

»Bis was?«, fragt Edward, der jetzt mindestens genauso sauer ist wie ich.

»Bis du dich von Katherine hast scheiden lassen.« Na toll. Jetzt ist es raus. Das, was ich mir am meisten von ihm wünsche, aber niemals anzusprechen gewagt hätte.

Einen Moment lang starrt er mich nur an. Ich habe keine Ahnung, wie ich seine Miene deuten soll. Dann wendet er sich ab. »Ich will heute Abend nicht darüber sprechen«, murmelt er.

Mir sinkt der Mut. All meine Ängste, die unsere Beziehung

betreffen, sind endlich auf dem Tisch, und er will nicht darüber reden.

»Na schön«, fauche ich, erhebe mich und marschiere davon. Ich höre Christoph hinter mir lachen, wage es aber nicht, mich umzudrehen, um zu sehen, ob er sich vielleicht über mich lustig macht.

Ich stürze aus dem Pavillon, kehre aber nicht zum Haus zurück, sondern umrunde es und entdecke eine Terrasse, die wie ausgestorben daliegt. Es ist dunkel, aber ich höre Wasser plätschern; vielleicht gibt es in der Nähe einen Teich. Die Musik dringt bis zu mir, und ich bin erstaunt, wie traurig ich bin, dass ich heute wohl doch nicht mehr tanzen werde.

Im Mondschein entdecke ich eine kleine Mauer, auf die ich mich setze. Zum Weinen bin ich noch immer zu wütend. Ich denke an Edwards leeren Gesichtsausdruck, als ich die Scheidung von Katherine angesprochen habe. Irgendwann *muss* er doch endlich über die Zukunft nachdenken! Will er vielleicht nicht darüber reden, weil er glaubt, dass mir nicht gefällt, was er dazu zu sagen hat?

Ich höre Schritte in meine Richtung kommen und hebe den Kopf. Eine dunkle Gestalt im Anzug nähert sich.

»Tut mir leid, dass ich störe. Ich wollte nur rasch eine rauchen.«

Ich lächele, als ich die Stimme erkenne. »Matthew?«, frage ich.

Er tritt vor, und endlich kann ich ihn richtig sehen. Er sieht großartig aus. Sein kurzes Haar ist zurückgegelt, sein Gesicht frisch rasiert. Plötzlich ist mein Zorn wie weggeblasen. Ich freue mich, ihn zu sehen.

»Hi«, sagt er und grinst breit. »Das war es also, was du heute Abend vorhattest?« Er zieht an seiner Zigarette.

»Tja … ja«, erwidere ich mit leichtem Unbehagen. »Du hast

aber nicht gesagt, dass du heute Abend ebenfalls eingeladen bist.«

»Stimmt, aber das weiß ich auch erst seit ein paar Stunden.« Er tritt verlegen von einem Fuß auf den anderen. »Ich bin ziemlich schlampig, was meine Post angeht … Ich kriege sowieso immer nur Rechnungen. Na ja, heute hatte ich etwas Zeit, und als ich die Briefe durchgesehen habe, fand ich die Einladung.« Wie entspannt er sein Leben doch angeht.

»Willst du dich setzen?«, frage ich und klopfe auf das Mäuerchen neben mir. Er streift meinen Arm, als er sich niederlässt, und ich bekomme sofort eine Gänsehaut.

»Ist dir kalt?«

»Ein bisschen«, lüge ich. Es ist eher die Nervosität, die mich schaudern lässt. Matthew zieht sein Jackett aus und legt es mir um die Schultern. Es ist ein herrlich aufregendes Gefühl, als er für den kurzen Moment seine Arme um mich legt. Wie macht er das bloß? Wieso bin ich in seiner Gegenwart sofort so aufgedreht?

»Du riechst gut«, bemerke ich, als ich mich in sein Jackett kuschele.

»Danke«, sagt er und lacht leise. »Das ist Nicks Eau de Cologne. Ich hatte schon Angst, dass sich alle Schwulen auf mich stürzen, wenn ich es benutze, aber wenn du es auch magst, dann kann es ja nicht so schlecht sein.«

Ich bin froh, dass es dunkel ist, denn ich spüre, wie ich rot werde. »Ist Nick auch hier?«

»Nein. Er kennt Enda gar nicht.«

»Und woher kennst du sie?«

»Ich habe sie vor drei Jahren kennengelernt, als ich mit Shane auf der *Sunshine Tour* war. Wir waren gerade in Portugal, als ein heftiges Gewitter ausbrach. Unsere Pferde waren in diesen fürchterlichen Zeltdingern untergebracht, und natürlich versetzten die Geräusche von Regen und Wind sie in Panik. Eins von Endas Pferden drehte total durch – ein großer schwarzer Hengst –, er stieg und trat aus und war nicht mehr zu beruhigen, und ich dachte, der bringt sich noch selbst um … Enda aber war total ruhig. Ich schwöre, die Frau hat Nerven aus Stahl. Aber egal, was sie versuchte, sie kam nicht nah genug an das Pferd, um es zu betäuben. Irgendwann jedoch fiel es hin. Ich wollte nicht tatenlos zusehen, wie sie das schöne Tier verlor, also ergriff ich die Gelegenheit, als der Hengst auf dem Rücken lag, und hielt ihn so lange am Boden, bis sie ihm das Mittel injizieren konnte …« Er schüttelt bei der Erinnerung den Kopf. »Seitdem kann Enda mich gut leiden. Wenn wir uns bei Turnieren sehen, plaudern wir immer ein bisschen, aber über die Einladung war ich dennoch überrascht.« Ich kann nicht fassen, wie gelassen er von seiner Heldentat erzählt.

»Himmel, das muss ja schrecklich gewesen sein«, sage ich. »Hatte Enda denn keine Pfleger dabei, die ihr helfen konnten?«

»Die hatten, glaube ich, noch mehr Angst als das Pferd.« Er lacht.

»Hattest *du* denn keine Angst?«, frage ich ernst.

Matthew denkt einen Moment lang nach. »In dem Moment nicht, nein. Ich wusste, dass das Tier dringend beruhigt werden musste, und das war die einzige Möglichkeit zu helfen. Im Rückblick erkenne ich natürlich, dass ich Glück gehabt habe. Der Bursche hätte mich tottreten können.«

»Von Selbstschutz hast du offenbar noch nie etwas gehört«, sage ich grinsend.

»Nein, nicht wirklich … Und? Amüsierst du dich?«

»Eigentlich nicht«, gebe ich zu. »Edward hat mich mitgenommen, um … um nett zu sein«, korrigiere ich mich hastig, »aber ich kenne praktisch niemanden hier.«

»Ich auch nicht«, gesteht er und zieht wieder an seiner Zigarette. »Man hat mich mit Endas Oma an einen Tisch gesetzt.

»Oje, ernsthaft? Und, wie war's so?«

»Extrem lustig. Sie ist zwar schon über neunzig, aber noch total fit. Sie gehört zu der Sorte Mensch, die politisch so unkorrekt sind, dass man sie einfach vergöttern muss. Beim Essen erzählte sie mir, wie sie einmal die Bullen mit einem Gewehr aus ihrem Haus vertrieben hat, weil sie ihre Hunde erschreckt hatten.«

»Oh, wie cool!«, sage ich und presse mir die Hand vor den Mund.

Keiner von uns weiß, was er als Nächstes sagen soll. Ich krame in meinem Kopf nach etwas Lustigem, aber mir fällt nichts ein, doch ich befürchte, wenn ich noch länger schweige, steht er auf und geht.

»Ich liebe dieses Lied«, murmele ich schließlich, als die Melodie von »Dancing in the Moonlight« zu uns herüberdringt.

»Ja, klingt gut«, sagt er, steht auf und tritt die Zigarette am Boden aus.

Ich blicke zu ihm auf.

»Komm. Tanz mit mir«, fordert er mich auf. Wie kann er so entspannt und locker sein, wenn ich so nervös bin?

»Ist das dein Ernst?«

»Klar. Ich gucke jedes Wochenende *Let's Dance*. Ich bin quasi Profi.«

Ich nehme seine Hand, und er wirbelt mich überraschend schnell herum, und unwillkürlich muss ich lachen. Auch Matthew grinst, als wir beide diverse Sprünge, Hebefiguren und Drehungen versuchen. Meine kunstvoll arrangierte Frisur löst sich auf, und ich weiß, dass mein Gesicht erhitzt ist, aber das macht mir nichts aus. Zum ersten Mal an diesem Abend habe ich Spaß. Dann wird die Musik langsamer und unser Tanz auch. Er zieht mich eng an sich, und ich wehre mich nicht, sondern schlinge meine Arme um seinen Nacken. Er sieht mir direkt in die Augen. Keiner von uns lacht mehr. Dann beugt er sich vor und legt seine Wange an meine. Er riecht wunderbar und sexy. Schmetterlinge flattern in meinem Bauch, und mein Herz schlägt heftig. Unsere Körper wiegen sich im Takt, und ich muss an meinen Traum von ihm denken. Plötzlich ist seine Nähe überwältigend, und ich mache mich hastig los.

»Du hast recht – du kannst wirklich gut tanzen«, sage ich, um meinen abrupten Rückzug zu überspielen. Einen kurzen Moment lang sieht er enttäuscht aus, aber dann ist es schon wieder vorbei, und ich nehme an, dass ich es mir nur eingebildet habe.

»Danke. Du bist auch nicht schlecht.« Er tritt auf mich zu, aber ich weiche zurück.

»Ich … ich gehe jetzt besser«, sage ich hastig. »Ich muss morgen früh raus.« Ich setze mich in Bewegung, aber Matthew folgt mir.

»Liz, warte!«

Ich bleibe stehen und wende mich halb um. Was will er denn noch?

»Ähm … würde es dir was ausmachen, mir mein Jackett wiederzugeben?«, fragt er verlegen.

»Oh … oh, natürlich … tut mir leid.« Ich ziehe es mir von den Schultern und reiche es ihm. Er lächelt, und ich spüre, wie ich mich wieder entspanne.

»Steht das mit morgen immer noch?«, frage ich und hoffe wirklich, dass er ja sagt.

»Na klar. Ich ruf dich an.«

Ich verabschiede mich und kehre zur Party zurück. Ich traue mir in Matthews Nähe selbst nicht, kann es aber kaum erwarten, ihn wiederzusehen. Sobald ich an ihn denke, habe ich gleichzeitig ein schlechtes Gewissen und ein Kribbeln im Bauch. Was ist bloß los mit mir?

Als ich auf den Pavillon zugehe, entdecke ich Edward. Er steht vor dem Eingang und blickt sich hektisch um. Als er mich erblickt, stürmt er sofort auf mich zu.

»Wo bist du gewesen?« Seine Sorge klingt so aufrichtig, dass ich mich noch mieser fühle.

»Ich brauchte nur ein bisschen frische Luft«, murmele ich kleinlaut.

»Es tut mir so leid«, sagt er zu meiner großen Überraschung unvermittelt und ohne Einleitung. »Du hattest recht. Ich habe mich unhöflich und taktlos benommen. Aber Christoph hat dich angesehen, als wärst du Freiwild, und das hat mich wahnsinnig gemacht. Du bist so wunderschön, so talentiert und klug, und du kannst dir nicht vorstellen, wie gerne ich der ganzen Welt sagen möchte, dass ich dich liebe …« Es geschieht selten, dass Edward sich überhaupt für etwas entschuldigt, von einem derart wortreichen Geständnis ganz zu schweigen, und als ich in seine blauen Augen blicke, verfalle ich ihm augenblicklich aufs Neue. »Und ich will mich ja von Katherine scheiden lassen«, fährt er fort.

»Wirklich?«, frage ich erstaunt und entzückt zugleich.

»Ja, natürlich. Ich will mit dir zusammen sein, ohne das Gefühl haben zu müssen, etwas Falsches zu tun. Aber ich will Katherine auch nicht unnötig weh tun. Ich möchte sie überzeugen, dass die Scheidung für uns beide das Beste ist, und das … kann etwas dauern. Ich kann verstehen, wenn du nicht mehr warten möchtest …«

Mein Herz droht zu brechen, als mir klar wird, wie sehr er darunter leidet.

»Natürlich warte ich«, sage ich, ohne zu zögern.

»Wirklich?«, fragt er wie ein aufgeregtes kleines Kind.

»Natürlich.« Mit einem Mal will ich nur noch, dass zwischen uns wieder alles in Ordnung ist. Edward zieht mich in seine Arme und hält mich fest.

»Ich liebe dich«, flüstert er mir ins Ohr.

»Ich liebe dich auch.«

13. Kapitel

DER STRIP

Ich stehe einen Moment lang im Dunkeln auf Endas Terrasse und warte darauf, dass Liz zurückkehrt. Ich möchte noch einmal mit ihr tanzen, noch länger herumalbern – ich möchte noch mehr von *ihr*. Aber natürlich kommt sie nicht wieder, und mir wird langsam kalt, also beschließe ich, nach Hause zu fahren. Mein klappriger Toyota Starlet macht mir Schwierigkeiten. Die Kälte hat dem Motor anscheinend nicht gutgetan, aber nach ein paar Versuchen erwacht er endlich gurgelnd zum Leben, und ich mache mich auf den Weg zu Shanes Hof.

Nick singt aus vollem Hals, als ich durch die Tür unseres Bungalows marschiere. Ich blicke auf die Uhr und stelle fest, dass es erst kurz nach Mitternacht ist, was erklärt, wieso er noch wach ist. Er brüllt nach mir, als er die Haustür hört.

»Matt, du Mistkerl, du bist genau derjenige, mit dem ich reden muss!« Ich werfe meine Tasche auf das ungemachte Bett und schlendere in unsere schmierige Küche. Nick sitzt mit einem Bier in der Hand auf unserer verschlissenen Couch und schaut sich die neuste Folge von *Geordie Shore* an.

»Bist du nicht neugierig, wieso ich schon früher zurück bin?«, frage ich und nehme mir ein Bier aus dem Kühlschrank.

»Eigentlich nicht … bringst du mir auch noch eins mit?«

Ich blicke kurz auf das Label, aber es sagt mir nichts. Es ist ein Billigbier, das wir palettenweise beim Discounter kaufen. »Willst du mir denn erzählen, warum du früher zurückgekommen bist?«, fragt er.

»Nein.«

»Gut. Nun, da wir das geklärt haben, hätte ich einen Vorschlag für dich.« Er wählt seine Worte zögernd.

»Was für einen Vorschlag?«, frage ich misstrauisch.

»Morgen Abend findet doch bei *McGowan* der Talentwettbewerb statt. Ich habe überlegt, ob wir zwei nicht mitmachen sollten. Der erste Preis sind fünfhundert Euro und den ganzen Abend freie Drinks …« *McGowan* ist unsere Dorfkneipe, die sich vor allem durch wüste Junggesellenabschiede und Karaoke-Partys auszeichnet. Für sie scheint die Sperrstunde nicht zu gelten, daher ist bis ungefähr vier Uhr immer etwas los. Dass dort ein Talentwettbewerb stattfinden soll, ist mir allerdings neu. Das erscheint mir selbst für *McGowan* ziemlich schräg.

»Aber wir haben kein Talent«, wende ich ein und trinke einen großen Schluck aus der Dose.

»Na ja, wie man's nimmt …« Ich schaue Nick verwirrt an. Was soll denn das heißen? »Die Zuschauer wählen die beste Darbietung«, fährt er fort. »Überleg mal. Woraus besteht das Publikum dort hauptsächlich? Genau! Aus scharfen mittelalten Bräuten! Und was, denkst du, wollen die am liebsten sehen?«

Jetzt dämmert es mir. »Vergiss es.«

»Denk doch wenigstens mal darüber nach.«

»Schlag dir das sofort aus deinem hohlen Kopf! Nie und nimmer strippe ich bei einem Talentwettbewerb, noch dazu …«

Nick unterbricht mich. »Och, komm schon, Matt. Wir haben so was doch schon mal gemacht, weißt du noch? Auf der Theke sogar, und die Leute haben uns wie irre zugejubelt …«

»Da war ich blau und high. Und ich bin von der Bar gefallen, noch bevor ich meine Hose ausgezogen hatte …« Das war eine unserer übelsten Nächte gewesen. Wenn es nicht Fotos gegeben hätte, würde ich bis heute nicht glauben, dass ich das wirklich getan habe.

»Und hat dich danach nicht so gut wie jede Frau in dem Laden angebaggert?«

»Keine Ahnung!«, brülle ich ihn an. »Ich war so hacke, dass ich mich an nichts mehr erinnern kann!«

»Tja, aber so war es. Du hast sogar eine abgeschleppt. Daran wirst du dich doch noch erinnern, oder?« Ja, das tue ich – leider. Sie war zwar sehr hübsch, aber mindestens zehn Jahre älter als ich, und ich bin am nächsten Morgen aufgewacht ohne auch nur die leiseste Ahnung, was ich in der Nacht mit ihr angestellt hatte.

»Warum ich? Warum fragst du nicht jemand anderen? Oder machst es allein?«, versuche ich es, während ich den Gedanken an diesen wenig rühmlichen One-Night-Stand aus meinem Bewusstsein dränge.

»Ich kann das nicht allein machen … das wäre doch jämmerlich. Außerdem bist du der einzige attraktive Nicht-Schwule unter meinen Freunden, und die Schwulen sind irgendwie zu … weiblich …«

Ich schüttele den Kopf – nie und nimmer mache ich das –, aber er gibt nicht auf.

»Außerdem willst du das Geld auch unbedingt, das weiß ich ganz genau. Überleg doch mal, Matt – fünfhundert Euro! Wir könnten den ollen Fernseher ersetzen oder es uns einfach mal gutgehen lassen!«

Darüber muss ich einen Moment nachdenken. Es ist lange her, dass ich einfach mal Geld zum Verprassen zur Verfügung hatte. Ich bin es leid, immer zu rechnen, nur Discounterbier zu kaufen und immer nur für höchstens zehn Euro tanken zu können. Nick weiß, dass ich langsam einknicke. Ich sehe es ihm an.

»Meinetwegen, aber nicht weiter als bis zur Unterhose. Ich habe keine Lust, einem Pub voller hysterischer Frauen meinen nackten Hintern zu zeigen.«

Nick klatscht in die Hände. »Ich wusste doch, dass ich mich auf dich verlassen kann!« Sein Lachen ist ansteckend, aber dann packt mich doch das Entsetzen. Auf was habe ich mich da bloß eingelassen?

»Wir gehen also einfach hin und ziehen uns aus?«

»Nein, nein … Wir brauchen schon ein Thema. Ich dachte, wir könnten unser Reitzeug tragen, du weißt schon – enge Reithosen, Stiefel, Sporen und so. Das wird ihnen gefallen, und wir haben die Sachen schließlich schon …« Mir wird klar, dass Nick sich schon länger Gedanken darüber gemacht hat.

»Das ist nicht dein Ernst!« Ich versuche es mir gerade bildhaft vorzustellen.

Nick streicht mir gönnerhaft über den Kopf. »Keine Angst. Wir füllen dich vorher ordentlich ab. Wenn du blau bist, ziehst du dich doch gerne aus.«

Das beruhigt mich keinesfalls, aber wir lassen das Thema fallen und schauen uns das Ende von *Geordie Shore* an. Mir fällt es allerdings schwer, mich auf Leute zu konzentrieren, die zu viel saufen und sich quer durch die Betten vögeln. Stattdessen denke ich an den Abend mit Liz. Sie macht mich unglaublich nervös, aber gleichzeitig bin ich auch aufgeregt und glücklich. Ich begreife nicht, wieso sie in meiner Nähe so entspannt bleiben kann – sie muss gemerkt haben, wie sehr meine Hände gezittert haben, als wir tanzten. Es hat mich allerdings überrascht, dass sie so plötzlich weggerannt ist. Ja, ich weiß, ich bin am Schluss etwas forscher geworden, aber ich dachte, sie hätte die Nähe genauso sehr genossen wie ich.

Wenigstens will sie mich noch einmal wiedersehen.

Und plötzlich fällt es mir wieder ein. Wir haben uns ja für morgen Abend verabredet! Und auch wenn ich nichts dagegen hätte, dass Liz mich nackt sieht, ist ein Strip in einer öffentlichen Bar die letzte Gelegenheit, zu der ich mir das gewünscht hätte.

»Was bist du eigentlich für ein mieser Heuchler … Ich sitze hier und habe Mitleid mit dir, weil ich denke, dass du kein Sexleben hast, und dann muss ich hören, dass du bei Elizabeth O'Brien übernachtet hast. Ich bin schwul, aber sogar ich finde die Kleine zum Anbeißen!« Nick kann es nicht fassen. Ich wollte es ihm erst erzählen, wenn es sich nicht mehr vermeiden lässt, aber da sie jetzt bald hier eintreffen wird, kam ich nicht mehr drum herum.

»Wie ich schon sagte, es ist ja nichts passiert. Mein Dad und ich haben uns wieder mal in die Haare bekommen, und ich brauchte einfach nur ein Dach über dem Kopf. Im Übrigen hat sie bereits einen Freund. Sie hat mich am nächsten Tag ziemlich schnell vor die Tür gesetzt.«

Ich schätze, dass man mir meine Enttäuschung anhört, denn Nick bedenkt mich mit einem wissenden Blick. Dass ich sie auf Endas Party wiedergetroffen habe, behalte ich für mich. Damit würde ich nur Öl ins Feuer gießen, und er muss, was Liz betrifft, nur das Nötigste wissen. Zumal ich selbst nicht weiß, was mit ihr läuft – oder besser *nicht* läuft.

»Das wird dich aber nicht davon abhalten, etwas zu starten, oder?«

Darauf antworte ich nicht. Es wäre albern, so zu tun, als würde ich nicht auf sie stehen; jeder, den ich kenne, findet sie toll. Wie sie sich benimmt, wie sie aussieht, wie sie redet … man kann ihr einfach nicht widerstehen. Den Gedanken daran, dass sie mit einem anderen zusammen ist, kann ich fast nicht ertragen.

»Ich muss dich mal was fragen, Matt …« Ich blicke auf. Wir haben unsere Arbeit für heute erledigt, und Nick macht uns etwas zu essen. Es sieht aus wie ein Eintopf und riecht nicht besonders gut, aber ich habe einen solchen Hunger, dass ich alles essen würde, das auch nur annähernd etwas Essbarem ähnelt. »Wenn du auf das Mädchen stehst, wieso zum Geier hast du sie dann heute eingeladen?«

»Weil ich ihr nicht absagen wollte.« Ich seufze. »Leider kann ich das Geld von diesem albernen Talentwettbewerb wirklich gut gebrauchen.« Nick lächelt wieder, aber diesmal ist es kein mitfühlendes Lächeln, sondern eher ein schadenfrohes, und ich verziehe das Gesicht. »Ach, komm, ist doch egal. Sie will ja sowieso nichts von mir, also was soll ich damit schon kaputt machen?«

Nick reicht mir einen Teller von seinem mysteriösen Eintopf. »Du ziehst dich für ein paar ältere Ladys aus – jede Menge also.«

Liz kommt pünktlich, was bedeutet, dass Nick und ich nicht einmal annähernd fertig sind. Ich höre das Klingeln an der Tür, während ich unter der Dusche stehe, und brülle nach Nick, damit er sie reinlässt.

»Sorry, Kumpel … geht nicht.«

»Mann, Nick, mach schon. Es ist eiskalt draußen. Lass das Mädchen rein.« Shampoo rinnt über mein Gesicht und in meine Augen.

»Ich hab nichts an. Versteh mich nicht falsch, Matt, ich hab echt nichts dagegen, nackt an die Tür zu gehen, das hab ich sogar schon öfter gemacht. Aber es ist bestimmt unpassend, wenn dein Date meinen Schwanz sieht, noch bevor sie deinen gesehen hat, oder?«

Liz klingelt wieder, ich schlinge mir ein Handtuch um die Hüften und tappe schaumtriefend zur Tür.

»Du bist ein jämmerlicher Freund«, brülle ich, als ich an Nicks Tür vorbeigehe.

»Weiß ich.«

Als ich die Tür öffne, steht eine zitternde Liz draußen. Ihr blondes Haar ist offen, ihre Wangen sind vor Kälte gerötet, und sie wirkt irgendwie verletzlich.

»Oh, tut mir leid … bin ich zu früh? Ich hatte sieben Uhr verstanden.« Sie blickt auf ihre Uhr, um sich zu vergewissern.

»Nein, nein, das stimmt schon. Nick und ich sind einfach mal wieder hoffnungslos zu spät. Komm rein.« Mir entgeht nicht, dass sie meinen nackten Oberkörper mustert, aber sie macht es auch nicht gerade subtil. Leider kann ich ihrer Miene nicht entnehmen, was sie denkt.

Ich zeige ihr das Wohnzimmer. Ich habe alles gegeben, um aufzuräumen und sauber zu machen, aber verglichen mit ihrer Wohnung sieht es hier immer noch aus wie auf einer Müllhalde.

»Ich dusche schnell zu Ende, dann können wir.«

Sie nickt und setzt sich. Aber als ich mich zum Gehen wende, sagt sie: »Du denkst hoffentlich nicht, dass wir jetzt quitt sind, oder?«

»Wie bitte?«

»Nur weil du im Handtuch an die Tür kommst, sind wir noch lange nicht quitt. Du hast mich gestern nackt gesehen. Du wirst mir irgendwann noch mal alles zeigen müssen.«

Ich lache, hauptsächlich, weil ich keine schlaue Antwort parat habe, aber als ich wieder im Bad bin, grinse ich immer noch breit. Ich weiß, dass sie nur einen Witz machen wollte, aber der Gedanke, dass sie mich nackt sehen will, verbessert meine Laune um hundert Prozent.

»Erklärt ihr mir jetzt, warum ihr Reitklamotten anhabt?«, fragt Liz, als wir schnellen Schrittes zum Pub gehen. Wir sind wie immer zu spät, und ich habe Liz noch nicht gebeichtet, was wir vorhaben; ich wollte die Demütigung so lange wie möglich hinausschieben.

»Wir brauchen ein bisschen Geld, und … na ja, heute Abend

findet ein Talentwettbewerb statt, den wir zu gewinnen hoffen …« Ich kann nicht mehr länger um den heißen Brei herumreden. Liz betrachtet mich misstrauisch.

»Und welches Talent wollt ihr präsentieren?«

Ich blicke hilfesuchend zu Nick.

»Ach, wir tanzen ein bisschen«, sagt er und zündet sich eine Zigarette an.

»In Reitklamotten?«

»Na ja, wir werden die Klamotten nicht lange anhaben.« Nick zwinkert ihr zu.

Ich sehe förmlich, wie es in ihrem Kopf »Klick« macht. »Ist nicht wahr! Das ist doch nicht euer Ernst! Ihr zwei wollt *strippen?*«

»Oh, bitte, sprich es nicht so aus«, sage ich und schlage mir die Hände vor's Gesicht.

»Wahnsinn. Ich kann's kaum erwarten!«, stößt sie hervor und bricht in lautes Gelächter aus, in das Nick einstimmt.

Kurz vor dem Pub holt Nick eine große Flasche Whisky aus seiner Jacke.

»Ich dachte, du brauchst vielleicht ein bisschen flüssige Unterstützung.« Er reicht mir die Flasche, und ich trinke einen anständigen Schluck, ehe ich sie an Nick zurückgebe, der ebenfalls trinkt. Der Whisky brennt in meiner Kehle und breitet sich warm in meinem Bauch aus, was guttut, da ich vor Kälte zittere. Liz stupst mich an, als ich die Flasche erneut ansetze. Zuerst denke ich, dass sie mich maßregeln will, weil ich schon trinke, noch ehe wir im Pub angekommen sind, aber ich hätte nicht falscher liegen können.

»Hey, wollt ihr zwei Gentlemen mir denn gar nichts anbieten?«

Nick sieht so schockiert aus, wie ich mich fühle.

»Das ist Whisky pur«, sage ich. Meint sie das ernst?

»Na und? Ich hab dich vorgestern unter den Tisch getrunken, schon vergessen?«

Lachend reiche ich ihr die Flasche. »Keinesfalls.«

Sie nimmt einen tiefen Zug und verzieht das Gesicht. Einen Moment lang befürchte ich, dass sie das Zeug wieder ausspuckt, aber stattdessen trinkt sie noch einen Schluck, ehe sie mir die Flasche zurückgibt. Nickt johlt und klopft ihr kräftig auf den Rücken, als sei sie einer unserer Kumpels.

»Die Kleine gefällt mir. Kommt, Leute – noch ein paar Schlucke, dann rein mit uns.«

Als wir endlich die überfüllte Bar betreten, ist mir schummrig, aber ich fühle mich blendend. Liz hat ihren Arm um meine Taille gelegt und kichert, obwohl ich merke, dass sie nicht annähernd so betrunken ist wie Nick und ich. Ich kapier einfach nicht, wie sie das macht. Sie wiegt bestimmt nur halb so viel wie ich, verträgt aber mindestens genauso viel wie wir – wenn nicht sogar mehr.

Nick verschwindet, sobald wir im Pub sind. Er will für uns das Anmeldeformular ausfüllen, und ich sage ihm, dass wir uns an der Theke treffen. Ich bin vielleicht schon ordentlich angesäuselt, aber ich weiß, dass ich noch sehr viel mehr brauche, wenn ich mich vor all diesen Leuten ausziehen will.

Die Leute starren mich merkwürdig an, als wir durch die Menge taumeln. Ich weiß nicht, ob es daran liegt, dass ich knallenge weiße Reithosen, ein weißes Hemd und eine Krawatte trage oder weil mein Arm um Liz' Schultern liegt; sie überstrahlt die meisten gutaussehenden Menschen in diesem Laden. Als wir uns an der Theke niederlassen, zieht sie ihre Jacke aus. Darunter kommt ein schwarzes Spaghetti-Top mit einer dunklen, hautengen Jeans zum Vorschein. Um den Hals trägt sie eine goldene Kette, die teuer aussieht.

»In letzter Zeit war ich kaum noch in Bars, immer nur auf

langweiligen Partys von Leuten, die mehr Geld als Hirn haben. Das muss ich unbedingt ändern … hier ist es viel lustiger. Nick ist wirklich großartig – eine wandelnde Comedy-Show. Vielen Dank, dass du mich eingeladen hast.« Sie strahlt, und ihre gute Laune steckt mich an.

»Danke, dass du ja gesagt hast. Wir werden dich nachher dringend brauchen, wenn uns die ganzen Ladys hier abschleppen wollen. Die können echt hartnäckig sein.« Liz lacht über das, was sie für einen Scherz hält, aber eigentlich meine ich es ziemlich ernst.

»Du scheinst ziemlich viel von dir selbst zu halten, oder, Matthew?«

Ich schaue nachdenklich zu ihr auf.

»Ist was?«, fragt sie verwirrt.

»Tut mir leid … du bist seit langer Zeit die Erste, die Matthew zu mir sagt. Ich bin das überhaupt nicht mehr gewohnt.«

»Dabei finde ich, dass der Name zu dir passt. Du bist anständiger, als du selbst glaubst. Und du bist der einzige Mensch, der mich Liz nennt. Alle anderen sagen Elizabeth, selbst meine Eltern.«

Ich denke einen Moment lang nach, bevor ich antworte. »Dabei finde ich, dass Liz viel besser zu deiner Persönlichkeit passt. Du bist … lustiger, als du selbst glaubst.« Sie erwidert nichts, lächelt aber, und es ist ein sehr ehrliches Lächeln.

»Wie kommt es, dass du Orla nicht eingeladen hast?«, fragt sie plötzlich.

»Ich will nicht, dass noch jemand meine Schande miterlebt«, scherze ich. Liz lacht, aber ich sehe ihr an, dass ihr das als Antwort nicht reicht. Wieder wähle ich meine Worte mit Bedacht. »Außerdem war es nicht Orla, die mich vorgestern bei sich hat schlafen lassen, sondern du … Noch mal danke.« Liz errötet und scheint etwas sagen zu wollen, aber dann falle ich fast vom Stuhl. Nick hat mich von hinten gepackt.

»So, Formalitäten erledigt. Wir sind als Letzte dran – müsste so in etwa einer Stunde sein.« Liz quiekt begeistert, und ich stöhne. »Ach, reiß dich zusammen. Das wird schon!« Nick winkt dem Barkeeper. »Drei Tequila. Und immer gleich Nachschub, bitte.«

Als Nick und ich endlich an der Reihe sind, bin ich schon viel zu dicht, als dass mir noch etwas peinlich sein könnte. Im Gegenteil: Ich genieße es fast. Die Auftritte vor uns waren durchweg jämmerlich – hauptsächlich alte Frauen, die deprimierende Liebeslieder herunterleierten. Ein Kerl versuchte sich an Zaubertricks, war aber so nervös, dass ihm ständig die Karten aus der Hand fielen, so dass er kurzerhand ausgebuht wurde.

Nick und ich werden mit großem Applaus begrüßt. McGowan ist unsere Stammkneipe, daher kennt uns fast jeder hier. Die ersten Töne von »Sex Bomb« erklingen, und ich wende mich wütend zu Nick um. »Du bist so ein Penner«, zische ich. Er lacht und fängt bereits mit den Tanzbewegungen an, die er mir vorhin beizubringen versucht hat.

Dummerweise lässt mich meine Erinnerung im Stich. Ich weiß nicht mehr, was ich machen sollte, und hinke Nick daher so gut wie immer einen Schritt hinterher. Allerdings scheint das niemanden zu kümmern. Das Johlen wird mit jedem Kleidungsstück, das wir loswerden, lauter und lauter. Das Einzige, an was ich mich erinnere, ist mein Vorsatz, die Sachen nicht in die Menge zu schleudern, sondern hinter die Theke fallen zu lassen. Sie sind teuer, und ich brauche sie noch. Ich blicke auf Liz herab. Sie bekommt sich vor Lachen kaum noch ein.

Noch ehe unsere Darbietung vorbei ist, steht schon fest, dass wir gewonnen haben. Die Menge soll ihren Lieblingsauftritt wählen, und was Applaus und Jubel betrifft, sind wir ganz sicher die Favoriten. Sobald die Musik endet, steige ich ungeschickt von der Theke herab und raffe meine Sachen zusammen. Ich falle förmlich gegen Liz, als die Leute schubsen und drängeln, um uns zu unserem Auftritt zu gratulieren. Nick steht noch immer auf der Theke und genießt seine Zeit im Rampenlicht. Seine Schamlosigkeit ist beeindruckend. Inzwischen hilft Liz mir kichernd, Hose und Hemd wieder anzuziehen.

»Das war … echt beeindruckend.«

»Und fünfhundert Euro wert?«, frage ich aufgekratzt.

»Definitiv. Du solltest ernsthaft überlegen, ob das nicht der eigentlich richtige Job für dich wäre …« Sie zwinkert mir zu, und ich fühle mich großartig.

Der Barbesitzer händigt uns, ohne zu zögern, das Preisgeld aus. Der Rest des Abends verschwimmt in einem alkoholisierten Dunst. Wir bleiben, bis der Pub schließt, aber ich habe keine Ahnung, was ich rede oder tue. Bis wir in die Nachtluft hinaustreten.

»Verdammt, ist das kalt«, sagt Nick.

»Ja, wirklich.« Liz zittert heftig. Ihre Jacke ist viel zu dünn. Nick rammt mir den Ellbogen in die Rippen und deutet auf sie, dann entfernt er sich ohne ein weiteres Wort, aber ich brauche eine Weile, bis ich kapiere, was er meint.

»Warte, ich wärme dich«, sage ich, lege meine Hände an ihre Oberarme und reibe kräftig. Liz muss lachen und macht es mir mit ihren eigenen Händen nach.

»Danke. Ich muss mir wirklich angewöhnen, eine vernünftige Jacke mitzunehmen.«

Plötzlich muss ich wieder an den gestrigen Abend denken, als sie fast mit meinem Jackett entschwunden ist. Ich schenke ihr ein Lächeln.

»Ach was, musst du nicht … jedenfalls nicht, solange ich in der Nähe bin.«

Einen Moment lang glaube ich wirklich, dass heute etwas zwischen uns passieren könnte. Dass ich sie jetzt küssen könnte und sie nicht gleich wieder abhauen würde. Und ich will es gerade wagen, als die Stimmung durch Nicks Gebrüll vernichtet wird. Er ist vorgelaufen und ruft uns, damit wir zu ihm aufschließen.

»Was ist denn?«, frage ich, als wir ihn einholen. Ich bin sehr betrunken und jetzt auch noch ziemlich genervt. Ich will nur noch nach Hause. Nick aber hat noch nicht genug von dem Abend.

»Schau mal!«

Er deutet auf das Reitsportgeschäft, an dem ich fast jeden Tag vorbeikomme. Dort kaufen wir die meisten Sachen für den Hof und lassen unsere Ausrüstung reparieren.

»Schön. Der Reitladen … was ist damit?«

»Guck doch mal, was davorsteht.« Vor dem Geschäft erkenne ich ein schwarzes Plastikpferd als Deko. »Black Beauty!«

Liz und ich lachen und folgen Nick, der zielstrebig darauf zugeht. Er streichelt dem Plastikvieh die falsche Mähne.

»Ist sie nicht schön, Matt? Wir sind in Reitzeug – wenn das kein Zeichen ist! Wir müssen sie einfach reiten.« Ohne zu zögern springt er dem Ding auf den Rücken. Es wankt etwas, bleibt aber stehen. Liz wirft mir einen schelmischen Blick zu, dann tut sie es Nick nach und springt hinter ihm auf.

»Komm schon, Matthew … tu nicht so, als wärst du hier der Vernünftige«, ruft sie. Wieso sollte ich jetzt mit ihr diskutieren? Also hieve ich mich ungeschickt auf den Plastikrücken und umklammere Liz' Taille, um nicht herunterzurutschen.

Ich weiß nicht, ob es nur am Alkohol liegt oder daran, dass Nick wie ein Irrer wackelt, aber zu dritt sind wir völlig instabil.

Ich beuge mich vor, um mich an einem der Ohren festzuhalten, aber es bricht sofort ab. Nick und Liz brechen in hysterisches Gelächter aus, und das Pferd kippt. Ich lande hart auf dem Boden, Liz neben mir. Sie lacht noch immer, und ich rolle mich im Dunkeln herum und taste nach ihr.

»Alles okay?«, frage ich. Sie blickt mir direkt in die Augen und lächelt.

»Alles wunderbar«, flüstert sie und neigt sich ein Stück näher zu mir. Dann kreischt Nick entsetzt auf, und Liz und ich kommen hastig hoch und sehen uns nach ihm um. Nick hockt vor dem kaputten Plastikgaul und starrt auf ihn herab.

»Was ist los?«, frage ich.

Er muss sich erst fassen, ehe er antworten kann. »Wir haben Black Beauty ermordet …«

Danach endet unser Abend ziemlich rasch. Nick ist niedergeschmettert. Er scheint das Plastikpferd in extrem kurzer Zeit ins Herz geschlossen zu haben. Liz fängt ein Taxi ab und fährt nach Hause. Ich hätte sie gerne gebeten zu bleiben, konnte mich aber nicht dazu durchringen. Jedes Mal, wenn ich sie ansehe, wenn sie mich zum Lachen bringt, muss ich mir in Erinnerung rufen, dass sie nicht mehr zu haben ist. Irgendein Glückspilz ist mir zuvorgekommen.

14. Kapitel

GEFANGEN

»Nein, Herrgott noch mal. Du sollst das Hindernis gerade anreiten!«, brüllt Edward mich aus der Mitte seiner Reithalle an. »Schau doch, was sie mit dem Kopf macht! Das Vieh tanzt dir auf der Nase herum!« Er ist frustriert und schlecht gelaunt, und unsere heutige Trainingsstunde bringt wenig bis gar nichts. Ich versuche, umzusetzen, was er mir sagt, und gebe Wildfire die entsprechenden Kommandos, aber sie will einfach nicht. Sie ist aufgedreht und extrem munter heute, und mein Gefühl sagt mir, dass ich sie besser nicht provozieren sollte, aber Edward sieht das leider ganz anders. Ich galoppiere auf einem Zirkel, aber ihr Kopf kommt immer wieder hoch. Genau wie Edwards Jähzorn.

»Elizabeth, was machst du denn da? Brich dem Vieh verdammt noch mal den Kiefer, wenn es sein muss!« Obwohl ich es besser wissen müsste, ziehe ich hart an Wildfires Zügeln, und sie bleibt aus Protest abrupt stehen.

»Das kann doch nicht wahr sein!«, faucht Edward und kommt auf uns zu.

»Sie ist heute ein bisschen aufgedreht«, sage ich zu Wildfires Verteidigung. »Die Stallarbeiter haben gestern vergessen, sie rauszulassen.« Wildfire ist ein Pferd, das möglichst viel draußen sein muss. Nur so ist sie ausgeglichen und ruhig, wenn ich mit ihr arbeiten will. Ich war stocksauer, als ich herausfand, dass sie durch die Schlampigkeit der Pferdepfleger fast vierundzwanzig Stunden lang eingesperrt war.

»Das dürfte keinen Unterschied machen«, knurrt Edward.

»Lassen wir die Stunde doch ausnahmsweise ausfallen«, schlage ich vor und bete innerlich, dass er einwilligt. »Wir fangen einfach morgen früh neu an, wenn sie eine Weile auf der Weide gewesen ist.«

»Nein. Du darfst dem Pferd das nicht durchgehen lassen. Sie wird es sich merken und beim nächsten Mal ausnutzen.« Edward starrt Wildfire an, als wolle das Pferd ihn persönlich provozieren.

»Ich möchte heute wirklich nicht mehr«, sage ich flehend. Endlich schaut er zu mir auf und hält meinen Blick einen Moment lang fest.

»Na schön.« Ich atme erleichtert aus. »Dann lass mich rauf.«

»Was?«, frage ich, ohne mich aus dem Sattel zu bewegen.

»Lass mich rauf.«

»Wieso?«

»Wenn du nicht gewillt bist, mit dem Pferd korrekt zu arbeiten, dann tu ich's eben.«

Zögernd lasse ich mich vom Rücken herabrutschen. Das gefällt mir gar nicht.

Edward landet schwer im Sattel, und Wildfire verspannt sich unter ihm. Er zerrt an dem Gebiss in ihrem Maul, aber die Stute widersetzt sich. Edward zerrt fester, und Schweiß tritt an ihren Schultern hervor.

»Du kleines Biest!«, zischt er. Stumm und voller Entsetzen beobachte ich, wie die Situation eskaliert. Tu, was er will, flehe ich in Gedanken Wildfire an, tu doch einfach, was er von dir verlangt. Aber natürlich kann Wildfire mich nicht hören. Sie tritt aus, als Edward weiter ihr Maul malträtiert. Edward rammt ihr die Fersen in die Seite, und sie rächt sich, indem sie sein Bein gegen die Wand drückt.

»Stopp!«, brülle ich, weil ich es nicht mehr aushalte, aber

Edward reagiert nicht einmal. Blutiger Schaum quillt aus Wildfires Maul, als er wieder die Zügel anzieht. Ich schreie ihn an, aber Edward ignoriert mich. Wildfire rollt mit den Augen, und meine Angst, dass keiner von beiden nachgeben will, wächst. Ohne nachzudenken, laufe ich auf die beiden zu, muss aber aus dem Weg springen, als Wildfire plötzlich einen Satz nach vorne macht und dann durch den Ring galoppiert. Hilflos sehe ich von der Mitte aus zu, wie sie ihr Tempo steigert. Edward versucht sie zu stoppen, aber es hat keinerlei Wirkung, und zum ersten Mal, seit ich ihn kennengelernt habe, scheint er Angst zu haben.

Wildfire rennt schneller und schneller, und ich bete, dass sie nicht stürzt. Plötzlich bleibt sie abrupt stehen. Edward wird aus dem Sattel geschleudert, fliegt über ihren Hals und landet hart auf dem Boden. Ich ergreife die Gelegenheit und renne zu Wildfire. Sie bebt vor Angst, und ich würde am liebsten weinen, als ich ihr blutiges Maul sehe. Edward springt auf und will sich wie ein Irrer auf Wildfire stürzen, aber ich schiebe mich dazwischen.

»Nein!«, sage ich mit zitternder Stimme. Er soll weder mir noch dem Pferd näher kommen. Aber er ignoriert mich und starrt Wildfire voller Hass und Zorn an.

»Geh mir aus dem Weg, Elizabeth!«

»Nein!«, sage ich mit solch einer Kraft und Entschlossenheit, dass es sogar mich selbst überrascht. Endlich sieht Edward mich an. Er erwartet, dass ich nachgebe, das weiß ich, aber das werde ich nicht. Auch ich zittere jetzt, aber vor allem aus Wut. Wenn er es wagt, uns näher zu kommen, schlage ich zu, das schwöre ich.

Ich weiß nicht, wie lange es dauert, bis Edward endlich aufgibt. Ohne ein Wort marschiert er davon. Ich lausche und höre einen Moment später, wie ein Motor gestartet wird und ein

Auto davonbraust. Sobald ich sicher bin, dass Edward fort ist, bringe ich Wildfire zu den Ställen zurück. Sie ist ausgepumpt und lässt den Kopf hängen. Ich nehme ihr vorsichtig Trense und Sattel ab und untersuche sie dabei auf Verletzungen. Außer im Maul scheint sie keinen Schaden davongetragen zu haben, aber ich entschuldige mich dennoch unaufhörlich bei ihr, während ich ihr den schaumigen Schweiß vom Körper wasche.

Wildfire stupst mich freundlich an, aber mein schlechtes Gewissen macht es mir unmöglich, mich über ihre Zuneigung zu freuen. Lange Zeit starre ich ihr Maul an. Nachdem ich das Blut abgetupft habe, sehe ich, dass die Verletzungen nicht so schlimm sind, wie ich befürchtet habe, aber sie müssen ihr dennoch sehr weh tun.

»Ich habe keine Ahnung, was in ihn gefahren ist«, flüstere ich. Wildfires Augen fallen vor Erschöpfung zu. »Ich lasse ihn nie wieder auf deinen Rücken, das verspreche ich dir.« Ich kann die Bilder nicht aus meinem Kopf verbannen. Edward ist ein zäher und starker Kerl, das weiß ich, aber als brutal und rücksichtslos habe ich ihn bisher nicht kennengelernt. Zum ersten Mal ziehe ich in Erwägung, ihn zu verlassen, und der Gedanke tut nicht einmal weh. Im Moment kann ich keine Liebe für ihn empfinden – tatsächlich fühlt es sich eher nach Hass an. Ich betrachte mein erschöpftes Pferd, und plötzlich zieht sich mein Magen zusammen: Wenn ich gehe – was geschieht dann mit ihr? Sie gehört Edward; er kann mit ihr machen, was er will.

Bei dem Gedanken, sie nicht mehr bei mir zu haben, könnte ich sofort in Tränen ausbrechen. Ich habe außer ihr doch niemanden mehr. Und mit plötzlicher Klarheit wird mir bewusst, in was für einer Lage ich mich befinde: Ich bin gefangen. Ich kann nicht gehen, ohne zu riskieren, alles zu verlieren. Ich wünschte, ich wäre Edward nie begegnet! Warum musste ich mich auch in ihn verlieben?

Aber in diesem Moment schnaubt Wildfire neben mir, als wollte sie sagen: Wenn du ihm nicht begegnet wärest, dann wären du und ich jetzt nicht zusammen. Ich schlinge ihr meine Arme um den Hals und schmiege meine Wange dagegen. Es kostet mich ungeheuer viel Kraft, nicht schluchzend zusammenzubrechen.

»Das ist es wert«, flüstere ich. »Das alles ist es wert. Ich lass dich nicht allein.«

Nach einer Weile mache ich mich von Wildfire los, lege ihr eine Decke über und streue ihr noch etwas Heu in die Box, ehe ich mich in die Futterkammer begebe. Normalerweise gehe ich nicht dorthin, da die Stallarbeiter die Mahlzeiten für alle Pferde zubereiten, aber ich will nach einer Salbe oder Creme für Wildfires Maul sehen. Ich durchsuche wahllos Schubladen und Schachteln und entdecke zahlreiche Gläser und Dosen mit Futterzusätzen, die ich nicht kenne, bis ich ganz hinten im Regal ein altes Glas Manuka-Honig sehe. Ich greife danach und stoße dabei versehentlich eine große Plastikflasche mit weißem Pulver um. Ich will sie gerade zurückstellen, als ich feststelle, dass es sich um Steroide handelt. Ich erkenne die Bezeichnung auf der Flasche wieder. Den Namen hört und liest man immer wieder, wenn es darum geht, was man einem Turnierpferd nicht geben darf. Eine lange Weile starre ich auf das Etikett, während ich das Ausmaß dessen, was ich gerade entdeckt habe, zu begreifen versuche.

Als Kind verfolgte ich Edwards Karriere im Fernsehen und ließ mir keines der prestigeträchtigen Turniere dieser Welt entgehen, und irgendwann gewann er sie alle. Ich schaute zu ihm auf, verehrte ihn regelrecht, er war mein Idol. Meine Erinnerungen kommen mir mit einem Mal idiotisch vor – Edward, der Held meiner Kindheit, Edward, den ich geliebt und bewundert habe, ist nichts als ein Betrüger. Wütend stelle ich die Flasche wieder zurück. Von nun an werde ich Wildfire selbst füttern; ich will auf keinen Fall, dass mein Pferd gedopt wird. Die Frage, ob ich Edward anzeigen soll oder nicht, schiebe ich fürs Erste aus meinem Kopf. Ich hasse Betrüger, aber Edwards Karriere zu zerstören könnte meine ebenfalls beenden.

Wildfire schnarcht förmlich, als ich zurückkomme. Sie öffnet kaum die Augen, während ich den Honig auf die offenen Wunden reibe. Als ich ihr Futter gebe, wird sie etwas munterer und wiehert leise. Ich klopfe ihr zärtlich den Hals und gehe.

Während ich zu Orlas Wohnung fahre, wollen mir die Wut und der Hass in Edwards Augen nicht aus dem Kopf gehen. Was wäre womöglich passiert, wenn ich nicht da gewesen wäre? Wie weit wäre er gegangen? Eigentlich möchte ich es mir gar nicht vorstellen.

Inzwischen habe ich mich wieder etwas beruhigt, aber dass ich vorhin Edward gegenüber beinahe so etwas wie Abscheu empfunden habe, lässt sich nicht leicht abschütteln. Dennoch darf ich nicht vergessen, was er in den vergangenen Monaten für mich getan hat, wie leidenschaftlich er mir gegenüber ist und, viel wichtiger noch, wie bedingungslos er an mich und meine Träume glaubt. Denn damit ist er der Einzige. Ich weiß nicht mehr, wie oft wir nachts aufgeblieben und darüber geredet haben, wohin wir noch überall fahren und bei welchen Turnieren wir zusammen springen würden und dass er mir ein aufregenderes und erfüllteres Leben bieten würde, als ich mir je vorstellen könne. Und es sind diese Erinnerungen, nicht die vom Nachmittag, die die Tränen schließlich doch hervorbrechen lassen. Möchte ich diese Zukunft wirklich aufgeben, nur um auf moralisch einwandfreiem Boden zu stehen? Oder muss ich es vielleicht einfach hinnehmen und mir eingestehen, dass ich die Spitze eben nicht einfach mühelos erreiche? Doch noch während ich mir Gedanken darum mache, zwängt sich wieder das Bild der vor Angst zitternden Wildfire in mein Bewusstsein. Edward wird ihr nicht mehr nahe kommen; das ist ein Thema, bei dem ich nicht mit mir verhandeln lasse.

Mit noch immer tränennassem Gesicht betrete ich die Wohnung und bin überwältigt vom Duft und Anblick zahlloser roter Rosen. Jede Oberfläche, jeder Tisch, sogar jeder Stuhl ist geschmückt mit den schönsten Rosen, die ich je gesehen habe. Die ganze Wohnung badet in Blumen. In all dieser Pracht mache ich Orla erst aus, als sie zum Sprechen ansetzt.

»Und? Was hat er diesmal gemacht?«, fragt sie flapsig. Doch als sie mein verweintes Gesicht sieht, verschwindet ihr Grinsen. »Liz! Was ist passiert?«

Ich kann nicht antworten. Ich kann mich nur mit offenem Mund in diesem Blumenmeer umsehen. »Wo kommen die denn alle her?«

»Da drüben liegt die Karte – Edwards Handschrift.«

Ich nehme sie und öffne den Umschlag.

Elizabeth,
heute hast du mich von meiner schlimmsten Seite gesehen, und ich schäme mich zutiefst. Ich habe mich von Stolz und Wut leiten lassen, aber ich verspreche dir, dass es nie wieder vorkommen wird. Du bist mein Ein und Alles, und ich werde alles tun, damit du mir verzeihst.
Ich liebe dich,
Edward

Ich lese die Zeilen wieder und wieder, aber jedes Mal tun sie mir mehr weh. Die ganze Zeit über sieht Orla mich nur schweigend an.

»Die Blumen kommen also alle von ihm?«, frage ich schwach.

»Ja«, gibt Orla zögernd zurück. »Zwölf Sträuße mit jeweils zwölf Rosen.«

»Wow! Das ist ja süß.«

Aber Orla lässt sich durch meinen Kommentar nicht täuschen. »Elizabeth … sag mir bitte, was passiert ist.«

»Wir haben uns gestritten … eigentlich total dumm …« Meine Stimme klingt monoton, aber ich weine nicht mehr. Ich kann das alles jetzt nicht erklären. Nicht, wo ich mir gerade klar darüber geworden bin, was ich tun werde. Wildfire und meine Träume bedeuten mein Leben, und es hat keinen Sinn, sich der Wahrheit gegenüber zu verschließen: Wenn ich Wildfire behalten und meinen Traum leben will, kann ich Edward nicht verlassen. Ich glaube, dass ich mir der Realität der Lage, in der ich mich befinde, schon länger bewusst bin, aber heute habe ich sie mir zum ersten Mal eingestanden. Ich brauche Edward, um meine Ziele zu erreichen. Aber darüber kann ich jetzt nicht sprechen, nicht einmal mit Orla.

»Und wer war schuld?«, fragt sie und legt mir sanft eine Hand auf den Arm.

»Er«, sage ich mit Bestimmtheit. »Er war schuld, aber es tut ihm leid.« Orla öffnet den Mund, um etwas zu sagen, klappt ihn aber wieder zu, als es an der Tür klopft. Ich wische mir über das Gesicht, bevor ich öffne. Ich weiß bereits, wer es ist.

Edward sieht aus wie das personifizierte schlechte Gewissen. Als er den Kopf hebt, sehe ich, dass seine Augen dick und rot sind, als hätte er geweint.

»Elizabeth«, bringt er erstickt hervor.

Ich hatte geglaubt, dass meine Wut wieder hochkocht, wenn ich ihn sehe, aber stattdessen möchte ich ihn im Augenblick nur in die Arme ziehen und trösten und ihm versichern, dass alles wieder gut werden wird. Bis vor meinem inneren Auge das Bild von Wildfires blutigem Maul auftaucht. Ich lasse meine Hände sinken.

»Wir müssen reden«, sage ich und trete zur Seite, damit er eintreten kann. Als ich mich umwende, ist Orla verschwunden, und ich bin froh, dass niemand sonst hören wird, was ich unbedingt klarstellen muss.

»Bitte verzeih mir«, beginnt er und geht zur Couch, einem der wenigen Möbelstücke, die nicht mit Rosen bedeckt sind.

»Warum hast du das getan?«, frage ich und setze mich neben ihn.

»Ich weiß es nicht.« Er lässt den Kopf hängen. »Ich bin es gewohnt, dass die Pferde mir gehorchen, aber sie wollte einfach nicht …« Er scheint nach Worten zu suchen. »Ich werde mich nie wieder auf sie setzen, das verspreche ich dir.« Seine Worte erleichtern mich, und der Knoten in meinem Magen lockert sich etwas. Aber ich weiß noch immer nicht, wie ich formulieren soll, was ich ihm endlich sagen muss. Edward sieht mich traurig an. »Ist wieder alles okay zwischen uns?«

»In welche Richtung läuft unsere Beziehung?«, frage ich geradeheraus.

»Ich … ich weiß nicht, was du meinst …«

»Willst du dich von Katherine scheiden lassen?«, hake ich nach, und er nickt. »Okay, und was dann? Ich meine, wie sieht der Plan für uns aus?«

Er holt tief Luft, bevor er antwortet. »Dann … wenn du es willst … würde ich dich heiraten.«

»Und wie würde es laufen, wenn wir verheiratet sind?«

Diesmal kann Edward sein Unbehagen nicht verbergen, aber ich habe genug von seinen vagen Versprechungen. Ich muss wissen, wie sein Plan für die Zukunft aussieht, denn dass er einen hat, steht wohl außer Frage: Ein Edward Dawson hat immer einen Plan.

»Ich werde dafür sorgen, dass deine Träume wahr werden … was immer es kostet.«

Und wieder wird mir mit aller Deutlichkeit bewusst, dass es genau darauf hinausläuft: Ich kann das Leben führen, das ich immer führen wollte, solange ich mit dem Mann zusammenbleibe, der hier vor mir sitzt.

»Ist es das, was du willst?«, fragt er nervös.

»Es ist das, was ich mehr als alles andere auf der Welt will«, antworte ich mit zittriger Stimme.

Er stößt ein erleichtertes Lachen aus und beugt sich plötzlich vor, um mich zu küssen, und überrumpelt lasse ich ihn gewähren. Ich weiß nicht, wie lange der Kuss dauert, aber ich mache mich von ihm los, bevor er weitergehen kann.

»Bei dir fühle ich mich so lebendig, Elizabeth.«

»Ich liebe dich«, sage ich, aber ich bin mir nicht mehr sicher, ob ich wirklich hinter diesen drei Worten stehe. »Und ich glaube, dass wir beide zusammen richtig glücklich sein können.« Edward nickt und liebkost mein Gesicht.

»Du bist so wunderschön, meine Kleine.« Er beugt sich vor, um mich erneut zu küssen, aber ich halte ihn davon ab.

»Ich will mit dir zusammen sein, aber … ich denke, wir sollten uns nicht mehr sehen, bis du geschieden bist. Mir ist klar, dass es eine Weile dauern wird, aber ich kann warten.«

Edward starrt mich entgeistert an. »Ich … ich finde ja auch, dass du recht hast, aber, Elizabeth … allein der Gedanke, dich nicht küssen oder anfassen zu dürfen … das ist Folter.«

»Ja, für mich auch, aber ich will nicht mehr nur ›die andere‹ für dich sein.«

Edward schweigt einen Moment lang. »Du musst mir versprechen, dass du auf mich warten wirst«, sagt er plötzlich scharf.

»Wie bitte?« Mir ist nicht klar, was genau er damit meint.

»Wenn ich mich von Katherine scheiden lasse, muss ich wissen, dass du an meiner Seite sein wirst.« Sein Tonfall hat sich verändert. Er klingt, als würde er über etwas Geschäftliches reden.

»Ja, natürlich«, antworte ich unsicher. Seine Miene wird wieder weicher, und ich atme erleichtert aus.

Edward erhebt sich. »Ich denke, ich gehe jetzt besser.«

»Danke«, sage ich. Zum Abschied schlinge ich meine Arme um ihn. Edward versteift sich, aber ich versuche, es zu ignorieren.

Sobald er fort ist, beruhige ich mich etwas. Ich habe meine Entscheidung getroffen. Ich will Edward, aber nicht mehr so wie zuvor. Ich brauche ihn in mehr als einer Hinsicht. Jetzt geht es nicht mehr darum, Edward zu verlieren, sondern um Wildfire und meine Träume. Alles, was ich mir in meinem Leben je gewünscht habe, hängt nun davon ab, dass dieser Mann mich weiterhin liebt.

Mein Handy summt in meiner Tasche und reißt mich aus meinen Gedanken. Ich sehe aufs Display und entdecke eine Nachricht von Matthew: *Lust auf einen Drink heute Abend?*

Ich starre eine halbe Ewigkeit auf die SMS, ehe ich antworte. *Kann leider nicht. Sehen uns aber in Schottland.*

Es ist Zeit, meine kleine Schwärmerei für Matthew zu beenden. Ich will das Leben, das nur Edward mir bieten kann, und das ist wichtiger als alles andere. Matthew ist ein großartiger Freund, ein Kumpel, und ab jetzt werde ich ihn auch als solchen behandeln.

15. Kapitel

DIE CHANCE

Die Vorbereitungen für Schottland haben fast meine gesamte Zeit in Anspruch genommen. Auswärtsturniere sind bei Shane zwar absolut üblich und bedürfen schon im Vorfeld immer einiges an Arbeit, aber ich bin trotzdem jedes Mal aufgeregt, wenn wir mit der Fähre reisen. Diesmal umso mehr, weil auch Liz da sein wird. Ich bin selbst überrascht, wie sehr ich mich auf sie freue. Wieder denke ich an den Moment in der Dunkelheit auf Endas Party, und wieder wünschte ich, ich hätte sie geküsst.

»Matt! Warum sitzt du denn noch immer auf *dem* da?«, brüllt Nick und deutet auf das Pferd unter mir. Ich sollte schon längst mit Harvey arbeiten. »Bring ihn in seine Box und komm schnellstens zurück! Ich brauche deine Hilfe.«

Ich winke ihm entschuldigend zu, aber er sieht es gar nicht. Der Dreijährige, den er am Halfter hält, bockt und springt auf der Stelle. Nick wirkt frustriert und erschöpft. Adam steht neben ihm, ist ihm aber keine Hilfe. Ich kehre zum Stall zurück und verdränge die Gedanken an Liz und wie es gewesen wäre, wenn ich sie doch geküsst hätte. Die Pferde gehen vor. Die Pferde gehen *immer* vor.

Ich sattele das Tier schnell ab und laufe zurück zu Nick, dem es inzwischen gelungen ist, den Dreijährigen zu beruhigen und in seine Box zu verfrachten. Adam ist verschwunden, und Nick wischt sich den Schweiß von der Stirn.

»Was ist denn los?«, frage ich.

»Shane wird durchdrehen«, antwortet Nick entnervt.

»Und wieso?«

»Er sollte Kristine heute eine Reitstunde geben, aber sie ist verdammt noch mal verschwunden.« Kristine ist die Nichte von Shanes Verlobter Justine. Sie ist Mitte zwanzig und hat sich zwischen Uni und Job ein Jahr freigenommen. Um Justine einen Gefallen zu tun, hat Shane eingewilligt, Kristine, die einen Monat hier verbringt, das Reiten beizubringen, aber Kristine ist unkonzentriert und flatterhaft und geht Shane ziemlich auf die Nerven. Nach jeder Stunde tobt und zetert er, dass er ihr keine weitere geben würde, aber natürlich tut er es doch, denn er vergöttert Justine und würde alles für sie tun.

»Wo zum Geier kann sie denn hin sein?«, frage ich. Mit Schrecken denke ich an die unendlich vielen Weiden, Wiesen und Ställe hier in der Umgebung, sie könnte also praktisch überall sein.

»Keine Ahnung«, brummelt Nick. »Kannst du mir bei der Suche helfen? Shane sollte sie schon vor einer Stunde nach Hause bringen, und wenn er sie nicht bald findet, bringt er noch jemanden um.«

»Klar helfe ich dir«, sage ich sofort. Ein wutschnaubender Shane, der kreuz und quer über den Hof rennt, ist keine schöne Vorstellung. »Du siehst auf den Weiden nach, ich gehe in den Stall.«

Er nickt und hastet davon.

Im Stall ist niemand, genau wie ich befürchtet habe. Ich sehe auch in der Sattelkammer nach, entdecke aber nur Linda, die sich dort eine Tasse Tee gönnt. Auch sie hat Kristine nicht gesehen. Ich will gerade schon aufgeben, als ich bemerke, dass die Tür zur Scheune ein Stück offen steht. Eigentlich kann ich mir kaum vorstellen, dass Kristine sich hier verschanzt hat, denn das Ding ist wirklich nur ein alter zugiger Bau, in dem wir Heu und ausrangierte Ausrüstungsgegenstände lagern. Aber als ich kehrtmache, höre ich ein gedämpftes Kichern. Ich runzele die Stirn. Was um alles in der Welt will jemand denn *dort?* Ich gehe zur Tür zurück und sehe durch den Spalt Kristine an der gegenüberliegenden Wand lehnen. Ihre Arme sind um Rogers Hals geschlungen.

Ich springe zur Seite, damit sie mich nicht sieht. Es dauert ein paar Augenblicke, bis ich kapiere, was sich dort gerade abspielt. Erde an Matt! Natürlich, Roger und Kristine knutschen! Ich mag Roger. Er ist lustig, großzügig und immer für einen Plausch zu haben. Eigentlich ist er total in Linda vernarrt, hält ständig ihre Hand oder küsst ihre Wange. Die beiden sind erst wenige Jahre verheiratet und haben auf mich immer einen sehr glücklichen Eindruck gemacht. Ich wünschte, ich hätte mich getäuscht und es wären vielleicht gar nicht Roger und Kristine, sondern einfach irgendein anderes Pärchen. Mein Verstand beginnt zu rattern. Was soll ich jetzt machen?

Adam kommt die Stallgasse entlang, die ich soeben schon abgesucht habe. Ich gehe ein paar Schritte auf ihn zu und rufe übertrieben laut: »Hey, Adam! Weißt du, wo Kristine ist? Shane sucht sie nämlich überall.«

Adam sieht mich total verwirrt an. Schließlich antwortet er in normaler Lautstärke. »Tut mir leid, aber keine Ahnung.«

Als er wieder weg ist, schlendere ich zur Stalltür und tue so, als würde ich die bereits sauberen Eimer auswaschen. Kristine kommt zuerst aus der Scheune. Sie blickt sich hastig um, streicht ihr eisblondes Haar glatt und rennt in Richtung Shanes Büro. Ich achte darauf, den Kopf gesenkt zu halten.

Fast zehn Minuten vergehen, bevor Roger herauskommt. Mein Herz sinkt, als ich ihn aus den Augenwinkeln sehe. Ich hatte wirklich gehofft, mich geirrt zu haben.

»Matt, Kumpel, wie geht's?« Seine Stimme klingt wie immer.

»Gut«, antworte ich knapp, ohne von den Eimern aufzusehen.

»Hast du Linda gesehen?«

»In der Sattelkammer.«

»Alles klar mit dir?« Ich kann spüren, dass er misstrauisch wird. Ich schaue auf und tue unbeteiligt.

»Ja, klar … sorry. Es war ein langer Tag.« Ich zwinge mich zu einem Grinsen, und Roger entspannt sich.

»Shane schindet dich mal wieder bis zum Äußersten, was?« Ich nicke. Ich will nicht mit ihm reden. »Na, dann vergiss nicht, dir ab und zu etwas Spaß zu gönnen. Du weißt ja, was man so sagt: Hart arbeiten und es dann krachen lassen.« Er verpasst mir einen spielerischen Hieb, und ich ringe mir ein kleines Lachen ab, obwohl mir die Ironie dessen, was er da gerade gesagt hat, nicht entgangen ist.

Dann schlendert er gut gelaunt in Richtung Sattelkammer, und ich sehe ihm nach. Tja, anscheinend habe ich ihn bis jetzt falsch eingeschätzt. Fragt sich, ob man überhaupt jemanden richtig einschätzen kann.

Die Nachtluft trifft mich wie eine Ohrfeige ins Gesicht. Ich habe die meiste Zeit auf der Fähre nach Schottland geschlafen. Nick und ich waren gestern noch sehr spät auf, bis wir alles für die Reise fertig hatten. Wir sind vorsichtshalber die meiste Zeit unten im Transporter bei den Tieren geblieben. Junge Pferde, die nicht an längere Reisen gewöhnt sind, geraten manchmal in Panik, und von dem einen oder anderen Hengst wissen wir, dass er leicht durchdreht, wenn man nicht eingreift. Zum Glück verlief alles glatt, so dass Nick und ich schlafen konnten.

Shane fliegt nach Schottland und trifft uns morgen früh dort. Alles muss bereit sein, wenn er ankommt, sonst gibt es ein

Donnerwetter. In den Tagen vor unserer Abreise war Shane extrem angespannt und schnell wütend. Das Turnier in Schottland ist verdammt wichtig für ihn: Es ist eines der größten in Europa, und die meisten Reiter werden sich dort für die kommende Saison beweisen wollen. Ich habe überlegt, ob ich Shane von Roger und Kristine erzählen soll, mich aber dann wegen seiner üblen Laune dagegen entschieden. Es Linda zu sagen, habe ich gar nicht erst in Erwägung gezogen. Wir verstehen uns gut und sind auch lose befreundet, aber ich finde, es steht mir nicht zu. Und ganz ehrlich – wahrscheinlich würde sie mir gar nicht glauben.

Ich kehre zum Transporter zurück. Es ist warm unten in der Fähre, und ich schlafe wieder ein. Ich merke nicht einmal, dass die Fähre anlegt und wir bereits auf dem Weg zum Turnier sind. Denn Nick weckt mich erst, als wir ankommen.

Wir waren fast den ganzen Tag unterwegs; es ist dunkel und kalt, als wir die kuschelige Wärme des Transporters verlassen. Die Pferde sind ungeduldig und hungrig, als wir sie aus dem Wagen holen und in ihre Boxen bringen. Erst als wir alles ausgeladen haben, kann ich endlich meine Benommenheit abschütteln. Mit der Energie kehrt auch meine Aufregung zurück. Nick und ich waren diesmal schon beim Packen besonders gewitzt: Wir haben alles, was wir brauchen, extra beschriftet, so dass zum ersten Mal wirklich alles sofort zur Hand ist. Sobald die Pferde gefüttert, zugedeckt und getränkt sind, können wir uns entspannen und den Abend so gestalten, wie wir wollen.

»Pub?«, fragt Nick. Ich schaue auf die Uhr und nicke. Es ist erst neun, und ich bin nach einem Tag, den ich fast nur schlafend verbracht habe, munter und aufgekratzt.

Im Pub sind fast nur Pferdepfleger; die meisten Reiter und Besitzer werden erst morgen ankommen. Ich erkenne fast alle Iren und einige Engländer, die ich in den vergangenen Jahren kennengelernt habe. Aber die Atmosphäre hier ist definitiv eine andere als bei irischen Turnieren. In Irland kennt jeder jeden. Man hat sich vielleicht noch nicht mit jedem unterhalten, aber man weiß genau, wer wer ist, wer wo arbeitet, wer welches Pferd reitet und welche Hindernishöhe er springt. Bei internationalen Turnieren trifft man immer auf eine Truppe Leute, die man noch nie gesehen hat. Man weiß nichts über sie, und sie wissen nichts über dich. Und eigentlich gefällt mir das sehr.

Nick und ich suchen uns ein hübsches Plätzchen an der Theke. Der Pub ist proppenvoll, und herumzugehen und alle zu begrüßen ist viel zu mühsam.

Ich bin so in Gedanken versunken, dass ich erschrocken zusammenfahre, als hinter mir eine männliche Stimme erklingt.

»Kann ich euch einen ausgeben?« Ein kleiner, dunkelhaariger Kerl, den ich nicht kenne, gesellt sich zu Nick und mir. Nicks Gesicht leuchtet auf.

»Dom, hey, schön dich zu sehen«, sagt er.

»Oh, ja«, erwidert Dom. »Lang ist's her.«

»Ihr kennt euch?«, frage ich.

»Wir haben uns früher oft beim Ponyspringen getroffen«, sagt Nick, der bereits leicht zu lallen beginnt. Dom nickt.

Während die beiden Neuigkeiten austauschen, entdecke ich Liz, die nicht weit entfernt steht und Dom beobachtet.

»Liz! Hi«, rufe ich.

Schüchtern hebt sie die Hand, drängt sich aber nicht zu uns durch. Also rutsche ich vom Hocker und bahne mir meinen Weg zu ihr.

»Ich habe dich nicht vor morgen hier erwartet!«, sage ich, erstaunt, sie vor mir zu haben. Warum habe ich mich bloß nicht umgezogen, bevor wir hergekommen sind?

»Ich bin mit Wildfire gekommen. Edwards Pfleger sind manchmal ein bisschen … ruppig mit ihr, und ich wollte sowieso lieber meinen eigenen Transporter dabeihaben, damit ich dort schlafen kann. Dom ist mit derselben Fähre wie ich gekommen.«

Ich blicke zurück zu Nick und Dom, die wie alte Kumpels plaudern.

»Hast du den Transporter etwa selbst gefahren?«, frage ich überrascht. Ihr Lkw ist riesig und bestimmt schwer zu handhaben. Ich hätte nie gedacht, dass jemand, der so schmal wie Liz ist, damit umgehen kann.

»Na sicher. Wer denn sonst?«, antwortet sie und grinst.

»Hast du nicht Lust, dich zu uns zu gesellen?«, frage ich und deute auf Dom und Nick.

»Ich, ähm … ich weiß nicht.«

Plötzlich wirkt sie seltsam zurückhaltend. »Nur einen Drink?« Ich schenke ihr mein schönstes Lächeln, und es scheint zu funktionieren.

»Na gut.«

Nun, da Liz und Dom bei uns stehen, versuche ich gar nicht erst, mit anderen ins Gespräch zu kommen. Liz trinkt mit uns, lacht über unsere Geschichten und steuert eigene Anekdoten bei. Ich ertappe mich dabei, dass ich sie immer wieder anstarre. Ihre Art zu reden, ihr Lachen … sie hypnotisiert mich einfach. Dom ist sehr still, behält die Umgebung im Auge und wirft nur hin und wieder eine zum Brüllen komische Bemerkung ein, doch mir entgeht nicht, wie Nick und er sich zwischendurch immer wieder Blicke zuwerfen. Haben die beiden mal etwas miteinander gehabt?

»Du hast also auch mit Ponys angefangen?« Liz und Nick vergleichen Geschichten von früher. Nick ist älter als Liz, also können die beiden sich damals gar nicht begegnet sein, aber ihre Erfahrungen sind offensichtlich ähnlich.

»Oh, ja, das habe ich. Ich will nicht lügen, aber ich war echt ziemlich gut«, prahlt Nick. »Meine alten Herrschaften kauften mir ein Traumpony nach dem anderen. Es war toll. Ich war eine Weile quasi unschlagbar und dreimal hintereinander bei der Europameisterschaft dabei.«

Ich habe die Story bestimmt schon hundertmal gehört. Nick war tatsächlich ein großartiger Ponyspringreiter und ist keinesfalls verlegen darum, es jedem, der es hören will, zu erzählen. Ich bleibe stumm und überlasse ihm die Show. Er ist inzwischen betrunken, und nichts kann ihn davon abhalten, im vergangenen Ruhm zu schwelgen.

»Das ist wirklich toll«, sagt Liz beeindruckt. »Kommen deine Eltern denn immer noch, um dich springen zu sehen?«

»Ganz sicher nicht.«

»Warum nicht?«

»Das will lieber keiner wissen«, antwortet Nick ziemlich verbittert.

»Noch jemand einen Drink?«, versucht Dom die Situation zu retten.

»Ähm … ja, unbedingt«, sage ich etwas zu enthusiastisch. »Du nicht auch, Liz?«

Liz blickt etwas verwirrt zu Nick. »Ja, danke.«

Nick schweigt und blickt auf den Boden. Dom rutscht von seinem Hocker, legt eine Hand auf seinen Arm, flüstert ihm etwas ins Ohr und kann ihn schließlich aus seiner düsteren Stimmung reißen, denn kurz darauf setzt Nick ein breites Grinsen auf.

»Für mich nichts mehr, danke«, sagt er. »Ich glaube, ich geh schlafen … ich versuch mal allein, mein Bett zu finden …« Er zwinkert mir zu und steht auf, und ich klopfe ihm lachend auf die Schulter. Dann ist er fort.

Liz sieht verwirrt von Dom zu mir und zurück. »Hab ich was Falsches gesagt?«

Ich weiß nicht, was ich antworten soll, aber zum Glück springt Dom ein. »Ich denke, er hat einfach etwas zu viel getrunken. Ein bisschen Schlaf wird ihm guttun.«

Liz nickt zwar, aber ich sehe ihr an, dass sie Dom die Erklärung nicht abnimmt.

»Ich hole die Drinks«, sage ich und erhebe mich.

Dom schließt sich mir an. »Ich helfe dir beim Tragen.«

Wir quetschen uns durch die Menge bis an die Theke und warten die erste Minute schweigend. Ich fühle mich etwas unbehaglich dabei, Dom aber wirkt genauso entspannt wie schon den ganzen Abend.

»Du kennst Nick also besser?«, frage ich.

Er grinst mich wissend an. »Wir waren nie ein Paar, wenn es das ist, was du meinst.«

»Nein, so war das nicht gemeint, tut mir leid …«

»Aber du hast es geglaubt … wenigstens einen kurzen Moment lang, oder?« Instinktiv will ich es abstreiten und mich erneut entschuldigen, aber Dom scheint ganz und gar nicht verärgert, sondern nur neugierig.

»Na ja … ja.«

Zum ersten Mal an diesem Abend lächelt Dom wirklich ehrlich. Er sieht aus, als hätte er eine Wette mit sich selbst gewonnen.

»Ich hätte nicht einfach annehmen sollen, dass …«, murmele ich.

»Ach, schon okay, mach dir keine Gedanken. Ich *bin* schwul, du hast also zumindest damit nicht falschgelegen. Und Nick und ich kennen uns tatsächlich gut, aber er hat sich in dieser Hinsicht nie wirklich für mich interessiert.« Sein Lächeln verblasst einen Moment lang. Es ist nur wie ein Flackern, und fast wäre es mir entgangen, aber ich sehe es. Mir sind bisher noch nicht viele Menschen begegnet, die Nick von früher kennen.

Ich muss an mein Gespräch mit Adam vergangene Woche denken und stelle meine Frage daher nur zögernd. »Kennst du Nicks Eltern?«

»Ja«, antwortet er knapp.

»Und wie sind sie so?«, frage ich, wohl wissend, dass ich hier eine gewisse Grenze überschreite. Aber plötzlich wird mir bewusst, dass ich über meinen besten Freund so gut wie gar nichts weiß.

Dom überlegt einen Moment. »Es sind anständige Leute, aber auch … anstrengend. Sie haben viel von Nick erwartet, und ich denke, er konnte ihre Erwartungen einfach nicht erfüllen.«

Ich spüre, dass er nicht mehr erzählen will, aber seine Antwort stellt mich nicht zufrieden. Der Barkeeper kommt und fragt nach unseren Wünschen, und ich bestelle für Liz und mich und frage Dom, was er trinken will.

»Eigentlich gar nichts mehr«, sagt er überraschend. »Ich denke, ich gehe auch lieber schlafen. Sagst du Elizabeth Bescheid?«

»Ja, klar«, antworte ich und frage mich, ob es an mir liegt, dass er plötzlich gehen will.

»Danke, Matt.« Er lächelt mich kurz an und taucht dann in der Menge ab. Ich frage mich, ob er Nick suchen geht.

Liz sitzt allein am Tisch.

»Tut mir leid, dass es so lange gedauert hat«, entschuldige ich mich.

»Schon okay«, erwidert sie und steckt ihr Handy weg, in das sie gerade etwas getippt hat. »Wo ist Dom?«

»Gegangen. Er wollte schon ins Bett.«

»Oh, Gott, sag bloß nicht, dass ich ihn auch beleidigt habe.«

»Ach, Quatsch. Die beiden waren einfach nur müde.«

Sie zieht die Augenbrauen hoch. »Aber Nick habe ich die Laune verdorben, nicht wahr?«

Ich will sie nicht anlügen. »Was seine Eltern angeht, ist er immer ein bisschen komisch«, sage ich so vage wie möglich.

»Weißt du, warum?«

»Nein … Er will nicht darüber reden, und ich will ihn nicht drängen, also lassen wir es meistens. Manche Dinge bleiben lieber im Verborgenen. Außerdem haben doch die meisten Leute gestörte Beziehungen zu ihren Eltern.«

»Oh, ja, absolut. Meine Eltern sind jedenfalls echte Irre …«

Ich grinse, und wir widmen uns unseren Drinks. Nun, da Dom und Nick weg sind, wächst die Spannung zwischen uns wieder. Aus irgendeinem Grund scheint sie nicht mit mir allein sein zu wollen. Ich ertappe sie ein-, zweimal dabei, wie sie zur Tür blickt, und bin jedes Mal fast sicher, dass sie nun aufsteht und geht. Aber ob es an ihrem Drink liegt oder an ihren Manieren – ich bin froh, dass sie bleibt.

Dann beginnt sie, über Wildfire und ihre Fortschritte mit ihr zu erzählen, und man spürt, wie sehr sie dieses Leben liebt. Ihr Gesicht leuchtet auf, und sie vibriert förmlich vor Energie, während sie spricht, und ich genieße es, mich einfach nur zurückzulehnen und sie zu beobachten. Die Zeit fliegt vorbei, und ich wünschte, wir könnten die ganze Nacht hierbleiben. Die schöne Stimmung macht mich mutig, und ich will nach ihrer Hand greifen, doch sie zieht sie weg, und ich merke, dass ich zu weit gegangen bin.

»Tut mir leid«, murmele ich und senke den Blick.

»Nein, das muss es nicht«, erwidert sie, erhebt sich aber. »Ich muss jetzt sowieso ins Bett.«

Ehe ich noch etwas sagen kann, ist sie weg. Mir ist elend zumute. Ich habe mich so lange darauf gefreut, sie an diesem Wochenende zu sehen, und nun habe ich es in nur wenigen Minuten ruiniert. Ich rutsche niedergeschlagen vom Hocker und trotte zum Transporter. Auf dem Weg dorthin checke ich die eingegangenen Nachrichten auf meinem Handy. Es sind einige, darunter mehrere von Shane. Ich lese die erste und sprinte die letzten Meter zum Lkw.

»Nick! Wach auf!«, brülle ich und schalte die Lichter ein.

»Was ist denn los?«, sagt er benommen.

»Shane hat sich ein Bein gebrochen!«

Mit einem Mal ist Nick hellwach. »Was? Wie ist das denn passiert?«

»Autounfall. Irgendein Idiot ist ihm reingefahren. Es geht ihm zwar so weit okay, aber er hat einen dreifachen Knochenbruch.«

»Ach du Scheiße! Tja, da können wir wohl morgen früh gleich zusammenpacken. Hoffentlich erwischen wir noch eine Fähre. Aber für Shane ist das richtig beschissen gelaufen …«

Ich schüttele meinen Kopf. »Nein, Nick, es geht nicht darum, dass wir abreisen. Er will, dass wir beide für ihn antreten.«

16. Kapitel

INSTINKTE

Halb hinter meiner Kaffeetasse versteckt beobachte ich Edward, der einige Meter entfernt von mir steht. Er unterhält sich mit einer zierlichen Blondine mit Wespentaille und auffälligem Make-up. Ich kann nicht hören, über was sie reden, aber sie scheinen sich gut zu amüsieren: Alle paar Sekunden lachen sie. *So* witzig kann es gar nicht sein, denke ich schlecht gelaunt. Dom plappert über irgendetwas, aber ich höre nicht zu. Als er in die Hände klatscht, zucke ich erschrocken zusammen.

»Also – hast du Lampenfieber vor dem Turnier?«, fragt er, aber ich reagiere nicht. »Erde an Elizabeth, bist du überhaupt da?«

»Entschuldige«, sage ich und wende endlich den Blick von Edward ab. »Ähm … eigentlich bin ich nicht nervös«, gebe ich zu. Meine Selbstsicherheit auf Wildfires Rücken ist in den letzten Wochen enorm gestiegen. Mit jedem Turnier werden wir besser, und mein Traum, in die irische Mannschaft zu kommen, rückt in greifbare Nähe.

»Was gibt's denn da so Spannendes?«

»Nichts. Es sieht nur so aus, als würde Lindsay mit Edward flirten.« Ich versuche, so beiläufig wie möglich zu klingen. Dom weiß schließlich nichts von meiner Beziehung zu Edward, und auch wenn er ein guter Freund ist, habe ich keine Ahnung, wie er reagieren würde, wenn er davon erfahren würde.

»Lindsay flirtet mit jedem«, sagt Dom verächtlich.

Meine Eifersucht, als die beiden zusammen die Cafeteria verlassen, überrascht mich selbst. Schließlich muss es ihm ja wohl erlaubt sein, mit anderen Frauen zu reden, sage ich mir fest. Und außerdem bin ich diejenige, die ihn auf Abstand hält, nicht umgekehrt. Mühsam verdränge ich diese Gedanken und konzentriere mich auf Dom.

Doms Miene verändert sich. Offenbar hat er jemanden hinter mir gesehen, und nun ist er derjenige, der sich hinter seinem Kaffee versteckt.

»Alles okay?«, frage ich und wende mich um. Nick und Matthew betreten die Cafeteria; beide wirken erschöpft und angespannt. Sie setzen sich, ohne sich etwas zu bestellen, und fangen sofort an, mit gedämpften Stimmen aufeinander einzureden.

»Du stehst wirklich auf ihn, oder?«, frage ich.

»Ich wünschte, es wäre nicht so«, gibt er stöhnend zurück.

»Leider kann man sich nicht aussuchen, wen man mag«, sage ich tröstend und ertappe mich dabei, wie ich unwillkürlich zu Matthew hinübersehe.

»Nick steht einfach nicht auf mich, aber ich auf ihn«, sagt Dom niedergeschlagen.

»Hast du es ihm denn je gesagt?«

»Was soll das bringen? Er tut zwar so, als wäre er voll der Player, aber ich merke doch, dass er nur eine Riesenshow abzieht.«

Ich denke an die Male, die ich Nick erlebt habe: Er ist so lebendig und lustig, dass man unmöglich keinen Spaß mit ihm haben kann. Und das soll alles nur Show sein?

»Wenn er zumindest mal über eine ernsthafte Beziehung nachdenken würde«, fährt Dom fort, »dann hätte ich sicher gar keine so schlechte Chance.« Dom blickt nun offen zu Nick hinüber, und ich frage mich, wie lange er schon unglücklich verliebt ist. Ich lege meine Hand auf seine.

»Wenn Nick dich nicht will, dann ist ihm echt nicht zu helfen. Ich würde dich sofort nehmen.«

Endlich muss Dom lachen, und ich stimme erleichtert mit ein.

»Hattest du gestern Abend noch Spaß mit Matt?«, fragt er, vermutlich um von sich abzulenken.

»Ja, das hatte ich. Aber der Abend endete ziemlich schräg.«

»Wieso? Was ist passiert?«

»Er wollte meine Hand nehmen.« Ich spreche leise, damit niemand zuhören kann.

»Und was genau ist so schlimm daran?«

»Ich will nichts von ihm«, antworte ich fast barsch.

»Okay, okay.« Dom hebt beschwichtigend die Hände. »Ich dachte, dass ihr zwei schon irgendwie aufeinander steht.« Er sieht mich fragend an, aber ich schweige. »Na, dann wohl nicht. Also – was hast du dann gemacht?«

»Na ja, ich bin gegangen«, antworte ich verlegen.

Dom stößt einen Pfiff durch die Zähne aus. »Schon bisschen heftig.«

»Findest du?« Plötzlich fühle ich mich schlecht.

»Gott, er hat schließlich nicht versucht, dich zu küssen. Nur die Hand zu nehmen ist doch ziemlich unschuldig.« Ich blicke wieder zu Matthew. Nick ist nicht mehr bei ihm, und Matthew hat den Kopf in die Hände gestützt. Ich habe gestern wirklich versucht, ihm nicht zu nahe zu kommen, aber es war ganz schön schwer, als dann auch noch Dom und Nick weg waren. Matthew ist charmant, und ich weiß nicht, wie ich mit ihm umgehen soll, ohne mit ihm zu flirten. Aber ich will auch nicht, dass er sich jetzt blöd vorkommt.

»Sieht nicht so aus, als wäre das heute sein Tag.«

»Ich glaube, ich gehe mal hin und entschuldige mich«, murmele ich. Ich fühle mich plötzlich furchtbar und hoffe inständig, dass er nicht wegen mir so fertig ist. Dom lächelt mir aufmunternd zu, und ich trete an Matts Tisch.

»Hi«, sage ich zögernd. Er hebt langsam den Kopf und richtet sich auf, als er mich sieht.

»Ich wollte mich wegen gestern Abend entschuldigen«, beginne ich. »Ich habe völlig überreagiert – genau genommen hast du ja nichts Schlimmes gemacht, und wahrscheinlich bin ich auch mit schuld. Anscheinend habe ich dir irgendwie Hoffnungen gemacht … Na ja, wie auch immer. Es tut mir wirklich leid, und ich hoffe, dass du jetzt nicht gekränkt bist.« Ich merke selbst, dass ich Quatsch rede, aber er sieht mich nur verständnislos an.

»Tut mir leid, Liz … aber wovon redest du gerade?«

»Oh, ähm … ich meine den Abend gestern, als du … du weißt schon … meine Hand nehmen wolltest.« Das Blut steigt mir in die Wangen.

»Oh, ach so, das …«, sagt er geistesabwesend. »Ja, tut mir auch leid. Wird nicht wieder vorkommen.« So abweisend kenne ich Matthew gar nicht, so dass ich mich irritiert umdrehe, um zu unserem Tisch zurückzukehren, aber er ruft mir nach. »Liz, warte. Entschuldige bitte, ich … ich hab gerade einfach nur viel im Kopf.«

»Schon gut«, antworte ich, noch immer enttäuscht. »Ich gehe dann mal wieder.«

Doch wieder hält er mich zurück. »Kann ich dich was fragen, wenn du kurz Zeit hast?« Er lächelt schwach, und ohne zu zögern setze ich mich.

»Was ist los?«

»Shane hat sich das Bein gebrochen.«

»Oh, nein! Heißt das, du und Nick müsst heute nach Hause fahren?« Wieder bin ich enttäuscht, obwohl ich das nicht sein sollte.

Er schüttelt den Kopf. »Shane will die Reisekosten und Startgelder nicht verfallen lassen. Er möchte, dass Nick und ich für ihn antreten.« Matthew klingt erschöpft.

»Ihr sollt in der S-Klasse springen?«, frage ich überrascht. Matthew nickt.

»Ich nehme Cedric, Nick Gambler.«

»Bist du denn jemals einen *Großen Preis* gesprungen?«

»Nein«, stöhnt Matthew. »Ich konnte Shane schlecht absagen, aber ich glaube wirklich, dass er nicht alle Tassen im Schrank hat. Ich träume zwar seit Jahren davon, endlich auf einem höheren Niveau zu springen, aber das ist doch Wahnsinn. Das *Irish Horse Board* wird heute die Mannschaft für Aachen zusammenstellen. Die Hindernisse werden gigantisch sein!« Er wirkt, als würde er jeden Moment in Tränen ausbrechen, und ich möchte ihn am liebsten in den Arm nehmen, halte mich aber zurück.

»Das wird schon. Du schaffst das.«

»Nein, tue ich nicht – ich kann einpacken. Nick hat ja wenigstens noch etwas Turniererfahrung, ich aber nicht.«

»Du hast dafür den richtigen Instinkt. Ich habe dich auf den jungen Pferden gesehen, und du reitest sogar besser als die meisten Profis hier. Vertrau einfach deiner Intuition, dann wird alles gut.« Aber ich bin mir nicht sicher, ob er mir glaubt.

»Danke«, murmelt er und wirkt immerhin etwas beruhigt. »Jedenfalls muss ich jetzt los, um mich auf das Turnier vorzubereiten … oder auf meine Hinrichtung, wie ich es eher nennen würde.« Er gibt sich Mühe, witzig zu sein, aber es klingt gezwungen.

»Besitzt Shane nicht auch ein Pferd für das Mächtigkeitsspringen?«, frage ich, bevor er geht. Er nickt und wird etwas blass um die Nase.

»Und wer reitet es?«, frage ich, kenne die Antwort aber schon.

»Ich bin leichter als Nick«, sagt Matthew und geht.

»Zwei höher!«, rufe ich einem von Edwards Stallburschen zu, während ich mit Wildfire locker galoppiere, um sie aufzuwärmen. Ich zermartere mir schon die ganze Zeit das Hirn nach seinem Namen, aber er will mir einfach nicht einfallen, und es ist mir zu peinlich, ihn danach zu fragen, weil ich genau weiß, dass er ihn mir bereits gesagt hat. Normalerweise würde Edward mir helfen, aber heute hat er es nicht angeboten, und ich habe ihn auch nicht gefragt. Wir haben versucht, etwas Abstand zwischen uns zu bringen, seitdem wir uns darauf geeinigt haben, die Scheidung abzuwarten, aber an jenem Abend haben wir nicht über unsere berufliche Beziehung gesprochen. Wird er mich weiter trainieren? Ich weiß es nicht. Ja, unsere Pause ist von mir ausgegangen, aber es wundert mich dennoch, dass er noch nicht auf mich zugekommen ist. Ich hätte gedacht, dass wir auch ohne Liebesbeziehung auf freundschaftlicher Ebene miteinander umgehen können, aber für Edward scheint es nur schwarz oder weiß zu geben: Entweder sind wir zusammen, oder wir sind es eben nicht. Mich von ihm fernzuhalten fällt mir übrigens nicht so schwer, wie ich zunächst befürchtet habe. Es fühlt sich zwar ungewohnt an, dass ich nicht einfach so mit ihm reden kann, wenn wir uns auf den Turnieren oder auf dem Hof sehen, aber meistens habe ich zu viel zu tun, um mir groß Gedanken darüber zu machen.

Ich reite das Hindernis, das der Stallbursche aufgebaut hat, an, und setze mit Leichtigkeit darüber. Wildfire fällt in einen entspannten Schritt, und ich klopfe ihren Hals.

»Das reicht erst mal«, rufe ich, und der Bursche nickt und verschwindet. Ich bin zufrieden. Vor mir springt nur noch

Nick, und ich bin gut vorbereitet. Ich bin den Parcours abgegangen, und er ist wirklich anspruchsvoll, aber das beunruhigt mich nicht. Ich weiß, dass es heute gut laufen wird. Es gibt ein kniffliges Hindernis, das den meisten Konkurrenten den Garaus machen wird – ein riesiger Oxer in einer Ecke des Parcours – aber Wildfire und ich sind perfekt gerüstet. Ich bin froh, dass wir so gut eingespielt sind, so dass ich ihr Tempo vor dem Oxer auch kurzfristig anpassen kann.

Aus dem Lautsprecher dringt die Stimme des Kommentators: »Als Nächstes sehen wir Nicholas Brown auf dem aus Irland stammenden Wallach Gambler.« Ich laufe zum Hauptring, um Nicks Durchgang zu sehen. Er galoppiert langsam in die Arena und wirkt auf den ersten Blick gelassen und ruhig. Doch seinem Gesicht sieht man die Anspannung an, und seine Hände sind ganz verkrampft: Er ist wahnsinnig nervös. Ich halte den Atem an, als er auf das erste Hindernis zusteuert. Aber Nick reitet gut und sicher und nahezu perfekt … bis er das letzte Hindernis anreitet, nicht schnell genug reagiert und die Distanz im falschen Rhythmus zu überwinden versucht. Sein Pferd macht einen gigantischen Satz, um über den Oxer zu springen, wirft jedoch die vordere Stange ab. Trotzdem strahlt Nick, als er aus dem Ring trabt, und das zu Recht: Bis auf den Schluss war die Runde großartig. Er hätte einfach weiterreiten müssen, denke ich und nehme mir vor, nicht denselben Fehler zu machen. Am liebsten würde ich ihm gratulieren, aber schon wird mein Name aufgerufen. Ich bin die Nächste.

Wildfire geht traumhaft. Sie springt leicht wie eine Feder, und der Oxer irritiert sie nicht einmal im Ansatz. Ich klopfe ihr stolz den Hals, als wir nach dem ersten fehlerfreien Umlauf des Tages aus dem Ring traben. Draußen beschließe ich, im Sattel zu bleiben, da das Stechen nicht lange auf sich warten lassen wird. Außerdem will ich die Durchgänge der anderen nicht verpassen.

Schließlich ist Edward an der Reihe. Sein müde wirkendes Pferd kämpft sich angestrengt durch den Parcours, und Edward verlässt den Ring mit unerwarteten acht Strafpunkten. Dennoch liegt er damit auf dem dritten Platz. Zweiter ist Nick, und ich bin als bisher Einzige mit einer fehlerfreien Runde ganz vorne. Alle andere häufen Strafpunkte an.

»Gut gemacht«, ruft Dom mir begeistert zu und klopft Wildfire den Hals.

»Danke«, sage ich strahlend. »Sie war wirklich toll.«

»Na, du warst aber auch nicht schlecht.«

»Reitest du denn nicht auch den *Großen Preis?*«, frage ich verwirrt, als mir erst jetzt auffällt, dass Doms Pferd nirgends zu sehen ist. Dabei ist er ebenfalls einer der Reiter, die heute hoch gehandelt wurden.

»Das verdammte Pferd hat sich heute Nacht festgelegen!«

»Oh, nein!«, rufe ich entsetzt. Ein Pferd liegt dann fest, wenn es nicht mehr von allein aufstehen kann, und normalerweise gerät es sofort in Panik und kann sich leicht verletzen. »Geht's ihm gut?«

»Nichts Ernstes – in ein paar Tagen ist er wieder okay. Aber ich kann das Risiko nicht eingehen, mit ihm zu springen, solange er wund ist.« Dom klingt verärgert, und das kann ich verstehen. Er ist ein guter Reiter und hätte wahrscheinlich einen bravourösen Umlauf hingelegt. Dummerweise sind Pferde unberechenbar, und wenn sich eines verletzt, kann man eben nichts machen.

»Das ist ja nicht das letzte Turnier«, versuche ich, ihn aufzumuntern, aber er schnaubt nur verächtlich. Ich kann seinen Unmut gut verstehen. An seiner Stelle wäre ich auch enttäuscht.

Nun entdecke ich Matthew. Er sitzt auf Cedric, einem wunderschönen grauen Hengst, meiner Ansicht nach Shanes bestes Pferd. Matthew sitzt locker im Sattel, aber sein Gesicht ist weiß wie die Wand.

»Hast du schon mitbekommen, dass Matthew dabei ist?«, frage ich so beiläufig wie möglich.

»Ja, habe ich«, erwidert er. »Er ist Gesprächsthema Nummer eins. Der arme Bursche hat Todesangst. Als ich vorhin in den Waschräumen war, hat er sich gerade die Seele aus dem Leib gekotzt.« Wir sehen zu, wie Matthew sich einem Aufwärmhindernis nähert. Ich bin überrascht, wie natürlich und flüssig er reitet.

»Ich hoffe, er schafft es«, sage ich und meine es auch so.

»Wenn er so reitet wie jetzt, wird er hervorragend durchkommen«, erwidert Dom, der eindeutig genauso erstaunt ist wie ich. Er blickt zum Ring hinüber und wirkt plötzlich aufgeregt. »Das Pferd musst du dir unbedingt ansehen, Elizabeth«, sagt er begeistert. »Das ist unglaublich.«

Ich wende mich zum Parcours um und glaube im ersten Moment, er hat einen Witz gemacht. Hinein trabt ein absoluter Winzling von Pferd, kaum größer als ein Pony. Es ist schwarzweiß, und Mähne und Schweif sind offen und nicht gekämmt. Ein solches Pferd ist vielleicht ein nettes Schuldpferd für junge Anfänger, hat aber nichts auf einem internationalen Turnier verloren.

»Im Ernst jetzt?«

»Sieh es dir an.« Ein breites Grinsen erscheint auf seinem Gesicht.

Und er hat recht. Der Bursche, der es reitet, ist höchstens siebzehn und treibt das Pferd vor jedem Hindernis wie verrückt an, und doch setzt es jedes Mal mit Leichtigkeit hinüber. Es läuft wie ein Motorrad und nimmt die Wendungen in solch einem irren Tempo, dass ich befürchte, es würde jeden Moment stürzen, aber das geschieht nicht. Im Gegenteil: Der Umlauf endet fehlerfrei – der erste außer meinem.

»Das war ja Wahnsinn!«, bringe ich hervor. »Wer ist das?«

»Stevie O'Leary. Er kommt aus Nordirland. Er ist in dieser Saison ein echter Newcomer … genau wie du.« Stevie schlingt dem Tier die Arme um den Hals, sobald sie aus dem Ring heraus sind. Dann hält er ihm eine Riesenmenge Zuckerwürfel hin, die das Pferd begierig futtert.

»Den kann ich im Stechen bestimmt nicht besiegen«, sage ich. Er war wirklich unfassbar schnell! Dom lacht. Ich weiß, dass er dasselbe denkt.

Jetzt höre ich, wie Matthews Name ausgerufen wird, und ich konzentriere mich wieder auf den Parcours. Auch mich packt plötzlich die Nervosität. Matthew ist leicht grün um die Nase, und als die Glocke ertönt, sieht es so aus, als ob er mit sich selbst spricht.

»Was macht er da?«, fragt Dom. »Beten?«

»Nein … ich glaube, er redet mit Cedric«, murmele ich unsicher. Matthew reibt dem Pferd liebevoll den Hals, und dann geht es los. Sein Umlauf ist Perfektion pur: Jeder Galoppsprung, jeder Satz gelingt wie aus dem Handbuch, und ich ertappe mich dabei, dass ich fast neidisch auf sein Springtalent bin. Und es wird besser und besser. Als er fehlerfrei aus dem Ring trabt, merke ich, dass ich mich für ihn fast noch mehr freue als eben für mich.

Im Stechen dann geht es tatsächlich aber um Stevie und mich. Matthew gelingt ein weiterer fehlerfreier Umlauf, doch er ist zu langsam. Dennoch freut er sich offensichtlich sehr über seinen dritten Platz. Stevie reitet noch schneller als in der ersten Runde, und ich kann nur ehrfürchtig zusehen, wie er auf das letzte Hindernis zujagt. Er ist gute fünf Sekunden schneller als Matthew. Plötzlich wünschte ich, dass Edward nun bei mir wäre und mir einen Rat geben würde. Um Stevie zu schlagen, muss ich meine Handbremse lösen und etwas wagen. Aber kann ich das Risiko wirklich eingehen? Mache ich Wildfire Angst, wenn ich sie zu sehr treibe? Ich sitze im Sattel und warte unsicher, dass ich an der Reihe bin, als plötzlich Matthew auf Cedric neben mir auftaucht. Er ist nicht länger blass, sondern wirkt glücklich und erleichtert.

»Viel Glück!«, sagt er.

»Danke«, erwidere ich und merke erst jetzt, wie nervös ich wirklich bin. »Und Glückwunsch an dich. Du warst großartig.«

»Ich bin einfach froh, dass ich's überlebt habe«, scherzt er. Ich schenke ihm ein winziges Lächeln, aber mein Magen zieht sich immer fester zusammen.

»Alles okay mit dir?«, fragt er.

»Ich weiß nicht, was ich machen soll«, entfährt es mir. »Soll ich versuchen, Stevie zu schlagen, oder ist das Risiko zu groß?« Ich fahre erschrocken zusammen, als mein Name durch die Lautsprecher ertönt.

Matthew betrachtet mich einen Moment lang ernst, dann wird seine Miene weicher. »Man lebt nur einmal, Liz. Wag es einfach!« Für eine Antwort bleibt keine Zeit, also lächele ich ihm nur unsicher zu und galoppiere in den Ring. Die Glocke ertönt, und ich beschließe hier und jetzt zu tun, was Matthew gesagt hat: Ich wage es!

Wildfire scheint zunächst verwirrt über das Tempo, das ich anschlage. Monatelang habe ich mit ihr trainiert, im Handgalopp zu reiten, aber sie versteht rasch, was ich will und stellt sich der Herausforderung. So schnell habe ich noch keinen Parcours geritten, und ich muss mich auf mein Bauchgefühl verlassen, da mir keine Zeit bleibt, irgendetwas zu korrigieren. Ich vergesse die vielen Trainingsstunden und stürme in Höchstgeschwindigkeit auf das letzte Hindernis zu. Wildfire springt einen Galoppsprung zu früh ab und stößt gegen die Stange, doch wie durch ein Wunder bleibt sie liegen.

Applaus und Jubel brennen auf, und ich blicke zur Uhr und sehe, dass ich es geschafft habe – ich habe gewonnen! Ich habe Stevie um eine Zehntelsekunde geschlagen!

Wildfire tänzelt die ganze Preisverleihung über, und ich beschließe, sie schnell zu versorgen, bevor die Aufregung zu viel für sie wird. Ich zeige Stevie und Matthew noch schnell den erhobenen Daumen; beide wirken so aus dem Häuschen, als hätten sie selbst gerade gewonnen. Nick wird Vierter und Edward nur Fünfter – gemeinsam mit einem anderen, der ebenfalls acht Fehlerpunkte hatte.

Erst als ich Wildfire in den Stall bringe, fängt sie langsam an, sich zu beruhigen. Ich kann ihr nicht verübeln, dass sie nach der Runde, die wir hingelegt haben, so aufgedreht ist, aber es dauert nicht lange, bis sie gähnt. Ich versorge sie rasch, dann laufe ich zum Transporter zurück. Ich brauche dringend eine Dusche.

Während ich mir Jeans und Top anziehe, bekomme ich unaufhörlich SMS und Anrufe. Marshall rennt wie ein Verrückter im Transporter hin und her, während ich mich schminke, doch zum Glück ist er bald erschöpft und schläft auf dem Boden ein. Ich befinde mich noch immer im Adrenalinrausch und kann es kaum erwarten, rauszugehen und den Abend zu genießen. Das Mächtigkeitsspringen beginnt erst um acht Uhr. Bis dahin werden alle anderen Klassen fertig sein, so dass sich das Publikum voll darauf konzentrieren kann.

Mein Handy summt und vibriert schon wieder, und ich blicke auf das Display. Die erste SMS ist von Dom: *Sieh zu, dass du herkommst. Feiertequila geht auf meine Rechnung.*

Die zweite ist von Edward. *Gut gemacht!*

Es ist das erste Mal, dass ich von ihm höre, seit wir uns getrennt haben, und meine Enttäuschung ist groß. Seine Nachricht klingt kühl und unpersönlich, und fast habe ich den Eindruck, als wolle er mich bestrafen. Ich habe plötzlich das Bedürfnis, ihn anzurufen, weil ich Angst habe, dass er sich vielleicht doch von mir abwendet, aber ehe ich mich noch zu einer Entscheidung durchringen kann, klopft es an der Transportertür.

»Ich komm ja schon«, rufe ich, weil ich denke, es ist Dom, der nicht länger warten will.

Aber er ist es nicht. »Matthew … Hi.« Er trägt eine saubere weiße Reithose und wirkt nervös, aber längst nicht mehr so schlimm wie vorhin.

»Ich konnte dir eben nicht richtig gratulieren«, sagt er. »Gott, Liz, du warst phantastisch!«

»Danke«, erwidere ich und werde rot. »Willst du … willst du auf einen Drink reinkommen?« Ich weiß nicht, was ich sonst sagen soll.

»Ja, sehr gerne. Ich glaube, ich brauche einen, bevor ich gleich die Mauer einreiße.« Er steigt ein und setzt sich, während ich uns beiden ein Glas Wein einschenke.

»War Shane mit dir und Nick zufrieden?«, frage ich und setze mich neben ihn, halte aber einen gesunden Abstand ein.

»Absolut. Dritter und Vierter … Ich glaube, er hat gar nicht erwartet, dass wir uns so gut plazieren.« Von Matthew geht eine seltsame Energie aus. Es ist eine Mischung aus Freude, Nervosität und – vermutlich – Erschöpfung.

»Bist du schon gespannt auf das Mächtigkeitsspringen?« Ich nehme einen großen Schluck aus meinem Glas. Ich bin mir nur allzu bewusst, dass ich hier ganz allein mit Matthew sitze.

»Ich weiß nicht, ob ›gespannt‹ der richtige Ausdruck ist. Das

Mächtigkeitsspringen hat ja gar nicht so viel mit Können zu tun. Es geht eher um Mut und … die nötigen Eier.«

»Die hast du … Na ja, hoffe ich zumindest«, sage ich, ohne nachzudenken, und möchte sofort im Boden versinken, aber Matthew lacht nur.

»Ja, die habe ich«, sagt er. »Hoffen wir nur, dass sie noch da sind, wenn ich mit dieser Prüfung fertig bin. Um ehrlich zu sein, habe ich eine Höllenangst.« Sein Lächeln ist zittrig.

Angespannt greife ich nach meinem Glas. »Denk an den Rat, den du mir vorhin gegeben hast«, sage ich. »Wag es einfach.«

Ehe ich weiß, wie mir geschieht, liegt sein Mund auf meinem. Ich erstarre und überlege noch, wie ich reagieren soll, als er sich schon wieder zurückzieht. Ich beiße mir auf die Lippe. Was soll ich sagen? Ich kann kaum fassen, dass er mich gerade einfach geküsst hat. Er blickt mich abwartend an, aber ich bekomme kein Wort heraus. Die Zeit verstreicht, ohne dass mir einfällt, was ich tun oder sagen könnte.

»Viel Glück«, bringe ich schließlich hervor.

Matthew lächelt. »Danke.«

Dann ist er weg, und ich sitze da und starre auf die Tür. Ich kann's noch immer nicht fassen. Aber was mich noch mehr überrascht als seine Dreistigkeit, ist die Tatsache, dass ich nicht zurückgewichen bin.

Ich wollte, dass er mich küsst.

17. Kapitel

DER AUGENBLICK

Ich versuche, ruhig zu bleiben, während ich auf den Ring zugehe, aber mir bricht der Schweiß aus. Adrenalin rast durch meinen Körper, und ich fühle mich so gut wie lange nicht mehr. Ich habe sie geküsst! Ich kann nicht fassen, dass ich sie geküsst habe. Aber was mich noch viel mehr freut, ist, dass sie sich nicht gewehrt hat.

Beim Aufwärmen wartet Nick bereits mit Showstopper auf mich, dem Pferd, das ich heute reiten werde. Er zieht die Schnallen an der Trense fest, während Showstopper fast gelangweilt neben ihm steht und ihn einfach machen lässt.

»Wo bist du gewesen?«, fragt er entnervt, als ich mich nähere.

»Nirgendwo«, murmele ich, unschlüssig, ob ich ihm von dem Kuss erzählen soll.

»Hast du wieder gekotzt?«

»Nein, diesmal nicht.«

Ich blicke zur Arena hinüber, wo gerade die massive rote Mauer aufgebaut wird. Furcht packt mich und verdrängt meine aufgeregte Freude. Eine große Menschenmenge hat sich um den Ring versammelt – weit größer als das Publikum vorhin beim *Großen Preis*. Viele der Reiter von vorhin haben sich schon umgezogen, um den Abend zu genießen, zudem sind viele Zuschauer aus der Umgebung gekommen. Das Mächtigkeitsspringen ist immer ein Publikumsliebling. Man braucht nicht viel Talent dazu; hier geht es um Wagemut, perfektes Timing und, am allerwichtigsten, Glück. Das Glück war heute den ganzen Tag auf meiner Seite. Bleibt nur zu hoffen, dass es mich nicht ausgerechnet jetzt im Stich lässt.

»Hast du Schiss?«, fragt Nick.

»Nein«, lüge ich. Nick zieht die Brauen hoch.

»Okay, ein bisschen.«

»Du machst das schon.«

»Danke.« Seit meinem fehlerfreien Ritt im S-Springen ist die Stimmung zwischen uns irgendwie angespannt. Er hat zwar nichts gesagt und bemüht sich wirklich, mir zu helfen, aber ich kann das Gefühl nicht abschütteln, dass er irgendwie sauer ist, weil er heute gerne besser abgeschnitten hätte als ich. Vielleicht stimmt das gar nicht und ich bilde es mir nur ein. Aber sollte ich recht haben, kann ich es ihm nicht verübeln, denn ehrlich gesagt hätte ich auch erwartet, dass er besser ist als ich.

»Und? Bist du bereit?«, fragt jemand hinter mir. Nick und ich drehen uns um. Stevie steht vor uns. Er wirkt aus der Nähe sogar noch jünger als auf seinem Pferd, und sein blasses Gesicht ist mit Sommersprossen übersät.

»Nicht wirklich«, gestehe ich mit einem nervösen Lachen. »Ich bin noch nie über so eine Mauer gesprungen.«

»Im Zweifel immer voll drauf. So mache ich es immer.«

Ich wünschte, ich hätte sein Selbstvertrauen. »Noch mal: Toll gemacht vorhin«, sage ich. »Dieses Pferd, das du da hast …«

»Dynamite«, korrigiert er mich höflich.

»Dynamite also. Er ist wirklich großartig. Welche Abstammung hat er?«

»Keine … jedenfalls keine, von der ich wüsste. Ich habe ihn damals für nur zweihundert Euro gekauft, der arme Bursche war total abgemagert und hypernervös. Der Fettsack, dem er gehörte, wollte ihn bloß loswerden. Aber mir gefiel er irgendwie. Ich hatte keine Ahnung, was in ihm steckt, aber eines Tages sprang er einfach so über den Koppelzaun. Der war locker eins sechzig hoch, und ich dachte, ich sehe nicht richtig. Also fing ich an, mit ihm bei kleineren Turnieren zu springen, und er wurde immer besser. Er tut alles für mich, solange ich ihm nur zur Belohnung Würfelzucker gebe. Einmal hatte ich vergessen, welchen mitzubringen, und prompt hat er mich am Wassergraben abgeworfen. Mein Vater meinte, Dynamite würde eben kein Wasser mögen, aber ich weiß genau, dass es am Zucker lag. Den Fehler habe ich seitdem nie wieder gemacht.«

Ich lache, kann aber nur staunen. Es ist absolut selten, dass ein Pferd ohne Ahnentafel auf solch einem Niveau springt.

»Klingt wie ein Pferd mit Charakter«, sagt Nick mit einem schelmischen Grinsen.

»Auf jeden Fall.«

»Bist du jetzt auch dabei?«, frage ich und deute auf die inzwischen vollständig aufgebaute Mauer.

»Ich wollte erst, habe die Meldung dann aber zurückgezogen. Dynamite ist heute ungewöhnlich müde. Ich fürchte, er hat sich die Grippe eingefangen.«

»Es war aber auch ein harter Wettbewerb heute.«

»Das stimmt«, sagt Nick. »Dein Pferd braucht bestimmt bloß Ruhe … in ein paar Tagen ist er wieder fit.«

»Das hoffe ich«, sagt Stevie. »Also – ich gehe jetzt mal meinen Dad suchen. Er will mir ein Bier ausgeben. Viel Glück, Matt!«

Der Junge gefällt mir. Es gibt so viele egozentrische Reiter in diesem Sport, dass es guttut, einen so netten Kerl kennenzulernen, der noch dazu auf dem Boden geblieben ist.

»Unfassbar, dass er ein solches Pferd für ein paar hundert Mäuse gekauft hat«, sagt Nick, als er weg ist. »Er würde jetzt locker fünfzig- oder sechzigtausend für ihn bekommen.«

»Bestimmt«, antworte ich. »Obwohl ich nicht glaube, dass er ihn verkaufen würde.«

»Nein, wohl nicht … und ich kann's ihm nicht verdenken.«

Wir schweigen eine Weile, und ich weiß, dass wir beide darüber nachdenken, wie es wäre, zufällig auf ein Pferd wie Dynamite zu stoßen. Erst die Stimme des Kommentators reißt uns wieder in die Wirklichkeit.

»Das Mächtigkeitsspringen startet in fünf Minuten. Beginnen Sie bitte mit dem Warmspringen.« Nick und ich sehen uns an und brechen in Gelächter aus. Ich habe keine Ahnung, was an der Situation so komisch ist, aber ich kann nicht anders. Nick hilft mir in den Sattel, und ich versuche, mich zu beruhigen. Ich hatte heute eine ziemliche Glückssträhne, also wird schon alles gutgehen.

Zwölf Reiter sind für das Springen gemeldet, und es geht über fünf Runden. Die ersten vier laufen problemloser, als ich es für möglich gehalten hätte. Showstopper ist wie eine Maschine. In dem Augenblick, in dem er in den Ring galoppiert, schaltet er sich ein und überwindet die riesige Mauer mit allem, was er hat und kann. Sobald wir aus dem Ring traben, schaltet er sich wieder aus und geht förmlich auf Stand-by. Das Niveau der Reiter ist sehr hoch, und sechs von uns schaffen es ins finale Stechen. Wertungsrichter und Zuschauer sind nicht gerade glücklich; mehr als fünf Umläufe sind nicht erlaubt, und niemand will sechs Sieger – wo bleibt denn da die Spannung? Im vierten Umlauf stand die Mauer bei einem Meter neunzig; für die Finalrunde ist sie auf zwei Meter zwanzig erhöht worden.

»Dreißig Zentimeter mehr – das ist doch Wahnsinn!«, schimpft Nick. Ich kann nicht antworten. Ich starre nur voller Angst auf die rote Mauer und wünschte, ich wäre im letzten Umlauf rausgeflogen. »Die dürfen pro Runde doch eigentlich nur fünfzehn Zentimeter erhöhen«, fährt Nick fort, und obwohl ich weiß, dass er es nur gut meint, fühle ich mich leider nicht besser, im Gegenteil. Was ich jetzt bräuchte, ist jemand, der mir sagt, dass es leicht zu schaffen ist – dass zwei Meter zwanzig eigentlich gar nicht so unglaublich hoch sind, wenn man es genau bedenkt.

Es ist ein ungeschriebenes Gesetz, dass alle Finalisten vor dem letzten Stechen zur Bar gehen und sich einen Schnaps genehmigen. Die anderen fünf Finalisten lachen und scherzen miteinander, aber ich bin so angespannt, dass mir richtig übel ist. Wir sechs bestehen aus drei Deutschen, einem Franzosen, einem Amerikaner und mir. Die Tatsache, dass ich der einzige irische Reiter bin, der es ins Finale geschafft hat, macht mich nur noch nervöser.

»Hier, Matt, für dich«, sagt Klaus, einer der Deutschen, und reicht mir ein Schnapsglas Whisky. Ich kippe es herunter, und es brennt in meiner schmerzenden Kehle. Klaus lacht. »Matt, mein Junge, eigentlich sollst du auf uns warten … Aber ist schon in Ordnung. Du kriegst einfach noch einen.« Er reicht mir ein weiteres Glas, und diesmal warte ich.

»Auf drei, Leute«, kündigt Klaus gut gelaunt an. »Eins, zwei … drei!« Ich kippe den zweiten herunter, und obwohl der gar nicht mal so schlecht schmeckt, befürchte ich einen Moment, dass er meinem instabilen Magen alles andere als guttut.

Ich will gerade zu Nick und Showstopper zurückkehren, als jemand meinen Arm packt. Ich drehe mich um und stehe vor Liz. Mein Mund öffnet sich, aber kein Wort kommt heraus.

»Ich wollte dir nur viel Glück wünschen«, sagt sie hastig, beugt sich vor und drückt mir einen Kuss auf die Wange. Bevor ich noch etwas sagen kann, rennt sie schon wieder davon. Alles ist so schnell gegangen, dass ich mich ernsthaft frage, ob ich das gerade nur geträumt habe.

»Was hast du denn da im Gesicht?«, fragt Nick, als ich wieder bei ihm bin. Ich reibe mir über die Wange und blicke auf meine Finger: Lippenstift.

»Nichts«, sage ich, sehe aber an Nicks Miene, dass er Bescheid weiß.

Die Erhöhung der Mauer um dreißig Zentimeter macht einen gewaltigen Unterschied. Bisher haben vier der Reiter die Mauer nicht nur touchiert, sondern sie nahezu durchbrochen, wobei der Franzose sogar aus dem Sattel gefallen ist. Klaus ist der Einzige, der sie fehlerfrei überwunden hat. Die Menge johlt und jubelt, als er und sein Pferd über das Hindernis segeln, als sei es nichts als ein kleiner Zaun. Jetzt bin ich dran, und meine Innereien verknoten sich immer fester. Als ich meinen Namen höre, stelle ich fest, dass es mir wirklich nicht gutgeht.

»Ich muss mich übergeben«, sage ich zu Nick.

»Du schaffst das«, sagt er und führt mich und Showstopper zum Ring.

»Nein, wirklich.«

Er wendet sich mir zu und schaut mich so ernst an, wie ich ihn noch nie erlebt habe. »Matt. Du musst da jetzt rein. Du wirst es ewig bereuen, wenn du das nicht tust …« Seine Stimme klingt wohlwollend, aber unnachgiebig, und mit einem Mal begreife ich, wie sehr er sich wünscht, er dürfte statt mir springen. »Du schaffst das, Matt!«

Und genau das ist es, was ich gebraucht habe. Ich drücke Showstopper die Fersen in den Bauch und galoppiere in den Ring. Showstopper schaltet sich augenblicklich wieder ein, und die Rufe der Menge ertönen lauter denn je. Ich klopfe dem Pferd den Hals, ohne langsamer zu werden; ich fürchte, den Mut zu verlieren, wenn ich jetzt nachlasse. Ich steigere das Tempo ein wenig, und Showstopper zieht eifrig voran. Als wir wenden, sehe ich die riesige rote Mauer vor mir, und mein Magen hebt sich. Doch dann denke ich an das, was Stevie gesagt hat, und treibe das Pferd an.

Ich weiß nicht, ob es an Showstoppers Erfahrung liegt oder reines Glück ist, aber wir erwischen den perfekten Absprungpunkt. Das Pferd hebt sich in die Luft und landet auf der anderen Seite. Ich weiß, dass wir es geschafft haben, ohne mich umdrehen zu müssen. Die Menge kreischt, und Showstopper richtet die Ohren nach vorne und genießt seinen Augenblick. Ich springe von seinem Rücken und umarme ihn.

»Du bist der Beste«, sage ich. Nick kommt herbei und hält Showstopper eine ganze Packung Pfefferminz hin, die er begeistert frisst. Menschen umringen mich, und ich bin überwältigt. Ich habe gewonnen! Ich kann's nicht fassen! Klaus tritt zu mir und klopft mir fest auf den Rücken.

»Tolle Darbietung, Matt, Kumpel! Ich freue mich, den Sieg mit dir teilen zu können!« Ich strahle ihn an, und auf seinem verwitterten Gesicht erscheint ein breites Grinsen. Es müssen mindestens dreißig Leute sein, die sich um mich und Showstopper drängen, aber ich suche nur nach einer Person.

Doch so gründlich ich mich auch umsehe, sie ist nicht da.

Wir feiern bis in die frühen Morgenstunden. Das Adrenalin treibt mich lange Zeit an, aber als die Sonne aufzugehen beginnt, bemerke ich, wie kaputt ich bin. Um fünf Uhr krieche ich ins Bett und schlafe fünf Stunden lang wie ein Stein, was mir schon länger nicht mehr passiert ist. Im Traum erlebe ich den Abend erneut: Ich springe wieder und wieder, und jedes Mal durchflutet mich dieselbe Mischung aus Erregung, Erleichterung und Siegesrausch. Es ist ein unglaubliches Gefühl, und ich will es wieder erleben. Ich bin regelrecht angefixt.

Ich war ziemlich enttäuscht darüber, dass Liz nicht auf meiner Feier erschienen ist, aber Dom erklärte mir, sie wäre hundemüde gewesen und früh ins Bett gegangen, aber sie hätte meinen Ritt gesehen und sich sehr für mich gefreut. Ich dankte ihm lächelnd, konnte aber nicht ändern, dass ich mich zurückgewiesen fühlte. Lag es am Kuss? Wollte sie mir auf diese Art signalisieren, dass sie mich nie wiedersehen will? Gestern war ich noch so stolz auf meinen wagemutigen Vorstoß, aber jetzt frage ich mich, ob ich mich vielleicht doch auf gefährliches Territorium begeben habe.

Die Tür knallt zu, und ich schlage die Augen auf. Nick beginnt Schubladen auf- und zuzuziehen und kramt in Schränken und Regalen.

»Was suchst du?«, frage ich schläfrig.

Überrascht, dass ich wach bin, dreht Nick sich zu mir um. »Eine Schüssel. Ich will Cornflakes. Gut geschlafen?« Er hat ein halbwegs sauberes Schälchen gefunden und schüttet seine Flakes hinein.

»Ja, absolut. Die Party gestern hatte es ziemlich in sich.«

Nick lacht. Wie immer war er Herz und Seele der Feier und sang und brüllte und jubelte, bis sich alle Aufmerksamkeit auf ihn konzentrierte.

»Ja, sie hat ganz schön gerockt«, sagt er lächelnd, aber seine Stimme hat einen seltsamen Unterton.

»Wann findet das Derby statt?«, frage ich, ohne darauf einzugehen. Nick soll Shanes Derbypferd reiten, und ich weiß, dass er sich darauf freut. Er liebt Derbys, und ich werde ihn genauso rückhaltlos unterstützen, wie er es gestern bei mir gemacht hat.

»Ich weiß nicht«, murmelt er. »Ich weiß nicht mal, ob es überhaupt stattfindet …« Sein Lächeln verschwindet, und endlich begreife ich, dass hier etwas ganz und gar nicht stimmt.

»Was ist los?«

Nick seufzt tief. »Dynamite lag heute Morgen tot in seiner Box. Der Tierarzt geht davon aus, dass er irgendwann in der Nacht einen Herzinfarkt hatte.«

Ich brauche ein paar Sekunden, um das Gehörte zu verarbeiten, und bin sprachlos. Ich setze mich auf und steige aus dem Bett. »Oh, Gott, wie furchtbar. Der arme Stevie …«

»Ja. Als Dom es mir erzählt hat, wollte ich es gar nicht glauben. Ich meine, das Pferd ist gestern noch so sensationell gesprungen, und heute …« Nicks Stimme bricht ab, und auch ich habe noch immer Schwierigkeiten zu glauben, was ich da höre. Ich muss wieder an Stevie denken. Er hat Dynamite von ganzem Herzen geliebt und das Pferd ihn. Für Stevie muss es sich fast so anfühlen, als habe er einen Bruder verloren.

»Und was geschieht jetzt?«

»Stevies Vater hat der Turnierleitung gesagt, es sei Stevies ausdrücklicher Wunsch, dass der Wettbewerb weitergeführt wird, aber wenn man sich in der Cafeteria umhört, scheint keiner wirklich in der Stimmung zu sein … ich jedenfalls will heute hier nicht reiten. Es kommt mir so unfair vor. Dynamite war übrigens erst sieben Jahre alt …«

»Sieben erst? Mein Gott, die beiden hätten noch so viel erreichen können.«

Es klopft an der Tür. Ich streife mir ein T-Shirt über, und Nick öffnet. Draußen steht ein junger Schotte in einer gelben Jacke.

»Ich soll alle Teilnehmer darüber informieren, dass die folgenden Turniere aus Respekt vor Stephen O'Leary abgesagt wurden«, sagt er hölzern. »Außerdem hat man mir gesagt, dass ich hier einen gewissen *Matthew* finden würde.«

»Das bin ich«, antworte ich zögernd.

»Sie möchten sich bitte in fünfzehn Minuten im Büro einfinden.«

»Warum das denn?«, frage ich barscher als beabsichtigt.

»Keine Ahnung«, sagt der Junge, bevor er verschwindet.

»Was soll denn das jetzt?«, frage ich Nick, aber er ist genauso ratlos wie ich. Er tut mir leid. Nun ist seine Chance für heute vertan. »Wirklich blöd, dass du heute nicht reiten kannst.«

»Schon okay«, antwortet er. »Es wäre einfach nicht richtig gewesen.«

Ich ziehe meine einzige saubere Jeans und ein weißes Polohemd an. Ich habe keine Ahnung, warum man mich ins Büro zitiert, aber mir ist klar, dass ich so anständig wie möglich aussehen sollte. Nick hat in einem Schrank im Transporter schwarze Binden gefunden, und ich lege mir eine davon als Ausdruck meines Mitgefühls für Stevie um den linken Oberarm. Als ich zum Verwaltungstrakt gehe, spüre ich, wie stark sich die allgemeine Stimmung verändert hat. Gestern liefen überall aufgeregt Leute hin und her, heute geht alles langsamer, gedämpfter. Wo mag Stevie sein? Und was hat man mit dem toten Dynamite gemacht?

Zögernd klopfe ich an die Bürotür. Sofort erklingt eine Stimme. »Kommen Sie! Kommen Sie herein.«

Als ich öffne, sehe ich Liz, Edward Dawson, Captain Ben Sullivan, einen von Irlands höchstdekorierten Armee-Reitern, und Taidgh Bourke in einem Kreis zusammenstehen. Taidgh kommt mir entgegen.

»Matthew! Wir kennen uns, glaube ich, noch nicht. Ich bin Taidgh.« Ich nehme höflich seine Hand, aber natürlich weiß ich, wer er ist. Jeder im Reitgeschäft tut das.

Taidgh ist Ende fünfzig, sieht aber noch immer sehr fit und athletisch aus. Ich werfe Liz einen fragenden Blick zu, aber sie zuckt nur die Achseln. Auch sie hat offenbar keine Ahnung, warum wir hier alle zusammengerufen wurden.

»Können wir jetzt anfangen?«, fragt Edward ungeduldig. »Da die Turniere abgesagt worden sind, will ich unbedingt noch heute Abend die Fähre erwischen.«

»Aber sicher«, sagt Taidgh fröhlich. »Bitte nehmen Sie Platz.«

Edward und Ben setzen sich nebeneinander und Liz und ich uns ihnen gegenüber. Plötzlich finde ich den Altersunterschied zwischen uns ziemlich lustig, und ich grinse in mich hinein.

»Schön, kommen wir direkt zur Sache«, beginnt Taidgh und läuft geschäftig auf und ab. »Ich habe Sie zu mir gebeten, weil Sie alle ausgewählt worden sind, Irland beim diesjährigen Nationenpreis in Aachen zu vertreten.«

»Im Ernst jetzt?«, platzt es aus mir heraus. Alle lachen – bis auf Edward –, und ich werde rot.

Taidgh lächelt mir freundlich zu. »Absolut im Ernst. Ich habe heute Morgen mit Shane telefoniert, und er lässt Sie auf Cedric teilnehmen.« Ich würde am liebsten ungläubig den Kopf schütteln, reiße mich aber zusammen, um mich nicht wieder lächerlich zu machen. »Seit der bescheidenen Leistung Irlands im letzten Nationenpreis sind wir uns bewusst, dass wir eine neue Mannschaft benötigen.« Er wendet sich Liz und mir zu. »Und ich will ehrlich zu Ihnen beiden sein, Elizabeth, Matthew. Ursprünglich waren Sie beide nicht in unserer Auswahl. Elizabeth, Sie sind eine unserer Favoritinnen, seit Shane Walker durch seinen Unfall ausgeschieden ist, und Sie, Matthew, haben wir nach Stevies furchtbarer Tragödie heute nominiert.« Prompt wird meine Freude durch mein schlechtes Gewissen gedämpft. »Aber obwohl Sie beide in gewisser Hinsicht ein Unsicherheitsfaktor sind, zweifle ich nicht daran, dass Sie sich wacker schlagen werden.«

»Ich halte es für eine geniale Wahl«, stimmt Edward ein. »Elizabeth ist momentan die stärkste Konkurrenz im Land, und Matthew hat uns mit seiner Leistung gestern alle beeindruckt.« Überrascht sehe ich ihn an.

»Das ist ein starkes Team«, stimmt Ben zu. »Damit sind wir für Aachen gut aufgestellt.«

»Danke«, murmele ich, und Liz tut es mir nach.

»Nun, es freut mich, dass Sie mir zustimmen. Auch ich bin

sehr zuversichtlich, aber ich möchte, dass wir außerdem gut vorbereitet sind. Shane wird Sie, Matthew, ›zum Sieg drillen‹, wie er es am Telefon ausgedrückt hat, und ich nehme an, dass Elizabeth weiterhin mit Edward arbeiten wird?«

Liz sagt nichts, wirft Edward aber einen Blick zu.

»Selbstverständlich«, antwortet er, und Liz scheint sich zu entspannen.

»Zuletzt möchte ich noch einmal betonen, wie sehr wir bedauern, was Stevie heute geschehen ist. Der Verlust seines Pferdes ist eine echte Tragödie, die er ganz sicher nicht verdient hat. Aber vielleicht kann es uns zumindest verdeutlichen, dass wir die Chancen, die sich uns bieten, beim Schopf ergreifen müssen. Nur durch Wagemut und eine gewisse Risikobereitschaft werden wir es in dieser Welt zu etwas bringen.« Wie gebannt hänge ich an Taidghs Lippen. Mir war nicht klar, was für ein charismatischer Redner er ist. »Wenn wir also in Aachen sind, geben Sie alles, was Sie haben.« Die anderen um mich herum nicken, und ich schließe mich begeistert an.

»Wunderbar. Tja, das war alles. Ich freue mich darauf, Sie alle in Deutschland wiederzusehen.« Edward und Ben stehen auf und verlassen das Büro sofort, doch Liz und ich bleiben noch sitzen. »Ihr zwei macht das schon«, sagt Taidgh aufmunternd, dann geht auch er.

Eine Weile sitzen wir beide stumm da. Als ich aufschaue, stelle ich fest, dass sie mich anstarrt. Ich weiß nicht, wieso, aber plötzlich brechen wir in wildes Gelächter aus.

»Ich glaub's einfach nicht!«, stoße ich atemlos hervor.

»Das ist echt der Wahnsinn!«, sagt Liz, und wieder prusten wir los. Noch immer kann ich nicht wirklich fassen, was eben passiert ist. Liz nimmt meine Hand.

»Ich muss noch etwas erledigen. Kommst du mit?«

Ich willige, ohne zu zögern, ein.

Liz verrät mir nicht, was sie vorhat, also laufen wir schweigend durch die Anlage auf den Platz mit den Transportern zu. Als ich sie gerade fragen will, was wir hier machen, bleiben wir vor einem kleinen blauen, ziemlich ramponierten Lkw stehen.

»Der hat aber schon bessere Tage gesehen«, bemerke ich. »Wem gehört er?«

»Stevie«, sagt Liz schlicht. Ehe ich noch eine Frage stellen kann, klopft sie an. Stevies Dad öffnet. Er sieht müde aus und viel älter als gestern noch.

»Hi«, sagt Liz freundlich, »ist Stevie da?«

»Sie sind Elizabeth, nicht wahr?«

Sie nickt. »Und das ist Matthew.«

»Ich erinnere mich. Sie haben gestern das Mächtigkeitsspringen gewonnen.« Auch ich nicke.

»Wir wollten Stevie nur sagen, wie schrecklich leid uns das alles tut. Dynamite war ein absolutes Ausnahmepferd.« Liz' Stimme bebt.

»Das war er wirklich«, stimmt Stevies Vater zu. »Aber Stevie ist im Augenblick noch zu bestürzt, als dass er jemanden sehen möchte.«

»Das verstehen wir natürlich«, sage ich in der Hoffnung, dass Liz nicht weiter drängt.

»Können Sie ihm etwas für mich geben?«, fragt sie und zieht eine rote Turnierschleife und einen Umschlag aus ihrer Jackentasche. Stevies Vater blickt in den Umschlag und schüttelt den Kopf.

»Oh, das ist wirklich sehr lieb von Ihnen, aber das können wir unmöglich annehmen.« Jetzt erst begreife ich, dass in dem Umschlag Liz' Preisgeld von gestern enthalten ist. »Sie haben eindeutig gewonnen.«

»Bitte nehmen Sie es dennoch an. Stevie hat es verdient.«

»Nein, habe ich nicht.« Liz und ich fahren erschrocken zusammen, als Stevie neben seinem Dad auftaucht. Seine Augen sind dick geschwollen und rot, sein Gesicht bleich und fleckig vom Weinen.

»Doch, das hast du«, fährt Liz fort. »Ich hatte bloß Glück, dass die letzte Stange nicht gefallen ist, aber dein Umlauf war einfach perfekt. Also bitte nimm den Gewinn. Er gehört dir und Dynamite.«

Stevies Miene ist ausdruckslos. Schwer zu sagen, was in seinem Kopf vor sich geht.

»Ich weiß nicht, was ich damit machen soll«, murmelt er schließlich.

»Ich dachte, du könntest es nehmen, um Dynamite nach Hause zu transportieren … falls du das willst.«

Stevie schlägt sich eine Hand vors Gesicht, vermutlich, weil er die Tränen zurückzuhalten versucht, aber sein Vater lächelt.

»Danke, Elizabeth. Das ist sehr großzügig von Ihnen.«

Elizabeth schenkt ihm ein Lächeln, dann treten wir beide den Rückzug an.

Ich kann kaum glauben, wie sehr sich die Ereignisse heute überschlagen haben und wie schnell sich Dinge verändern können. Ich muss daran denken, was Taidgh gesagt hat, und mir wird klar, wie recht er hat: Man muss die Chance ergreifen, wenn sie sich bietet. Ich bleibe abrupt zwischen den geparkten Transportern stehen. Liz hält ebenfalls an.

»Du bist wirklich etwas Besonderes, das weißt du, oder?«, frage ich.

Liz schüttelt den Kopf. »Ich musste das tun. Er hatte den Sieg wirklich verdient, und …«

»Nein, ich finde, *du* bist ein besonderer Mensch …« Ihre Augen weiten sich. »Ich mag dich sehr.«

»Ich mag dich auch, aber … es ist kompliziert.«

»Aber du magst mich?«, frage ich und gebe mich selbstbewusst.

Liz lächelt. »Ja, ich mag dich.«

»Und mochtest du es auch, als ich dich geküsst habe?«, frage ich, ebenfalls lächelnd.

»Ja, auch das mochte ich, aber …«

»Willst du, dass ich es noch einmal tue?«

Sie verharrt einen Moment lang reglos. »Ja«, haucht sie schließlich.

Ich zögere keine Sekunde. Ich lege beide Hände um ihr Gesicht und meine Lippen auf ihre, und sie schlingt ihre Arme um meine Taille. Als wir uns voneinander lösen, bin ich ein wenig außer Atem.

»Gehst du mit mir aus?«

»Oh, Matthew. Ich würde gerne, aber …«

»Aber was?«

»Es ist kompliziert«, wiederholt sie.

»Das ist gut, das macht das Leben interessanter.« Ich streichele ihr die Wange. »Nur ein Date, Liz, mehr will ich doch gar nicht.«

Sie schweigt eine lange Weile, die sich wie eine Ewigkeit anfühlt. Ich stehe vor ihr, ohne mich zu rühren. Und dann schaut sie zu mir auf.

»Okay«, sagt sie. »Ein Date.«

18. Kapitel

ENTSCHEIDUNGEN

Matthews ramponiertes Auto rappelt und klappert unaufhörlich. »Wohin fahren wir?«, frage ich nervös.

»Es ist eine Überraschung«, antwortet er.

Seit Schottland haben wir uns nicht mehr gesehen, was über eine Woche her ist. Seitdem bin ich ein einziges Nervenbündel. Ich weiß weder, wie ich in diese Situation geraten bin, noch wie ich wieder herauskommen soll. Edward hat mir viel zu bieten, aber ich will Matthew nicht ganz aufgeben. Ich weiß, dass ich ein gefährliches Spiel spiele, aber was auch immer das zwischen Matthew und mir ist – es bedeutet mir etwas. Ich werfe ihm einen Blick zu, während er fährt. Sein dunkles Haar ist seit unserer ersten Begegnung ein gutes Stück gewachsen und wirkt nun etwas struppig. Seine Haut ist hell, aber glatt, und sein Gesicht hat sich etwas Jungenhaftes bewahrt, das es, wie ich hoffe, auch niemals verliert. Jedes Mal, wenn ich seine Lippen sehe, habe ich das überwältigende Bedürfnis, ihn zu küssen, aber gleichzeitig zieht sich vor Furcht alles in mir zusammen. Das schlechte Gewissen begleitet mich auf Schritt und Tritt. Was ist mit Edward? *Er will dich heiraten!* Manchmal ist mir, als sei mein Unterbewusstsein ständig sauer auf mich. Immer wieder muss ich an den armen Stevie denken, der mit Dynamite alles verloren hat. Ich habe Edward gewählt und weiß, dass wir eine erfolgreiche Zukunft zusammen haben können. Aber was wäre, wenn ich Wildfire verlieren würde? Wäre ich auch allein mit Edward glücklich? Ich schüttele diese Gedanken ab, bevor sie mich herunterziehen können, und rufe mir energisch in Erinnerung, dass Edward und ich im Augenblick genau genommen ja gar nicht *zusammen sind.*

Eigentlich könnten wir uns sogar nicht weiter voneinander entfernt haben. Zwar trainiert er mich weiterhin für den anstehenden Nationenpreis in Aachen, aber die Stimmung ist weder warmherzig noch entspannt. Edward benimmt sich mir gegenüber kühl und distanziert, und sobald die Trainingsstunde vorbei ist, kehrt er mir ohne ein nettes Wort oder ein Lob den Rücken. Ich muss zugeben, dass mich das kränkt, aber schließlich habe ich es ja so gewollt – oder zumindest dachte ich das.

»Wo bist du gerade?«, fragt Matthew.

»Was?«

»Woran denkst du?«

»Oh, ach so … Na ja, ich frage mich, ob du vorhast, mich umzubringen und hier draußen zu vergraben.« Wir haben die Straße verlassen und holpern über einen Feldweg, und Matthews Toyota Starlet ächzt bedenklich.

»Keine Angst – wenn ich dich hätte umbringen wollen, dann wären wir jetzt nicht hier. Hier gibt es zu viele Wanderer … Und beseitigen würde ich deine Leiche mit Hilfe von Schweinen.«

»Schweinen?«

»Yep. Schweine fressen alles. Auch Leichen.«

»Dass du so was weißt, macht mir Sorgen«, sage ich, kann mir das Grinsen aber nicht verkneifen.

»Ich bin auf einer Farm groß geworden«, erklärt er defensiv.

»Du bist echt seltsam.«

»Tja, da du in das Date eingewilligt hast, bist du's wahrscheinlich auch.«

»Stimmt wohl«, antworte ich, und wir sehen uns beide einen Moment lang an.

Matthews Bremsen quietschen furchtbar, als er das Tempo drosselt und rechts ranfährt. Die Straße ist so schmal, dass kaum ein zweiter Wagen an seinem vorbeipasst.

»Wir sind fast da.« Er steigt aus. »Aber ein Stück müssen wir noch gehen.« Während ich aussteige, holt er einen Rucksack aus dem Kofferraum.

»Wo sind wir?«, frage ich, obwohl ich keine vernünftige Antwort erwarte.

»In den Wicklow Mountains«, antwortet er und marschiert los. Ich muss laufen, um ihn einzuholen.

»Dein Date ist eine *Bergtour?*«

»Ach, komm, wir sind das größte Stück gefahren. Bis nach oben brauchen wir höchstens noch zwanzig Minuten.« Er grinst breit. Ganz offenbar genießt er meine Überraschung.

»Also gut«, sage ich und ziehe an ihm vorbei. Ein Glück, dass ich Jeans und flache Schuhe trage. Matthew hält locker mit mir mit. Es ist trocken, aber bewölkt, und es dauert nicht lange, bis wir so weit oben sind, dass die Wolken uns wie dichter Nebel umgeben, so dass ich nicht mehr genau sagen kann, wohin wir gehen.

Ich stolpere über einen Stein, aber Matthew packt mich rasch um die Taille und fängt mich.

»Ich kann nicht zulassen, dass du dich vor Aachen verletzt. Taidgh bringt mich um, wenn durch meine Schuld ein Mitglied der Mannschaft ausfällt.« Er hält mich etwas länger fest als nötig.

»Ah! Das ist also dein Plan. Du schaltest mich aus, damit du den ganzen Ruhm allein einheimsen kannst.«

»Definitiv nicht. Wenn ich Aachen überstehe, ohne mich vollständig lächerlich zu machen, bin ich der glücklichste Mensch auf der Welt.« Ich weiß, dass er nur Spaß macht, aber ich höre dennoch einen Hauch Besorgnis in seiner Stimme.

»Du wirst das ganz großartig machen.«

»Nein, *du* wirst das ganz großartig machen. Mir reicht schon ein ›Zufriedenstellend‹. Seien wir ehrlich: Dass ich es in die Mannschaft geschafft habe, war reines Glück.«

Ich packe seinen Arm und zwinge ihn, sich zu mir umzudrehen, obwohl ich seine Miene im dichten Nebel kaum erkennen kann. »Matthew, du gehörst in dieses Team. Du hast mehr Talent als jeder, den ich bisher erlebt habe. Mit deiner Intuition kann niemand mithalten.« Das zuzugeben fällt mir nicht leicht. Ich musste jahrelang trainieren, ehe ich halbwegs in der Lage war, mich auf jedes Pferd einlassen zu können, aber bei Matthew geschieht das auf Anhieb und auf ganz natürliche Weise. Er sieht mich einen Moment lang stumm an, dann beugt er sich vor und küsst mich auf die Stirn.

»Danke« ist alles, was er sagt.

Wir setzen uns wieder in Bewegung, aber ich stolpere erneut. Diesmal ist Matthew nicht schnell genug, und ich falle hin.

»Ach, verdammt!« Ich habe mir nicht weh getan, aber meine Tollpatschigkeit ist mir peinlich.

»Auf jeden Fall ist dein Gleichgewicht auf dem Pferd stabiler als auf zwei Beinen«, sagt er freundlich, als er mich auf die Füße zieht.

»Da hast du allerdings recht.« Ich bin ganz froh, dass der Nebel meine roten Wangen verbirgt. Matthew hat meine Hand noch nicht losgelassen, und ich kann mich nicht dazu durchringen, sie ihm zu entziehen.

»Ich glaube, wir müssten jetzt gleich durch die Wolken kommen«, sagt er, und wir wandern Hand in Hand weiter.

Als wir einen Moment später den Gipfel erreicht haben, verstehe ich, warum Matthew unbedingt mit mir hierherkommen wollte.

»Wow!« Wir sind tatsächlich aus den Wolken heraus, und

unter uns ist nichts zu sehen außer einer weißen Nebeldecke. Ich blicke mich um. Andere Gipfel ragen aus den Wolken wie kleine Inseln.

»Wow, das ist buchstäblich das Ende der Welt«, sage ich ehrfürchtig.

»Die meisten Leute kommen hier hinauf, wenn es schön und sonnig ist, weil man einen so tollen Ausblick von hier hat«, erklärt Matthew. »Aber ich mag es besonders gern, wenn die Wolken so tief hängen. Man fühlt sich dann wie in einem anderen Universum ...«

Ich strahle ihn an. »Es ist toll. Danke.«

Er wühlt in seinem Rucksack. »Willst du eine Decke? Es kann ziemlich kalt werden.«

Ich nicke, als mir erst jetzt auffällt, dass ich tatsächlich zittere. Ich lege mir die Decke um die Schultern, und Matthew holt eine zweite heraus und tut dasselbe. »Willst du Tee und Sandwiches?«

»Gerne einen Tee.«

Wir setzen uns an einen großen Felsen, der den Gipfel markiert. Es bläst ein kalter Wind hier oben, und ich bin froh, dass Matthew Tee und Decken dabeihat, aber die Aussicht macht die Kälte mehr als wett.

»Bist du oft hier oben?«, frage ich.

»Ja, schon«, antwortet er. »Manchmal laufen Nick und ich hinauf, um fit zu bleiben. Allerdings habe ich selten die Gelegenheit, anzuhalten und die Aussicht zu genießen.«

»Du und Nick steht euch wirklich sehr nahe, nicht wahr?« Erst jetzt, wo ich es sage, wird mir klar, dass fast alles, was Matthew erzählt, Nick miteinbezieht.

»Ja, das tun wir ...«, sagt er zögernd und sieht mich stirnrunzelnd an.

»Hat er dich je ...«, beginne ich, bringe den Satz aber nicht zu Ende. Ich weiß nicht, ob ich hier nicht eine feine Grenze übertrete.

»Hat er mich je *was?* Angegraben?«

»Äh, ja …«, antworte ich peinlich berührt.

Matthew sieht mich einen Augenblick stumm an, als hadere er damit, mir die Wahrheit zu sagen oder nicht.

»Einmal«, murmelt er schließlich. »Wir wohnten gerade erst ein, zwei Wochen zusammen, und als wir eines Abends vor dem Fernseher saßen, legte er einfach seine Hand auf … na ja, auf mein bestes Stück …«

Ich schlage mir eine Hand vor den Mund. »Und? Was hast du gemacht?«

»Nichts … ich befand mich in einer Art Schockstarre. Nick wusste von vornherein, dass ich auf Mädchen stehe, aber er war noch nicht einmal ansatzweise verlegen. Er hätte sich nur ›vergewissern‹ wollen, erklärte er, dann starrten wir weiter auf den Bildschirm, als wäre nichts geschehen.«

Matthew grinst, und erleichtert lächele ich mit. »Hat er das Thema noch mal angesprochen?«

»Er macht dauernd Witze, mich irgendwann noch ›umzupolen‹, aber ich weiß, dass er mich nur aufzieht. Er ist mein bester Kumpel, nichts anderes … Du machst dir doch keine Gedanken, ob ich schwul sein könnte, oder?«

»Ganz sicher nicht«, versichere ich ihm.

Ich hätte erwartet, dass Matthew nun lacht, aber er tut es nicht. Stattdessen neigt er den Kopf, und sein Blick fällt auf meine Lippen. Ich sitze da wie angewurzelt und wünschte, mein Verstand würde mir verraten, was ich tun soll, aber tatsächlich scheine ich überhaupt nicht mehr denken zu können. Ich spüre nur noch, wie mein Herzschlag sich beschleunigt, als Matthew sich zu mir beugt. Dieses Mal erwarte ich den Kuss, so dass sich meine Lippen mit seinen im Einklang bewegen. Er küsst mich langsamer, nicht so gierig und drängend, ganz anders als Edward. Wenn Edward mich küsst, bin ich meistens passiv und lasse mich von ihm führen, doch Matthew und ich reagieren aufeinander und probieren uns aus, als würden wir einander austesten, bis wir erkennen, dass wir beide dasselbe wollen. Ich bin nur noch Empfindung pur; mein Hirn ist zu Watte geworden. Und erst als Matthew mich auf seinen Schoß zieht, wird mir klar, was ich da eigentlich tue. Ich mache mich los, und er starrt mich verdattert an, als ich aufspringe und augenblicklich auf und ab zu gehen beginne.

»Was ist los? Hab ich was falsch gemacht?«

»Nein!«, sage ich und komme mir vollkommen dämlich vor. »Nur … nur sollten wir das nicht tun.«

»Warum nicht?«, fragt Matthew und steht ebenfalls auf. »Gibt es den Kerl, mit dem du zusammen warst, noch?«

»Nicht wirklich«, versuche ich so ehrlich wie möglich zu antworten. Meine Gedanken rasen. Am liebsten möchte ich ihm alles erzählen, aber ich weiß, dass das dumm wäre. Er würde nicht verstehen, was für eine Beziehung Edward und ich haben – oder hatten, keine Ahnung.

»Ich dachte, ich würde einen anderen lieben, aber dann habe ich dich kennengelernt, und jetzt … bin ich mir nicht mehr sicher.« Ich hoffe, er versteht mich, aber seine Miene verrät nichts, und wieder überrascht mich selbst, wie viel Angst ich habe, dass er nichts mehr mit mir zu tun haben möchte.

»Und dieser Kerl … liebt er dich?«

»Ich glaube schon.« Meine Stimme zittert plötzlich.

»Und du bist nicht mit ihm zusammen?«

Ich schüttele den Kopf.

»Aber du willst es?«

»Ich wollte es, aber dann bist du mir über den Weg gelaufen«, sage ich und wünschte, wir stünden nicht so weit auseinander.

»Ich bin dir über den Weg gelaufen«, wiederholt Matthew mit ruhiger Stimme. »Als du neulich sagtest, es sei ›kompliziert‹, da hast du also wirklich ›kompliziert‹ gemeint.« Er lacht, aber es klingt traurig. Ich sehe ihn flehend an, obwohl ich nicht weiß, worum ich flehe.

»Hör zu, Liz«, fährt er fort. »Ich mag dich sehr, und ich weiß nicht, was dieser andere Mann dir bieten kann, aber ich glaube, ich könnte dich wirklich glücklich machen. Wenn du eine Entscheidung treffen musst, dann musst du sie eben treffen, aber ich wünsche mir sehr, dass sie zu meinen Gunsten ausfällt.«

Mein Herz schmilzt bei seinen Worten, und plötzlich wünschte ich, ich hätte nichts gesagt. Säße ich doch nur noch immer auf seinem Schoß und würde ihn küssen!

»Wieso kannst du kein blödes Arschloch sein?«, frage ich und bin froh, als er in lautes Gelächter ausbricht.

»Tut mir leid, dass ich so perfekt bin«, kontert er. Dabei hat er keine Ahnung, wie nah er der Wahrheit kommt. »Soll ich dich zurück nach Hause fahren?«

Ich nicke, und wir wandern schweigend den Berg hinab. Meine Hände zittern. Ich wünschte, mir fiele etwas ein, was ich sagen oder tun könnte, aber alles, was mir in den Sinn kommt, erscheint mir albern und dumm. Erst als wir die Dreiviertelstunde Fahrt zu Orlas Wohnung hinter uns haben, weiß ich endlich, was ich ihm sagen möchte.

»Ich wünschte, ich hätte dich vor acht Monaten kennengelernt.«

»Wieso ausgerechnet vor acht Monaten?«

Weil ich damals Edward begegnet bin, würde ich gerne sagen, tue es aber nicht. »Da fing es an, kompliziert zu werden.«

Matthew schenkt mir ein Lächeln, aber es ist nicht echt. Ich öffne die Autotür und steige aus. »Ich hoffe, ich höre noch vor Aachen von dir«, sagt er.

Ich weiß, was er meint, aber das macht die ganze Sache nicht einfacher.

Als ich die Tür zur Wohnung aufschließe, entdecke ich Orla Zeitung lesend auf der Couch. Sie blickt auf, als ich eintrete, und weiß sofort, dass etwas passiert ist.

»Was ist los?«, fragt sie.

Ich weine nicht, ich renne nicht in mein Zimmer. Ich setze mich einfach ruhig neben sie und erzähle ihr alles. Von meinem Streit mit Edward, weil er Wildfire misshandelt hat, von seinen Versprechungen und Beteuerungen und von unserer Pause. Und ich erzähle ihr, dass ich Matthew geküsst habe und es sich so anfühlt, als wäre ich auf dem besten Weg, mich in ihn zu verlieben.

»Mein Gott, was für ein Schlamassel«, sagt sie mitfühlend.

»Ich weiß.« Ich bin so froh, dass ich endlich mit jemandem darüber sprechen kann.

»Ich wusste schon, als Matthew hier übernachtet hat, dass er dich toll findet, mir war bloß nicht klar, dass die Gefühle auch auf Gegenseitigkeit beruhen.«

»Mir auch nicht … Oder sagen wir lieber, ich habe mir eingeredet, dass da nichts ist, aber als er mich geküsst hat, konnte ich das nicht mehr.«

Marshall springt auf die Couch, rollt sich dicht neben mir zusammen und schläft ein. Seine Zuneigung tut mir gut. »Edward bietet mir das Leben, das ich immer schon führen wollte. Ich wäre doch blöd, wenn ich das aufgeben würde, oder?« Orla mustert mich stirnrunzelnd. Vermutlich hört sie die Unsicherheit in meiner Stimme.

»Ich muss dich mal was fragen …«, beginnt sie und drückt

meine Hand. »Liebst du Edward oder das Leben, das er dir bieten kann?«

»Ihn natürlich!«, antworte ich, aber so defensiv, dass Orla sofort Bescheid weiß. Sie hat einen wunden Punkt berührt. Ich ändere sofort die Strategie, um meinen kleinen Ausbruch zu übertünchen. »Das Problem ist, dass ich zwei Männer gleichzeitig zu lieben scheine … Glaubst du, das ist möglich?«

»Das weiß ich nicht«, sagt sie leise. »Aber ich fürchte, du wirst dich für einen von ihnen entscheiden müssen, wenn du nicht beiden furchtbar weh tun willst.«

»Ich weiß«, murmele ich. »Wenn ich Edward wegen Matthew aufgebe, gebe ich so viel mehr auf, aber wenn ich auf Matthew verzichte, dann … weiß ich einfach nicht, was ich aufgebe. Und ich habe Angst, dass ich mich mein ganzes Leben lang fragen werde, was gewesen wäre, wenn …«

Orla sieht mich nur hilflos an. Natürlich kann sie mir auch nicht sagen, was das Richtige ist. »Ich denke, wir brauchen beide einen Drink«, sagt sie schließlich.

»Oh, Gott, ja«, gebe ich zurück. Was bin ich froh, dass sie diejenige ist, die diesen Vorschlag macht. Sie schenkt uns beiden ein großes Glas Rotwein ein, das wir austrinken und nachfüllen, bevor wir uns wieder unserem Gespräch widmen.

»Ich hätte da eine Idee«, sagt Orla vorsichtig, als sie uns das dritte Glas einschenkt.

»Ich bin ganz Ohr.«

»Du hast gesagt, dass du und Edward erst wieder zusammenkommen wollt, wenn die Scheidung durch ist, richtig?« Ich nicke. Worauf will sie hinaus? »Na ja, bis dahin bist du also streng genommen Single und frei. Vielleicht solltest du diese Zeit nutzen, um Matthew besser kennenzulernen und dir darüber klarzuwerden, wie stark deine Gefühle für ihn wirklich sind.«

Ich denke einen Augenblick lang darüber nach. »Aber würde ich Matthew damit nicht irgendwie ausnutzen?« Ich habe schon jetzt ein schlechtes Gewissen.

»Ja, vielleicht«, gibt sie zu. »Aber du könntest es auch so sehen, dass du ihm eine Chance gibst, um dich zu kämpfen. Denk mal darüber nach. Du weißt, wie es in einer Beziehung mit Edward ist. Was dir deine Entscheidung so erschwert, ist die Tatsache, dass du nicht weißt, wie es mit Matthew sein könnte …«

»Ja, du hast recht«, erwidere ich nachdenklich. »Aber wenn ich eine Zeitlang mit Matthew zusammen bin und feststelle, dass ich doch Edward will, dann wird Matthew mich bestimmt abschießen …«

Orla greift wieder nach meiner Hand, und ich ahne, dass sie mir jetzt etwas sagen wird, was ich nicht hören will.

»Elizabeth. Wie immer diese Geschichte ausgeht oder für wen du dich entscheidest … dir muss klar sein, dass nur einer von ihnen in deinem Leben bleiben wird. Du kannst sie nicht beide haben.«

Ich drücke dankbar ihre Hand. Trotz allem bin ich wirklich froh, eine Freundin wie sie zu haben.

»Du hast recht«, sage ich. Ich glaube, ich wusste das von Anfang an, aber wollte es bisher nur nicht wahrhaben.

Nur leider macht diese Erkenntnis die Sache nicht einfacher.

19. Kapitel

EINUNDZWANZIG

Die Sonne will sich durch meine geschlossenen Lider zwängen, aber ich ignoriere sie einfach. Ich ziehe den Kopf ein, kuschele mich tief in die Decke und schiebe mir das Kissen über das Gesicht, aber die Sonne stiehlt sich dennoch in meine Augenwinkel. Seit vier Jahren stehe ich nun schon zur selben Zeit auf, muss mich aber immer noch jedes Mal aus dem Bett quälen. Mein Kopf weiß, dass es Zeit ist, aber mein Körper fordert, dass ich liegen bleibe, und sei es nur für ein paar weitere Minuten. Dann höre ich, dass meine Tür leise aufgedrückt wird, aber ich lasse die Augen zu, weil ich wider besseres Wissen hoffe, dass Nick mich in Frieden lässt.

»Ist das das Geburtstagskind, das sich da unter all den Decken und Kissen versteckt?« Er schleicht sich näher, und ich kneife die Augen zu, um mich gegen das, was er vorhat, zu wappnen. Er will mir die Decke wegziehen, aber ich klammere mich an ihr fest. »Ha! Ich wusste doch, dass du schon wach bist!«, brüllt er.

»Hau ab«, stöhne ich und schlage endlich die Augen auf.

»Los, aufstehen, Geburtstagskind.« Nick springt auf mein Bett, stellt sich über mich und hüpft auf und ab wie ein Kind.

»Schon gut … schon *gut!* Ich steh ja auf. Hör auf mit dem Blödsinn!« Aber ich muss lachen. Ich habe sowieso keine Chance. Nick springt vom Bett und zieht mir nun doch die Decke weg, so dass ich in meinen Boxershorts frierend auf dem Laken liege.

»Du Arsch«, rufe ich ihm und meiner Decke hinterher.
Er zuckt die Achseln. »Herzlichen Glückwunsch, Matt!«

Mein Geburtstag hat mich dieses Jahr regelrecht überfallen. Mit den Pferden, den Turnieren und Liz war so viel los, dass ich kaum Zeit hatte, ernsthaft darüber nachzudenken. Seit zwei Wochen habe ich Liz nun nicht mehr gesehen, und obwohl ich mir Mühe gebe, nicht an sie zu denken, gelingt es mir trotzdem nicht. Aachen rückt näher und näher, und ich schätze, wenn ich nicht bald etwas von ihr höre, dann ist das Thema durch, dann hat sie sich für den anderen entschieden – wer immer der Mistkerl ist.

In den vergangenen Tagen habe ich mich öfter dabei ertappt, über diesen geheimnisvollen Kerl nachzudenken. Wer mag er sein? Ist er auch Springreiter? Weiß er von mir? Ich stehe auf und gebe mein Bestes, all diese Gedanken an den Rand meines Bewusstseins zu drängen. Heute werde ich einundzwanzig, und in nicht einmal zwei Wochen vertrete ich Irland in der Nationalmannschaft. Endlich habe ich das Gefühl, dass ich die richtige Richtung einschlage.

Die meisten Leute auf dem Hof wissen, dass ich Geburtstag habe, und ständig wird mir gratuliert, was mir enorm gute Laune macht. Nick hat mir einundzwanzig Flaschen Corona geschenkt. Sie standen dicht an dicht mit einer großen Schleife zusammengebunden auf dem Küchentisch, und als ich sie entdeckte, musste ich herzlich lachen. Ich freue mich wirklich darüber. Nick hat genau wie ich praktisch nie Geld zur Verfügung, was die unerwartete Geste noch wertvoller macht.

Shane erwischt mich zur Mittagspause und schenkt mir eine neue Reithose. Ich bin platt. Jodhpurs sind teuer, und ich brauche dringend neue für Aachen. Von Linda und Roger bekomme ich Geld geschenkt, von Adam eine Karte. Meine Mutter hat am Morgen kurz durchgeklingelt, um mir zu gratulieren und zu fragen, ob ich am Wochenende zum Essen komme. Ich bin ein bisschen überrascht, dass sie nicht gefragt hat, ob ich heute Abend Zeit habe, aber sie nimmt vermutlich an, dass ich mit Freunden unterwegs bin. Die meisten anderen wünschen mir allerdings nur alles Gute und fragen, was ich am Abend vorhabe, worauf ich zunächst antworte, dass ich auf keinen Fall feiern will. Ursprünglich war das auch so geplant, aber je mehr Leute mich fragen und je später es wird, umso besser finde ich die Idee, ein bisschen aufzudrehen und den Geburtstag gebührend zu begießen.

»Also, was machen wir denn heute Abend?«, frage ich Nick, während die Sonne untergeht und wir die Eimer mit Futter für die Pferde füllen.

»Was meinst du damit?«

»Na ja, ich habe Geburtstag … ziehen wir nicht um die Häuser?« Normalerweise ist Nick derjenige, der mich hinausschleift.

»Du hast gesagt, du hast keine Lust«, bemerkt er beiläufig und reicht mir zwei Eimer.

»Ja, stimmt«, gebe ich zu. »Aber können wir nicht vielleicht doch noch irgendwo einen trinken gehen?«

»Tja, vielleicht hat *McGowan* noch auf«, schlägt er halbherzig vor. Meine gute Laune schwindet. Ich hatte eher darauf gehofft, dass wir in die Stadt fahren und in ein paar Nachtclubs gehen. Bei *McGowan* sind wir praktisch jede Woche, und da ist nie viel los, falls nicht gerade ein Special geplant ist. Vorübergehend mutmaße ich, dass Nick vielleicht ein bisschen verbittert ist, weil ich für Aachen ausgewählt wurde, aber dann verwerfe ich diesen Gedanken wieder. Er unterstützt mich schließlich, wo er kann.

Ich starte noch einen letzten Versuch. »Wie wär's mit Dublin?«

Nick schneidet eine Grimasse. »Ach, bis in die Stadt ist es weit, und die Läden sind so elend teuer.« Er sieht mich nicht einmal an, sondern mischt konzentriert das Futter.

»Hast recht, im *McGowan* wird's bestimmt lustig.« Es ist schon richtig, was Nick sagt. Abends kommt man schwer in die City, und die Drinks kosten viel mehr als in unserer Dorfkneipe – aber ich bin trotzdem ein bisschen gekränkt. Nick ist sonst immer so scharf darauf, feiern zu gehen, aber jetzt kümmert es ihn überhaupt nicht.

Offenbar sieht man mir meine Enttäuschung an, denn er versucht sofort, mich zu beschwichtigen. »Ach, komm schon, guck nicht so zerknirscht. Ich habe nichts geplant, weil du mir gesagt hast, du wolltest nicht … Schau, wir gehen in den Pub und haben ein bisschen Spaß, okay?«

Plötzlich habe ich ein schlechtes Gewissen. Er hat ja recht, ich bin selbst schuld. Ich sollte froh sein, dass er überhaupt mit mir loszieht.

»Genau. Das machen wir«, sage ich und gebe mir Mühe, etwas Begeisterung in meine Stimme fließen zu lassen.

Als wir endlich mit der Arbeit fertig sind, fängt es an zu regnen. Am Tag herrschte angenehmes Frühlingswetter, aber nun, da die Sonne verschwunden ist, ist es kalt und nass geworden. Nick bietet an, zur Feier des Tages unsere Essensbestellung zu bezahlen, und ich nehme dankend an; ich bin ja schon froh, dass er wenigstens ein bisschen auf meinen Geburtstag eingeht. Nach dem Essen dusche ich rasch und ziehe mir eine alte Jeans und ein Kapuzensweatshirt an, das ich sonst zum Arbeiten nehme; ich will nicht, dass meine guten Sachen nass werden. Als ich ins Wohnzimmer komme, ist Nick schon fertig. In einer Hand hält er eine meiner einundzwanzig Bierflaschen, in der anderen das Handy, auf das er eifrig eintippt. Als er mich sieht, steckt er es schnell weg, hebt den Kopf und betrachtet mich missbilligend von Kopf bis Fuß.

»Was zum Geier hast du denn da an?«

»Was meinst du?« Ich bin zwar nicht gerade schick gekleidet, aber es ist ja auch nicht so, also hätte ich einen Sack an.

»Du siehst aus wie ein Obdachloser.«

Nick dagegen hat sich ganz schön herausgeputzt: Er trägt ein Nadelstreifenhemd, eine schwarze Jeans und seine besten Schuhe.

»Unsinn. So schlimm ist es echt nicht«, kontere ich trotzig, wünschte aber, ich hätte wenigstens meine dreckigen Sneaker abgewischt.

»Doch, das ist es.«

»Und warum hast du dich so aufgebrezelt? Kommt Dom heute oder was?«

Nick wird rot. Sofort bereue ich, was ich gesagt habe. »Ich steh nicht auf Dom, das habe ich dir schon tausendmal gesagt …« Am liebsten würde ich mich ohrfeigen. Nick macht fast immer die Schotten dicht, wenn ich ihn nach Dom frage. Es ärgert ihn maßlos, wenn ich andeute, dass er ihn doch nur flachlegen will, und was ich eben gesagt habe, war ziemlich unter der Gürtellinie.

»Es tut mir leid«, sage ich zerknirscht. »War nicht so gemeint.«

»Es ist dein einundzwanzigster Geburtstag, Matt. Ich habe mich so ›aufgebrezelt‹, weil du vorhin fast geheult hättest, als ich keine Welle darum gemacht habe.« Nick trinkt die Flasche aus und macht sich die nächste auf, ohne mich auch nur eines Blickes zu würdigen.

»Ich bin ein Arsch«, sage ich. Nicks Mundwinkel zuckt.

»Stimmt.«

»Ein Riesenarsch.«

»Ja, genau das bist du.« Nick grinst jetzt breit, und ich fühle mich schon etwas besser.

»Entschuldige.«

»Schon okay. Es ist dein Geburtstag, da darf man mal ein Riesenarsch sein.« Er nimmt einen großen Schluck Bier und reicht mir ebenfalls eine Flasche.

»Danke«, sage ich und trinke.

»An deinem Geburtstag darfst du dich zwar wie ein Riesenarsch benehmen, aber nicht herumlaufen wie ein Penner. Los, zieh dich um.« Ich lache und bin froh, dass Nick mit einstimmt. Mit der Flasche in der Hand kehre ich in mein Zimmer zurück, um mir zu überlegen, welches T-Shirt ich anziehen soll. Viele besitze ich ja nicht.

Wir rennen zu *McGowan*, da es inzwischen noch stärker regnet. Zwar tragen wir beide dicke Jacken, aber es kommt mir dennoch vor, als sickere das Wasser durch jede Naht. Als wir auf der anderen Straßenseite vor dem *McGowan* sind, hebe ich den Kopf. Die Lichter sind an, aber man hört keinen Laut, und wieder bin ich enttäuscht. Wahrscheinlich sind Nick und ich die einzigen Gäste. Als wir die Straße überqueren und die Bar erreichen, bleibt Nick aus unerfindlichen Gründen stehen, aber ich hinterfrage das nicht. Mir ist kalt, es ist nass, und ich will einen Drink. Also dränge ich mich an ihm vorbei in die Bar … und taumele fast zurück, als ein gewaltiger Jubel ausbricht. »Überraschung!«, brüllen die Leute, und ich brauche ein paar Augenblicke, um zu kapieren, dass all die Menschen wegen mir hier sind. Ich fahre zu Nick herum, der strahlend hinter mir steht, und begreife endlich, dass seine miese Laune heute nur gespielt war. Das *McGowan* ist vom Boden bis zur Decke mit Bannern und Ballons dekoriert. Über der Bar hängt ein riesiges Poster, auf dem in Goldfarben »Alles Gute zum 21. Geburtstag, Matt!« steht.

»Bin ich der beste Freund, den man haben kann, oder was?«, fragt Nick und drückt meine Schulter.

»Das hast alles du organisiert?«

»Deine Familie und Elizabeth haben mir ein bisschen unter die Arme gegriffen, aber ich bin der geniale Kopf dahinter, ja.« Er sieht sehr zufrieden mit sich aus.

»Elizabeth hat auch geholfen?«, frage ich nach, und Nick nickt, wohl wissend, wie sehr ich mich darüber freue. »Also ist sie hier?«

»Das ist sie … irgendwo jedenfalls.«

Die nächsten zwanzig Minuten werde ich gedrückt und geküsst. Mindestens vierzig Leute sind erschienen, und die kleine Bar kommt mir unglaublich voll vor. Die meisten von ihnen sind von unserem Hof; Adam erzählt mir, er sei dafür verantwortlich gewesen, dass alle anderen Stallarbeiter in den vergangenen Tagen den Mund gehalten haben. Selbst einige Leute, die ich von Turnieren kenne, sind gekommen. Ein Mädchen, Sally Murphy, reißt mich fast zu Boden, als sie sich auf mich stürzt. Sie riecht nach Tequila und schreit mir »Happy Birthday!« ins Ohr, aber ich freue mich so sehr, dass es mir nichts ausmacht. Shane und Justine stehen mit Roger und Linda in einer Ecke und beobachten aus sicherer Entfernung die exzessiv trinkende Jugend. Vermutlich will Shane auch verhindern, dass ihm jemand versehentlich die Krücken wegtritt. Seit seinem Unfall ist er ziemlich gereizt. Er gratuliert mir noch einmal höflich, und ich bedanke mich wiederholt für sein Geschenk. Als ich mich endlich durch den Raum gearbeitet habe, sehe ich meine Familie ganz hinten an einem Tisch an der Wand sitzen. Sie kennen im Grunde ja niemanden hier. Dad steht auf und klopft mir fest auf den Rücken.

»Herzlichen Glückwunsch, mein Sohn!« Wir sprechen uns zum ersten Mal, seit ich ihnen das von Aachen erzählt habe. Alle freuen sich ungeheuer für mich, aber am meisten überrascht mich, wie stolz und aufgeregt mein Dad ist. Ann hat mir erzählt, dass er für den Tag, an dem das Turnier im Fernsehen übertragen wird, einige Leute zu uns eingeladen hat.

Mum steht als Nächste auf und drückt mir einen dicken Kuss auf die Wange. »Kaum zu fassen, dass du jetzt einundzwanzig bist«, flüstert sie mir zu. »Es kommt mir wie gestern vor, dass ich mit dir aus dem Krankenhaus gekommen bin.«

Ann drückt mich fest an sich. »Es ist so schön, dich zu sehen«, murmelt sie mir ins Ohr.

»Das finde ich auch«, flüstere ich zurück. Erst als wir uns voneinander lösen, sehe ich, dass sie ein weißes Kleid und verdammt hohe Schuhe trägt. Sie sieht toll aus – wie immer –, aber wieder bin ich völlig vor den Kopf geschlagen, dass sie schon so erwachsen ist. Manchmal wünsche ich mir, ich hätte noch die süße Elfjährige vor mir, nicht diesen sexy Teenager.

»Ist Christopher auch hier?«, frage ich.

»Ich kenne keinen Christopher«, sagt sie gut gelaunt, und ich bin froh, dass ich meine selbstbewusste, freche Schwester wiederhabe.

Mein Dad greift hinter sich und überreicht mir eine Schachtel. »Das ist von uns allen«, sagt er. Die Schachtel ist in weißes Papier eingeschlagen und mit einer schwarzen Schleife versehen, und ich öffne sie vorsichtig; ich habe keine Ahnung, was darin sein könnte. Eine kleine Holzkiste, in die das Wort »Citizen« geprägt ist, kommt zu Vorschein. Als ich den Deckel hebe, sehe ich eine silberne, eckige Uhr mit schwarzem Zifferblatt und dunkelblauen Zeigern. Sprachlos schaue ich zu meiner Familie auf, und mein Dad gluckst vergnügt. »Sie gefällt dir also?«

»Die ist wirklich toll … Danke!«, sage ich zu allen dreien.

»Gern geschehen«, erwidert meine Mutter erfreut. »Einundzwanzig ist ein wichtiges Alter, daher wollten wir dir etwas Besonderes schenken.«

Ich nehme die Uhr aus dem Kästchen und probiere sie gleich an. Das Band muss angepasst werden, aber sie sieht großartig aus. Und sie ist mit Abstand das Wertvollste, das ich je besessen habe.

»Ich habe in letzter Zeit öfter mal Turniere im Fernsehen verfolgt, und eines ist mir dabei aufgefallen: Alle Reiter haben eine schicke Uhr. Ich dachte, du würdest die da vielleicht gerne in Aachen tragen.«

Überwältigt kann ich meinen Dad nur anstarren. »Danke. Vielen, vielen Dank«, bringe ich endlich heraus und lege die Uhr behutsam ins Kästchen zurück. »Heute Abend will ich sie lieber nicht tragen – hinterher mache ich sie noch kaputt!« Ann zwinkert mir zu, und mir wird klar, dass sie das Modell ausgesucht hat. Ich schaue mich um und entdecke, dass Nick mir zuwinkt.

»Kommt, ich stelle euch Shane vor«, sage ich aus einem Impuls heraus, da ich nicht will, dass meine Familie allein in einer Ecke sitzt. Dad wirkt nicht ganz so glücklich, aber ich strahle ihn an. »Kommt schon, er steht da drüben … Und, Mum, er freut sich bestimmt, dich nach all den Jahren wiederzusehen.« Meine Mutter lächelt dankbar.

Anschließend bahne ich mir meinen Weg zu Nick. Er drückt mir ein Glas in die Hand.

»Was ist das denn?«, frage ich und starre entgeistert auf das dunkelrote Gebräu.

»Keine Ahnung. Elizabeth und Orla verteilen das Zeug an alle«, sagt er fröhlich. Man hört ihm den Alkohol bereits an.

»Das ist Raketentreibstoff«, höre ich eine weibliche Stimme

hinter mir. Ich drehe mich um und entdecke Liz und Orla hinter der Theke. Orla gibt Jägermeister in eine große Schüssel, während Liz rührt.

»Und was ist im Raketentreibstoff?«, frage ich, während mein Herzschlag bei Liz' Anblick Fahrt aufnimmt.

»Das ist ein Geheimnis, aber wenn du davon trinkst, wird es garantiert ein großartiger Abend«, sagt Liz und prostet mir zu. Ich muss lachen, ehe ich probiere. Es schmeckt wie Hustensaft, aber nicht schlecht, also trinke ich einen weiteren großen Schluck.

»Und? Hast du Spaß?«, fragt Orla.

»Ja«, sage ich, ohne den Blick von Liz abwenden zu können. Ihre Haare sind offen und lockig, und sie trägt einen schwarzen Minirock, der sie noch größer wirken lässt, als sie ohnehin schon ist.

»Und warum steht ihr zwei hinter der Bar?«, frage ich. Es überrascht mich ziemlich, dass der Besitzer, Benny, jemand anderen hinter die Theke lässt.

»Benny schien vorhin etwas überfordert, daher haben wir ihm unsere Hilfe angeboten«, sagt Liz.

»Den ganzen Abend lang?« Heißt das, dass ich sie kein einziges Mal für mich allein haben kann?

»Nein, keine Sorge – wir gesellen uns nachher zu euch, wenn es etwas ruhiger geworden ist«, antwortet Orla. Aber ich bewege mich nicht von der Bar weg. Jetzt, wo Liz hier ist, muss ich mit niemand anderem mehr sprechen.

»Jetzt geh schon!«, befiehlt Liz, als könne sie Gedanken lesen. »Es ist deine Party, du musst dich unter die Leute mischen. Ich finde dich nachher schon, versprochen.«

»Du gehst also nicht einfach weg?«

Liz wird rot.

»Ich gehe nicht einfach weg.«

Der Abend vergeht wie im Flug. Immer wenn ich mit jemandem zu reden beginne, kommt ein anderer, um mir zu gratulieren. Die meisten Gäste wollen mir unbedingt einen ausgeben, aber ich kann nicht mehr mithalten und habe mir ohnehin vorgenommen, diese Nacht auch in Erinnerung zu behalten, daher reiche ich die meisten Drinks an Nick weiter, der mehr als entzückt darüber ist, mir in dieser Hinsicht beizustehen. Auch der Besitzer des *McGowan* freut sich: Heute ist weit mehr los als an einem durchschnittlichen Donnerstag. Nick erzählt mir, dass Benny ihm den Laden unter der Bedingung überlassen hat, dass er mehr als fünfzehn Leute anschleppt, und nun tanzt er fast vor Freude, während er Mühe hat, mit den Bestellungen nachzukommen.

Wann immer ich die Chance dazu habe, blicke ich zu Liz hinüber. Sie und Orla lachen viel und schenken unaufhörlich ihren gefährlichen Cocktail aus. Jedes Mal, wenn ich sie dabei ertappe, dass sie zu mir hinüberblickt, fühlt es sich wie ein Stromschlag an.

Ein paar jüngere Stallburschen haben angefangen, etwas herumzupöbeln, und ich sehe, dass Shane ein Auge auf sie hat. Ich will gerade zu den Toiletten gehen, als Adam mich am Arm packt.

»Sorry, Matt …«, lallt er und gibt sich Mühe, aufrecht stehen zu bleiben.

»Alles okay mit dir?« Er ist völlig blau und kann kaum noch geradeaus laufen.

»Ja, klar … Weissu … weissu, wer die Kleine da is …?« Er deutet zu Ann, die sich mit Linda unterhält.

»Ja …«, sage ich zögernd.

»Die is süß …« Er lehnt sich schwer an mich.

»Und meine kleine Schwester«, sage ich freundlich. Ich weiß, dass Adam nichts Böses im Sinn hat. Aus ihm spricht der Alkohol.

»Oh, Mist … sssorry … Das geht ja gar nich. Schwesssern sind tabu …« Er wedelt mit den Armen, damit ich verstehe, was er meint, gerät dadurch aber so stark ins Wanken, dass er sich wieder an mir festhalten muss. »S-sorry …«

»Schon okay«, erwidere ich und muss lachen. Shane blickt zu uns herüber, und ich komme zu dem Schluss, dass Adam jetzt besser nach Hause geht. Ich drücke seinen Kopf hoch, bis er mich ansieht, und spreche ganz langsam.

»Adam, du besorgst dir jetzt ein Wasser und ein Taxi. Hast du mich verstanden?« Er zeigt mir den erhobenen Daumen. »Wasser und Taxi«, wiederhole ich.

»Ka-piert«, sagt er mit einem seligen Lächeln. Als er davontaumelt, höre ich ihn murmeln: »Wasser … Taxi … Wasser … Taxi …«

Nicht lange nach Adams Abgang machen sich auch ein paar andere Gäste langsam zum Gehen bereit. Es ist fast ein Uhr morgens, und die meisten müssen am folgenden Tag arbeiten. Meine Familie gehört zu den Ersten, die sich verabschieden, und ich danke ihnen erneut, dass sie gekommen sind. Ann will nicht gehen, aber meine Eltern lassen nicht mit sich reden. Shane, Justine, Roger und Linda folgen bald darauf. Shane verabschiedet sich mit knappen Worten, während Justine, die sich anscheinend gut amüsiert hat, neben ihm leicht schwankt. Die Jüngeren von uns machen es sich gerade so richtig gemütlich, und man überredet mich, mit allen einen Schnaps zu trinken.

Irgendwann halte ich nach Nick Ausschau. Ich entdecke ihn in einer Ecke mit Dom. Dom scheint wütend auf ihn einzureden, während Nick genervt und frustriert wirkt. Wieder frage ich mich, was zwischen den beiden vor sich geht, aber ich bezweifle, dass Nick es mir in nächster Zeit erzählen wird, also beschließe ich, mich nicht einzumischen.

»Was, denkst du, läuft zwischen den beiden?«, fragt Liz, die plötzlich an meiner Seite auftaucht. Wie ich beobachtet sie Nick und Dom.

»Wenn ich das wüsste … Nick will nicht darüber reden.«

»Dom auch nicht, aber ich weiß, dass er ziemlich hinter Nick her ist. Vielleicht ist Nick für ihn die eine Person, die man nie vergessen kann.« Wir setzen uns, und sie nippt an ihrem Glas.

»Hat man dich endlich aus deiner Schicht entlassen?«, frage ich.

Liz reißt ihren Blick von den beiden Männern los und wendet sich lächelnd mir zu. »Ich finde, die Leute hier hatten jetzt alle genug Raketentreibstoff.«

»Und wo ist Orla?« Liz deutet mit dem Kopf zur Seite, ich folge der Richtung und sehe Orla und Stevie O'Leary in einer Ecke wild miteinander knutschen.

»Oha! Das hätte ich jetzt nicht erwartet.«

»Ich auch nicht. Er ist schließlich erst siebzehn. Ich freue mich schon jetzt darauf, sie morgen damit aufzuziehen.«

Ich starre sie einen Moment an, weil ich plötzlich kaum fassen kann, dass sie hier neben mir sitzt. »Du bist gekommen.« Gott, ich weiß, dass ich erbärmlich klinge.

»Ja, das bin ich«, erwidert sie, genauso schüchtern. Sie blickt einen Moment lang in ihr Glas. »Ich mag dich sehr, Matthew, und ich würde es wirklich bereuen, wenn ich uns keine Chance gäbe – was immer ›uns‹ bedeutet.«

Als ich das höre, würde ich am liebsten vor Freude aufspringen und schreien. Auf so etwas hatte ich gehofft, als ich sie vorhin hier entdeckt habe, hatte mich aber nicht getraut, daran zu glauben, bis sie es nun ausgesprochen hat!

»Ich wusste doch, dass du auf mich stehst«, sage ich frech, um die Spannung zu lösen.

»Tja, keine Ahnung, warum.«

Wir sehen einander nur an, und ich habe das dringende Bedürfnis, sie zu küssen, doch bevor es dazu kommt, setzt sie erneut an.

»Ich würde die Sache dennoch gerne langsam angehen lassen … wenn das okay für dich ist?« Jetzt ist sie wieder nervös.

»Klar, kein Problem«, antworte ich schnell und bin froh, dass ich sie gerade nicht sofort in die Arme gezogen habe.

Ich schaue mich nach Nick um, entdecke ihn aber nicht mehr. Ich will Liz gerade fragen, ob sie zufällig gesehen hat, wohin er gegangen ist, als mir Benny auf die Schulter tippt.

»Herzlichen Glückwunsch, Matt …«, beginnt er.

»Danke, Benny. Und danke auch, dass wir hier feiern durften. Das ist sehr großzügig von dir.«

»Ach, kein Thema … überhaupt kein Thema …« Er sieht sich nervös um. Ich folge seinem Blick und entdecke Sally Murphy, die auf einem winzigen Tisch eine Art Riverdance hinlegt. Das Tischchen wackelt bei jedem Tritt bedenklich, aber die Menge um sie herum jubelt begeistert.

»Falls es dir nichts ausmacht, Matt, würde ich vielleicht langsam schließen. Die Leute werden ein bisschen übermütig. Ihr könnt gerne bleiben, so lange ihr wollt, aber wir sollten vielleicht keine Getränke mehr ausschenken …«

»Na klar«, antworte ich. Sallys Benehmen ist mir tatsächlich ein wenig peinlich. »Ich sage ihr, dass sie damit aufhören soll, okay?«, schlage ich vor und erhebe mich schon, aber er schüttelt den Kopf.

»Nein, nein, das musst du nicht, Matt … Die Frau will ja nur ein bisschen Spaß. Amüsiert euch, du auch, okay?« Ich setze mich wieder, zugegeben erleichtert, dass ich auf meiner eigenen Party nicht der Vernünftige sein muss. Benny kehrt zur Bar zurück und zieht die Rollläden herunter. Die Gäste stöhnen enttäuscht.

»Ich habe ein schlechtes Gewissen«, sagt Liz, als Benny außer Hörweite ist.

»Warum?«

»Ich glaube, ich habe Sally acht Gläser Raketentreibstoff ausgeschenkt …«

»Ach, mach dir nichts draus. Sally ist sehr unterhaltsam, wenn sie besoffen ist.«

Liz und ich bleiben in der folgenden Stunde für uns und unterhalten uns hauptsächlich über Aachen. Ich bin mit jedem neuen Tag aufgeregter und nervöser. Mir ist bewusst, dass ich diese Chance nur durch eine glückliche Fügung bekommen habe, und ich will unbedingt allen beweisen, dass ich sie verdient habe. Alle paar Minuten kommen Gäste, die sich verabschieden wollen, aber ich bemerke sie kaum. Erst viel später fällt mir auf, dass Liz und ich die Letzten sind.

»Orla muss mit Stevie nach Hause gegangen sein«, vermutet Liz schockiert. Ich muss über ihr Entsetzen lachen, und sie grinst.

»Komm mit mir«, sage ich wagemutig.

»Ich weiß nicht …«

»Und wenn ich dir verspreche, dass ich auch ganz brav sein werde?«, frage ich. Liz lächelt, antwortet aber nichts. Ich seufze, greife nach ihrer Hand und bin froh, dass sie sie nicht wegzieht.

»Hör zu, ich habe begriffen, dass es ein bisschen zu früh *dafür* ist«, sage ich und betone das Wort überdeutlich. »Ich bin einfach nur gerne mit dir zusammen und wäre heute Nacht gerne bei dir.«

»Okay«, sagt sie plötzlich. »Gehen wir.«

Lachend und kichernd kehren wir zum Bungalow zurück. Draußen ist es stockfinster, und keine Menschenseele ist zu sehen. Als wir eintreten, kann ich mich nicht entscheiden, ob ich mit ihr ins Wohnzimmer oder in mein Schlafzimmer gehen soll. Ich habe ernst gemeint, was ich vorhin gesagt habe – ich gehe nicht davon aus, heute Nacht mit Liz zu schlafen –, aber ich kann nicht verhindern, dass ich hoffe, es möge dennoch geschehen. Schließlich entscheide ich mich doch für mein Zimmer, weil ich nicht möchte, dass Nick uns überrascht, wenn wir auf der Couch bleiben. Noch immer habe ich keine Ahnung, wo er ist. Liz setzt sich unbeholfen auf die Bettkante, und ich präsentiere ihr meine Uhr, um die Stimmung etwas aufzulockern.

»Wow, die ist ja toll!«

»Danke. Mein Dad meinte, er hätte sie extra für Aachen gekauft.« Ich schiebe meine Hände unter meine Oberschenkel, damit ich in meinem berauschten Zustand nichts Dummes mit ihnen anstelle.

»Er scheint sich ziemlich für dich zu freuen.«

»Ja, das tut er. Das tut er wirklich.«

»Du klingst überrascht.«

»Das bin ich auch. Die letzten Jahre hat er mich nie verstanden, konnte nie nachvollziehen, warum ich bei Shane arbeite, aber jetzt ... jetzt freut er sich für mich. Ann hat mir erzählt, er bleibt abends oft lange auf, um sich die Übertragungen der Turniere anzusehen ...«

»Er ist einfach stolz auf dich«, sagte sie und nimmt meine Hand.

»Tja ... Ich glaube, das ist er wirklich.«

»Kommen sie mit nach Aachen?«

»Nein ... das wäre zu teuer, und mein Dad kann sich auch nicht so viele Tage freinehmen. Aber sie fiebern auf jeden Fall vor dem Fernseher mit. Mein Dad macht laut Ann ein richtiges Event daraus. Und deine Eltern?«

»Sie werden auch nicht kommen.« Zum ersten Mal an diesem Abend scheint Liz sich unbehaglich zu fühlen. »Mein Vater hat immer zu tun, und meine Mutter … Na ja, sie und ich sprechen eigentlich nicht mehr miteinander …« Ihre Stimme wird leiser und verklingt ganz.

»Was ist passiert?«, frage ich vorsichtig.

»Sie … sie hält nichts davon, wie ich mein Leben lebe. In ihren Augen hätte ich nie Springreiterin werden sollen.«

»Aber du hast ein außerordentliches Talent dazu. Das muss sie doch erkennen – vor allem jetzt.«

»Ich glaube, dass es ihr nicht um das Talent geht. Sie mag einfach diese ganze Reitwelt nicht. Sie ist sehr konservativ erzogen, und wenn sie hört, was manchmal abgeht, ist sie ziemlich entsetzt.«

»Ja, na gut, unter den Reitern gibt es schon ein paar Härtefälle, aber sie muss doch wissen, dass du nicht so bist.«

»Du kennst mich nicht besonders gut, Matthew. Manchmal treffe ich nicht die besten Entscheidungen.«

Ich bin mir nicht sicher, was sie damit meint … und ich will es besser auch gar nicht wissen. Sie schaut einen Moment ins Leere, als sei sie in Gedanken, dann plötzlich steht sie auf und greift in ihre Handtasche.

»Ich hab dir dein Geschenk noch gar nicht gegeben«, sagt sie nun wieder wach und munter, als hätte man einen Schalter umgelegt. Sie reicht mir eine kleine Tüte, und als ich sie öffne, entdecke ich ein Paar rotkarierte Socken, auf denen »Glückssocke« steht. »Nick meinte, du hast noch keinen Glücksbringer, also dachte ich, du könntest sie mit nach Aachen nehmen.«

»Die sind großartig!« Bevor ich darüber nachdenken kann, küsse ich sie schon.

Wir plaudern noch eine ganze Weile, aber bald darauf dösen wir beide ein. Als ich erwache, liegt Liz komplett angezogen und im Tiefschlaf neben mir auf dem Bett. Ihr blondes Haar verdeckt ihr Gesicht, und ihre Brust hebt und senkt sich gleichmäßig. Die frühe Morgensonne sickert durch meine Vorhänge, und plötzlich bin ich unglaublich glücklich. Am liebsten würde ich ewig hier liegen bleiben, sie betrachten und diesen wunderbaren Frieden auskosten. Aber meine volle Blase protestiert, und ich schiebe mich notgedrungen aus dem Bett.

Benommen wanke ich ins Bad und hätte beim Pinkeln fast die Kloschüssel verfehlt.

»Mist«, brumme ich. Ich wasche mir die Hände und will zurück in mein Zimmer schleichen, als ich Dom im Flur sehe. Er trägt nichts als Boxershorts und erstarrt, als er mich bemerkt.

»Hi«, murmele ich verlegen.

»Hi«, erwidert er mindestens genauso unsicher.

»Mit wem redest du denn da, Dom?« Nick taucht in seiner Tür auf und bleibt stehen, als er uns beide sieht.

»Ich wollte nur eben aufs Klo.« Dom hastet an mir vorbei und schließt die Tür. Nick steht entspannt im Türrahmen, als sei alles ganz normal, und grinst mich an.

»Ich hatte den Eindruck, ihr zwei hättet euch gestern Abend gestritten«, bemerke ich.

»Tja, was soll ich sagen?«, antwortet er. »Ich mag Versöhnungssex.«

20. Kapitel

AACHEN

Mir ist übel, schwindelig, und alles scheint sich zu drehen. Ich bin verwirrt, desorientiert und glaube, dass ich schlafe – nein, ich *weiß,* dass ich schlafe –, möchte aber jetzt aufwachen. Jemand spricht mit mir, aber ich kann meine Augen nicht öffnen.

»Elizabeth, bist du wach?«

Ja … nein … ich weiß nicht. Ich fühle mich gar nicht gut. Ich fürchte, ich muss mich gleich übergeben. Gott, bitte nicht.

»Elizabeth, wir sind da. Wir sind in Deutschland.«

Ich öffne meine Augen und sehe Nick über mir. Er drückt sanft meinen Arm, und endlich wird mir bewusst, dass ich wirklich wach bin. Die Überfahrt mit der Fähre war schrecklich; ich war die ganze Zeit seekrank. Ich wusste schon immer, dass ich keinen besonders stabilen Magen habe, aber diese Reise war mit Abstand die schlimmste, die ich bisher erlebt habe.

»Wie geht's dir?«, fragt Nick freundlich.

»Grässlich.« Stöhnend setze ich mich auf. Wir sind alle in den Transportern bei unseren Pferden, und ich glaube, ich habe mir damit keinen Gefallen getan.

»Meinst du, du kannst fahren? Die Autos werden gleich rausgewinkt.«

»Mir geht's gut«, beteuere ich und befehle mir, mich zusammenzureißen. Es ist lieb, dass er sich so kümmert, aber trotzdem will ich nicht, dass er mich für schwach hält. »Wo ist Matthew?«

»Bei den Pferden. Cedric ist vor ein paar Stunden in Panik

geraten und hat versucht, sich hinzulegen. Matt konnte ihn beruhigen, wollte ihn aber für den Rest der Fahrt nicht mehr allein lassen.«

Sofort meldet sich mein schlechtes Gewissen. Wenn mit Wildfire etwas gewesen wäre, hätte ich mich nicht um sie kümmern können.

»Ich will vorher noch schnell nach Wildfire sehen.« Ich stehe rasch auf, und prompt wird mir wieder schwindelig.

»Mach dir keine Sorgen. Ich hatte ein Auge auf sie.«

»Danke«, sage ich gerührt.

»Kein Thema. Wir sind alle in einer Mannschaft, da muss man aufeinander achten.« Er zwinkert mir verschmitzt zu, ehe er wieder abzieht. Ich überprüfe mein Aussehen im Spiegel: gruselig. Mein Gesicht ist grünlich, mein Blick fast glasig. Kein Wunder, dass Nick sich Sorgen gemacht hat. Dann sehe ich nach Wildfire. Sie wirkt wie immer entspannt. Als ich endlich nach vorne zum Cockpit gehe, fahren die ersten Fahrzeuge bereits von der Fähre.

Dom hat mir erzählt, was zwischen ihm und Nick neulich vorgefallen ist, und obwohl es eine tolle Nacht gewesen sein muss, hat sich offenbar in ihrer Beziehung nichts verändert. Manchmal wünschte ich mir, ich könnte Nick für die Art, wie er Dom behandelt, verabscheuen, aber so einfach ist das nicht. Da ich jetzt öfter mit Matt zusammen bin, sehe ich auch Nick oft, und langsam beginne ich zu verstehen, warum Dom derart hinter ihm her ist. Nick ist laut, direkt und manchmal ein echter Arsch; aber dann tut er wieder etwas so Nettes und Rücksichtsvolles, dass man ihn einfach ins Herz schließen muss. Ich würde mich so sehr freuen, wenn er und Dom ein Paar würden, aber ich fürchte, daraus wird niemals etwas, wenn ich auch keine Ahnung habe, wieso.

Die Fahrt nach Aachen gibt meinem Magen Zeit, sich wieder

etwas zu beruhigen, und als ich ankomme, den Transporter abstelle und Wildfire in den Stall bringe, fühle ich mich wieder ganz gut. Wir waren den ganzen Tag unterwegs, und ich freue mich nun auf eine Dusche und mein Bett. Doch dann entdecke ich Taidgh, Edward, Matthew und Ben, die in einem Grüppchen zusammenstehen.

Taidgh winkt mich heran, und ich nähere mich, obwohl der Anblick von Edward und Matt so dicht beieinander in mir einen Fluchtreflex auslöst. Was mache ich bloß? Was ist, wenn die beiden herausfinden, was ich für ein Spiel treibe? Es war so leicht, ohne Schuldgefühle Zeit mit Matt zu verbringen, als ich kaum Kontakt zu Edward hatte, doch nun wird mir einmal mehr bewusst, in was für eine unhaltbare Situation ich mich manövriert habe.

»Elizabeth, geht's dir gut?«, fragt Taidgh. »Du siehst ein wenig blass aus.«

»Ja, danke«, murmele ich. »Mir ist die Reise nicht so gut bekommen.« Ich gebe mein Bestes, nur Taidgh anzusehen und niemand anderes.

»Wenn du eine Nacht geschlafen hast, geht es dir bestimmt wieder besser«, erwidert Taidgh freundlich.

Ich nicke. Ich will so schnell wie möglich weg von hier.

»Also«, fährt er fort. »Der Nationenpreis wird übermorgen ausgetragen, die Einzelwertungen finden am Freitag statt. Ich schlage vor, dass ihr morgen eure Pferde nur leicht bewegt, da sie von der Reise erschöpft sein werden. Und ich erwarte, dass ihr alle an den folgenden drei Abenden um zehn Uhr im Bett liegt – das werde ich persönlich überprüfen. Und mit im Bett liegen meine ich *allein* im Bett liegen …«

»Meine Güte, Taidgh. Ich bin doch kein kleines Kind mehr«, sagt Ben verärgert.

»Nein, ganz gewiss nicht. Aber ich habe in dieser Woche hier das Sagen, und ich lasse nicht zu, dass ein Mitglied meiner Mannschaft sich wie ein hormongefluteter Teenager benimmt und damit Irlands Ruf ruiniert.«

Ben scheint eine scharfe Bemerkung auf der Zunge zu liegen, aber er verkneift sie sich. Verstohlen werfe ich Matt und Edward einen Blick zu. Matt, der müde und ziemlich hager aussieht, hört aufmerksam zu. Edward wirkt so entspannt und ruhig wie immer, fast gelangweilt.

»Morgen essen wir zusammen zu Abend und sprechen über die Taktik für den nächsten Tag«, fährt Taidgh fort. »Tagsüber könnt ihr machen, was ihr wollt, aber ich kann euch nur raten, euch nicht zu verausgaben und kein Risiko einzugehen. Es fehlt gerade noch, dass jemand ausfällt, weil er verletzt ist.« Taidgh sieht alle nacheinander an, und wir nicken.

»Schön. Dann gute Nacht. Wie ich schon sagte – ich überprüfe eure Zimmer!«

Ben macht auf dem Absatz kehrt und rauscht beleidigt ab. Edward greift Taidgh am Arm und steuert ihn auf die Stallungen zu. »Es gibt da ein Pferd, Taidgh, zu dem ich gerne deine Meinung hören würde …«, höre ich ihn noch sagen. Dann sind Matthew und ich allein.

»Womit mein Plan für heute Abend zunichtegemacht wurde«, kündigt er gut gelaunt an.

»Welcher Plan?«

»Ich wollte mich nachts in deinen Transporter schleichen«, gesteht er aufgesetzt anzüglich.

»Ach, sieh an. Ist das so?«, erwidere ich, unfähig, seinem Flirtversuch zu widerstehen.

»Oh, ja … Na ja, zumindest falls deine reißende Bestie von Wachhund mich nicht schon vorher zerfleischt hätte.« Matthew tritt einen Schritt auf mich zu.

»Ich habe Marshall bei Orla zu Hause gelassen«, erkläre ich, froh, dass niemand in der Nähe ist, der mithören könnte. »Ich hatte Angst, dass die Reise zu viel für ihn ist.«

»Mist … mein Plan hätte also funktionieren können – wenn Taidgh mir nicht dazwischengefunkt hätte.« Er schüttelt theatralisch den Kopf.

»Ja, so sieht's wohl aus«, sage ich grinsend. Wenn Matthew so ist, kann ich einfach nicht widerstehen. Wir haben uns bisher nur geküsst, aber wenn wir auf diese Art herumalbern, traue ich mir selbst nicht über den Weg.

»Was machst du morgen?«, fragt er.

»Nichts.«

»Ich habe gesehen, dass für die Zuschauer ein kleiner Jahrmarkt aufgebaut wird. Hast du Lust?«

»Oh, ja, gerne!« Ich schaue mich rasch um, ehe ich ihn auf die Wange küsse. »Gute Nacht, Matthew«, sage ich und wende mich zum Gehen.

»Gute Nacht, Liz«, ruft er mir hinterher.

In dieser Nacht wälze ich mich lange im Bett herum, aber dann schlafe ich tief und fest und wache ausgeruht und frisch auf. Ich halte mich an Taidghs Rat und reite nur eine kleine, leichte Runde mit Wildfire. Sie ist gut drauf und munter, aber ich spüre ihre Erschöpfung nach der Reise. Als ich ihr zur Belohnung ein paar Pfefferminz gebe, zupft sie liebevoll an meinen Taschen.

»Wie geht's ihr?«

Ich schaue erstaunt auf. Edward steht vor der Box. Er trägt ein weißes Polohemd und eine Designer-Sonnenbrille und sieht blendend und sexy aus. Plötzlich bin ich unsicher.

»Gut, sie ist nur ein bisschen müde. Aber bis morgen steckt sie bestimmt wieder voller Energie.«

»Daran zweifle ich nicht«, entgegnet er, lächelt und lässt seine perfekten Zähne aufblitzen. Dann verändert sich sein Tonfall. »Und wie geht es dir so?«

»Ganz okay …«, murmele ich. Ich weiß eigentlich nicht, wie ich mich in Bezug auf ihn wirklich fühle. Ja, ich habe ihn vermisst, aber ich war auch nicht gerade deprimiert in den vergangenen Wochen – eigentlich hatte ich sogar ziemlich viel Spaß.

»Ich habe uns noch nicht aufgegeben, Elizabeth. Und du?«, fragt er. Sein Lächeln ist weg, und er wirkt plötzlich sehr verletzlich.

»Nein«, antworte ich, aber mehr als das bringe ich einfach nicht heraus. Wenn wir über dieses Thema sprechen, verrate ich ihm vielleicht noch etwas von Matthew, und ich kann überhaupt nicht einschätzen, wie er darauf reagieren würde.

Er holt tief Luft und fährt fort: »Hör zu, wir sollten uns unbedingt unterhalten, aber jetzt ist nicht der richtige Zeitpunkt dazu. Wir alle müssen uns auf morgen konzentrieren.«

Ich nicke und weiche seinem forschenden Blick aus.

Schweigend sieht er zu, wie ich mich um Wildfire kümmere. Ich komme mir vor wie bei einer Musterung – als stünde jede Lüge, die ich erzählt, jeder Fehler, den ich gemacht habe, auf meinem Körper, so dass ich nur noch aus einer Aneinanderreihung falscher Entscheidungen bestehe, die Edward zu entziffern und zu deuten versucht. Schließlich wendet er sich wortlos ab und geht, und als ich sicher bin, dass er wirklich weg ist, stoße ich einen Seufzer der Erleichterung aus. Mir ist, als könne ich erst jetzt wieder richtig durchatmen.

Die Leute drängen sich auf dem Jahrmarkt. Alle paar Augenblicke rennen uns Kinder vor die Füße, so dass wir abrupt stoppen müssen, um keines von ihnen umzutreten. Matthew benimmt sich selbst wie ein Kind. Er zerrt mich auf jedes Karussell und drängt mich dazu, an jeder Spielbude mitzumachen. Überall kauft er mir Süßigkeiten, und am Ende des Tages stehe ich kurz vor einem Zuckerschock.

»Danke für diesen schönen Tag«, sage ich, als wir zum Ausgang gehen. »Ich hätte nicht gedacht, dass mich irgendetwas von dem Turnier morgen ablenken kann, aber du hast es geschafft.«

»Kein Thema«, sagt er beiläufig.

Mit einem Mal spüre ich ein sanftes Zupfen an meinem Arm, und als ich mich umwende, entdecke ich ein kleines Mädchen von vielleicht zehn Jahren, das nervös vor mir steht.

»Entschuldigen Sie bitte …«, sagt sie so leise, dass ich sie kaum verstehen kann. »Aber sind Sie nicht Elizabeth O'Brien, die Wildfire reitet?«

»Ja, das bin ich.«

Die Kleine dreht sich um und brüllt einem Mann und einem etwas älteren Mädchen zu: »Dad! Jen! Sie ist es – ich hab's euch doch gesagt.« Beide schlagen prompt unsere Richtung ein, und der Vater wird ein bisschen rot.

»Ich hoffe, es macht Ihnen nichts aus«, beginnt er verlegen, »aber Abi und Jen hier sind verrückt nach Pferden. Wir kommen ursprünglich aus Irland und fahren den irischen Mannschaften oft hinterher.«

»Schon okay«, bringe ich verdattert hervor.

»Könnten wir vielleicht ein Foto mit Ihnen machen?«, fragt die Kleine, jetzt schon viel mutiger.

»Ja, klar«, stammele ich.

»Ich kann das machen, wenn Sie wollen«, bietet sich Matthew an. Der Mann blickt ihn einen Moment an.

»Sie sind Matthew, der Mannschafts-Underdog«, sagt er plötzlich.

»Der Mannschafts-Underdog?«, prustet Matthew los.

Der Mann rudert hastig zurück. »Oh, Gott, tut mir leid. Ich

wollte Sie nicht beleidigen. Ich habe das so in den Zeitungen gelesen und …«

»Macht doch nichts, ich bin nicht beleidigt. Im Gegenteil … der Gedanke gefällt mir«, erwidert Matthew breit grinsend.

»Können Sie nicht auch mit aufs Foto?«, fragt Abi und zieht an seinem Ärmel.

»Okay, kein Problem.«

Matthew und ich beugen uns zu den zwei Mädchen hinunter, die in die Kamera lächeln, während ihr Vater das Foto macht. Die ganze Situation fühlt sich vollkommen surreal an. Ich wusste, dass etwas über uns in den Zeitungen gestanden hat – so ist es immer, wenn jemand in eine Nationalmannschaft gewählt wird. Aber nie im Leben hätte ich erwartet, dass man mich erkennen und ein Foto mit mir wollen könnte.

»Vielen, vielen Dank«, sagt der Vater und schüttelt uns die Hände. »Sie haben die zwei absolut glücklich gemacht.«

»Gerne«, erwidere ich, noch immer ziemlich verlegen.

»Ist das wahr, dass Sie mit Nadal zusammen sind?«, fragt Abi.

»Mit dem Tennisspieler?«, fragt Matthew geplättet.

»Ähm … nein. Ich kenne ihn nicht einmal persönlich. Wie kommst du denn darauf?«

»Das hab ich in einer Zeitschrift gelesen«, entgegnet Abi trotzig.

»Siehst du? Ich hab dir doch gesagt, dass das nicht stimmt«, fährt Jen sie an.

»Kommt, Mädels. Elizabeth und Matthew haben bestimmt noch was anderes zu tun. Noch mal … danke.«

Als die drei außer Hörweite sind, zieht Matt die Augenbrauen hoch. »Aha, du gehst also mit Nadal aus?«

»Und du bist der Underdog?«

Und dann brechen wir beide in lautes Gelächter aus.

Matthew und ich gehen getrennt zurück, sobald wir auf dem Turniergelände angekommen sind. Wir haben den ganzen Rückweg gelacht und herumgealbert, aber nun, da ich allein bin, zieht sich mein Inneres bei dem Gedanken an das Dinner heute Abend unangenehm zusammen. Ein ganzer Abend mit Matthew und Edward gemeinsam am Tisch … mir ist, als würde ich auf einem Seil balancieren, von dem ich irgendwann unwillkürlich hinunterfallen muss. Ich gebe alles, um mich so mädchenhaft wie möglich anzuziehen, dann nehme ich mir ein Taxi zum Restaurant. Es ist zwar nur ein paar Minuten entfernt und zu Fuß problemlos zu erreichen, aber ich bin an High Heels nicht gewöhnt. Ich komme ein paar Minuten zu früh dort an und bin erleichtert, als ich Taidgh allein am Tisch entdecke. Er erhebt sich, als ich auf ihn zukomme.

»Elizabeth. Es ist mir eine Freude, dich hierzuhaben.« Er küsst mich höflich auf die Wangen und drückt meine Hand. »Setz dich. Ich komme direkt von einem wichtigen Meeting und bin völlig ausgehungert. Ich habe gerade schon in die Karte gesehen. Viel Fleisch und Käse, aber es klingt köstlich. Du bist doch keine Vegetarierin, oder?«

Das Restaurant ist schummrig beleuchtet und gemütlich – man könnte es sogar als romantisch bezeichnen –, und Taidgh hat uns einen Tisch etwas abseits der anderen in einer Ecke ausgesucht.

»Nein, ich mag Fleisch«, erwidere ich gut gelaunt.

»Sehr schön. Ich wollte mich nur vergewissern. Heutzutage weiß man ja nie, und manchmal habe ich den Eindruck, dass die Deutschen gar nicht wissen, was ein Vegetarier überhaupt ist.« Ich nehme die Karte und stelle fest, dass er recht hat. Jedes Gericht scheint irgendein totes Tier zu enthalten. Ich ziehe die Augenbrauen hoch, als ich die Preise entdecke. Taidgh bemerkt meinen Blick.

»Keine Sorge, das geht auf mich. Du kannst dir also ganz unbeschwert bestellen, was immer du willst.«

Ich lächle ihn dankbar an, als die Anspannung von mir abzufallen beginnt. »Danke. Auch ich habe einen Mordshunger.«

In diesem Moment trifft Ben ein.

»Ben«, sagt Taidgh tonlos. Ben grunzt nur, und sein Blick huscht hin und her, als er sich einen Stuhl neben mir hervorzieht. Ich kann die Spannung zwischen den beiden deutlich spüren: Irgendetwas muss heute vorgefallen sein.

In der kurzen Zeit, die wir auf die anderen beiden warten, bestellt Ben sich rasch hintereinander zwei doppelte Whisky und sagt kein Wort, während Taidgh und ich über Pferde plaudern. Matthew ist der Nächste, der eintrifft. Er scheint sich in seiner Stoffhose und dem Hemd nicht ganz wohl zu fühlen, und ich bin plötzlich froh, dass Ben sich neben mich gesetzt hat, auch wenn er den Whisky wie Wasser herunterkippt; auf diese Art kann es zumindest keine Konkurrenz um den Platz neben mir geben. Matt lässt sich auf Taidghs anderer Seite nieder, und die beiden besprechen die Speisekarte. Es dauert noch gute zwanzig Minuten, bis auch Edward eintrifft.

»Tut mir leid, Leute – tut mir wirklich furchtbar leid. Ich weiß, dass ich zu spät bin, aber wir hatten eine kleine Schrecksekunde wegen Minnie …« Minnie ist die Stute, auf der Edward diese Woche reiten wird.

»Ist alles in Ordnung?«, fragt Taidgh. Natürlich will er nicht, dass mit dem stärksten Teammitglied etwas passiert.

»Oh, jaja, alles wieder gut«, erklärt Edward und setzt sich auf den letzten freien Stuhl am Tisch. »Mein Pfleger kam panisch angerannt und sagte, sie würde krampfen! Natürlich lief ich sofort in den Stall. Die arme Stute war schweißgebadet, aber nicht wegen einer Kolik, sondern weil der Vollidiot von Stallbursche ihr eine falsche Decke übergelegt hatte. Dem armen Vieh war einfach saumäßig heiß … Wie auch immer, nun passt ja wieder alles.«

Er nimmt die Karte und blickt hinein. Ich habe Mitleid mit dem betreffenden Pferdepfleger, denn ich kenne Edward: Mit seinen Angestellten ist er alles andere als geduldig. Ich bin ziemlich sicher, dass der Unglücksrabe von heute nach unserer Rückkehr nach Irland keine Arbeit mehr haben wird.

»Jedenfalls bin ich froh, dass Minnie gesund und munter ist«, sagt Taidgh.

Wir blicken erneut in die Speisekarte, und als wir uns alle etwas ausgesucht haben, winkt Taidgh der Kellnerin. Sie ist jung, blond und hübsch, und ihre Aufmerksamkeit gehört ausschließlich Edward. Und so fragt sie auch ihn zuerst nach seinem Getränkewunsch, obwohl Taidgh es gewesen ist, der sie an den Tisch geholt hat.

»Ich hätte gerne ein Glas Wein – aber vielleicht sollten wir gleich eine ganze Flasche für den Tisch nehmen?«, schlägt er vor.

Taidgh schüttelt den Kopf, und auch Matthew und ich lehnen höflich ab. Es ist unwahrscheinlich, dass es bei einer Flasche bleiben wird, und ein Kater ist das Letzte, was ich morgen gebrauchen kann.

»Dann nur für mich ein Glas«, sagt Edward und schenkt der Kellnerin ein Lächeln.

Sie errötet, kichert, und prompt regt sich in mir die Eifersucht.

»Ich nehme noch einen Doppelten«, ruft Ben ihr hinterher und fügt, an Edward gewandt, hinzu: »Verflucht noch mal, Edward, wenn du da bist, existiert für die Frauenwelt offenbar kein anderer mehr!«

Edward ignoriert den Kommentar einfach. Er macht keinen Hehl daraus, dass Ben ihm auf die Nerven geht.

Unser Essen kommt schnell, und während wir uns darüber hermachen, erklärt Taidgh uns, was am nächsten Tag anstehen wird. »Jeder von euch reitet zwei Umläufe, insgesamt haben wir also acht, aber nur sechs davon werden gewertet, das heißt, wir lassen die schwächsten beiden unter den Tisch fallen. Ben springt zuerst, danach Elizabeth, Matthew und als Schlussreiter Edward, der die größte Turniererfahrung besitzt.« Taidgh redet, als ginge es um die strategische Planung einer Schlacht, und in gewisser Hinsicht ist es das vermutlich auch.

»Wie viele Mannschaften nehmen teil?«, fragt Matthew. Ein Blick auf seinen Teller zeigt mir, dass er sein Essen bisher kaum angerührt hat. Mir geht es ähnlich.

»Acht. Irland, Belgien, Frankreich, Großbritannien, Deutschland, die Niederlande, die Schweiz und die USA. Meiner Meinung nach sind es die Deutschen, die es zu schlagen gilt. Sie haben nicht nur den Heimvorteil, sondern sind in den vergangenen Wochen fast unbesiegbar gewesen. Aber man darf auch die Amerikaner nicht unterschätzen. Sie sind von Turnier zu Turnier konstant besser geworden, und ich könnte mir vorstellen, dass sie sich noch einmal steigern.« Edward nickt hin und wieder höflich, aber Ben scheint kaum zuzuhören. Taidgh wirft ihm einen ärgerlichen Blick zu. »Wenn zwei Mannschaften mit gleicher Punktzahl übrig bleiben, wird aus jeder Mannschaft ein Reiter für ein extra Stechen ausgewählt …«

»Für wen wirst du dich entscheiden?«, unterbricht Ben.

»Wenn du dich weiter so volllaufen lässt, dann bestimmt nicht für dich!«, fährt Taidgh ihn an und überrascht uns damit alle. Ben scheint etwas erwidern zu wollen, überlegt es sich aber anders.

»Falls es zu diesem Stechen kommt, wähle ich die Person aus, die am betreffenden Tag in der besten Form ist … Nun, wie auch immer. Wir sind eine sehr starke Mannschaft und werden eine starke Leistung abliefern. Also genießen wir heute Abend das Essen und die Gesellschaft und tun uns etwas Gutes.« Beim letzten Satz ist seine Stimme wie gewohnt fröhlich, und auch sein Lächeln kehrt zurück.

»Oh, es ist uns tatsächlich gestattet, uns zu amüsieren?«, fragt Ben ironisch. Er ist mittlerweile ganz schön blau.

»Ja, das ist es. Sich wie ein versoffener Idiot zu benehmen, allerdings nicht«, fährt Taidgh ihn an.

»Na, wenn das so ist …« Ben stößt mir den Ellbogen auffällig in die Rippen, damit es auch ja jeder mitbekommt. »Komm, Elizabeth, wir verschwinden und *amüsieren* uns.«

»Hey, Kumpel, Finger weg, okay?«, sagt Matthew scharf.

»Reg dich ab, Kumpel. Unsere Elizabeth ist kein Engel, nicht wahr?« Ben drückt meine Schulter, aber ich schiebe seine Hand angewidert weg. Matthew und Edward springen gleichzeitig auf, aber Edward ist schneller bei Ben. Er packt ihn am Kragen und zerrt ihn auf die Füße. Ihre Gesichter sind nur wenige Zentimeter voneinander entfernt.

»Du wirst dich sofort entschuldigen!« Edward brüllt nicht, sondern spricht ruhig und beherrscht. Und es ist genau dieser kontrollierte Zorn, der mir Angst macht.

»Edward, das war doch nur ein Scherz …«

»Los!«

»Elizabeth, es tut mir leid, wirklich.« Aber Ben sieht mich nicht einmal an. Er hat den Blick nicht von Edward abgewandt.

»Schon gut«, murmele ich und wage es nicht, mich zu regen. Edward lässt Ben vorsichtig los und streicht sich beiläufig sein Jackett glatt.

»Geh und ruf dir ein Taxi, Ben. Es ist Zeit, dass du verschwindest.«

Ohne zu zögern tut Ben, was Edward sagt.

Edward nimmt seinen Mantel, der über der Stuhllehne hängt.

»Ich begleite ihn und stelle sicher, dass der Vollidiot wirklich ins Bett geht und nicht in die nächste Bar torkelt.«

»Edward!«, sagt Taidgh scharf. »Mach nichts Unüberlegtes.« Die beiden Männer sehen sich einen Moment lang stumm an, als wüssten sie genau, was im Kopf des anderen vorgeht. Dann wendet Edward den Blick ab und folgt Ben hinaus.

Als die beiden fort sind, wendet sich Taidgh an mich. »Bitte entschuldige diesen Vorfall, Elizabeth.«

»Schon gut.« Ich möchte nur noch nach Hause.

»Nein, es ist nicht gut. Ben ist ein arroganter Mistkerl, der zu viel trinkt und zu jeder ins Bett steigt, die ihn lässt. Um ehrlich zu sein, möchte ich ihn schon lange rauswerfen, aber das kann ich nicht, solange er die Leistung bringt, die von ihm erwartet wird.« Taidgh schüttelt müde den Kopf. »Und das wird er auch verkatert tun … wie immer«, fügt er hinzu.

»Edward wird Ben aber nicht verprügeln, oder?«, fragt Matthew plötzlich, und ich blicke ihn überrascht an. Dass er so etwas denken kann … und es dann auch noch ausspricht!

Taidgh scheint einen Moment zu überlegen, ehe er antwortet. »Nein … Nicht, wenn er morgen springen soll.«

Kurz danach breche auch ich auf. Matthew bietet mir an, mit mir im Taxi zu fahren, aber ich lehne ab, und er hakt nicht nach, eindeutig froh darüber, noch etwas mit Taidgh plaudern zu können. Mir ist es nur recht. Ich will allein sein, und vor allem will ich an nichts anderes mehr denken müssen als an das Turnier am nächsten Tag.

Wildfire zittert vor Aufregung, als ich sie am nächsten Morgen sattle und auftrense. Als ob sie genau weiß, dass es ein großer Tag für mich ist – für uns. Das ganze Gelände summt und vibriert förmlich vor Energie, und seit Stunden sind alle Beteiligten wach und bereiten sich vor. Dennoch begegne ich den anderen erst beim Warmreiten. Ben blickt sehr ernst, Edward wirkt genauso entspannt wie immer, und Matthew ist so grün im Gesicht, dass ich befürchte, er könne sich jeden Augenblick übergeben. Nick hält sich zurück und überlässt es Shane, Matthew und Cedric aufzuwärmen. Dass Shane sich auf seinen Krücken ziemlich unbeholfen bewegt, hindert ihn keinesfalls daran, Matthew Befehle zuzubrüllen. Taidgh scheint sich schon wieder mit Ben zu streiten, und Edward lässt sich von einem seiner Stallarbeiter helfen. Plötzlich wünsche ich mir, Orla wäre hier – nicht weil ich jemanden brauche, der mir sagt, was ich tun soll, sondern weil sich mich aufmuntern, mir Mut machen und mich zum Lachen bringen würde.

Ich trabe Wildfire am lockeren Zügel, um sie zu entspannen und zu lösen. Noch hat niemand seine grüne Jacke an – vermutlich, weil wir dann alle das Gefühl hätten, dass es nun ernst wird: Wir reiten immerhin für Irland. Diese Aufwärmphase fühlt sich vollkommen surreal an. Ich bin umgeben von Reitern, die ich schon seit meiner Kindheit bewundere, und alle wirken so nervös und angespannt wie ich. Es ist seltsam, auf Augenhöhe mit den Profis zu sein, an die ich immer herankommen wollte, aber nun will ich mehr: Es geht darum, sie zu schlagen.

Gemeinsam mit Taidgh gehen wir den Parcours ab. Er ist beängstigend: Jedes Hindernis wirkt unüberwindbar, und nirgendwo ist ein Moment Ruhe eingebaut. Ich versuche verzweifelt, mir alles zu merken, was Taidgh erklärt, aber es gibt so viele Kleinigkeiten zu bedenken, dass alles in meinem Kopf verschmilzt.

»Hallihallo, meine Liebe«, sagt Nick vergnügt. »Wie geht's denn so?«

»Ganz okay. Ich habe Angst, aber ich denke, ich schaffe das. Ich muss einfach auf Wildfire vertrauen.«

»Du wirst das ganz großartig hinkriegen, Elizabeth. Mach dir keine Sorgen«, sagt er ernster, als ich ihn je erlebt habe.

»Danke«, erwidere ich und freue mich über seine Aufmunterung. »Würdest du heute auch gerne reiten?«

»Ich hab's mir gewünscht«, gibt er zu. »Bis heute Morgen, als ich gesehen habe, wie fertig Matt ist. Ich beneide ihn nicht.«

»Wie macht er sich?« Ich werfe ihm einen verstohlenen Blick zu. Cedric galoppiert ruhig und gelöst, aber Matthew ist noch immer sehr blass.

»Na ja, er hat bisher erst einmal gekotzt … Aber komisch ist, dass seine Nervosität ihn nicht beeinträchtigt. Innerlich wird er vor Angst zerfressen, und genauso sieht er auch aus, aber ich weiß, dass er einen großartigen Umlauf hinlegen wird, wenn er gleich dort reingeht.« Ich denke an Matthews vorherige Turniere und muss Nick zustimmen. Und wenn Matthew nicht so ein netter Kerl wäre, wäre ich wahrscheinlich neidisch auf ihn.

»Hättest du Lust, uns warm zu machen, Nick?«, frage ich, und er schaut überrascht auf.

»Ja, sicher, aber ich dachte, du würdest dir einen von euren Leuten holen.«

»Ja, hatte ich auch eigentlich vor. Aber jetzt könnte ich einen Freund besser gebrauchen.«

Ohne eine Sekunde zu zögern, springt er in den Ring.

»Es wäre mir eine Ehre, Elizabeth.«

Der Parcours reitet sich genauso schwierig, wie sich beim Abgehen bereits angedeutet hat, und als Ben als Erster von uns in den Ring reitet, hat noch kein einziger Reiter einen fehlerfreien Umlauf geschafft. Taidgh ist nicht mehr fröhlich und lustig, sondern ernst und hochkonzentriert, und er lässt Ben nicht aus den Augen. Taidgh hat recht gehabt, was Ben und seinen Alkoholkonsum angeht: Man merkt ihm überhaupt nicht an, wie viel er gestern getrunken hat. Er überwindet jedes Hindernis korrekt und mit Präzision. Sein Umlauf ist fehlerfrei, bis er den drei Meter langen Wassergraben erreicht. Er reitet ihn mit nur fünf Galoppsprüngen an, springt zu früh ab und tritt nicht nur am Rand ins Wasser, sondern wirft auch noch die Stange des nächsten Hindernisses ab. Taidgh dreht sich zu Edward, Matthew und mir um.

»Ihr drei! Macht nicht denselben Fehler – er hat zu früh Tempo gemacht. Wartet und gebt dann Gas!«

Ben reitet mit acht Strafpunkten hinaus, doch da die Reiter vor ihm weit mehr hatten, muss sein Umlauf dennoch als stark gewertet werden. Der einzige Reiter, der es besser macht, ist einer der Deutschen, der den Umlauf mit nur vier Fehlerpunkten beendet.

Nun kommen die zweiten Reiter der Mannschaften, und zum ersten Mal, seit ich Turniere reite, habe auch ich das Gefühl, ich müsste mich übergeben. Bis ich an die Reihe komme, hat es auch hier keinen fehlerfreien Ritt gegeben. Nick macht seinen Job als mein Helfer gut, und ich bin heilfroh, dass ich ihn darum gebeten habe. Er lächelt mir noch einmal aufmunternd zu, dann gesellt er sich zu den anderen, um mich im Ring anzufeuern.

Der Lärm des Publikums ist ohrenbetäubend, und ich komme mir mit einem Mal ungeheuer klein vor. Wildfire legt die Ohren an, als das Tosen ihr entgegenschlägt, aber ich klopfe ihren Hals, und sie entspannt sich wieder etwas.

Wildfire springt die erste Hälfte des Parcours vorbildlich, und mit jedem Hindernis wächst meine Zuversicht. Dann wende ich zum Wassergraben und warte, wie Taidgh mich angewiesen hat, aber ich finde den richtigen Rhythmus nicht, und ehe ich weiß, wie mir geschieht, bin ich da, jedoch viel zu langsam. Wildfire gibt ihr Bestes, aber sie springt dennoch zu kurz und tritt am Rand ins Wasser. Ich beende den Umlauf mit vier Punkten – bisher eine der stärksten Runden – und verlasse unter begeistertem Applaus die Arena. Und obwohl es sich großartig anfühlt, derart bejubelt zu werden, bin ich trotzdem enttäuscht von mir.

»Großartig, Elizabeth. Ein kleiner Fehler beim Wasser, aber das passiert dir kein zweites Mal!«

»Danke«, sage ich und fühle mich tatsächlich schon etwas besser.

Edward klopft mir auf den Rücken, als ich an ihm vorbeikomme. »Sehr gut, Elizabeth, wirklich sehr gut!«

Sein Lob bringt mich zum Strahlen, auch wenn ich es eigentlich nicht will.

Als Matthew an der Reihe ist, liegt Deutschland in Führung, Irland auf dem zweiten Platz und die USA auf dem dritten, ganz wie Taidgh vorhergesagt hat. Bei allen anderen Ländern läuft es katastrophal schlecht, und die Zuschauer freuen sich immer mehr über die Aussicht auf einen Heimsieg. Shane gibt Matthew bis zum allerletzten Moment Anweisungen. Matthew hört nur stumm zu; immer noch macht er den Eindruck, als würde er jeden Moment umkippen.

Der Jubel, der ihn begrüßt, bringt ihn einen Moment lang aus dem Konzept, aber Cedric ist an Turniere dieser Art gewöhnt und zuckt nicht mit der Wimper. Matthew galoppiert auf das erste Hindernis zu, und Cedric setzt mit so viel Luft hinüber, als sei es eine Mächtigkeitsmauer.

»Das wird ein großartiger Umlauf«, höre ich Taidgh vor sich hin murmeln. Und er behält recht: Matthew macht alles richtig, und Cedric verleiht dem Ganzen eine wunderbare Leichtigkeit. Matthew vermeidet die Fehler, die Ben und ich gemacht haben, findet den richtigen Rhythmus und verlässt den Ring mit dem ersten fehlerfreien Umlauf des Tages.

Die Menge tobt, und ich brülle »Ja!«, als Matthew über die Ziellinie galoppiert. Er kostet den Moment aus und dreht eine Runde um den Ring, während das Publikum ihn bejubelt. Der irische Underdog hat allen gezeigt, wie man es macht. Als er den Ring verlässt und zu uns zurückkehrt, vergesse ich alles. Ich vergesse das Theater, das sich um uns abspielt, und ich vergesse, wer um uns herumsteht. Ich renne auf ihn zu, werfe mich in seine Arme und drücke ihn fest. Er umklammert mich genauso, und einen Moment lang gibt es nur uns zwei.

»Du warst phantastisch!«, flüstere ich ihm ins Ohr.

»Und du erst«, flüstert er zurück. Ich lasse ihn los, als mir wieder einfällt, wo wir uns befinden, aber in der allgemeinen Aufregung denkt sich zum Glück niemand etwas dabei. Taidgh scheint vor Glück fast den Tränen nah.

»Ich wusste doch, dass es schlau war, dich auszusuchen. Ich wusste es!«

Nach Matthews Umlauf schaffen es auch andere fehlerfrei; es ist beinahe so, als hätte Matthew erst allen beweisen müssen, dass es machbar ist. Kurz bevor Edward an der Reihe ist, faucht er seinen Pferdepfleger an. Ich weiß, dass es an seinen Nerven liegt, aber seine Launenhaftigkeit verursacht dem ganzen Team Unbehagen.

Edward wird, wie immer, bejubelt. Er ist in diesem Sport beliebt, und ich weiß, dass ihm seine Popularität wichtig ist. Er reitet unglaublich gut, und ich bin überzeugt, dass er ebenfalls fehlerfrei durchkommt, doch ausgerechnet am letzten Hindernis berührt Minnie die Stange mit dem hinteren Huf und wirft sie ab. Edward reitet mit vier Strafpunkten hinaus.

»Du hast ihr die verfluchten Gamaschen falsch angelegt!«, schnauzt er seinen Pfleger an, als er den Ring verlässt, und uns allen ist klar, dass man ihm jetzt am besten aus dem Weg geht.

Im zweiten Umlauf reiten weit mehr fehlerfrei, und ich weine beinahe vor Erleichterung, als ich dazugehöre. Wildfire bockt vor Freude, als sie den Ring verlässt. Ben erhält vier Punkte und verschwindet verärgert; wie die anderen beiden sich schlagen, scheint ihn nicht mehr zu interessieren. Matthew wiederholt seine fehlerfreie Darbietung, und zum ersten Mal seit langem sehe ich Shane lächeln. Edward dagegen lässt seine schlechte Laune weiterhin an jedem aus, doch als er beim zweiten Umlauf ebenfalls ohne Fehler aus dem Ring kommt, ist er etwas besser drauf. Nachdem jedes Land gesprungen ist, liegen wir gleich mit Deutschland und den USA. Es wird zu einem Stechen kommen.

»Okay, alle Mann zu mir«, verkündet Taidgh. Ben ist wieder aufgetaucht, bleibt aber mit finsterer Miene und vor der Brust verschränkten Armen etwas abseits stehen. »Also, es kommt tatsächlich zum Stechen. Ich habe eben gehört, dass die Amerikaner Jessica Ryan ins Rennen schicken. Jessica reitet rasant, aber sie ist die Erste, und ich könnte mir vorstellen, dass sie es übertreibt und dadurch eine Stange mitnimmt. Die Deutschen haben Christoph ausgesucht, was nicht überrascht. Christoph ist nicht so schnell wie Jessica, wird aber garantiert keine Strafpunkte einheimsen. Was wir also mehr als alles andere brauchen, ist einen fehlerfreien Ritt … und deswegen wird Matthew ins Stechen gehen.«

Ich weiß, dass ich es nicht tun sollte, schnappe aber dennoch laut nach Luft. Sicher – Matthew ist heute zweimal fehlerfrei geritten, aber Cedric ist viel langsamer als Minnie oder Wildfire.

»*Ich* soll ins Stechen?«, fragt Matthew schockiert.

»Du bist der Einzige außer Christoph, der heute noch keine einzige Stange abgeworfen hat. Mach das noch mal, und wir werden das Ding gewinnen.« Taidgh spricht direkt zu

Matthew, aber Edward räuspert sich, um auf sich aufmerksam zu machen.

»Taidgh, ich will dein Urteil nicht in Frage stellen, und ich stimme dir von ganzem Herzen zu, dass der Junge heute großartig war … aber er hat überhaupt keine Erfahrung mit dem Druck, den ein Stechen mit sich bringt. Und ich denke, es wäre nicht fair, ihm die ganze Last aufzuerlegen, wenn so viel auf dem Spiel steht.« Er spricht ruhig, aber ich kann den aggressiven Unterton dennoch heraushören: Er ist wütend über Taidghs Entscheidung.

Taidgh sieht ihn nicht einmal an, sondern fixiert noch immer Matthew. »Matt, wenn du sagst, dass du es nicht packst, dann werde ich dich dafür nicht verurteilen … aber ich bin ehrlich überzeugt, dass du es kannst – und du eigentlich auch, nicht wahr?«

Matthew sagt eine ganze Weile lang nichts. In mir toben widerstreitende Gefühle. Ich will mich für ihn freuen, aber ich finde es dennoch unfair. *Ich* kann das. Ich kann das Turnier gewinnen. Ich weiß es.

»Ich kann es schaffen«, murmelt Matthew schließlich. Taidgh schlägt ihm hart auf die Schulter.

»Wunderbar! Dann geh Cedric holen und sag Shane, dass er dich aufwärmen soll.«

Gemeinsam gehen Matthew und Taidgh davon. Edward und ich sehen ihnen hinterher.

»Das ist doch nicht wahr«, sagt Edward, als sie außer Sicht sind. »Das ist nicht fair, mir und dir gegenüber nicht, und Matthew gegenüber auch nicht. Er ist doch fast noch ein Kind. Er hat bisher eine großartige Leistung erbracht, aber jetzt verlangt Taidgh einfach zu viel von ihm.« Ich entgegne nichts, da ich mir nicht wirklich sicher bin, was ich von dieser Sache halten soll. »Ich muss mit dir reden, Elizabeth«, wechselt Edward abrupt das Thema. »Ich habe mich wegen dieses Turniers die ganze Zeit zurückgehalten, aber nun ist es ja vorbei.«

Er betrachtet mich mit einem Blick, der mir unter die Haut geht. »Lass uns erst das Stechen ansehen«, bitte ich, um das unvermeidliche Gespräch noch ein bisschen hinauszuschieben.

»Wir können ja von der Reitertribüne aus zusehen, aber reden werden wir. Es ist viel zu lange her, und es gibt ein paar Dinge, die ich wissen muss.« Er nimmt meinen Arm und steuert mich auf die Tribüne zu, und ich weiß, dass ich ihm nicht mehr entkommen kann.

Der Zuschauerbereich für die Reiter ist ziemlich voll, nun, da nur noch das Stechen ansteht, aber Edward entdeckt ein Plätzchen in einer Ecke, wo uns niemand hören kann.

»Du warst toll heute«, beginnt er. Ich bin ehrlich überrascht.

»Danke. Du aber auch.«

»Ich hätte im ersten Umlauf die Stange nicht herunterreißen dürfen. Dummer Fehler. Das wird nicht noch einmal vorkommen.« Unter uns galoppiert Jessica Ryan in einem wahnwitzigen Tempo in die Arena und tut genau, was Taidgh vorausgesagt hat. Sie legt eine erstaunliche Zeit hin, scheitert jedoch am letzten Hindernis.

»Liebst du mich noch, Elizabeth?«

»Aber ja«, antworte ich prompt.

»Und was ist mit Matthew?«

Seine Frage verschlägt mir die Sprache. Zum einen bin ich schockiert, dass Edward Bescheid weiß. Zum anderen wird mir bewusst, dass ich ihm keine Antwort geben kann.

»Gerüchte besagen, dass ihr zwei etwas miteinander habt«, fährt er fort.

»Wir sind einmal ausgegangen«, gebe ich zu. Ich kann ihn nicht ansehen.

»Schläfst du mit ihm?«

»Nein! Das würde ich dir niemals antun!«

Edwards Miene ist nicht zu deuten. Matthew kommt in den Ring und reitet einen perfekten, fehlerfreien Umlauf, doch wie Taidgh ebenfalls vorausgesagt hat, ist er nicht besonders schnell. Nun bleibt uns nur noch die Hoffnung, dass Christoph einen Fehler macht.

»Ich versteh dich nicht, Elizabeth«, sagt Edward kalt. »Willst du mit mir zusammen sein oder nicht?«

»Ja, das will ich, aber … aber ich bin total durcheinander«, bringe ich hervor und bin kurz davor, in Tränen auszubrechen.

»Ich habe dir dabei geholfen, deine Träume zu verwirklichen, Elizabeth, und das werde ich auch weiterhin tun … aber nicht, wenn du mit irgendeinem Schuljungen durchbrennst.« Diesen barschen Edward erkenne ich nicht wieder, und das, was er andeutet, gefällt mir gar nicht.

»Was meinst du damit?«, frage ich, obwohl ich mich vor seiner Antwort fürchte.

»Du weißt ganz genau, was ich meine.« Er wendet den Blick ab. Vor meinem inneren Auge erscheint das Bild Wildfires, und ich spüre einen scharfen Schmerz im Bauch. »Ich liebe dich«, setzt er an und klingt wieder weicher. »Und ich gebe dir alles, was du willst – eine Hochzeit, eine Karriere. Aber du wirst mir versprechen müssen, dass du von jetzt an an meiner Seite stehst und sie auch nicht mehr verlässt. Jeder soll wissen, dass du mir gehörst.«

Tausend Dinge rauschen durch meinen Kopf, und ich bin plötzlich derart verspannt und ängstlich, dass mir fast schwarz vor Augen wird. Christoph galoppiert in den Ring und beginnt den letzten Umlauf. Er reitet großartig, wendet eng, überwindet jedes Hindernis. Seine Zeit ist unglaublich, und er bleibt fehlerfrei.

»Zweite«, murmele ich. Ich spüre, dass Edward mich anstarrt, aber ich weiß nicht, was ich ihm sagen soll. Ich weiß nicht einmal, was ich selbst will – oder besser gesagt: *wen* ich will.

»Nimm dir ein paar Tage Zeit, Elizabeth. Wenn du zu mir zurückkommst, will ich sicher sein können.«

Er steht auf. Wir müssen alle zur Preisverleihung. »Ich weiß nicht, ob es dich tröstet, aber du hättest das Stechen gewonnen. Das weiß ich. Der zweite Platz ist nicht gut genug für dich. Und er wird niemals gut genug für dich sein.« Und damit macht er kehrt und geht davon.

Ich bleibe noch einen Moment lang sitzen und starre betäubt ins Leere. Die Bedeutung seiner Worte dringt nur langsam in meinen Verstand. Ich kann sie noch nicht verarbeiten, es ist einfach zu viel. Irgendwann raffe ich mich endlich auf. Die anderen warten sicher schon auf mich. Und während ich mich auf den Weg mache, sage ich mir selbst vor, dass *ich* das Stechen gewonnen hätte.

21. Kapitel

DER STURZ

Meine Ohren klingeln vom Jubel und Applaus der Menge. Ich reite aus der Arena und bin sofort umringt von Leuten. Alle reden auf mich ein, aber ich habe keine Ahnung, was sie sagen. Einige Gesichter um mich herum kommen mir bekannt vor, andere nicht – es fällt mir schwer, sie zu unterscheiden. Ich lasse mich von Cedrics Rücken gleiten, und jemand nimmt ihn mir ab. Dann entdecke ich Taidgh, und plötzlich ist alles wieder scharf umrissen. Ich verstehe die Menschen, die mich umringen, und weiß wieder, was geschehen ist. Wir sind Zweite. Irland ist Zweiter geworden. Ohne auf jemand anderen zu achten, gehe ich direkt auf Taidgh zu.

»Es tut mir leid, dass ich nicht gewonnen habe.«

Taidghs Lächeln verschwindet für einen kurzen Moment. »Matt, das war eine großartige Leistung. Es gibt keinen Grund, sich zu entschuldigen.«

»Aber ich war viel zu langsam. Ich hätte mehr Tempo machen und das Risiko eingehen sollen.«

Taidgh nimmt mich zur Seite. »Du bist heute dreimal fehlerfrei geritten. Ist dir klar, wie außergewöhnlich das ist?«, flüstert er. »Ja, Christoph war schneller, aber es war reines Glück, dass er keine Fehler gemacht hat, und hätte er eine Stange gerissen, hätte jeder nur noch auf dich geschaut. Du hast heute bewiesen, wie stark du bist, und nur durch dich sind wir heute hier Zweite geworden. Du warst die beste Wahl für dieses Stechen, und dazu stehe ich!«

Ich nicke. Das aufkommende Glücksgefühl verdrängt meine Enttäuschung.

»Ich kann noch immer nicht fassen, dass ich gerade für Irland geritten bin!«

Taidghs Lächeln kehrt zurück. »Steig wieder auf deinen Gaul und genieß die Preisverleihung. Ihr habt es euch verdient.«

Ich renne zurück zu Cedric, der von Nick gerade mit einer schier endlosen Ration Leckerlis gefüttert wird.

»Hör auf, ihn zu mästen«, bellt Shane, kann aber sein Lächeln nicht unterdrücken, als er mich entdeckt. »Das war eine großartige Leistung, Matt. Ich würde fast sagen, dass ich es nicht hätte besser machen können.«

»Danke«, murmele ich.

Nick umarmt mich ziemlich überraschend. »Das war phantastisch.«

»Aber ich hab nicht gewonnen.«

»Matt, es hatte doch niemand damit gerechnet, dass du überhaupt fehlerfrei durchkommst. Stattdessen hast du bei einem der härtesten Turniere dieser Welt gleich drei perfekte Runden hingelegt! Hör jetzt endlich auf, so streng zu dir zu sein, und genieß verdammt noch mal deinen Triumph!« Er wirft mich förmlich auf Cedrics Rücken, und ich muss lachen. Manchmal liebe ich seine Unverblümtheit.

Die anderen sitzen bereits auf ihren Pferden, bis ich mich endlich sortiert habe und bereit bin. Ben ist mürrisch wie immer. Er schaut mich nicht einmal an, als ich mich zu ihnen in eine Reihe stelle, aber Edward lächelt mir freundlich zu.

»Gut gemacht, Matt. Stramme Leistung.«

»Großartig«, stimmt Liz zu, klingt aber ein wenig gezwungen. Ich will sie gerade fragen, ob alles in Ordnung ist, als die Musik einsetzt und wir zur deutschen Nationalhymne einreiten. Die deutsche Mannschaft reitet ganz vorne und wird mit tosendem Applaus begrüßt: Die Menge freut sich über den Heimsieg. Als wir auf zweiter Position einreiten, ist der Applaus für uns erstaunlicherweise fast so laut wie für die Deutschen. Bei alldem Lärm und den vielen jubelnden Menschen spielt sich Cedric ein bisschen auf. Er tänzelt auf der Stelle und macht die Musiker der Kapelle nervös, aber das kümmert mich nicht. Ich reibe ihm den Hals und höre auf Nicks Rat: Ich genieße jeden Augenblick dieser Siegerehrung.

Als alles vorbei ist, bittet Taidgh uns in die Bar und gibt eine Runde Champagner aus. Weder Ben noch Edward bleiben lange; beide schieben vor, für die morgigen Springprüfungen fit sein zu wollen und ihre Pferde fertig machen zu müssen.

»Springst du morgen mit Cedric?«, fragt Taidgh mich.

»Ganz sicher nicht«, antwortet Shane an meiner Stelle barsch. Er räuspert sich und fährt etwas freundlicher fort. »Ich finde, dass Matt und Cedric heute viel geleistet und sich einen freien Tag verdient haben. Es bringt nichts, ein müdes Pferd zu Höchstleistungen anzutreiben.«

Ich nicke, weil ich nicht wage, ihm zu widersprechen.

»Recht so. Sparen wir ihn uns für den nächsten Nationenpreis auf«, sagt Taidgh lächelnd, und mein Herz macht einen Sprung bei dem Gedanken, ich könnte für Dublin aufgestellt werden.

»Und du, Elizabeth?«, fragt Taidgh und wendet sich ihr zu.

»Ich bin morgen dabei. Mal sehen, ob ich Irland nicht noch eine Plazierung verschaffen kann«, antwortet sie – ein bisschen großspurig, wie ich finde. Sie trinkt ihr Glas mit einem Zug leer. »Ich gehe jetzt besser auch. Ich will morgen ausgeruht sein.« Ohne ein weiteres Wort lässt sie uns stehen, aber ich kann nicht anders – ich laufe ihr nach. Erst draußen hole ich sie ein, und sie dreht sich um, als ich ihren Ellbogen packe.

»Hey. Was ist los?«

»Wieso? Was meinst du?«

»Du benimmst dich komisch. Bist du sauer auf mich?«

»Ach, Quatsch, wieso das denn?«, antwortet sie etwas zu schnell. »Es war einfach nur ein irrer Tag, aufregend und nervenaufreibend. Ich bin total fertig, das ist alles. Ich muss mich ein bisschen hinlegen.« Doch Liz kann mir nicht in die Augen sehen, und ein ungutes Gefühl macht sich in mir breit.

»Okay … also, ich kann nachher mal vorbeikommen und nach dir sehen, wenn du magst.«

»Ach was, das ist nicht nötig. Ich schlafe bestimmt sofort ein. Und du solltest heute Abend feiern. Du hast wirklich allen Grund dazu.« Liz küsst mich auf die Wange und verweilt einen winzigen Augenblick, ehe sie sich abwendet und davongeht. Als ich zu den anderen zurückkehre, versuche ich, das Gefühl in meinem Bauch zu ignorieren. Ich bin bestimmt nur paranoid.

Taidgh bleibt nicht mehr lange. Sein Handy summt unaufhörlich, und irgendwann gibt er nach und geht dran.

»Geschäfte, Geschäfte«, brummelt er und schlendert davon.

Nick und Shane trinken weiter mit mir, bis der Alkohol sich bemerkbar macht. Shane ist locker und gut drauf, aber ich passe dennoch auf: In Anwesenheit seines Chefs sollte man sich besser nicht betrinken. Nick hat solche Hemmungen nicht und kippt sich einen nach dem anderen hinter die Binde, und Shane steht ihm in nichts nach.

»Weißt du, Matt« – Shane lallt schon ein wenig –, »nach meinem Unfall dachte ich schon, dass ich diese Saison völlig abschreiben könnte, aber mit dir und Nick ist es aufregender denn je. Ich habe mich eigentlich immer als Reiter gesehen, aber jetzt … ich weiß nicht. Vielleicht liegt meine Zukunft im Coaching.« Er wankt auf seinem Hocker.

»Aber würde dir nicht etwas fehlen?«, fragt Nick.

»Oh, ich würde schon weiterhin reiten«, sagt Shane rasch. »Aber vielleicht könnte ich noch nebenbei als Trainer arbeiten.« Natürlich – Shane würde seine Pferde niemals aufgeben. Es ist ein bittersüßer Gedanke, dass Nick und ich vermutlich wieder auf Start zurückkehren werden, sobald Shane wieder voll einsatzfähig ist. Deswegen müssen wir Risiken eingehen und einen Eindruck hinterlassen, solange wir die Möglichkeit dazu haben, denn mit etwas Glück wird ein wichtiger Besitzer auf uns aufmerksam und stellt uns ein. Nur so werden wir uns weiterentwickeln können.

»Freust du dich auf morgen?«, frage ich Nick, um meine Gedanken von diesem Thema zu lösen.

»Ich freue mich, ich habe Angst … beides, denke ich.« Er greift nach seinem Glas, um noch einen Schluck zu trinken, doch Shane nimmt es ihm wieder weg.

»Du hast genug für heute«, sagt er, wieder ganz der barsche und herrische Chef, den wir kennen. Aber Nick ist nicht verärgert – im Gegenteil. Er lacht.

»Du hast recht«, sagt er. »Ich muss meinen Verstand beisammenhalten, wenn ich es morgen zu etwas bringen will.«

»Und du hast sehr gute Aussichten, plaziert zu werden«, sagt Shane ernst.

Nick schnaubt. »Im Stechen gegen Elizabeth habe ich keine Chance.«

Shane schüttelt den Kopf. »Wildfire wird nach heute erschöpft sein, und der morgige Wettkampf ist hart. Elizabeth ist noch sehr naiv, und ihre Entscheidung, morgen zu springen, ist unklug. Sie tut es aus Stolz und ungeachtet dessen, was für das Pferd gut ist. Ich bin erstaunt, dass Edward es zulässt, aber auch er kann manchmal äußerst starrsinnig sein.«

Ich nehme noch einen Schluck Champagner, weil ich fürchte, dass ich mich verrate, wenn ich mich dazu äußere.

Leider macht Nick meine Absicht zunichte. »Vorsicht mit dem, was du in Matts Gegenwart sagst«, bemerkt er vorwitzig.

»Ah, jetzt sag bloß nicht, dass du noch immer hinter ihr her bist. Ich dachte, das hätte sich längst erledigt.«

Mein Mund klappt auf und zu, aber ich habe nichts dazu zu sagen.

»Es ist mehr als nur das«, erklärt Nick und kostet mein Unbehagen voll aus. »Die zwei sind zusammen.«

Shane sieht mich an. »Wirklich?«

»Ähm … ja …«, sage ich tödlich verlegen. Shanes Gesichtsausdruck verändert sich; ich weiß, was er denkt. »Aber wir wollen es nicht an die große Glocke hängen«, schließe ich mit einem warnenden Blick zu Nick, der unschuldig in die Ferne starrt. Shane kaut auf seinem Mundwinkel, als wüsste er nicht, ob er etwas darauf erwidern soll.

»Ich war Elizabeth ziemlich ähnlich, als ich in ihrem Alter war«, beginnt er – völlig überraschend für mich. »Sie hat bestimmte Wesenszüge, die ich auch hatte: Sie ist ehrgeizig, talentiert und hat den unbedingten Willen zum Sieg …« Nick und ich blicken Shane ratlos an; keiner von uns weiß, worauf er hinauswill. »Aber sie ist auch rücksichtslos und egoistisch. Ich habe damals vieles getan, von dem ich mir heute wünsche, ich hätte es gelassen, aber damals schien es das Richtige, weil für mich der Sieg das Einzige war, das zählte. Heute weiß ich es besser, aber ich musste erst jahrelang immer wieder Leute, die mir wichtig waren, vor den Kopf stoßen, bis mir klar wurde, was für einen Unsinn ich da trieb. Genau das entdecke ich in Elizabeth – dieses verzweifelte Bedürfnis voranzukommen. Und das ist sehr gefährlich.« Shane blickt auf seine Füße; vielleicht ist es ihm unangenehm, dass er so viel von sich selbst preisgegeben hat. »Eigentlich will ich damit nur sagen, dass du dich in Bezug auf Elizabeth nicht vom schönen Schein blenden lassen sollst. Bleib kritisch und schau genau hin. Vielleicht entdeckst du mehr, als du erwarten würdest.«

Meine Gedanken galoppieren davon. Ich begreife sehr gut, was Shane mir zu sagen versucht, aber das kann nicht wahr sein. Das *darf* nicht wahr sein. Leider kann ich das unbehagliche Gefühl, das sich unaufhörlich in meinem Inneren ausbreitet, nicht länger ignorieren.

Shane erhebt sich und stützt sich schwankend auf seine Krücken. »Ich sollte jetzt gehen«, verkündet er. »Justine hat uns einen Tisch reserviert, und wenn ich morgen noch eine Verlobte haben will, dann sollte ich nicht zu spät kommen. Nick, ich schlage vor, du isst etwas und gehst dann ins Bett. Morgen ist ein wichtiger Tag.«

Nick ist klar, dass er sich besser nicht widersetzt, also nickt er. Keiner von uns beiden sagt etwas, bis Shane fort ist.

»Wow. Das war ein bisschen sehr privat«, versuche ich zu scherzen.

»Ja, allerdings … Ich kann mir Shane gar nicht anders als fair und regeltreu vorstellen. Aber ich schätze, wir alle bewegen uns in Grauzonen, wenn wir an die Spitze wollen.«

»Ich weiß nicht«, widerspreche ich. »Eigentlich bin ich überzeugt davon, dass man auch, ohne anderen weh zu tun, ans Ziel kommen kann.«

Nick lächelt herablassend. »Ein hübscher Gedanke, aber leider ziemlich naiv. So läuft unsere Welt einfach nicht.«

Ich erwidere sein Lächeln schwach, aber ich will nicht zugeben, dass er vermutlich recht hat. Also wechsele ich lieber das Thema. »Was essen wir?«

»Wir haben noch Tiefkühlpizza im Transporter. Nehmen wir die und hauen uns dann aufs Ohr.«

»Wer sagt, dass ich ins Bett gehen will?«, protestiere ich. »Ich muss morgen nicht in den Ring!«

»Stimmt, aber morgen spielen wir mit vertauschten Rollen. Du bist mein Sklave, und ich kann nur einen ausgeruhten Sklaven gebrauchen.«

Ich muss lachen. »Okay, ich gebe mich geschlagen«, sage ich und stehe auf. »Gehen wir.«

Als wir die Bar verlassen, trenne ich mich von Nick, weil ich noch nach Cedric sehen will. Ich komme an Liz' Transporter vorbei, verkneife es mir aber, anzuklopfen. Nicht nur, weil sie es vorhin abgelehnt hat. Ich brauche auch Zeit, um nachzudenken. Noch immer versuche ich zu verarbeiten, was Shane mir eben zu verstehen gegeben hat, aber ich weiß nicht genau, auf welche Art Liz mich benutzen könnte. Ich bin nicht in der Position, um sie an die Spitze zu bringen, und falls es etwas gäbe, was ich tun könnte, würde ich ihr nur allzu gerne freiwillig helfen. Eigentlich bin ich geneigt, Shanes Warnung zu ignorieren: Er kennt sie schließlich nicht so wie ich. Aber dann denke ich an all die Male, als Liz so distanziert und zurückhaltend war – an all die Male, als ich den Eindruck hatte, dass sie mir etwas verschweigt. Vielleicht hat Nick recht, vielleicht bin ich wirklich furchtbar naiv.

Cedric wiehert leise, als ich an seine Box trete.

»Hallo, mein Lieber«, sage ich. Er zupft an meinen Taschen, um nach Leckereien zu suchen. »Keine Leckerlis heute, sorry.«

Prompt verliert er das Interesse an mir und trottet in eine Ecke der Box, um in Ruhe schlafen zu können. Ich schiebe meine Hand unter die Decke, um zu sehen, ob er es warm genug hat, und sehe nach Wasser und Futter.

Auf meinem Weg zurück komme ich an einem Pferd vorbei, das unruhig und rastlos in der Box auf und ab geht. Ich bleibe stehen. Es ist Minnie, Edwards Pferd. Sie ist schweißgebadet und wirft den Kopf. Ich öffne die Tür zu ihrer Box, und sie beäugt mich misstrauisch.

»Alles in Ordnung«, murmele ich beruhigend und gehe einen Schritt auf sie zu. Minnie bleibt nervös stehen. Ich werfe einen Blick in die Ecke und stelle fest, dass Wasser und Futter unberührt sind.

Seltsam. Das Pferd wirkt stark angespannt. Ich bleibe ein wenig bei ihr und reibe ihr Gesicht und Hals, bis sie sich beruhigt. Dennoch bin ich überzeugt, dass mit ihr etwas nicht stimmt. Weil ich nicht weiß, was ich sonst tun soll, gehe ich zu Edwards Transporter.

Unsicher klopfe ich an; vermutlich ist er gar nicht da. Edward schläft auf Turnieren immer im Hotel, und seine Pferdepfleger sind dafür bekannt, lange und ausgiebig zu feiern. Niemand öffnet die Tür, aber ich versuche es vorsichtshalber ein zweites Mal, und als ich Edwards Stimme durchs Fenster höre, zucke ich vor Schreck zusammen.

»Wer ist da?«, fragt er verärgert.

»Matt.«

»Ah, Matt, Kumpel, komm rein, komm rein.« Ich ziehe an der Klinke der Kabinentür, und sie schwingt auf. Edward knipst das Licht an. Er steht in Boxershorts und T-Shirt vor mir.

»Oh«, sage ich verlegen. »Ich hoffe, ich habe dich nicht geweckt.«

»Nein, nein, gar nicht.« Er geht zurück in den Wohnbereich, und ich folge ihm. Im Bett liegt ein blondes Mädchen, zum Glück bis obenhin zugedeckt.

»Oje, tut mir leid. Ich wusste nicht, dass du Gesellschaft hast.« Ich wende meinen Blick ab und wünsche mir, ich wäre gar nicht erst gekommen.

»Ach, keine Sorge. Lindsay macht das nichts aus, was?« Ich traue mich nicht, hinzusehen, aber Lindsays Schnauben macht mir klar, dass es ihr sehr wohl etwas ausmacht. »Also – was kann ich für dich tun, Matt?«

Ich gebe mir alle Mühe, nur Edward anzusehen, aber es fällt mir schwer zu ignorieren, dass Lindsay ebenfalls hier und unter der Decke ziemlich sicher nackt ist.

»Ich habe gerade nach Cedric gesehen und bemerkt, dass Minnie ziemlich unruhig ist …«

»Oh, keine Sorge. Ich weiß das bereits und habe auch schon den Tierarzt gerufen. Das arme Tier ist nach der langen Reise ein Nervenbündel, deshalb hat der Arzt ihr etwas zur Beruhigung gegeben. Ich habe sie außerdem von dem Turnier morgen abgemeldet. Sobald wir wieder zu Hause sind, geht es ihr wieder gut, da bin ich ganz zuversichtlich. Aber vielen Dank, dass du mir Bescheid gesagt hast. Gut zu wissen, dass du ein Auge auf sie hast.«

»Kein Ding«, erwidere ich, obwohl es mir nun, da feststeht, dass ich gar nicht hätte kommen müssen, noch peinlicher ist. »Na, denn … tut mir leid, dass ich gestört habe.« Ich wende mich zum Gehen.

»Warte!«, ruft Lindsay. »Du bist Matt, nicht wahr?« Unsicher drehe ich mich um und bemühe mich, nicht rot zu werden.

»Ähm … ja …«

»Kann ich dich was fragen?«

»Klar«, antworte ich und konzentriere mich auf ihr Gesicht. Sie lässt die Decke fallen, so dass ihre riesigen Brüste zum Vorschein kommen.

»Findest du, dass meine Möpse künstlich aussehen?«

Mein Blick schießt zur Decke, aber das Bild ihrer Brüste hat sich bereits in mein Bewusstsein gebrannt. Ich höre Edward hinter mir glucksen.

»Ähm … ich finde, sie sehen prima aus«, stammele ich und schaue überallhin, nur nicht auf sie.

»Also findest du sie natürlich?«

»Na ja, schätze schon …« Meine Güte, ich will nur weg.

»Hab ich dir doch gesagt«, faucht Lindsay Edward an, woraufhin er erneut lachen muss.

»Darling, ich liebe deine Titten. Ich kann mir nur nicht vorstellen, dass sie echt sind.« Er bewegt sich auf sie zu, und ich beschließe, dass es höchste Zeit ist, zu verschwinden.

Edward ruft mir hinterher. »Und danke noch mal, dass du wegen Minnie Bescheid gesagt hast.«

»Kein Problem«, sage ich und bin schon durch die Tür. Ich höre beide hinter mir lachen.

Etwas durcheinander mache ich mich auf den Weg zu Shanes Transporter. Ich habe Gerüchte gehört, dass Edward seine Frau betrügt, und es ist nicht gerade selten, dass die Springreiter durch die Betten hüpfen, aber dass er es so offen tut, überrascht mich doch. Es ist, als wüsste er, dass er unangreifbar ist.

Ich bekomme das Bild von Lindsays Brüsten nur schwer aus meinem Kopf. Was sollte das? Wollte sie Edward eifersüchtig machen oder sich einfach nur präsentieren? Wie auch immer – anscheinend haben die zwei auf meine Kosten etwas zu lachen bekommen. Ich klettere in Shanes Transporter, wo Nick bereits für jeden von uns eine große Pizza zubereitet hat. Nick sitzt vor dem Fernseher und schaut sich eine Doku über Wale an. Er schaut kaum auf, als ich hereinkomme. Ich blicke einen Moment lang auf den Bildschirm. »Du glaubst nicht, was mir gerade passiert ist.«

»Ich kann nicht fassen, dass Edward einfach zugelassen hat, dass Lindsay dir ihre Titten zeigt – ich meine, er war doch mit ihr im Bett!«, sagt Nick mindestens zum hundertsten Mal, als er am nächsten Tag Gambler im Ring warmreitet. Gambler hält den Kopf hoch und hat die Ohren aufgeregt nach vorne gerichtet.

»Er hat einfach nur gelacht«, erwidere ich, ebenfalls noch immer fassungslos.

»Und du meinst nicht, dass sie dich vielleicht, na ja, einladen wollten, mitzumachen?«

»*Nein!* Jedenfalls glaube ich das nicht.« Der Gedanke ist mir bis zu diesem Moment nicht gekommen. »Das kann sie doch nicht ernsthaft gewollt haben, oder?«

»Ich weiß nicht. Edward ist schon ziemlich alt … Vielleicht wollte sie was Frisches im Bett, um das auszugleichen.«

Ich schaudere bei dem Gedanken, mit Edward im Bett zu liegen.

»Wäh. Bloß nicht.«

»Hey, Jungs, wie geht es euch heute Morgen?«

Wir beide zucken zusammen, als Shanes Stimme erklingt. Er schaut uns misstrauisch an. »Alles okay?«

»Ja, klar«, sage ich hastig, ehe Nick losprusten kann.

»Gut. Komm, Nick, wir können jetzt den Parcours abgehen. Matt kann so lange auf Gambler aufpassen.«

Das heutige Turnier ist ein großes Ding; über sechzig Reiter nehmen teil, und der Parcours scheint sogar noch größer als der gestrige. Ich weiß, dass Nick nervös ist: Mit jedem Reiter, der den Ring mit Unmengen Strafpunkten wieder verlässt, wird er stiller und stiller, und ein schweigender Nick ist eine absolute Rarität.

Shane wärmt ihn auf. Ich sehe zu, dass ich nicht im Weg stehe, und gehe ihm nur dann zur Hand, wenn Shane mich um etwas bittet. Ich bewundere Nicks reiterliches Können. Ich verlasse mich immer auf meinen Instinkt und Glück, aber er hat Erfahrung, eine großartige Ausbildung und einen makellosen Stil. Alles, was er tut, ist hundertprozentig effektiv, und doch hat man den Eindruck, dass er gar nichts tut.

Ich erhasche einen Fleck Orangerot aus den Augenwinkeln

und drehe mich um. Liz hat am anderen Ende des Rings angefangen, Wildfire aufzuwärmen. Sie ist allein und wirkt sehr nervös. Ich gehe hinüber, aber zuerst bemerkt sie mich nicht.

»Hi!«

Sie blickt auf. Ihre Augen sehen müde aus.

»Oh, hi«, erwidert sie leise.

»Geht's dir gut?«, frage ich besorgt.

»Ja, ja«, antwortet sie.

»So siehst du aber nicht aus. Was ist los?«

»Nichts«, sagt sie und wendet Wildfire, aber ich gehe ihr nach.

»Liz, ich spüre doch, dass irgendwas los ist, also kannst du es mir auch gleich sagen.«

Sie hält an und ich auch. Einen Moment lang blickt sie auf mich herab. »Ich bin gleich dran mit dem Umlauf«, sagt sie beißend, »also habe ich im Moment nicht wirklich Zeit, auf deine Befindlichkeiten einzugehen …«

Fassungslos starre ich zu ihr auf. Hat sie das gerade wirklich gesagt?

»Okay, schön«, sage ich kopfschüttelnd. »Dann nicht.« Ich gehe, bevor ich etwas Dummes tue, aber der Zorn hat mich bereits gepackt.

Ich zwinge mich, an etwas Fröhlicheres zu denken, als ich mich wieder Shane und Nick nähere, denn heute braucht Nick meine volle Unterstützung. Schon wird Nicks Name aufgerufen. Ich wünsche ihm Glück, als er an uns vorbeigaloppiert, aber ich nehme an, dass er mich nicht mehr hört. Shane und ich suchen uns eine Stelle, von der aus wir gut sehen können.

»Er ist heute richtig gut drauf. Er muss nur auf sich selbst vertrauen.« Shane spricht eher zu sich selbst als zu mir. Und er hat recht: Nick reitet großartig und verlässt den Ring mit nur vier Strafpunkten.

»Dadurch ist er in Führung«, sage ich. Der Reiter auf Platz zwei hat zwölf Punkte.

»Das heißt, er könnte das Ding gewinnen«, sagt Shane aufgeregt. »Der Parcours ist wirklich hart, ich glaube kaum, dass es jemand fehlerfrei schafft.«

Gambler bockt und wiehert vor Freude, als er aus dem Ring trabt, und Nick lässt ihn gewähren. Als er auf uns zukommt, sieht er so glücklich aus, wie ich ihn noch nie erlebt habe.

»Das war phantastisch!«, sage ich.

»Ja, das war schon ganz gut«, sagt Shane, kann sein stolzes Grinsen aber nicht unterdrücken.

Mehr und mehr Reiter scheitern an dem schwierigen Kurs. Nick und ich schicken jedem Teilnehmer einen Abwurffluch hinterher, und als die Anzahl der verbleibenden Reiter immer mehr schrumpft, fange ich an zu glauben, dass Nick tatsächlich gewinnen kann. Liz ist die Letzte, und obwohl ich ihr wirklich gerne viel Glück wünschen würde, kann ich es nicht. Ich bin immer noch gekränkt von ihrer Bemerkung von vorhin. Zum Glück bemerkt Nick nichts, sondern jubelt ihr zu, als sie in den Ring galoppiert.

Angespannt sehe ich zu, wie sie das Tempo steigert und auf das erste Hindernis zusteuert. Wildfire ist schweißnass, und es bildet sich bereits Schaum um ihr Maul: Sie wirkt unglücklich und ganz und gar unausgeglichen. Liz überwindet die ersten vier Hindernisse dennoch problemlos. Sie nimmt sich Zeit und reitet jedes Hindernis auf dem längsten und sichersten Weg an, doch der Rhythmus wird unterbrochen, als es auf das fünfte Hindernis zugeht. Es ist ein hoher Steilsprung, die Wendung dorthin ist extrem eng. Liz reitet ungünstig darauf zu und springt zu früh ab, und obwohl Wildfire es mit einem enormen Sprung schafft, sind beide anschließend durch Liz' Fehler aus dem Takt. Das nächste Hindernis ist die Triplebarre.

Ich halte den Atem an, als sie sie anreitet. Liz sitzt ruhig im Sattel; sie scheint noch einen Galoppsprung warten zu wollen, und das wäre die richtige Entscheidung. Wildfire springt groß, ist aber ein kleines Pferd, und Liz kann ihr nach dem Fehler von eben nicht noch einen derartig gewaltigen Sprung abverlangen. Noch drei Galoppsprünge zum Hindernis, und alles scheint perfekt, doch dann bekommt Liz Angst. Sie lässt die Zügel nach und treibt das Pferd an: Sie will eindeutig um einen Galoppsprung verkürzen. Wildfire weiß jedoch, dass sie es nicht schaffen kann, und sie hat das Vertrauen in ihre Reiterin verloren.

Abrupt bleibt das Pferd stehen. Liz hebt sich aus dem Sattel und fliegt, Gerte und Zügel noch in der Hand, über das Hindernis. Sie schlägt zuerst mit dem Kopf auf, ihr Körper geht unsanft zu Boden.

Wildfire steht zitternd auf der anderen Seite. Ich keuche erschrocken auf, packe den Zaun vor mir und will mich gerade hinüberschwingen, als eine Hand auf meiner Schulter mich zurückhält. Wütend drehe ich mich um. Nick hält mich am T-Shirt fest.

»Was soll das?«, fauche ich ihn an. »Sie könnte verletzt sein!«

»Die Sanitäter sind schon da, Matt. Du kannst nichts tun!«

Ich fahre wieder herum. Natürlich hat er recht. Drei Sanitäter sind neben Liz auf die Knie gegangen. Sie liegt noch immer am Boden, scheint aber ansprechbar zu sein. Nach einer scheinbaren Ewigkeit erlauben ihr die Sanitäter aufzustehen, und sie verlässt den Ring auf eigenen Füßen unter dem Applaus der erleichterten Zuschauer. Ich dränge mich durch die Leute und höre, wie die Sanitäter auf sie einreden: Sie soll ins Krankenhaus fahren und sich untersuchen lassen.

»Ich … ich kann nicht …«, sagt sie, den Tränen nah. »Ich muss mich um Wildfire kümmern. Sie hat sonst niemanden.«

»Ich mach das schon«, melde ich mich zu Wort. Die Sanitäter und Liz schauen sich zu mir um.

»Wirklich?«, sagt sie, und nun fließen die Tränen.

»Ja, natürlich.« Meine Wut auf sie ist verraucht. Die Sanitäter helfen ihr in einen Krankenwagen.

»Danke«, ruft sie mir zu, dann schließen sich die Türen.

Ich führe Wildfire ein paar Minuten im Aufwärmring herum, damit die Stute sich etwas abkühlt und beruhigt. Außerdem kann ich von dort zusehen, wie Nick den ersten Preis entgegennimmt. Meine Gefühle sind ein einziges Chaos: Einerseits freue ich mich enorm für Nick – er hat so sehr auf diesen Augenblick hingearbeitet, und niemand hat es mehr verdient als er. Aber andererseits kann ich nicht anders, als mit Liz zu fühlen. Dieser Sturz ist ein ernstzunehmender Rückschritt, und ich weiß, dass sie niedergeschmettert sein wird.

Sobald ich Wildfire in den Stall gebracht und versorgt habe, versuche ich, Liz anzurufen, aber sie hat ihr Handy offenbar ausgestellt. Eigentlich glaube ich nicht daran, dass sie schon wieder zurück ist, aber ich sehe trotzdem nach und klopfe an ihren Transporter, doch niemand macht auf. Schließlich halte ich es nicht mehr aus und frage Shane, ob er etwas gehört hat.

»Angeblich hat Edward sie für heute Nacht in einem Hotel untergebracht. Was soll das – damit sie es nach dem Sturz bequemer hat oder was?« Shane ist wütend. »Dieser Bursche will ihr Trainer sein, aber wo ist er, wenn sie springt? Jeder konnte an dem Zustand von Pferd und Reiterin sehen, dass der Umlauf nichts werden würde, und es wäre sein Job gewesen, ihr das klarzumachen.« Kopfschüttelnd zieht er ab.

Nick und ich gehen am Abend in die Bar, und ich bemühe mich, mit ihm zu feiern, aber ich bin nicht wirklich bei der Sache. Ich lasse die Finger vom Alkohol; mich heute zu betrinken ist keine gute Idee. Liz geht es gut, das weiß ich, aber mir gefällt es nicht, dass sie nicht erreichbar ist. Es macht mich nervös. Außerdem reagiere ich betrunken viel emotionaler und könnte etwas Dummes tun, das ich nachher bereuen würde.

Nick ist wie immer in bester Partylaune, und bald schart sich ein kleiner Trupp um uns. Es ist, als sei Nick über Nacht berühmt geworden, und er kostet jeden Augenblick davon aus. Während er mit einem der französischen Reiter flirtet, sehe ich auf mein Handy. Noch immer kein Lebenszeichen von Liz. Das begreife ich nicht. Ich will doch nur von ihr direkt hören, dass sie in Ordnung ist. Fast bin ich so weit, dass ich Edward fragen will, in welchem Hotel er sie untergebracht hat, als mir wieder einfällt, was sie vorhin über »Befindlichkeiten« gesagt hat. Nein danke. Entschlossen stecke ich das Telefon wieder ein und versuche, mich für Nick und seine großartige Leistung zu freuen.

Es ist tatsächlich noch relativ früh am Abend, als ich mich in Richtung Bett begebe. Nicks Aufmerksamkeit gehört dem französischen Reiter, daher stört es ihn kein bisschen, dass ich mich verabschiede. Die Nachtluft ist warm, und ich schaue wieder aufs Handy. Noch immer nichts. Warum tut sie mir das an? Oder schickt sie mir damit eine überaus deutliche Botschaft, die ich einfach nur nicht kapieren will? Im Transporter schalte ich den Fernseher ein und bleibe bei einem amerikanischen B-Movie hängen. Es gibt keine echte Handlung, aber der Film lenkt mich ab, also lasse ich ihn laufen. Doch immer wieder fallen mir die Augen zu, und ich merke, wie ich langsam eindöse.

Schlagartig bin ich wach. Mein Handy klingelt. Verwirrt und desorientiert taste ich unter Decken und schmutziger Wäsche nach meinem Telefon. Der Fernseher läuft noch, doch der Film ist längst vorbei, und ein Mann erzählt etwas über das Wetter.

Endlich finde ich das Handy und blicke aufs Display. Die Nummer ist mir unbekannt. Ich nehme den Anruf dennoch an.

»Hallo? Spreche ich mit einem Matthew?« Die Stimme mit dem deutschen Akzent klingt streng und ungeduldig.

»Ähm … ja …«, antworte ich, ohne zu wissen, was hier los ist.

»Guten Abend. Mein Name ist Adler von der Polizei in Aachen. Ihre Schwester ist wegen Diebstahls, Trunkenheit und Widerstands gegen die Staatsgewalt festgenommen worden. Es wird zwar zu keiner Anzeige kommen, aber Sie müssen sie abholen.« Ich reibe mir den Schlaf aus den Augen, ohne auch nur das Geringste zu kapieren.

»Meine Schwester?« Der Kerl muss den Falschen angerufen haben. Ich bin absolut sicher, dass Ann bei meinen Eltern in Irland ist.

»Ja, Sir, Ihre Schwester. Elizabeth.«

Jetzt kapiere ich.

»Ja, ja, natürlich, meine Schwester. Ich komme und hole sie. Äh … wo soll ich denn hinkommen? Geht's ihr gut? Was ist denn passiert?« So viele Gedanken jagen plötzlich durch meinen Kopf. Ich ziehe die erstbeste Hose an, die ich finden kann.

»Ich schicke Ihnen die Adresse im Anschluss. Man hat sie dabei erwischt, wie sie eine Flasche Gin aus einer Hotelbar stehlen wollte. Als sie gefasst wurde, hat sie ziemlich randaliert. Das Management des Hotels wird keine Anzeige erstatten, deshalb können wir sie wieder gehen lassen, aber da sie noch unter Alkoholeinfluss steht, tun wir das nur, wenn ein Familienmitglied sie abholt. Sie hat uns Ihre Nummer gegeben.«

»Bin unterwegs …« Im Laufen werfe ich mir eine Jacke über.

Da ich kein Auto hier in Aachen habe, suche ich mir ein Taxi, das mich zur Polizeiwache bringt. Dort angekommen, mustert mich der Beamte von Kopf bis Fuß. Ihm muss klar sein, dass Liz nie und nimmer meine Schwester ist, denn wir sehen uns nicht einmal annähernd ähnlich. Ich bete, dass er das nicht hinterfragt, aber mir wird sehr schnell klar, dass er Liz schleunigst wieder loswerden will. Ich höre sie schon, bevor ich sie überhaupt sehe. Sie schreit eine Polizistin an, die vor ihrer Zelle steht.

»Na schön, dann lassen Sie mich eben hier drin! Aber Sie werden jemand schicken müssen, der morgen früh mein Pferd füttert. Eine Schippe Hafer, eine halbe mit Rübenschnitzel! Haben Sie das gehört? Eine Schippe Hafer, eine halbe mit Rübenschnitzel!« Liz' Blick irrt hin und her, und sie lallt leicht. Ihre Haare sind zerzaust und wirr, sie trägt noch die Reithose vom Turnier; offenbar hat sie seit heute Nachmittag getrunken. Als sie mich sieht, hüpft sie vor Freude auf und ab.

»Matt, Gott sei Dank, dass du hier bist! Kannst du diesen Vollidioten sagen, dass sie mich gehen lassen müssen? Ich hab noch unendlich viel zu tun.«

Ich gebe mir Mühe, ihr ein Lächeln zu schenken, aber es fällt mir schwer. Dass sie in einem solchen Zustand ist, macht mich sprachlos.

»Sind Sie der Bruder?«, fragt die Polizistin. Ich nicke. Sie wirkt noch genervter als der Beamte von eben. »Dann nehmen Sie sie bitte mit!«

Ich hatte den Taxifahrer gebeten, auf mich zu warten. Er ist nicht gerade begeistert, Liz mitzunehmen, aber ich verspreche ihm, dass sie keinen Ärger machen wird. Ich setze mich mit ihr auf den Rücksitz, sie schmiegt sich eng an mich und flüstert mir unaufhörlich Dinge ins Ohr. Anfangs entschuldigt sie sich immer wieder, danach verstehe ich nicht mehr viel, und ich bin froh, als sie schließlich einschläft. So habe ich Zeit, mich ein bisschen zu sammeln. Ich kann nicht anders: Ich bin enttäuscht von ihr. Ich habe Liz immer als edles Wesen betrachtet, das sich stets im Griff hat. Niemals hätte ich gedacht, dass sie sich derart danebenbenehmen könnte. Und mit einem Mal wird mir bewusst, wie wenig ich sie eigentlich kenne.

Als wir zum Reitzentrum zurückkehren, hieve ich sie aus dem Taxi und bete, dass sie nicht wach wird. Doch leider reißt sie die Augen auf, sobald uns die Nachtluft einhüllt. Prompt wehrt sie sich gegen mich, während ich sie zu ihrem Transporter trage.

»Matt. Lass mich runter. Ich kann allein gehen!«

Ich gehorche, halte sie aber um die Taille fest, denn entgegen ihrer Behauptung ist sie ziemlich wackelig auf den Füßen. Zwar begegnet uns niemand auf dem Weg zum Parkplatz, aber ich fürchte, dass man uns hören kann, denn Liz zetert lautstark.

»Das war doch so was von lächerlich … Ja, ich hab die Flasche genommen, aber ich hab gesagt, sie sollen sie auf die Rechnung schreiben. Die sind wegen nichts total ausgerastet … Und dann rufen die auch noch die Bullen! Unfassbar, oder?«

Ich lasse sie los, als sie in ihren Wagen stolpert. Ich klettere ihr nach und bleibe voller Unbehagen an der Tür stehen, weil ich nicht weiß, was ich tun soll. Ich bin mir nicht sicher, ob es richtig ist, sie in diesem Zustand allein zu lassen, aber gleichzeitig weiß ich auch nicht, ob ich wirklich helfen darf. Seit Wochen wünsche ich mir, die Nacht mit ihr zu verbringen. Aber nun wäre ich lieber überall, nur nicht hier.

»Du bist ja ganz schön still«, bemerkt sie und beginnt zu kichern.

»Tut mir leid … ich bin wahrscheinlich bloß müde.«

Sie taumelt zum Kühlschrank. »Du brauchst was zu trinken«, sagt sie und holt eine Flasche Rotwein heraus.

»Nein danke, für mich nichts«, sage ich kopfschüttelnd.

»Mir recht … dann bleibt mehr für mich.«

Sie will den Korken herausziehen, aber ich nehme ihr die

Flasche ab. »Ich glaube, du hattest schon genug«, sage ich und stelle die Flasche zurück.

Sie macht einen Schmollmund. »Spielverderber.«

Ich erwidere nichts und mustere sie nur. Sie wirkt im Augenblick so verwundbar und zerbrechlich. Ich kann jetzt einfach nicht gehen. Ich möchte unbedingt, aber ich kann nicht. Sie lässt sich aufs Bett fallen und klopft neben sich. »Komm, leg dich zu mir.«

Behutsam setze ich mich neben sie, aber sie packt mich an den Schultern und zieht mich zu sich herunter, so dass ich neben ihr liege. Wieder kichert sie unkontrolliert, und trotz allem muss ich grinsen.

»Bist du sauer auf mich?«, fragt sie vorsichtig.

»Nein«, antworte ich. »Ich bin nicht sauer …«

»Ich wusste, dass ich dich anrufen konnte. Ich wusste, dass du mich holen würdest …« Sie dreht sich zu mir.

»Du solltest nicht so viel trinken«, sage ich nervös.

»Warum nicht?«

»Das bekommt dir nicht. Stell dir vor, was deine Eltern dazu sagen würden, wenn sie dich heute so gesehen hätten.«

Sie schaut mich merkwürdig an, dann lacht sie. »Meine Eltern? Matt, von wem habe ich wohl gelernt, so viel zu trinken?«

»Mir gefällt es aber nicht«, sage ich, und Liz hört auf zu lachen. »Du bist etwas Besseres.« Wir sehen einander in die Augen, und ich kann meinen Blick nicht abwenden.

»Du bist so lieb, Matt …« Sie rutscht näher an mich heran, so dass unsere Gesichter kaum einen Zentimeter voneinander entfernt sind. »Du bist so gut zu mir …« Ich spüre die Wärme ihres Atems. Ich kann mich nicht bewegen, kann nicht mehr atmen. Sie legt ihre Hand an meine Wange und fährt mit dem Daumen über meine Lippen. »Du bist ein großartiger

Mensch … wirklich großartig.« Mein Herz hämmert wild, und ich beginne innerlich zu beben.

Unwillkürlich schließe ich die Augen und genieße ihre Berührung, während sie die Konturen meines Gesichts nachzeichnet. Dann beginnt sie, mich zu küssen. Ich reagiere nicht, wehre mich auch aber nicht. Sie rollt sich auf mich, hält meinen Kopf fest und küsst mich drängender, inniger, und obwohl mein Verstand mich anschreit, dass ich sie stoppen soll, hat mein Mund ein Eigenleben entwickelt und bewegt sich im Einklang mit ihrem. Als sie sich von mir löst, um ihr Top auszuziehen, versuche ich, etwas zu sagen.

»Liz, ich …« Sie packt mein Gesicht und küsst mich wieder, fast aggressiv jetzt, und mir wird schwindelig. Unsere Körper sind erhitzt, und ich bebe vor Erregung. Sie lässt von mir ab und tastet nach dem Knopf meiner Jeans. Und plötzlich wird mir bewusst, dass ich das jetzt beenden muss, bevor ich gleich nicht mehr kann.

»Liz. Ich kann das nicht!« Ich weiß, dass ich mich nicht überzeugend anhöre, und Liz lacht.

»Natürlich kannst du. Ich bin diejenige, die zu viel getrunken hat, nicht du. Also häng dich bitte runter … Oder besser nicht.« Sie will mich erneut küssen, aber ich drücke sie weg. Der Alkohol in ihrem Atem ist stark, und ich weiß, dass ich mir das niemals verzeihen werde, wenn ich mich jetzt darauf einlasse.

»Das meine ich nicht … Wir können das nicht tun. Du bist gerade nicht klar im Kopf.«

Liz grinst mich an. »Ich muss auch nicht klar sein, ich will einfach nur loslegen. Komm schon, hör auf, den edlen Ritter zu spielen. Ich weiß doch, dass du mich willst!«

Aber ich schiebe sie wieder weg, stehe hastig auf und ziehe mich wieder an. Sie richtet sich ebenfalls auf.

»Was zum Geier ist dein Problem, Matt?«, sagt sie wütend. »Es ist doch bloß Sex … warum machst du so eine große Sache draus?«

Plötzlich fällt mir etwas auf. »Wieso nennst du mich Matt?«

Sie blickt verblüfft zu mir auf. »So heißt du doch schließlich …«

»Du hast mich bisher immer Matthew genannt. Warum sagst du jetzt Matt?«

»Ich … ich weiß nicht. Jeder nennt dich Matt. Du bist Matt, Shanes Stallarbeiter.«

Ich spüre, wie Wut in mir hochkocht. »Ach, das bin ich also, ja? Nur ein Stallarbeiter, den du vögeln kannst, damit du dich besser fühlst?«

Sie zögert, ehe sie antwortet. »Vielleicht … Und was wäre so schlimm daran? Ständig springt jemand mit einem anderen ins Bett, um sich besser zu fühlen. Du willst schon lange mit mir schlafen, und jetzt darfst du. Nimm dir doch, was ich dir anbiete!«

Ich blicke auf sie herab. Sie sitzt auf dem Bett, betrunken und zerzaust, und plötzlich kann ich sie nicht mehr ertragen. Ich muss hier raus.

»Glaub mir, Liz, im Augenblick gibt es niemanden, mit dem ich weniger schlafen will als mit dir.«

Stumm sieht sie zu mir auf, und ich verlasse ihren Wagen.

Der Regen trommelt auf das Transporterdach. Es kommt mir vor, als hätte ich eben erst die Augen zugemacht, aber als ich auf die Uhr sehe, ist es bereits sechs Uhr dreißig. Es hat wenig Sinn, noch einmal einschlafen zu wollen, also reibe ich mir die Augen und hieve mich aus dem Bett. Ich höre Nicks lautes Schnarchen und beschließe, ihn noch schlafen zu lassen. Der Morgenhimmel ist bleigrau, und durchs Fenster sehe ich, wie die Leute durch die Gegend sprinten, um Schutz vor dem Regen zu suchen. Wer keinen Schirm hat, ist innerhalb von Sekunden pitschnass. Ich stöhne und ziehe meine Jacke an. Es hilft ja nichts, ich muss raus.

Die Pferde wiehern mir entgegen. Einige treten in ihrer Ungeduld, ihr Frühstück zu bekommen, fest gegen die Boxentüren.

»Herrje, jetzt wartet doch«, schimpfe ich. Große Augen werden größer, als ich den Hafer in die leeren Schüsseln fülle. Jedes Pferd bekommt eine andere Mahlzeit, und ich murmele leise die Zusammenstellung vor mich hin, damit ich mich nicht vertue.

»Na, führst du schon Selbstgespräche? Das ist der Anfang vom Ende.«

Beim Klang der vertrauten Stimme drehe ich mich um, aber zum ersten Mal bin ich nicht froh darüber, Liz zu sehen. Sie kommt auf mich zu, und es ist nicht zu übersehen, dass sie nervös ist.

»Es überrascht mich, dass du schon wach bist«, brumme ich.

Sie sieht übel aus. Ihr Haar hängt schlaff herab, ihr Gesicht ist blass und fleckig, und ihr Blinzeln lässt auf massive Kopfschmerzen schließen.

»Ich wusste, dass ich dich beim Füttern finden würde. Ich muss mit dir reden.«

»Bist du nüchtern?«, frage ich barsch.

»Ja … nur verkatert.«

»Dann sag mir endlich die Wahrheit.«

»Es ist kompliziert …«, beginnt sie, aber ich schneide ihr das Wort ab.

»Das ist mir scheißegal«, fahre ich sie an. »Ich will hören, was hier läuft, und darauf habe ich verdammt noch mal auch ein Recht.«

Liz schließt die Augen, ihr Atem geht schwer, und als sie zu sprechen beginnt, lässt sie die Lider geschlossen. »Als wir uns kennengelernt haben, war ich mit Edward Dawson zusammen.« Die Worte kommen ruhig und gleichmäßig, aber sie treffen mich wie ein Faustschlag in den Magen. Ich stelle die Futtereimer ab und lehne mich gegen die Stalltür.

»Bist du immer noch mit ihm zusammen?«, frage ich unsicher.

»Wir … wir haben gerade eine Pause.«

»Aber da ist noch was zwischen euch? Es ist noch nicht vorbei?«

Liz schüttelt den Kopf und schlägt die Augen wieder auf. Als ich sie nun ansehe, erkenne ich, dass sie ein ganz anderer Mensch ist als der, für den ich sie gehalten habe. »Aber er ist verheiratet«, wende ich ein.

»Er will sie verlassen«, entgegnet sie trotzig.

»Für dich?«, frage ich barsch.

»Ja.« Nun ist es ihre Stimme, die unsicher klingt.

»Und welche Rolle habe ich dabei gespielt?« Wieder keimt meine Wut auf, und sie wächst schnell. »Einen Kerl, den du dir warmhalten wolltest, um ein bisschen Ablenkung zu haben, bis Edward seinen Kram geregelt hat? Oder wolltest du ihn mit mir nur eifersüchtig machen?«

»Weder noch«, sagt sie und tritt einen Schritt auf mich zu. »Ich mochte dich wirklich. Und das tue ich immer noch.«

»Aber du wirst dennoch zu ihm zurückkehren?«

Liz sieht mich einen Moment lang direkt an. »Ja.«

Meine Hände beginnen zu zittern, so wütend bin ich inzwischen. Ich habe das dringende Bedürfnis, etwas zu werfen, etwas kaputt zu machen. Ich komme mir vor wie ein Idiot, aber ich kann niemandem die Schuld dafür geben. Jeder hat mich gewarnt – sogar Liz selbst –, aber ich wollte ja nicht hören, nicht einmal auf meine Vernunft. Ich habe diese ganzen Spielchen so was von satt.

»Tja, dann viel Glück euch beiden«, sage ich verbittert, wende mich um und gehe.

»Matthew, es tut mir so leid«, ruft sie mir hinterher, aber ich gehe einfach weiter, bis ich sie nicht mehr hören kann.

22. Kapitel

MUTTER

»Liz, kannst du mir mal das Wasser geben?«

»Liz? Das Wasser?«

»Liz!«

Ich zucke zusammen und beeile mich, Orla den Krug mit Wasser über den Tisch zu reichen. Wir sind beide zu Hause in ihrer Wohnung, und Orla hat Essen bestellt, um mich willkommen zu heißen.

»Entschuldige«, murmele ich verlegen.

»Alles in Ordnung?«

»Klar«, sage ich und stochere in meinen chinesischen Nudeln herum.

»Denkst du gerade an Aachen?«

»Ja«, gebe ich zu.

»Und an was genau?«, fragt sie. Ich habe ihr erzählt, was passiert ist, sobald ich gestern Abend die Wohnung betreten hatte.

»An alles.« Ich wünschte, ich könnte es vergessen – den Sturz, Edwards Ultimatum, die Stunden auf der Polizeiwache und vor allem Matthews enttäuschtes Gesicht, als ich ihm gestehen musste, dass ich mit Edward zusammen bin. Orla war so lieb wie immer, als ich es ihr erzählte, aber ihrer Miene konnte ich entnehmen, dass sie ziemlich erstaunt war. Ich staune ja selbst über mich – ich habe es versaut. Ich habe alles kaputt gemacht.

»Edward kommt heute Abend hierher … wenn es dir nichts

ausmacht«, sage ich und versuche, so beiläufig wie möglich zu klingen. Orla zieht unwillkürlich die Augenbrauen hoch.

»Du hast dich also entschieden?«

»Ja … niemand kann mir so viel bieten wie er. Ich müsste schon ziemlich dumm sein, all das aufzugeben.« Orla nickt, sagt aber nichts, und ihr Gesichtsausdruck verrät mir nicht, was sie denkt. Ich würde sie furchtbar gerne um ihre Meinung bitten, aber ich weiß, dass ich die Entscheidung selbst treffen muss, und das habe ich bereits getan.

»Er wird bestimmt aus dem Häuschen sein«, sagt sie und lächelt warmherzig.

»Danke«, murmele ich, werde aber mit jeder Minute nervöser.

Als es endlich an der Tür klingelt, bin ich ein einziges Nervenbündel. Ich kann den Gedanken nicht verdrängen, dass Edward mich nach allem, was geschehen ist, vielleicht gar nicht mehr will, und dann habe ich endgültig alles verloren. Ich hole tief Luft, um mich zu beruhigen, dann öffne ich die Tür. Edward steht vor mir und sieht in seinem maßgeschneiderten, grauen Nadelstreifenanzug tadellos wie immer aus.

»Hallo, meine Schöne«, sagt er selbstsicher, beugt sich vor und küsst mich auf die Wange.

»Hi«, erwidere ich. Warum hat er sich denn so schick gemacht?

»Ich wollte dich zum Essen ins *Dylan Hotel* ausführen«, erklärt er.

»Oh … das … das wusste ich nicht. Orla und ich haben uns eben etwas vom Chinesen geholt.«

Orla ist in ihr Zimmer verschwunden, sobald es geklingelt hat, aber die Überreste unserer Mahlzeit in Pappschachteln stehen noch auf dem Küchentisch herum.

»Ach, macht nichts«, sagt er strahlend. »Dann nehmen wir nur einen Nachtisch. Der ist ja sowieso das Beste.«

»Aber ich bin nicht richtig angezogen«, wende ich ein. Ich habe mich noch leicht geschminkt, trage aber ansonsten Jeans und T-Shirt.

»Kein Problem, du hast noch Zeit, dich umzuziehen. Dieses Kleid, das du zu Endas Geburtstag getragen hast, ist perfekt. Du sahst großartig aus an dem Abend.« Seine Stimme wird beim letzten Satz weicher, und ich spüre, dass ich rot werde, doch meine Nervosität lässt endlich nach.

Ich gehe in mein Zimmer, um mir das schwarze Spitzenkleid anzuziehen, beschließe aber, dass ich mir die Zeit spare, etwas mit meinem Haar zu machen, und lasse es offen. Während wir zum *Dylan Hotel* fahren, plaudert Edward über Pferde und Dublin, und ich lasse mich von seiner guten Laune anstecken. Es ist, als wären die vergangenen Monate nicht passiert, und irgendwie sind wir plötzlich einfach wieder zusammen.

»Dessert und Champagner«, sagt er zu dem Kellner, als wir uns an den Tisch setzen, ehe ich noch den Mund aufmachen kann.

»Ein besonderes Dessert?«, fragt der Kellner leicht überrascht.

»Wir nehmen von allem ein wenig. Einen großen Teller für uns beide.« Er lächelt breit, und der Kellner erwidert das Lächeln.

»Gerne, Sir.«

Als er fort ist, begutachte ich unsere Umgebung. Alles ist so edel und teuer, dass ich mir wünsche, ich hätte doch etwas mit meinen Haaren gemacht. Ich streiche sie hinter die Ohren, weil ich nicht weiß, was ich sonst mit meinen Händen anstellen soll. Edward beobachtet jede meiner Bewegungen.

»Gott, du bist so wunderschön«, sagt er fast ehrfürchtig. Ich lasse die Hände sinken und sehe ihm in die Augen. Aber ehe ich etwas sagen kann, kommt der Champagner. Der Kellner will zuerst mein Glas füllen, doch ich schüttele den Kopf.

»Nein, vielen Dank«, sage ich höflich. »Ich hätte lieber ein Wasser.« Edward sieht mich fragend an. »Ich trinke nicht mehr«, erkläre ich ihm. »Jedenfalls nicht, bis Dublin vorbei ist.«

Er lächelt wieder. »Das liebe ich so an dir, Elizabeth. Du bist ehrgeizig und diszipliniert. Für dein Alter bist du unglaublich reif.« Edward trinkt einen Schluck Champagner, ehe er fortfährt. »Taidgh hat das Team für Dublin noch nicht zusammengestellt, aber das wird er bald tun. Du wirst dabei sein, dessen bin ich mir sicher.«

»Ich mir nicht«, sage ich verlegen. »Nach dem Sturz …«

»Ein kleiner dummer Fehler, der sich nicht wiederholen wird. Das weiß Taidgh.« Damit ist das Thema für ihn erledigt, und ich hüte mich, es erneut anzuschneiden.

»Ich möchte mit dir über Matthew sprechen«, sage ich wagemutig, und Edwards Lächeln verblasst. »Zuerst einmal muss ich mich entschuldigen. Ich …«

Edward hebt die Hand, um mir das Wort abzuschneiden. »Elizabeth, ich habe in dieser Beziehung viel von dir verlangt, und du hast sehr viel Geduld mit mir bewiesen. Einen Ausrutscher kann ich verstehen, und manchmal müssen wir einfach bestimmte Dinge tun, um sie aus dem Kopf und dem Herzen zu verbannen. Ich hoffe nur, dass du über ihn hinweg bist, so dass du dich ab jetzt auf mich konzentrieren kannst.«

Seine Ruhe und sein Verständnis nehmen mir den Wind aus den Segeln.

»Das bin ich«, versichere ich ihm. Was bleibt mir auch anderes übrig?

»Gut.« Sein Lächeln kehrt zurück. »Dann lass uns jetzt die

Vergangenheit vergessen und uns auf die Gegenwart konzentrieren.« Er hebt sein Glas, und ich tue es ihm nach.

»Auf uns«, sagt er und stößt mit mir an.

»Auf uns«, wiederhole ich.

Ich verbringe die Nacht bei Edward – obwohl ich zunächst nervös bin, finden wir schnell wieder zusammen, und mir wird einmal mehr bewusst, wie gut er meinen Körper kennt und wie tröstlich es ist, sich in seinen Armen fallen lassen zu können. Ich frage nicht, wo Katherine ist, und er sagt nichts dazu, was mir nur recht ist, denn je weniger ich von ihr weiß, desto besser. Edward schläft bald darauf ein, und da ich ihn kenne, ist mir klar, dass er so bald nicht wieder wach werden wird. Ich versuche ebenfalls einzuschlafen, aber ich bin zu angespannt, um zur Ruhe zu kommen.

Nach ein, zwei Stunden stehe ich auf. Ich habe keine Sachen zum Wechseln mitgebracht, daher ziehe ich meine Unterwäsche und ein Hemd von Edward an und gehe hinunter in die Küche. Ich fahre mit der Hand über den kühlen Marmor der Küchentheke. Edwards Haus ist immer so sauber; unwillkürlich frage ich mich, ob er selbst putzt oder jemanden kommen lässt. Als mein Blick auf den Herd fällt, stelle ich mir vor, wie ich dort stehe und das Abendessen zubereite. Ein seltsamer Gedanke.

Plötzlich überkommt mich die Neugier. Ich habe Lust, mich in dem Haus umzusehen, was ich bisher noch nie gewagt habe. Jedes Zimmer, in das ich blicke, bekommt für mich eine neue Bedeutung, weil ich es mit einer gemeinsamen Zukunft verbinde: Dies ist also das Arbeitszimmer, von dem aus wir den Hof managen werden; hier ist das Speisezimmer, in dem wir mit befreundeten Paaren essen werden; hier ist das Gästezimmer, aus dem ein Kinderzimmer werden wird, wenn ich schwanger bin … Doch komischerweise machen diese Gedanken mich nicht glücklich, sondern ängstigen mich vielmehr. Ich gehe von Raum zu Raum und wieder zurück, während meine Beklemmung zunimmt, und bald gelange ich an einen Punkt, an dem ich am liebsten schreiend davonlaufen würde.

Als ich das Wohnzimmer betrete, halte ich inne. Wände, Teppiche und Möbel, alles hat denselben eleganten Cremeton. Hier werde ich in Zukunft also Geburtstage, Weihnachten und andere Feiertage mit Edward verbringen. Meine Beine fühlen sich plötzlich an wie Blei, und ich lasse mich vorsichtig auf Edwards jungfräulich reinen Teppich sinken. Ich lege mein Gesicht auf den weichen Flor und habe das Gefühl, nie wieder aufstehen zu können. Und dann beginne ich zu weinen. Und ich weine und weine, als könnte ich nie wieder aufhören.

Edward und ich brauchen nicht lange, um uns wieder aneinander zu gewöhnen, und bald ist alles wie vorher. Ich strenge mich an, die Nacht in Edwards Haus zu vergessen, und schreibe sie meiner Erschöpfung nach dem Turnier in Aachen zu. Edward beginnt wieder damit, mich zu trainieren, und bald dreht sich alles nur um Wildfire und die Vorbereitung für die *Dublin Horse Show*. Genau zwei Wochen vor dem *Dublin Nations Cup* gibt Taidgh die Teamzusammenstellung bekannt. Die Mannschaft besteht aus denselben Reitern wie schon in Aachen, mit einer kleinen Modifizierung: Nick wird als Reserve eingesetzt.

»Wozu brauchen wir denn dieses Mal eine Reserve?«, frage ich, als wir am Abend den Hof verlassen. Es ist schon fast dunkel, und inzwischen ist das Gelände so gut wie ausgestorben. Je näher das Ereignis in Dublin rückt, umso länger werden unsere Arbeitstage.

»Ich könnte mir vorstellen, dass Taidgh sich Sorgen wegen Ben macht. Irgendwann säuft er doch mal zu viel und kann am nächsten Morgen nicht mehr reiten. In Aachen hat er sich schon unmöglich benommen, und wer weiß – vielleicht muss Nick in letzter Minute noch für ihn einspringen.«

Seit wir wieder ›offiziell‹ zusammen sind, hat keiner von uns Matthew erwähnt. Selbst direkt nach der Verkündung der Mannschaftsmitglieder wagte ich nicht, seinen Namen auszusprechen, aber jetzt sind wir gefährlich nah dran, über ihn zu reden. Ich beschließe, lieber schnell das Thema zu wechseln, aber über was ich stattdessen reden will, ist fast genauso heikel.

»Wie geht's mit Katherine?«, frage ich so ruhig ich kann.

Edward verspannt sich spürbar. »Schwierig«, brummt er und klingt genervt. Er mag es nicht, wenn ich das Thema anspreche. »Sie will sich nicht scheiden lassen. Sie behauptet, wir müssten einfach nur versuchen, uns zusammenzuraufen, auch wenn ich ihr immer wieder sage, dass ich es nicht versuchen *will* …« Er wirft das vordere Tor zu, dann schließt er ab.

»Weiß sie von mir?«, frage ich. Ich hoffe, dass ich nicht zu ängstlich klinge.

»Nein«, sagt Edward barsch. »Das würde alles nur noch schwieriger machen. Ich würde ihr zutrauen, dass sie damit an die Presse geht … Manchmal kann sie regelrecht hysterisch werden.«

Ich erwidere nichts. Auch in mir keimt inzwischen Ärger auf. Allerdings bin ich mir nicht sicher, auf wen ich eigentlich sauer bin. Vielleicht auf Edward, weil diese Scheidungsgeschichte ewig dauert, vielleicht auf Katherine, die anscheinend immer wieder versucht, das Unvermeidliche hinauszuschieben … oder auch auf mich selbst?

»Ich muss dir etwas sagen«, fügt Edward hinzu. »Katherine wird zur *Dublin Horse Show* kommen.«

Das schockiert mich allerdings. Ich bin mir nicht sicher, wie ich damit umgehen soll. Der Gedanke daran, ihr zu begegnen, hat etwas Surreales. »Wieso?«, bricht es wütender, als ich beabsichtigt habe, aus mir heraus.

»Ich schätze, es ist ihr letzter Versuch, etwas zu retten, was bereits dahin ist – zumindest in meinen Augen. Aber vielleicht ist das auch gar nicht so schlecht. Auf diese Weise wird sie sehen, dass sie nicht mehr in mein Leben passt, und vielleicht endlich aufgeben und mich freigeben.« Inzwischen haben wir meinen Wagen erreicht, und Edward drückt meine Schulter.

»Ich hasse das«, sage ich. Warum muss immer alles so kompliziert sein?

»Ich weiß. Ich auch.« Seine blauen Augen blicken mich zärtlich an. »Aber es wird nicht mehr lange dauern, versprochen.« Er beugt sich zu mir herab und küsst mich, und ich kann nicht anders, als auf ihn einzugehen.

»Komm, lass uns ausgehen. Wir können schick essen gehen, oder wir bummeln ein bisschen durch Dublin und kaufen dir neue Klamotten, was denkst du? Ich möchte dich verwöhnen, Elizabeth.«

Ich muss lächeln, schüttele aber den Kopf. »Ich kann nicht«, sage ich. »Ich habe Orla versprochen, mit ihr zu essen … In letzter Zeit habe ich sie wirklich vernachlässigt.« Seit Edward und ich wieder zusammen sind, habe ich fast jeden Abend mit ihm verbracht, und es war zwar schön und aufregend, aber ich freue mich auch auf einen Abend ohne ihn.

»Wenn es sein muss«, stöhnt er und klingt wie ein Kind, das nicht bekommt, was es will.

Auf dem Heimweg versuche ich, Katherine aus meinen Gedanken zu verbannen. Es ist ja doch nur eine Frage der Zeit, bis dieser Teil geregelt ist. Nicht ignorieren kann ich allerdings die Beklemmung, die sich in mir breitmacht, wenn mir bewusst wird, dass ich Matthew wieder begegnen werde. Daran muss ich unaufhörlich denken, seit ich erfahren habe, dass wir in

Dublin erneut gemeinsam antreten werden. Wie soll ich mich in seiner Gegenwart verhalten? Soll ich ihn ignorieren? Muss ich freundlich-neutral sein? Hat er mich inzwischen abgeschrieben? Ich sehe noch immer deutlich sein Gesicht vor mir, als ich ihm sagte, dass Edward und ich ein Paar sind. Nein. Er hat mich definitiv abgeschrieben.

Ich höre Marshalls Bellen schon lange bevor ich die Wohnungstür erreiche. Seltsam – was mag ihn so aufregen? Ich schließe auf, und mir bietet sich ein unerwarteter Anblick: Der Hund springt aufgekratzt auf und ab, während eine Frau mittleren Alters ihn vergeblich zu beruhigen versucht.

»Mum!« Ich traue meinen Augen nicht. Sie fährt erschrocken herum, und mein Blick schießt sofort zu Orla, die am Küchentisch sitzt. »Warum ist sie hier?«, will ich wissen.

»Sie will nur mit dir reden«, antwortet Orla mit einem Hauch Strenge in der Stimme. Orla verkörpert wie niemand sonst die perfekte Balance von Empathie und wohlwollender Härte. Vielleicht ist es das, was sie zu einer so guten Krankenschwester macht. Ich starre sie einen Moment lang stumm an, dann setze ich mich zu ihr an den Tisch und verschränke die Arme.

»Also schön. Was willst du?«, frage ich meine Mutter, ohne mir Mühe zu geben, höflich zu klingen. Meine Mutter macht keine Anstalten, sich zu setzen. Noch nie habe ich sie so unsicher erlebt.

»Ich möchte mich mit dir aussprechen«, sagt sie zögernd.

»Hast du mir wieder Post vom College mitgebracht? Oder willst du mich noch einmal als Schlampe beschimpfen?«, fauche ich sie an.

»Spar dir das Gezicke«, schimpft Orla. Ich sehe sie überrascht an, verstumme aber.

»Ich gebe zu, dass ich das letzte Mal, als wir uns unterhalten haben, ziemlich laut geworden bin, aber ich habe mir nur Sorgen um dich gemacht.« Langsam kommt meine Mutter auf den Tisch zu und lässt sich vorsichtig nieder. »Ich kann deine Entscheidung nicht gutheißen, Elizabeth, und daran wird sich wohl auch nichts mehr ändern, aber nach deinem Sturz in Aachen ist mir bewusst geworden, wie viel jederzeit passieren und wie kurz das Leben doch sein kann. Du bist meine Tochter, und ich will an deinem Leben teilhaben, wie auch immer du es gestalten willst. Ich erwarte nicht, dass du nach Hause kommst oder etwas aufgibst, aber ich möchte, dass wir … dass wir uns auf irgendeine Art wieder annähern …« Sie blickt auf ihre Hände, während sie spricht.

Ich brauche einen Moment, um zu verstehen, was sie mir da sagt.

»Du … du hast mich in Aachen reiten gesehen?«, frage ich staunend. Sie blickt auf; anscheinend schockiert sie meine Frage.

»Natürlich habe ich das gesehen. Du warst großartig, Elizabeth. Ich wollte eigentlich hinfliegen, um dabei sein zu können, aber ich dachte … ich dachte, du würdest es vermutlich nicht wollen.« Sie spielt nervös mit den Ringen an ihren Fingern. »Du fehlst mir, und ich … ich werde mir Mühe geben …«

Eine Weile sitzen wir alle drei schweigend am Tisch, während ich die Worte meiner Mutter zu verdauen versuche. Sie hat das Turnier in Aachen verfolgt, weil ich ihr sehr wohl etwas bedeute! Orla blickt mich bedeutungsvoll an, und ich ahne, was sie mir sagen will. Meine Mutter hat heute einen großen Schritt auf mich zugemacht, und ich jetzt bin ich an der Reihe, ihr ein Stück entgegenzukommen.

»Hättest du Lust, mit nach Dublin zu kommen?«, frage ich.

Meine Mutter und Orla starren mich mit offenen Mündern

an. Das haben beide eindeutig nicht erwartet, und ich gebe zu, dass ich selbst überrascht von meinem Vorschlag bin.

»Das würde ich sehr gerne … aber bist du sicher, dass du mich dabeihaben möchtest?« Meine Mutter sieht mir direkt in die Augen.

Unwillkürlich denke ich an all die Gelegenheiten, bei denen sie mich kritisiert und niedergemacht hat. Aber ich denke auch an die vergangenen Monate ohne sie, in denen ich mich manchmal sehr einsam gefühlt habe, und wenn ich ehrlich bin, muss ich mir eingestehen, dass ich sie wirklich vermisst habe. Ich brauche jemanden und bin froh, dass sie es ist.

»Ja«, antworte ich. »Ich möchte dich dabeihaben.«

23. Kapitel

TOD

»Hey, Kumpel«, flüstere ich Cedric zu, als er mich mit der Nase anstupst. Er senkt den Kopf, schnuppert und knabbert wie immer auf der Suche nach etwas Essbarem an meinen Taschen. Er ist furchtbar gierig. »Heute gibt's leider nichts«, sage ich.

Endlich ist die Sonne da, und mit ihr ist auf dem Hof eine herrlich entspannte Atmosphäre eingezogen. Es ist Montag, und kaum einer der Leute, die ihre Pferde hier zur Miete stehen haben, ist gekommen; die meisten müssen arbeiten, und wer freihat, genießt das Wetter woanders. Auch Shane wird heute unterwegs sein, wodurch ich heute ausnahmsweise freihabe. Shane hat mir ein intensives Trainingsprogramm auferlegt, um mich auf Dublin vorzubereiten, aber Nick geht es nicht besser. Er war total aus dem Häuschen, als er erfuhr, dass er als Reservereiter eingesetzt wird, aber ich glaube, dass er es inzwischen fast bereut, da Shane uns regelrecht knechtet. Mir macht es allerdings nicht so viel aus. Ich weiß, dass er nur versucht, das Beste aus uns herauszuholen, selbst wenn das bedeutet, dass wir ihn heimlich verfluchen. Trotzdem bin ich froh, einen Tag für mich zu haben, an dem er mich nicht ständig anschnauzt.

Als ich Cedrics Kopf wegschiebe, bemerke ich, dass die Box nicht ausgemistet ist. Seltsam. Heute ist Nick damit an der Reihe, und normalerweise ist er um diese Zeit bereits fertig. Ich schaue in die Box neben Cedrics und stelle fest, dass auch sie bisher unberührt ist. Ich habe Nick heute Morgen noch nicht gesehen, was aber nicht ungewöhnlich ist. Er steht oft in aller

Herrgottsfrühe auf, um ungestört arbeiten zu können und anschließend ein bisschen Zeit für sich zu haben.

Ich mache mich auf die Suche nach ihm, kann ihn aber nirgendwo finden. Im Bett kann er nicht mehr sein, denn falls er krank wäre oder aus einem anderen Grund nicht hätte aufstehen können, hätte er mir Bescheid gegeben, als ich mich heute früh fertig gemacht habe. Dennoch will ich mich gerade auf den Weg zurück zu unserem Bungalow machen, als jemand meinen Namen ruft. Shane. Er kommt auf mich zu und wirkt verärgert, und in mir zieht sich sofort alles zusammen.

»Hi, Shane, alles klar?«, frage ich und hoffe, dass er die nicht ausgemisteten Boxen noch nicht bemerkt hat. Ihm ist es ganz egal, wer an der Reihe ist – er würde uns beide in der Luft zerreißen.

»Gut«, sagt er knapp. »Kommst du bitte mal in mein Büro? Wir müssen uns unterhalten.«

Ich nicke und folge ihm, während mein Unbehagen wächst. Er ruft uns immer nur ins Büro, wenn es um etwas Ernstes geht. Das letzte Mal hat er mich zu sich zitiert, weil er mich mit einer Zigarette auf dem Hof erwischt hat. Ich war zwar weit entfernt von allem, was hätte Feuer fangen können, aber das interessierte ihn nicht. Er schrie mich eine gute Stunde lang an, strich mir zwei Tage Lohn und drohte mir, dass ich rausfliegen würde, wenn so etwas noch einmal passierte. Als er nun die Tür hinter uns schließt, ist mir klar, dass es auch heute garantiert nichts zu lachen geben wird.

»Setz dich.« Ich gehorche. »Hast du heute schon mit Nick gesprochen?«

»Nein, noch nicht … aber er ist bestimmt irgendwo auf dem Hof und erledigt seine Arbeit. Soll ich gehen und ihn suchen?« Dann kann ich ihn wenigstens warnen – *falls* ich ihn überhaupt finde.

»Dann hast du also noch nichts gehört?«, fragt Shane, und nun wirkt er nicht mehr wütend, sondern traurig.

»Gehört? Was denn?«

»Nicks Vater ist vor drei Tagen an einem Herzinfarkt gestorben. Seine Beisetzung ist morgen. Ich habe Aushilfen angefordert, so dass ihr beide daran teilnehmen könnt.«

»Nicks Vater ist tot?« Shane nickt. »Und er ist vor drei Tagen gestorben? Warum hat Nick mir denn nichts gesagt? Gestern wirkte er ganz normal auf mich …« Jetzt bin ich völlig verwirrt. Shane zögert.

»Ich glaube nicht, dass er es wusste, bis er heute Morgen den Nachruf in der Zeitung gesehen hat. Sein Vater war in der Kirche und in seiner Gemeinde sehr engagiert. In der Zeitung steht ein kurzer Artikel über ihn und seine Arbeit.«

»Aber man muss ihn doch vorher informiert haben. Was ist denn mit seiner Familie? Mit seiner Mutter?«

»Nick hat kein gutes Verhältnis zu seiner Familie, Matt, das weißt du.«

»Ja, klar, aber … sein Vater ist *gestorben!* Das muss doch wohl wichtiger sein als irgendein blöder Streit aus der Vergangenheit.« Ich muss daran denken, wie ich mich fühlen würde, wenn ich eine solche Sache aus der Zeitung erfahren würde. Ich wäre stocksauer … und zutiefst verletzt.

»Es gibt vieles, was du in Bezug auf Nick nicht weißt«, sagt Shane leise. »Lass dich nicht täuschen. Dass er keinen Kontakt mehr zu seiner Familie hat, tut ihm sehr weh. Er verbirgt es nur gut.«

Ich nicke. Leider hat er recht. Abgesehen von seiner Liebe zu den Pferden weiß ich wirklich kaum etwas über Nick.

»Wie du wahrscheinlich schon gemerkt hast, arbeitet er heute nicht, deshalb musst du für ihn einspringen.«

»Klar, kein Problem.« Nick hat mir schon oft geholfen.

Als ich gehen will, ruft Shane mich zurück.

»Matt. Schau nach ihm, wenn du nachher zu Hause bist. Der Tod seines Vaters wird ihn schwer getroffen haben.« Ich nicke. Offenbar sind Shane und ich jetzt die einzigen Menschen, die Nick noch hat.

Ohne Nicks Hilfe geht die Arbeit nur langsam voran, und es ist schon lange dunkel, als ich in unseren Bungalow zurückkehre. Es ist still, als ich eintrete, und auf mein Rufen kommt keine Antwort. Beim zweiten Mal rufe ich lauter, und nun höre ich Nick in seinem Zimmer. Normalerweise klopfe ich nicht an, ehe ich eintrete – der Bungalow ist so klein, das man kaum etwas vor dem anderen verbergen kann –, aber diesmal tue ich es. Ich fürchte mich ein wenig vor dem, was mich erwartet.

»Ja, ja, komm rein …«, höre ich ihn murmeln. Er sitzt auf dem Bett, in der einen Hand eine halbleere Flasche Jack Daniels, in der anderen die Lokalzeitung. Mit unstetem Blick sieht er zu mir auf. »Tut mir leid wegen heute, Matt … es ging mir nicht so gut …«

Ich setze mich vorsichtig auf die Bettkante. »Schon okay«, antworte ich.

Nick zieht eine Augenbraue hoch und lächelt, aber es ist nicht sein übliches fröhliches Lächeln.

»Shane hat's dir also gesagt?«, fragt er, und ich nicke. Ihn anzulügen hat ja keinen Sinn. »Ist eigentlich alles gar nicht so wild«, fährt er fort. »Ich hab mit dem Mistkerl seit sechs Jahren nicht mehr gesprochen … Es ändert sich also nicht viel für mich.« Er scheint weniger mich als vielmehr sich selbst davon überzeugen zu wollen. Nach einem tiefen Schluck aus der Flasche spricht er weiter. »Mann, die haben ihn in dem Ding da echt hochgejubelt.« Er deutet auf die Zeitung, die so gefaltet ist, dass der Artikel über seinen Vater oben liegt. Wie oft mag Nick ihn heute schon gelesen haben? »›Gewaltiger Verlust für die Gemeinde‹ … ›hinterlässt eine schmerzliche Lücke‹ … ›treusorgender Ehemann‹ … Komisch, dass ich so gar nicht erwähnt werde, was? Aber war ja klar … diese bescheuerten Priester halten mich doch sowieso für Abschaum …« Mir ist klar, dass er nicht länger mit mir spricht, aber ich werde ihn in diesem Zustand nicht allein hier sitzen lassen.

»Shane hat uns beiden morgen freigegeben, damit wir zur Beerdigung gehen können.«

Nick schüttelt schon den Kopf, noch bevor ich den Satz zu Ende gesprochen habe. Noch immer starrt er auf den Zeitungsartikel.

»Ich geh da nicht hin«, sagt er. Dann hält er mir die Flasche hin. »Trinkst du mit mir?« Als ich zögere, fügt er ein flehendes »Bitte?« hinzu, und ich nehme die Flasche.

Eine ganze Weile lang sitzen wir nur da und trinken abwechselnd aus der Flasche. Ich überlege, wie es wäre, wenn mein Vater gestorben wäre. Wir haben unsere Differenzen, mein Dad und ich, aber ich könnte mir das Leben dennoch nicht ohne ihn vorstellen. Sein Tod würde in mein Inneres eine Wunde reißen, die ich spüren würde, was auch immer ich täte. Mich von ihm zu verabschieden wäre mir immens wichtig, und niemand könnte mich daran hindern.

»Du solltest trotzdem zu dieser Beerdigung gehen. Du bereust es später bestimmt, wenn du es nicht tust«, setze ich an.

»Ich weiß dein Mitgefühl zu schätzen, Matt, aber glaub mir … ich bin da nicht erwünscht.«

»Er ist dein Vater. Du hast jedes Recht, dort zu sein. Ich weiß, dass du mit deiner Familie Streit hattest, aber ich wette, sie wollen dich dort sehen – auch wenn sie zu stur sind, es zuzugeben.« Nick schaut zum ersten Mal, seit ich hereingekommen bin, von der Zeitung auf. Er trinkt einen großen Schluck aus der Flasche, ohne den Blick abzuwenden.

»Du bist so verdammt naiv, Matt.«

»Ich will dir nur klarmachen, was für ein großer Fehler es wäre, nicht hinzugehen.«

»Ich habe heute meine Mutter angerufen«, sagt er. »Ich habe auch mit ihr seit Jahren nicht gesprochen, aber als ich den Artikel sah, musste ich sie einfach anrufen … Ich wollte von ihr hören, was passiert ist.« Seine Stimme ist leise und tonlos, sein Blick geht jetzt ins Leere.

»Und was hat sie gesagt?«

»Zuerst wusste sie nicht, wer ich bin … Sie hat nicht mal meine Stimme erkannt. Als ich mich zu erkennen gegeben habe, hat sie nur geschwiegen. Ich stellte ihr eine Frage nach der anderen: Wie ist es passiert? Wo? Hatte er schon vorher Probleme mit dem Herzen gehabt, oder ist es plötzlich gekommen? Sie hat mir keine Antwort gegeben, keine einzige. Als ich dann endlich verstummte, hat sie endlich angefangen zu sprechen. Sie sei erschöpft und hätte viel zu tun, und sie wolle mit mir eigentlich nichts mehr zu tun haben …« Nicks Stimme bricht ab, aber er hält die Tränen zurück. »Ich flehte sie an, bat sie, es mir zu erklären, damit ich verstehen würde, warum, und dann … gab sie mir die Schuld. Der Kummer, den ich den beiden über Jahre hinweg verursacht habe, wäre der Hauptgrund für sein schwaches Herz gewesen. Ich sei schuld, dass er nun tot sei, und ich sollte mich schämen …« Er zeichnet das Etikett der Whisky-Flasche nach, aber seine Hand zittert. Ich sitze nur da und bin erschüttert. »Glaubst du jetzt immer noch, meine Mum hätte mich auf der Beerdigung gerne dabei?«

Ich mache den Mund auf und wieder zu, doch dann bekomme ich die Worte endlich heraus. »Du weißt aber, dass das nicht wahr ist, oder? Es ist nicht deine Schuld, dass dein Vater tot ist.

Deine Mutter ist blind vor Schmerz – sie weiß einfach nicht, was sie sagt …« Meine Worte klingen nach allem, was er mir gerade erzählt hat, schwach und jämmerlich, aber ich hoffe trotzdem, dass sie zu ihm durchdringen.

»Ja, das sage ich mir auch«, antwortet er. »Dass sie einfach nur ein gemeines Biest ist und ich den Tod meines Vaters niemals hätte verhindern können, aber … aber in gewisser Hinsicht hat sie recht. Als ich damals von zu Hause abgehauen bin, waren sie am Boden zerstört. Aber ich musste gehen. Sie haben mich dazu gezwungen.« Langsam begreife ich, was zwischen ihm und seinen Eltern vorgefallen sein muss. »Fuck! Und alles nur, weil ich schwul bin. Ich habe alles aufgegeben, um schwul sein zu dürfen, und wofür?« Er lässt den Kopf in die Hände sinken.

»Es ist nicht deine Schuld … Sie … sie haben es einfach nicht verstanden …«, sage ich hilflos.

»Nein. Ich habe so sehr dafür gekämpft, schwul sein zu dürfen, und was habe ich nun davon? Ich habe keinen Partner, niemanden, der mich liebt … ich bin ganz allein …« Seine Stimme bebt so sehr, als würde er jeden Moment in Tränen ausbrechen, und ich lege meine Hand ungelenk auf seine Schulter. Ich wünschte, ich wüsste, was ich sagen könnte. »Was stimmt denn mit mir nicht?«, bringt er halb erstickt heraus.

»Du bist super so, wie du bist«, sage ich. »Den richtigen Partner zu finden ist schwer, sogar verdammt schwer …« Bilder von Liz steigen vor meinem inneren Auge auf; ich will sie verdrängen, aber es gelingt mir diesmal nicht. »Irgendwann aber wird dir der Richtige begegnen …«, presse ich hervor.

Nick starrt mich an; ich habe keine Ahnung, was in seinem Kopf vor sich geht. Plötzlich packt er mich und presst seine Lippen hart auf meine. Er schmeckt nach Whisky, und sofort wird mir schwindelig. Einen Moment lang überlege ich, wie leicht es wäre, mit Nick zusammen zu sein – wir kennen einander besser als jeder andere, und er wäre immer für mich da. Ich könnte mich um ihn kümmern und ihn beschützen, wie man es für denjenigen tut, den man liebt. Aber genau das ist es ja: Ich liebe Nick nicht auf diese Weise. Seine Stimme wärmt mich nicht von innen heraus, seine Berührung erregt mich nicht. All das rast in wenigen Sekunden durch meinen Kopf, und ich drücke ihn sanft von mir. Ich will ihm unbedingt helfen, aber nicht so. Es wäre uns beiden gegenüber nicht fair.

»Es tut mir leid«, flüstere ich. »Ich kann nicht …«

Mehr muss ich nicht sagen. Nick weiß es auch so. Er wusste es schon, bevor er versuchte, mich zu küssen, aber er ist so sehr von Kummer zerfressen, dass er nicht mehr denken kann. Und endlich fließen auch die Tränen, die er die ganze Zeit zurückzuhalten versucht hat.

»Scheiße, was ist denn bloß los mit mir?« Ich will ihm sagen, dass alles in Ordnung ist, aber er lässt mich nicht zu Wort kommen. »Ich weiß, dass du nicht wie ich bist, das weiß ich schon lange. Ich fühle mich nur so einsam, und du bist da … du bist immer für mich da, und … Fuck! Jetzt habe ich alles kaputt gemacht, verdammt noch mal!« Erneut vergräbt er das Gesicht in seinen Händen und beginnt zu schluchzen.

»Hör auf damit!«, fahre ich ihn an, und langsam hebt er den Kopf wieder. Sein Blick ist verzweifelt, verängstigt. »Alles ist gut, Nick, es ist gut …« Ich bin mir nicht sicher, ob er mir glaubt, aber er beruhigt sich tatsächlich ein wenig. »Ich bin immer noch für dich da«, versichere ich ihm, und ein kleines Lächeln erscheint unter den Tränen.

»Verzeih mir«, murmelt er.

Eine Weile sitzen wir einfach nur schweigend zusammen. Mein Kopf fühlt sich tonnenschwer an, und die letzte Viertelstunde kommt mir vor wie ein irrer Traum. Plötzlich bin ich unendlich müde. Ich muss ins Bett. Ich stehe auf und wende mich zum Gehen, aber da ist noch eine Sache, die ich sagen will.

»Du musst morgen auf die Beerdigung gehen, Nick. Das weißt du.«

Er nickt. »Ja, ich weiß ... ich muss.«

Aber am nächsten Morgen hat er seine Meinung wieder geändert. Verkatert und frustriert, wie ich bin, schnauze ich ihn irgendwann an wie ein ungehorsames Kind, und es scheint zu wirken: Als wir losfahren müssen, trägt er tatsächlich einen Anzug und ist abmarschbereit. Er ist unglaublich nervös, und je näher wir dem Ort der Bestattung kommen, umso stärker zittert er. Wir sehen beide nicht besonders toll aus. Unsere Secondhandanzüge wirken ziemlich schäbig, zumal sie nicht richtig passen: Meiner hat mal meinem Vater gehört, und Nick hat seinen aus einem Sozialkaufhaus.

»Wir machen einen Fehler«, brummelt Nick.

»Alles wird gut«, beruhige ich ihn. Ich habe schon den ganzen Weg lang versucht, ihm Mut zu machen, aber ohne Erfolg. »Wir halten uns im Hintergrund. Uns wird keiner sehen, und wenn alles vorbei ist, gehst du zu ihm und sagst ihm ... was immer du ihm sagen musst.« Nick schaut mich nicht an, und ich frage mich, ob er mir überhaupt zuhört.

Den Rest der Strecke herrscht angespanntes Schweigen. Die Beerdigung findet in der Kirche in Nicks Heimatort statt, eine Stunde Fahrt vom Hof entfernt, kurz vor Kildare. Shane war so nett, mir Benzingeld zu geben. Nick ist nicht in der Verfassung zu fahren, daher gibt er mir nun grummelnd Anweisungen. Nicks Nervosität färbt auf mich ab, und auch ich werde mit jeder Meile, die wir zurücklegen, angespannter. Wir sind fast da, als Nick wieder das Wort ergreift.

»Ich habe dir nie erzählt, was zwischen meinen Eltern und mir passiert ist, oder?«

»Nein«, antworte ich. »Aber das musst du auch nicht.«

»Doch, du sollst es wissen«, sagt er mit einem Achselzucken. »Wieso noch länger ein Geheimnis daraus machen?« Ich schweige und blicke weiterhin auf die Straße, nicke aber, um ihm zu bedeuten, dass ich zuhöre.

»Ich war sechzehn, als mir klar wurde, dass ich schwul bin«, beginnt er. »Ich hatte natürlich schon länger den Verdacht. Ich hatte kein großes Interesse an Mädchen und fühlte mich viel wohler, wenn ich mit meinen Kumpels unterwegs war. Aber an meinem sechzehnten Geburtstag erkannte ich, dass ich tatsächlich auf Jungs stehe. Ich war mit Freunden in unserer Dorfdisco feiern. Wir hatten vorher schon ordentlich getankt und kamen ziemlich breit dort an. Mein Freund James und ich hatten es geschafft, etwas zu trinken hineinzuschmuggeln. James war Ponyspringreiter wie ich; wir waren schon viele Jahre befreundet. Wir gingen zu den Klos und kippten uns den Wodka hinter die Binde, soffen und alberten herum. James drängte mich dazu, mir auf der Tanzfläche ein Mädchen zu suchen, um sozusagen eine Geburtstagsnummer zu schieben, aber ich antwortete, dass die Mädels da draußen mich nicht interessierten, und das war die Wahrheit. Und dann … küsste James mich. Ich hatte zwar vorher schon Mädchen geküsst, aber nicht so, wie James es jetzt tat. Und es gefiel mir – oh, ja … viel mehr, als ich je für möglich gehalten hätte. Irgendwann machte er sich grinsend los, legte sich einen Finger an die Lippen und sagte ›Unser kleines Geheimnis, ja?‹ Ich begriff nicht wirklich, was gerade passiert war, nickte aber.« Nick schweigt einen Moment lang.

»Und wo ist James jetzt?«, frage ich, weil ich Nicks Freunde eigentlich alle kenne, aber noch nie von ihm gehört habe.

»Er hat letztes Jahr geheiratet; seine Frau ist schwanger. Als ich mich outete, wollte er nichts mehr von mir wissen. Wahrscheinlich hatte er Angst, dass ich ihn auch outen würde.« Nick lächelt traurig.

»Also hast du erkannt, dass du schwul bist. Und dann?«, frage ich und hoffe, dass ich ihn nicht zu sehr dränge. Normalerweise spricht Nick fast nie über sich selbst, aber endlich öffnet er sich mir gegenüber. Ich beginne erst jetzt zu begreifen, wer er wirklich ist.

»Richtig überrascht war ich nicht. Ich bin ja in der Welt der Springreiter aufgewachsen, und die meisten führten ein … nicht gerade bürgerliches Leben. Meine Eltern kamen oft mit zu Turnieren und wussten von bestimmten Dingen, dessen bin ich mir sicher. Aber ich machte den Fehler zu glauben, dass sie kein Problem damit hatten. Dennoch wartete ich eine ganze Weile, bis ich es ihnen sagte; ich wollte mir ganz sicher sein und probierte ein bisschen herum. Aber je mehr Zeit verstrich, umso deutlicher wurde es für mich, dass ich keine echte Wahl hatte. Ich war eben, wer ich war …« Nick verzieht das Gesicht. Die Erinnerung ist offenbar schmerzlich. »Also ging ich eines Tages zu meinen Eltern und eröffnete ihnen ohne Umschweife: ›Ich bin schwul.‹ Meine Mutter wirkte schockiert, mein Vater war einfach nur verwirrt. Schließlich nahm meine Mutter mich in die Arme, und ich war einen Moment lang absolut glücklich, weil ich dachte, dass sie es akzeptiert. Aber dann fing sie an mit ›Mein armer Junge, mein armer kranker Junge …‹, und mich packte die Angst. Mein Vater trat zu uns. Es sei in Ordnung, sagte er, sie würden mir helfen. Sie würden mich irgendwohin schicken, wo man mich wieder gesund macht. Ich wollte wissen, was er damit meinte, und er erklärte, es gäbe Einrichtungen, die Menschen wie mich heilen könnten …« Nick verstummt. Er zittert furchtbar, und ich glaube schon, dass er fertig ist, aber er setzt erneut an, obwohl seine Stimme immer wieder bricht.

»Ich konnte es nicht fassen: Sie wollten mich in irgendeine Anstalt schicken, wo man mich zwingen würde, hetero zu werden. Ich versuchte, mich zu verteidigen. Mit mir sei nichts falsch, erklärte ich ihnen, aber das machte alles nur noch schlimmer. Meine Mutter brach in Tränen aus, und mein Vater fing an, Bibelsprüche zu zitieren. Ich war entsetzt, rannte in mein Zimmer und schloss mich ein. Ich hatte echte Panik, dass er mich gegen meinen Willen in eine solche Anstalt einweisen lassen würde.« Nick blickt auf seine Hände und knetet nacheinander jeden einzelnen Finger. Als er einmal durch ist, fängt er von vorne an.

»Wie ging es weiter?«

»Ich bin abgehauen. Zuerst wusste ich nicht, wohin. Die Eltern all meiner Freunde waren gut mit meinen Eltern bekannt, man hätte mich also mit Sicherheit verraten. Irgendwann stand ich bei Dom vor der Tür. Seine Eltern waren echte Hippies, und meine Eltern hätten sich nie und nimmer an sie gewandt … Jedenfalls zögerte er keine Sekunde, als ich fragte, ob ich diese Nacht bei ihm bleiben könnte. Ich war so fertig, dass ich Dom alles erzählt habe. Er hat es nie jemandem gesagt, und ich schätze, er weiß gar nicht, was das noch immer für mich bedeutet … wie dankbar ich ihm auch heute noch dafür bin …« Nick verbirgt das Gesicht in den Händen. Er weint nicht, sondern atmet ein paarmal tief durch. Als er weiterspricht, klingt seine Stimme ruhiger.

»Aber bei Dom zu bleiben war keine Langzeitlösung. Seine Eltern waren sehr entspannt, aber natürlich würden sie irgendwann merken, dass etwas nicht stimmte. Ich war ein Nervenbündel. Dom versuchte, mich zu überreden, wieder nach Hause zu gehen; er war überzeugt, dass ich meinen Eltern den

Quatsch mit der Anstalt ausreden konnte. Vielleicht hatte er recht, aber ich hatte zu große Angst, um das Risiko einzugehen. Ich brauchte ein Dach überm Kopf, und mir fiel ein Gespräch ein, das ich vor nicht allzu langer Zeit mit Shane geführt hatte. Wir lernten uns bei einem Turnier kennen. Er gratulierte mir zu meinen Reitkünsten und meinte, dass ich nach meinem Schulabschluss jederzeit bei ihm anfangen könnte. Ich hatte bisher nicht ernsthaft darüber nachgedacht, aber nun erschien mir sein Angebot wie eine Rettung.

Schon am nächsten Abend klopfte ich an seine Tür. Ich hatte nur einen Rucksack mit ein paar Klamotten dabei und praktisch kein Geld. Als ich ihm erklärte, dass ich von nun an für ihn arbeiten würde, lachte er mich aus und meinte, ich solle wiederkommen, wenn ich mit der Schule fertig sei, aber da brach ich total zusammen – er war doch meine letzte Hoffnung gewesen. Heulend erzählte ich ihm alles, was in den vergangenen Tagen passiert war, und, Gott … er bekam alles ab, obwohl er mich praktisch gar nicht kannte. Aber er zögerte nicht, nahm mich auf und schickte mich in den Bungalow zu den anderen vier Pflegern …«

»Vier?« Im Bungalow wohnen heute nur Nick und ich, und schon zu zweit ist es verdammt eng.

»Ja, es war ziemlich krass, aber zumindest hatte ich nun eine Bleibe. In der Wirtschaftskrise entließ Shane die meisten anderen, weil er Geld sparen musste. Jedenfalls war ich ungeheuer erleichtert, dass ich bleiben durfte, obwohl Shane mir von Anfang an klarmachte, dass er meine Eltern nicht daran hindern würde, falls sie kämen, um mich zurückzuholen. Monatelang hatte ich eine Höllenangst, dass sie plötzlich auf dem Hof auftauchen und mich mitschleppen würden, aber es geschah nicht. Die ersten Wochen riefen sie allerdings immer wieder an, doch langsam änderte sich der Tonfall. Sie hörten auf, mir zu versichern, dass sie mir doch nur helfen wollten, und benutzten immer herablassendere, boshaftere Worte. Schließlich sagte mein Vater mir, ich sei eine Schande für die Familie und er wolle mich nie wiedersehen. Ein paar Wochen später erfuhr ich, dass er meine Ponys verkauft hatte. Und da wusste ich, dass ich zu Hause nicht mehr willkommen war. Ich brach die Schule ab – meine Eltern versuchten nicht einmal, mich zum Weitermachen zu bewegen – und habe seitdem für Shane gearbeitet.« Fast atemlos endet er, und ich weiß, dass ich etwas Tröstendes sagen sollte, aber alles, was mir in den Sinn kommt, klingt albern und jämmerlich.

»Glaubst du wirklich, sie hätten dich gezwungen, dich behandeln zu lassen, wenn du geblieben wärest?«

»Tja, das werden wir jetzt wohl nie mehr erfahren.«

Die Trauergäste haben sich bereits zur Beerdigung versammelt. Der Himmel ist bedeckt, aber es regnet nicht. Mir sinkt der Mut, als ich feststelle, dass es doch nur eine kleine Trauergemeinde ist, so dass unsere Anwesenheit sich nicht verbergen lässt. Die Leute gehen langsam einen Hügel herab, an dessen Fuß ein Priester wartet. Vor ihm steht der Sarg, um den Stühle aufgestellt wurden. Eine kleine ältere Frau steht neben dem Priester. Ihr Gesicht ist nicht zu sehen, weil sie einen großen, schwarzen Hut trägt und den Kopf gesenkt hält, aber ich gehe davon aus, dass es sich um Nicks Mutter handelt. Nick bleibt auf halber Strecke plötzlich stehen und legt mir die Hand auf den Arm, damit auch ich anhalte.

»Können wir hier oben bleiben?«, fragt er flehend. »Nur bis der Gottesdienst vorbei ist und die anderen weg sind?«

Wir sind als Letzte gekommen, niemand ist hinter uns, daher sind wir für jeden gut sichtbar, und ich begreife, dass es Nick weniger darum geht, im Hintergrund zu bleiben, sondern einen Abstand einzuhalten, mit dem er sich sicher fühlt.

Der Priester beginnt zu sprechen. Der Wind trägt seine Stimme zu uns, und wir hören jedes einzelne Wort. Er wiederholt so ziemlich genau das, was auch im Nachruf stand, hebt die wohltätige Arbeit von Nicks Vater hervor, bezeichnet ihn als liebenden Ehemann. Nick wird nicht erwähnt. Mit jedem Satz wächst meine Wut, und am liebsten würde ich diese Leute hier anbrüllen, dass der Sohn des Toten neben mir steht. Nick zittert inzwischen am ganzen Körper und atmet keuchend, und plötzlich befürchte ich, dass er zusammenbrechen könnte. Ich nehme seine Hand fest in meine und flüstere ihm beruhigende Worte zu.

»Alles in Ordnung, ich bin hier …«

Es funktioniert. Seine Atmung beruhigt sich, das Zittern lässt nach. Er schafft es sogar, einen Witz zu reißen. »Bitte, Matt …«, murmelt er und deutet auf unsere verschränkten Hände. »Du weißt doch, dass ich deine Gefühle nicht erwidere …« Aber er lässt nicht los, und ich tue es auch nicht.

Der Priester scheint der Einzige zu sein, der zu diesem Anlass spricht, und darüber bin ich froh. Nicks Mutter muss uns inzwischen gesehen haben, und ich weiß nicht, wie Nick reagieren würde, wenn sie über seinen verstorbenen Vater spräche. Ich höre Schritte hinter uns, drehe mich aber nicht um; ich gehe davon aus, dass es ein Helfer aus der Kirche oder ein verspäteter Trauergast ist. Daher kippe ich vor Schreck fast aus den Schuhen, als ich erkenne, wer sich da an Nicks andere Seite stellt.

»Liz!«

Sie trägt eine schwarze Bluse und eine schwarze Jeans. Ihr Haar ist offen und wirr, ihr Gesicht völlig ungeschminkt.

»Entschuldigt, dass ich so spät komme«, murmelt sie und nimmt Nicks andere Hand.

»Danke, dass du da bist«, flüstert Nick zurück.

Der Gottesdienst endet nach ungefähr einer Stunde, aber die Leute bleiben noch, danken dem Geistlichen und drücken Nicks Mutter ihr Beileid aus. Wir drei stehen an unserem Platz und warten, während die Trauergäste langsam gehen. Schließlich bricht Nick das Schweigen. Er hebt meine und Liz' Hand in die Höhe. »Also, wenn das die Leute nicht gründlich verwirrt hat …«

Wir prusten los. Einen Moment lang fühlt es sich genauso an wie vor kurzem, als wir noch alle Freunde waren.

Nicks Mutter bricht als Letzte auf. Sie verschwindet langsam in die andere Richtung, ohne sich einmal zu uns umzudrehen. Ein Mann wirft Erde auf den Sarg hinab, und erst in diesem Moment lässt Nick unsere Hände los und wagt sich näher heran. Liz und ich folgen langsam. Ich werfe ihr einen verstohlenen Seitenblick zu. Ich kann immer noch kaum glauben, dass sie hier ist. Das Turnier in Aachen ist erst ein paar Wochen her, aber sie hat sich verändert, wirkt ernster, angespannter. Nick bleibt ein paar Meter vor dem Grab stehen und blickt hinein. Der Mann mit der Schaufel hat innegehalten, als wir uns genähert haben.

»Was soll ich denn jetzt bloß sagen?«, fragt Nick.

Ich habe keine Ahnung. Ich habe nie darüber nachgedacht, was man an einem Grab sagt.

»Du solltest ihm vergeben«, sagt eine Stimme hinter uns. Wir drei drehen uns um und entdecken Dom, der einen schwarzen Anzug trägt und die Hände tief in den Taschen vergraben hat. Sein Blick fixiert Nick. »Nur so kannst du endlich wieder nach vorne schauen. Nur so können wir alle nach vorne schauen …«

»Ich wusste nicht, ob du kommen würdest«, murmelt Nick.

»Ich hatte es auch nicht vor, aber … aber ich wollte mich vergewissern, dass es dir gutgeht. Tut mir leid, dass ich es erst so spät geschafft habe.«

Verlegen blickt Dom zu Boden, aber Nick lächelt.

»Danke.« Er schenkt uns allen ein Lächeln und geht die letzten Meter den Hügel hinab.

»Geh mit ihm«, sagt Liz, an Dom gewandt. Er zögert und sieht mich an. Ich weiß nicht, ob das richtig ist, aber ich weiß, dass Nick Dom wirklich am Herzen liegt, und das kann ihm nur helfen.

»Geh«, bekräftige ich. Und nun zögert Dom nicht mehr, sondern trabt hinter Nick den Hügel hinab.

Liz macht eine ruckartige Kopfbewegung, um mir klarzumachen, dass wir die beiden allein lassen sollen, und langsam gehen wir zur Kirche hinauf.

»Danke, dass du gekommen bist … ich glaube, das hat Nick sehr gefreut. Hast du aus der Zeitung davon erfahren?«

Sie nickt. »Ich kenne Nick ja noch nicht so lange, aber er ist trotzdem ein guter Freund für mich. Ich hatte das Gefühl, ich müsste kommen.« Sie blickt auf ihre Füße. Es ist seltsam, dass wir so höflich und distanziert miteinander umgehen.

»Hör mal, ich weiß, es ist irgendwie blöd, aber …«

»Heute geht es nicht um dich, Matthew. Nicht um uns. Es geht um Nick. Ich bin wegen Nick gekommen.« Ihre Worte sind barsch, aber ich kann sie akzeptieren. Ich weiß, dass ihre Anwesenheit hier nichts geändert hat. »Obwohl ich dich vermisst habe.«

»Ich dich auch.«

»Tja … jedenfalls finde ich, dass Dom und Nick wie füreinander geschaffen sind. Leider sind die zwei immer mit etwas anderem beschäftigt, so dass sie es einfach nicht kapieren …« Sie wird rot.

»Ja. Du hast recht«, erwidere ich genauso verlegen.

»Ich gehe jetzt besser. Sag Nick, er soll einfach anrufen, falls er mich braucht. Ich werde sofort da sein.« Ihre Stimme klingt jetzt wieder höflich und formell.

»Mach ich.« Ich wende mich schon zum Gehen, als sie weiterspricht.

»Du warst für mich da, Matthew … Als ich in Aachen jemanden gebraucht habe, warst du für mich da. Das wollte ich auch für jemanden tun. Das wollte ich für Nick tun.« Ihre Stimme kippt plötzlich; sie scheint kurz davor, in Tränen auszubrechen.

»Und das hast du«, erwidere ich schlicht.

Mit einem letzten Lächeln dreht sie sich um und geht. Und während ich ihr nachblicke, wird mir etwas klar, das ich ständig verdrängt habe und das alles schmerzvoller und komplizierter macht.

Mir wird klar, dass ich hoffnungslos in sie verliebt bin.

24. Kapitel

DIE DUBLIN HORSE SHOW

Orla und ich drängen und quetschen uns durch die immer dichter werdende Zuschauermasse in der *RDS Arena.* Es ist Freitag – *Nations Cup*-Tag –, und eine Unmenge Menschen sind gekommen, um eines der wichtigsten Springturniere des Jahres zu erleben. Es ist Anfang August, und die meisten Menschen suchen im Schatten Schutz vor der Hitze.

»Das ist der Wahnsinn«, keucht Orla und klammert sich an meinen Arm, damit wir uns nicht verlieren.

»Da sagst du was … Ich hab das Gefühl, dass dieses Jahr noch viel mehr Leute hier sind als sonst.«

»Nein, das meinte ich nicht!«, sagt Orla. »Es ist Wahnsinn, dass dich jeder Zweite hier anstarrt. Du bist eine Berühmtheit!«

»Sei still!«, erwidere ich und versetze ihr einen Schubs, obwohl ich mein Lächeln nicht unterdrücken kann. Endlich drängeln wir uns in die Reiterbar, die jedoch mit Teilnehmern, Angehörigen und Freunden ebenfalls ziemlich voll ist.

»Wo ist deine Mum?«, fragt Orla, als wir uns einen Platz an der Bar erkämpft haben.

»Sie sitzt mit Freunden an einem Gemeinschaftstisch«, antworte ich, froh, dass sie hier ist, aber ebenso erleichtert darüber, dass ich mich nicht unaufhörlich um sie kümmern muss. »Sie kann den *Aga Khan* von dort sehen.«

»Jedenfalls freue ich mich, dass ihr zwei wieder miteinander sprecht«, sagt Orla und bestellt sich einen Drink und mir ein Wasser.

»Ich auch«, gebe ich zu. »Sie macht zwar immer noch hin und wieder bissige Bemerkungen, aber sie gibt sich wirklich Mühe.«

»Habt ihr zwei schon über Edward geredet?«

Ich schüttele den Kopf. »Dem Thema gehen wir im Augenblick noch aus dem Weg. Ich weiß, dass wir über kurz oder lang darüber reden müssen, aber ich denke, wir fürchten uns beide davor.«

Plötzlich schweift Orlas Aufmerksamkeit ab, und ich wende den Kopf, um ihrem Blick zu folgen. Gerade ist Stevie mit einem jungen, blonden Mädchen in die Bar gekommen, das sich ehrfürchtig staunend umschaut. Die beiden halten Händchen.

»Was will der denn mit der?«, fragt Orla gereizt. »Das kann nicht sein Ernst sein – die ist doch noch ein Kind.«

»Er auch«, sage ich und muss über ihre Eifersucht lachen, weil sie so offensichtlich ist. »Ich dachte, du seist diejenige gewesen, die Stevie gesagt hat, dass zwischen euch nichts mehr läuft.«

»Ja, schon, aber ... nur weil ich nichts mehr von ihm will, heißt das ja nicht, dass er nichts mehr von mir wollen soll.« Sie klingt wie ein zickiger Teenager.

»Das ist eine wirklich reife Sichtweise«, bemerke ich und muss wieder lachen, aber Orla hört mir kaum zu.

»Ich sag mal eben hallo«, verkündet sie und steht auf. Ich mache mir nicht die Mühe, sie aufzuhalten – es hätte sowieso keinen Sinn.

Ich trinke einen Schluck Wasser; die Hitze macht durstig. Meine Reithosen schlabbern etwas, und ich wünschte, ich hätte mir neue gekauft. Ich habe in letzter Zeit so viel trainiert, dass ich über drei Kilo abgenommen habe. Ich dachte immer, dass ich mich dünner schöner finden würde, aber eigentlich sehe ich nur um Hüften und Schultern knochiger aus, und inzwischen bin ich fast verlegen, wenn ich mich vor Edward ausziehe.

Ein etwas älterer Mann setzt sich auf den Platz neben mir, und ich will ihm gerade sagen, dass er besetzt ist, als er mir die Hand hinhält.

»Hi, ich heiße Oscar Gillman. Gehe ich recht in der Annahme, dass Sie Elizabeth O'Brien sind?«

»Ja«, antworte ich zögernd.

»Ich freue mich, Sie kennenzulernen, Elizabeth. Ich bin ein großer Fan von Ihnen.«

»Danke«, erwidere ich und werde rot.

»Wie fühlen Sie sich vor dem heutigen Turnier?«

»Ich bin nervös, aber gut vorbereitet.« Das ist meine Standardantwort.

»Wunderbar. Ich werde Sie jedenfalls anfeuern.« Aufgeregt schlägt er die Hände zusammen. »Elizabeth, darf ich Sie fragen, ob Sie schon einen Sponsor haben?«

»Oh, ähm … nein, das habe ich nicht«, murmele ich.

»Großartig. Also, ich leite ein Unternehmen, das modische Reitkleidung entwirft und vertreibt, und ich würde mich ungeheuer freuen, wenn Sie Lust hätten, das Gesicht unserer Marke zu werden?« Er klingt enthusiastisch, aber auch etwas nervös, als sei er sich ganz und gar nicht sicher, wie ich reagieren würde.

»Sie wollen mich sponsern?«

»Ja, genau. Sehen Sie, Elizabeth, Sie wären perfekt für uns: Sie sind jung, stylish und sehr erfolgreich. Das ist genau das Image, das wir nach außen tragen wollen.«

»Und was müsste ich dafür tun?«, frage ich mehr als nur interessiert.

»Nicht viel … ein paar Anzeigenkampagnen, und natürlich möchten wir, dass Sie unsere Kleidung auf den Turnieren tragen – aber das war's eigentlich schon.« Jetzt, wo er merkt, dass ich angebissen habe, entspannt er sich etwas.

»Oh, sehr gerne.«

Oscar strahlt mich erfreut an. »Großartig. Aber lassen wir uns die Einzelheiten ein andermal besprechen. Mein Assistent wird Ihnen am Montag ganz offiziell ein Angebot zukommen lassen.«

Ich kann mein Grinsen nicht abstellen. Sponsoren bedeuten, dass man für die Teilnahme an den Turnieren bezahlt wird – dass ich anfangen kann, mit dem Springsport mein Geld zu verdienen.

»Hat mich gefreut, Elizabeth«, sagt er. »Wir reden am Montag weiter. Ich drücke Ihnen die Daumen für heute.«

»Danke«, sage ich. Ich kann's kaum erwarten, es Orla zu erzählen.

Dann entdecke ich Matthew, der mit seiner Familie am anderen Ende der Bar sitzt, und meine Laune sinkt wieder. Er wirkt nervös, aber nicht mehr ganz so sehr wie in Aachen. Ihm auf der Beerdigung vergangene Woche zu begegnen war viel härter, als ich erwartet hatte. Obwohl die letzten Wochen mit Edward kräftezehrend gewesen sind, war ich doch überzeugt, die richtige Entscheidung getroffen zu haben. Doch meine aufwühlenden Begegnungen mit Matthew wecken erneut Zweifel in mir.

»Und das sind alles Teilnehmer hier?«, fragt Ann und sieht sich staunend um.

»Teilnehmer und Freunde«, antworte ich, obwohl ich mich kaum darauf konzentrieren kann, was sie sagt. Mein Magen fühlt sich an wie bei einer Achterbahnfahrt, und mein Verstand geht immer wieder den Parcours durch, den wir eben abgelaufen sind. Bisher musste ich mich allerdings noch nicht übergeben, und das ist wohl ein Fortschritt.

»Nick!«, ruft Dad. Nick und Dom kommen auf uns zu. Die beiden gehen in der Öffentlichkeit immer noch ein wenig hölzern miteinander um. Mein Dad weiß, dass Nick schwul ist – die meisten Menschen merken es ziemlich schnell, wenn sie eine Weile mit ihm zusammen gewesen sind –, käme aber nie auf die Idee, ihn aus diesem Grund in irgendeiner Hinsicht anders zu behandeln. Aber erst jetzt wird mir langsam bewusst, wie großartig ein solches Verhalten ist. Dom stellt sich selbst vor, und meine Familie begrüßt ihn höflich.

»Wie geht's dir?«, fragt Dad Nick und klopft ihm fest auf den Rücken.

»Gut eigentlich. Ich bin ja auch nur die Reserve, also muss ich nicht besonders nervös sein.«

»Trotzdem – keine schlechte Leistung, überhaupt als Reserve aufgestellt zu werden. Du solltest auf jeden Fall stolz auf dich sein.« Ich lächle ihn dankbar an. Ich habe meinen Eltern erzählt, dass Nicks Vater letzte Woche gestorben ist und die beiden sich nicht besonders gut verstanden haben, aber mehr nicht.

»Danke«, sagt Nick, und bald entwickelt sich ein lockeres Gespräch.

Nick war in der vergangenen Woche ziemlich still, aber in Anbetracht dessen, was passiert ist, schlägt er sich eigentlich ganz wacker. Shanes strammes Trainingsprogramm hat ihn dabei unterstützt: In den letzten Tagen hatten Nick und ich dermaßen viel zu tun, dass sowieso keine Zeit zum Nachdenken blieb. Und auch ich war froh darüber, denn sobald ich einen Augenblick mal nichts zu tun habe, muss ich sofort an Liz denken. Dom übernachtet jetzt ziemlich oft bei uns, und anscheinend entwickelt sich zwischen den beiden endlich etwas Ernsteres, aber ich werde Nick nicht danach fragen. Er braucht Zeit, die Dinge zu verarbeiten und wieder zu sich selbst zurückzufinden, und ich hoffe, dass auch Dom ihm diese Zeit gibt.

Unsere Unterhaltung wird von Taidgh unterbrochen, der an unseren Tisch tritt. Ich will ihn gerade meiner Familie vorstellen, aber er lässt mich gar nicht erst zu Wort kommen.

»Nick, Matt, ich muss mit euch reden«, sagt er knapp. »Verzeihen Sie, die Herrschaften.« Dann wendet er sich um und geht wieder, und Nick und ich beeilen uns, ihm hinterherzulaufen. Taidgh bleibt am anderen Ende der Bar stehen.

»Wo ist Elizabeth? Ich hätte schwören können, dass ich sie eben noch gesehen habe«, sagt Taidgh. Ich blicke mich um, entdecke sie aber genauso wenig. »Nun, egal. Ich sag's ihr später«, fährt er fort. »Also. Leider haben wir es heute Morgen mit einigen unglücklichen Entwicklungen zu tun.« Taidgh spricht ruhig, aber mich packt das Unbehagen. »Edwards Pferd Minnie hat eine Kolik. Es wird ihr bald wieder gutgehen, aber natürlich kann sie heute nicht springen. Also wirst du für Edward reiten, Nick. Ben hat meiner Entscheidung bereits zugestimmt, und Shane versichert mir, dass du exzellent vorbereitet worden bist, daher habe ich keinerlei Bedenken, dich in unserem Team zu begrüßen.«

Nick wird blass. Die nackte Angst, dass das alles eine Nummer zu groß für ihn ist, steht ihm offen ins Gesicht geschrieben. Ich weiß sehr gut, wie er sich fühlt. Mir ging es in Aachen ganz genauso, und heute fühle ich mich auch nicht wesentlich besser.

»Okay …«

»Ich weiß natürlich, dass das sehr überraschend kommt, aber genau deshalb habe ich dich ja als Reserve bestimmt. Ich werde allerdings die Reihenfolge innerhalb des Teams ändern. Edward sollte ursprünglich als Letzter springen, aber jetzt werde ich Elizabeth dort plazieren. Ben startet wie immer als Erster, danach bist du dran, Nick, anschließend reitet Matt. Seid ihr einverstanden?«

Nick zwingt sich ein Nicken ab.

»Schön.« Taidgh geht bereits davon. »Ich mache mich auf die Suche nach den anderen. Wir sehen uns später.«

»Ich fass es nicht«, murmelt Nick.

»Kommst du damit klar?«

»Machst du Witze? Ich springe für Irland! Und wie ich damit klarkomme!« Er grinst von einem Ohr zum anderen, und zum ersten Mal seit einer Woche ist er wieder der Nick, den ich kenne.

»Matt«, sagt er und deutet mit theatralischer Geste auf mich. »Du und ich – wir werden dieses verfluchte Ding gewinnen!«

»Ja! Ja, das werden wir.«

Schon von weitem höre ich Edward brüllen. Eben habe ich noch in der Bar gesessen und mich über Oscars Angebot gefreut, als ich seine Nachricht bekam: *Ich brauch dich sofort im Stall!*

Er ist auch sonst eher wortkarg, was Nachrichten angeht, aber diese knappe SMS lässt keinen Zweifel daran, dass etwas passiert sein muss. Vor einem derart wichtigen Turnier geht er oft ruppig mit seinen Leuten um, strahlt aber gleichzeitig große Zuversicht und Gelassenheit aus. Davon kann jetzt allerdings keine Rede sein.

»Das ist doch einfach lächerlich! Du willst mich durch einen elenden Amateur ersetzen?«

»Dein Pferd ist nicht einsatzfähig.« Taidgh ist eindeutig am Ende seiner Geduld.

»Ich habe zahlreiche S-Klasse-Pferde zu Hause stehen. Meine Pfleger können sie innerhalb einer halben Stunde hierherbringen …«

Als ich um die Ecke biege, sehe ich die beiden Männer gefährlich dicht voreinanderstehen.

»Aber kein anderes deiner Pferde ist bisher auf diesem Niveau angetreten. Gambler schon. Nick springt an deiner Stelle und damit basta!« Noch nie habe ich Taidgh so aggressiv erlebt, und ich will gerade den Rückzug antreten, als Edward mich entdeckt.

»Elizabeth!«, ruft er und winkt mich heran, ehe er sich wieder Taidgh zuwendet. »Wir können dich überstimmen, wenn die Mehrheit des Teams gegen deine Entscheidung ist, nicht wahr?« Taidgh schweigt und schürzt die Lippen, und Edward schenkt mir ein gezwungenes Lächeln. »Elizabeth, bist du nicht auch der Ansicht, dass das eine lächerliche Idee ist?« Er drückt meine Schulter fester, als mir angenehm ist.

»Es spielt keine Rolle, was Elizabeth denkt. Ben, Nick und Matt haben bereits ihr Okay gegeben, also bist du überstimmt. Elizabeth, das Turnier beginnt in einer Stunde. Wir sehen uns dann.« Taidgh geht, und Edward blickt ihm voller Zorn nach.

»Das ist doch Wahnsinn!«, faucht er, ohne sich darum zu scheren, ob Taidgh es noch hört oder nicht.

»Was ist denn passiert?«

»Minnie hat eine Kolik. Sie ist bereits in der Klinik. Der Tierarzt sagt, dass sie es auf jeden Fall schafft, aber natürlich kann ich nicht mit ihr reiten!« Er hat angefangen, auf und ab zu gehen. »Ich sollte vielleicht zur Turnierleitung gehen und mich beschweren, dass Taidgh nicht in der Lage ist, eine solche Entscheidung zu treffen …«

Ich höre gar nicht richtig zu, denn ich muss an die arme Minnie denken. Die Stute ist sehr empfindsam. Es wird ihr nicht gefallen, von Ärzten gepikt und untersucht zu werden.

»Dann bist du eben nächstes Jahr dabei«, versuche ich, Edward zu beruhigen, aber das scheint ihn nur noch mehr aufzubringen.

»Nächstes Jahr*? Nächstes Jahr?* Elizabeth, ist dir klar, dass ich seit fünf Jahren in Folge im irischen *Aga Khan*-Team bin? Ich denke ja gar nicht daran, diesen Rekord zu brechen.« Er spuckt mir die Worte förmlich entgegen, und ich stehe hilflos da und weiß nicht, wie ich darauf reagieren soll.

»Alles in Ordnung?«, fragt eine Stimme. Edward und ich drehen uns um. Eine dunkelhaarige Frau in einem wunderschönen cremefarbenen Kleid und dem dazu passenden Hut kommt auf uns zu. Ich werfe Edward einen Blick zu. Seine Miene hat sich komplett verändert; nun wirkt er fast ängstlich.

»Ja, natürlich«, murmelt er gedämpft. Die Frau kommt mir irgendwie bekannt vor, aber ich weiß nicht, wo ich sie einordnen soll.

»Sicher? Ich habe gerade Gerüchte gehört, dass du heute nicht springen wirst.« Ihre Stimme klingt einen Hauch herablassend, und mir ist schleierhaft, warum Edward ausgerechnet sie nicht anfaucht.

»Ich bin gerade dabei, das zu klären«, sagt er und wendet sich ihr nun ganz zu. Mich ignoriert er völlig.

»Na, das hoffe ich doch. Ich habe mich so gefreut, dich reiten zu sehen.« Sie lächelt strahlend, und plötzlich weiß ich ganz genau, wer sie ist. Mein Magen dreht sich um, und mir bricht der Schweiß aus. Katherine.

»Entschuldigen Sie mich«, sage ich und will gehen, aber sie wendet sich mir zu.

»Nein, es tut mir leid, ich wollte nicht stören«, sagt sie immer noch strahlend. »Ich denke, wir kennen uns noch nicht. Ich bin Katherine.«

Ich rieche Chanel No. 5. »Elizabeth«, murmele ich und kann ihr dabei nicht in die Augen sehen.

»Oh, Elizabeth. Edward hat mir alles über Sie erzählt. Freut mich sehr, Sie endlich zu treffen.«

»Ja, mich auch.«

Ich habe keine Ahnung, was ich sagen soll. Ich werfe Edward einen verstohlenen Seitenblick zu. Er wirkt wie erstarrt.

»Ich muss mit Taidgh reden«, brummelt er und stiebt davon. Katherine und ich sehen ihm nach. Die Ungeheuerlichkeit dessen, was Edward und ich tun, trifft mich wie ein Schlag vor den Kopf. Ich zerstöre die Ehe dieser Frau! Ich bin ein Flittchen, das einer anderen den Mann stiehlt. Sie ist die Unschuldige, die versucht, sich wieder mit ihrem Mann zusammenzuraufen, und ich bin diejenige, die ihr immer wieder in die Quere kommt. Was mache ich bloß hier? Was ist denn los mit mir? Neben ihr zu stehen ist plötzlich zu viel für mich; damit komme ich einfach nicht klar.

»Entschuldigen Sie, ich muss jetzt auch gehen«, sage ich, renne davon, stürze in die nächste Toilette und übergebe mich.

Ich weiß nicht genau, wie lange ich über der Kloschüssel hänge, aber irgendwann ist mein Magen wohl leer. Ich reiße mich so gut ich kann zusammen. Edward wird schon alles in Ordnung bringen! Edward bringt immer alles in Ordnung. Also öffne ich die Tür meiner Kabine und erstarre vor Schreck, als Katherine vor mir steht. Sie blickt mir ruhig und gefasst entgegen.

»Hi«, stammele ich.

»Hallo. Alles in Ordnung mit Ihnen?«

»Ja, ja, danke … ich bin nur nervös wegen des Turniers.« Ich trete ans Waschbecken und fange an, mir die Hände zu waschen. Katherine stellt sich neben mich und bessert ihr ohnehin schon perfektes Make-up aus.

»Das kann ich mir vorstellen. Ich finde es so schade, dass Edward nicht springen kann. Es bedeutet ihm so viel!«

Ich nicke. Ich weiß nicht, was ich sagen soll. Ich will gerade flüchten, als Katherine mich aufhält.

»Warten Sie doch noch eine Sekunde, ja?«

Ich bleibe stehen. Sie lässt sich Zeit mit dem Schminken, doch endlich steckt sie die Utensilien sorgfältig zurück in ihre Designertasche, wendet sich um und sieht mir direkt in die Augen. »Sagen Sie, Elizabeth, wie lange geht Ihre Affäre mit meinem Mann schon?«

Der Augenblick ist vollkommen unwirklich, und ich bin derart vor den Kopf geschlagen, als habe sie mir tatsächlich eine Ohrfeige verpasst.

»B-bitte?«, frage ich und möchte im Boden versinken.

»Ich habe schon länger den Verdacht. Er spricht oft von Ihnen, und dass Sie ein hübsches Ding sind, habe ich schon in Zeitschriften gesehen. Aber ich war mir nicht sicher, bis ich eben das schlechte Gewissen in Ihrer Miene sah. Sie beide haben eine Affäre, richtig?« Sie spricht so gelassen, als würden wir uns über das Wetter unterhalten.

»Ja«, gebe ich zu. Lügen ist sinnlos. »Er liebt mich.«

»Hat er Ihnen das erzählt?«, fragt Katherine. Ihr Lächeln verblasst.

»Ja.«

»Gott, Sie sind doch noch ein Kind.« Es klingt nicht beißend, sondern nur traurig und voller Mitgefühl. Und dieser Tonfall trifft mich tiefer als alles andere. Sie betrachtet mich einen Moment lang prüfend, dann fährt sie fort. »Edward ist im Grunde noch immer ein kleiner ängstlicher Junge. Er fürchtet sich davor, älter zu werden, und tut alles, um sich vorzumachen, dass es nicht geschieht. Sie sind nicht mehr als eine vorübergehende Ablenkung, Elizabeth; mit Ihnen an seiner Seite kann er sich einreden, dass sein Leben und seine Karriere noch jung und frisch sind. Er liebt Sie nicht wirklich.« Sie legt ihre Hand wie zum Trost auf meine, aber ich reiße sie weg.

»Ich glaube Ihnen kein Wort«, erwidere ich und gebe mir Mühe, die Tränen zurückzuhalten.

»Elizabeth, ich weiß nicht, was er Ihnen alles erzählt hat, aber ich kann Ihnen leider garantieren, dass es sich um leere Versprechungen handelt, die er schon viele Male anderen jungen Frauen gemacht hat.« Einen Augenblick lang befürchte ich, dass sie zu weinen beginnt, aber sie tut es nicht. Geduldig wartet sie auf meine Reaktion.

»Aber wenn das stimmt«, sage ich zögernd, »warum sind Sie dann noch mit ihm zusammen?«

Katherine holt tief Luft. »Tja. Ich bin schwanger.«

Das Turnier wird in zwanzig Minuten beginnen, und die Sonne, die auf uns herabbrennt, schürt die aggressive Stimmung im Team. Taidgh und Edward hören nicht auf zu streiten, und mit jedem Wort, das Edward hervorbringt, schwindet Nicks Zuversicht.

»Ich bin die einzige Chance auf den Sieg dieser Mannschaft, das weißt du ganz genau. Schließt du mich aus, dann wird alles den Bach runtergehen, das garantiere ich dir!«, faucht Edward und stampft dabei mit dem Fuß auf wie ein verzogener Bengel.

»Meine Entscheidung ist endgültig. Entweder du trägst sie mit oder du gehst – eine andere Wahl hast du nicht«, sagt Taidgh nun schon zum ungefähr hundertsten Mal.

»Du ersetzt mich durch einen Amateur, und er wird das ganze Ding vermasseln!« Edward fährt zu Nick herum. »Du hast doch keine Ahnung, wie es ist, in den Ring zu reiten, wenn Tausende von irischen Fans erwartungsvoll zusehen und mitfiebern. Du hast keine Ahnung, unter was für einem Druck man steht, wenn alle erwarten, dass du den Sieg nach Hause bringst. Es ist das intensivste Gefühl, das du je erleben wirst, und du wirst jämmerlich daran scheitern!«

»Die Mannschaft hat bereits entschieden«, presst Taidgh zwischen zusammengebissenen Zähnen hervor.

»Ich will, dass Nick springt«, sagt Ben hämisch. Offenbar genießt er, dass Edward nun derjenige ist, der in Ungnade gefallen ist.

»Nick wird großartig reiten«, stimme ich zu. Ich wünschte, Edward würde einfach verschwinden.

»Oh, Herrgott noch mal. Das sind doch alles Idioten!«

In der Ferne sehe ich Liz. Sie marschiert ziemlich schnell auf uns zu.

»Da kommt Elizabeth. Fragt sie«, sagt Edward. »Sie ist die Einzige in diesem Haufen, die wenigstens etwas Verstand hat.«

Edward wendet sich ihr zu, aber ehe er noch etwas sagen kann, schlägt sie ihm mit der flachen Hand ins Gesicht.

»Du Mistkerl! Wie konntest du? Wie konntest du mich so anlügen und so lange Zeit manipulieren?« Sie holt erneut aus, aber diesmal duckt er sich hastig weg.

»Elizabeth, was ist denn los mit dir?«, fragt er entsetzt.

»Du! Du bist los«, schreit sie und beginnt zu weinen. »Du hast mich zu jemandem gemacht, den ich nicht ausstehen kann!«

Schockiert weiche ich ein paar Schritte zurück.

»Können wir das bitte später besprechen?«, fragt Edward

und packt ihre Schultern, um sie zu beruhigen, aber sie schlägt seine Hände weg.

»Sie ist *schwanger,* Edward!«

»Na und? Du und ich hatten eine Beziehungspause, und soviel ich weiß, hast du Matt gevögelt!«, faucht er sie an.

Alle Augen richten sich auf mich. Einerseits würde ich verdammt gerne eingreifen, aber andererseits habe ich keine Ahnung, was ich sagen sollte.

»Gib's doch zu – du hattest nie vor, sie zu verlassen!«, sagt sie.

»Und ob ich sie verlasse – ich pfeif auf die Schwangerschaft!«

Liz starrt ihn mit offenem Mund an. Selbst Edward scheint erschrocken über das, was er gerade gesagt hat. Sie schüttelt den Kopf und wendet sich mir zu.

»Verzeih mir«, sagt sie und läuft davon.

Edward will ihr hinterherjagen, aber ich packe ihn am Kragen und schlage so fest zu, wie ich kann. Er geht zu Boden, und ich will mich schon auf ihn stürzen, aber jemand greift meine Arme und versucht, mich zurückzuzerren. Mir ist egal, dass es helllichter Tag ist und ich von Menschen umgeben bin. Ich sehe rot und will Edward das geben, was er verdammt noch mal verdient hat.

»Hört auf – alle!«, schreit Taidgh. »Ihr seid in der gleichen Mannschaft, verdammt noch mal!« Jetzt erst merke ich, dass Nick es ist, der mich festhält, aber ich wehre mich weiterhin gegen ihn.

Dennoch gelingt es ihm schließlich, mich zurückzuziehen. »Das Schwein ist den Ärger nicht wert«, sagt er.

Ich mache mich mit einem Ruck von ihm los und renne Liz hinterher.

»Das Turnier fängt in fünfzehn Minuten an!«, ruft Taidgh mir nach, aber das kümmert mich nicht.

Ich finde Liz in einem kleinen Bogendurchgang unterhalb der Tribüne. Die Hitze ist noch nicht bis in diese Nische gedrungen, und die Geräusche der Zuschauer hoch über uns kommen nur gedämpft an. Sie sitzt auf dem Boden und weint leise. Ich setze mich neben sie, ohne etwas zu sagen. Sie weiß, dass ich da bin, aber es dauert eine Weile, bis sie zu reden beginnt.

»Es tut mir so leid, Matt.«

»Was denn?«

»Dass ich mich gegen dich entschieden habe. Ich hätte das nicht tun sollen.« Sie atmet ein paarmal ein und aus. Langsam, aber sicher scheint sie sich etwas zu beruhigen.

»Und warum hast du dich nicht für mich entschieden?«, frage ich. Ich muss es wissen.

»Weil ich Angst hatte, dass Edward mir Wildfire abnehmen würde«, sagt sie und weicht meinem Blick nicht aus.

»Was?«

»Wildfire gehört Edward, und ich wusste, dass er sie mir wegnehmen würde, wenn ich ihn für einen anderen verlasse. Der Gedanke, sie zu verlieren … Ich habe mir die ganze Zeit immer einzureden versucht, dass ich bei ihm bleibe, weil ich ihn liebe, aber das tue ich nicht. Ich hatte einfach nur Angst, dass er mir all das wieder nimmt, was ich doch gerade erst erreicht hatte – was ich mir immer gewünscht habe –, denn das kann er. Aber ich liebe ihn nicht, ich liebe dich. Ich will mit dir zusammen sein.«

Bevor ich die Chance habe, irgendein Wort von ihr zu verdauen, küsst sie mich. Ich wehre mich nicht dagegen, denn obwohl ich nicht wirklich begreife, was geschieht, sehne ich mich schon viel zu lange danach. Und dieser Kuss ist anders als die Küsse zuvor, denn alles um mich herum versinkt, und ich spüre nur noch ihr Verlangen nach mir. Schließlich macht sie sich von mir los.

»Ich habe Mist gebaut, Matt, das weiß ich, aber ich hatte solche Angst, alles aufgeben zu müssen. Diese Karriere war mein Traum. Aber jetzt habe ich noch mehr Angst, dich zu verlieren!« Unsere Gesichter sind dicht beieinander. »Kannst du mir verzeihen? Kannst du mir noch eine Chance geben?«

»Selbst wenn ich wollte, könnte ich nicht nein sagen«, gestehe ich und muss lachen. »Ich liebe dich, Liz, und ich gebe dir tausend Chancen, wenn das bedeutet, dass ich auch nur eine einzige mit dir habe.«

Sie stößt ein kleines tränenreiches Lachen aus und wischt sich die Wangen ab. Wir küssen uns wieder, aber diesmal ist es nicht mehr so dringlich. Wir nehmen uns Zeit und kosten es aus. Diesmal bin ich derjenige, der sich losmacht, denn ich weiß, dass wir uns der Realität stellen müssen.

»Komm«, sage ich, erhebe mich und halte ihr die Hand hin. »Wir haben einen *Aga Khan* zu gewinnen.«

»Wo zum Geier wart ihr zwei?«, ruft Nick uns entgegen, als wir zusammen zum Aufwärmring kommen.

»Wo sind die anderen?«, fragt Matt, ohne auf Nicks Frage einzugehen.

Ich habe es geschafft, mich halbwegs wieder in Ordnung zu bringen. Es ist mir ziemlich peinlich, dass ich vor allen Leuten so ausgerastet bin, aber wenn ich zu Matthew aufblicke, fällt es mir schwer, etwas anderes an mich heranzulassen. Ich kann nur noch daran denken, was er gesagt hat – er liebt mich, er liebt mich wirklich.

»Taidgh sucht nach euch. Ben springt gleich, und Edward ist verschwunden, nachdem du ihm die Nase gebrochen hast«, sagt Nick.

»Du hast Edward geschlagen?«, frage ich Matthew geschockt.

»Ich war plötzlich so sauer«, sagt er und blickt verlegen auf seine Füße. Ich kann nicht anders, ich muss grinsen.

»Na ja, ich schätze, am meisten Schaden hat Edwards Stolz davongetragen«, bemerkt Nick, wieder ruhiger. »Was ist denn eben überhaupt passiert, als …«

»Habt ihr eigentlich den Verstand verloren?«, brüllt Taidgh. Die Blicke, mit denen er mich und Matthew bedenkt, sind so tödlich, dass ich innerlich erstarre.

»Matt, wenn du je wieder die Hand gegen einen anderen Reiter erhebst, dann sorge ich persönlich dafür, dass du nie wieder für Irland reitest, hast du das verstanden?« Matt erbleicht, nickt aber. »Gut. Dann geht jetzt und holt Cedric und Gambler; Ben ist fehlerfrei gesprungen – Gott sei Dank. Und dabei hätte ich nie erwartet, dass ausgerechnet er derjenige ist, der sich in dieser Mannschaft als Einziger professionell benimmt.« Matt und Nick ziehen ab und lassen mich mit Taidgh allein.

»Taidgh, es tut mir so …«

Er hält die Hand hoch. »Elizabeth, ich habe keine Ahnung, was du für eine Beziehung mit Edward oder Matthew hast, und es ist mir auch egal. Aber wenn es mein Team entzweit, dann wird es auch zu meinem Problem!« Ich sage nichts, denn ich weiß sehr gut, dass er keine Antwort erwartet. »Ich habe dich als Letzte eingesetzt, weil ich davon ausgegangen bin, dass du die Besonnene hier bist und mit der Situation umgehen kannst. Im Augenblick bereue ich meine Entscheidung sehr.«

»Das musst du nicht«, antworte ich und gebe alles, damit meine Stimme nicht zittert. »Ich werde heute so gut wie noch nie springen. Versprochen.«

»Das hoffe ich«, sagt er und geht davon.

Ich komme gerade noch rechtzeitig an, um Nick auf Gambler zu sehen. Das Pferd ist lebhaft und unruhig, als es in den Parcours galoppiert, und der Jubel der Menschenmenge setzt ihm zu. Um alles noch schlimmer zu machen, wird Edward angekündigt, und zahlreiche Zuschauer brüllen ihren Unmut über den Fehler heraus, bis er schließlich korrigiert wird. Man sieht Nick an, dass er hochgradig angespannt ist, und als Resultat reitet er das erste Hindernis viel zu langsam an. Gambler gibt alles, wirft aber dennoch die obersten beiden Stangen ab. Nick pariert Gambler, klopft ihm kräftig auf den Hals und setzt dann zum zweiten Hindernis an. Von nun an reitet er viel zuversichtlicher und besser und macht keine weiteren Fehler; mit vier Strafpunkten und zwei Zeitfehlern verlässt er den Ring.

»Das war erstklassig«, jubele ich ihm zu, als er aus dem Stadion galoppiert.

»Das mit dem ersten Hindernis tut mir leid«, sagt er und verzieht das Gesicht.

»Ach, wen interessiert das?«, sage ich und wedele abschätzig mit der Hand. Aber natürlich weiß Nick, dass auf Matt und mir nun ein noch größerer Druck lastet, fehlerfrei zu reiten. Nick beeilt sich, Gambler zu versorgen und in den Stall zu bringen, und schafft es gerade noch zu Matthews Umlauf zurück. Ausnahmsweise ist Matthew nicht weiß wie ein Laken, im Gegenteil: Er wirkt konzentriert und hellwach und hüpft über die Hindernisse, als sei es das Einfachste der Welt. Er schafft einen fehlerfreien Umlauf, und ich würde ihm so gerne gratulieren, aber ich muss mit Wildfire zum Aufwärmen.

Wildfire tänzelt nervös, und ich versuche, sie zu beruhigen. Die Hitze, die vielen Menschen und meine eigene Nervosität machen ihr klar, dass heute kein normaler Tag ist. Ich galoppiere in den Ring und bin mir bewusst, dass Matthew, Nick,

Ben und Taidgh mich anfeuern. Der Lärm der Menge ist ohrenbetäubend – so etwas habe ich noch nie erlebt. Schon in Aachen war es laut, aber das hier ist unfassbar. Ich liebe Springreiten und war immer zuversichtlich, aber dieses berühmte Stadion in Dublin, mein Einsatz für Irland und das Wissen, dass ich unbedingt fehlerfrei durchkommen muss, machen mich fertig.

Wie eine echte Partnerin zieht Wildfire leicht voran, als wollte sie mir mitteilen, dass das doch wohl kein Problem für uns ist. Ich treibe sie an, und wir fliegen über eine Hürde nach der anderen. Ich kann es kaum glauben, als verkündet wird, dass ich fehlerfrei geritten bin. Die Menge bricht in frenetischen Jubel aus, und Wildfire bäumt sich vor Freude auf. Taidgh schaut von unten zu mir hoch. »Bravo, Mädchen. Jetzt nur noch eine Runde.«

Der Parcours ist gut zu reiten, und nicht wenige Teilnehmer schaffen einen fehlerfreien Ritt, aber Irland ist nach Abzug von Nicks Umlauf das einzige Land, das bisher null Strafpunkte hat. Sofern wir in der zweiten Runde alle drei fehlerfrei durchkommen, wird es kein Stechen geben. Doch Deutschland ist uns mit nur vier Punkten dicht auf den Fersen, so dass wir uns wirklich keinen einzigen Fehltritt leisten dürfen.

Ben ist wieder der Erste, arrogant und selbstzufrieden wie immer, aber am Wassergraben ist er diesmal zu entspannt: Ein Huf landet im Wasser. Christoph von der deutschen Mannschaft macht den Fehler nicht und kommt ohne Strafpunkte durch. Der Druck, der auf Nick, Matthew und mir lastet, steigt. Wenn einer von uns unsauber springt, könnten wir das Turnier verlieren. Nick zögert nicht und galoppiert selbstbewusst in den Parcours; er hat es einmal geschafft, also schafft er es auch ein zweites Mal! Als er fehlerfrei durchkommt, stößt Shane ein wildes Johlen aus, und ich kann nur staunen: Einen solchen

Gefühlsausbruch hätte ich ihm gar nicht zugetraut. Nick nimmt mit dramatischer Geste seine Kappe ab und wirft sie – wie immer ganz Entertainer – in die Menge, und die Zuschauer jubeln.

Matthew und Cedric reiten so traumhaft wie immer, aber als sie die Wendung zum letzten Hindernis nehmen, rutscht Cedrics Hinterhand weg, und sie stürzen beinahe. Ich sehe Matthew an, dass er Cedric am liebsten durchparieren, beruhigen und einen Zirkel reiten möchte, ehe er das Hindernis erneut anreitet, aber wenn er das täte, wären das vier Strafpunkte für unsere Mannschaft. Also treibt er Cedric weiter an. Das Pferd ist nicht ausbalanciert, fängt sich aber und setzt mit eisernem Willen über die letzten beiden Hindernisse. Die Hufen streifen in beiden Fällen die Stangen, aber wie durch ein Wunder bleiben sie liegen. Null Strafpunkte für Matthew, und als er aus dem Ring reitet, umarmt er Cedrics Hals fest.

»Danke«, lese ich von seinen Lippen, als er zu dem Pferd spricht. »Danke!«

Und nun liegt es an mir. Wenn ich fehlerfrei reite, gibt es kein Stechen: Wir haben gewonnen. Damit hätte Irland das wichtigste und atemberaubendste Ereignis der *Dublin Horse Show* gewonnen. Taidgh sagt etwas zu mir, aber ich kann ihn nicht hören. In meinen Ohren summt es, und alle Geräusche kommen nur gedämpft bei mir an. Während ich warte, dass ich an der Reihe bin, beuge ich mich zu Wildfire herab.

»Wahrscheinlich ist das das letzte Mal, dass du und ich zusammen springen«, sage ich und versuche, die drohenden Tränen niederzukämpfen. »Wenn das hier vorbei ist, lässt Edward mich bestimmt nicht mehr in deine Nähe, und ich … ich weiß nicht, wie ich ihn daran hindern soll …« Wildfire stellt die Ohren auf und hört zu, als verstünde sie die Bedeutung meiner Worte. »Aber wir haben noch diesen einen Umlauf hier, und ich möchte jedem zeigen, wie großartig du bist!« Wildfire zieht mich in den Ring, und mir schlägt ein letztes Mal der ohrenbetäubende Jubel der irischen Fans entgegen.

Liz reitet das erste Hindernis zügig an, und Wildfire fliegt hinüber wie ein junges Reh.

»Sie macht das großartig«, sagt Nick. Voller Furcht und Hoffnung sehen wir zu; unsere Nerven sind zum Zerreißen gespannt. Wildfire springt höher und weiter, als ich es je erlebt habe. Sie überwindet nicht nur jedes Hindernis mit Leichtigkeit, sondern hat auch noch Unmengen Luft unter den Hufen.

»Du sagst es«, murmele ich.

Die Zuschauer gehen bei jedem Hindernis mit; es kommt mir vor, als würden sie kollektiv die Luft anhalten und erst dann wieder zu atmen beginnen, wenn Liz und Wildfire die Runde beendet haben. Die zwei reiten nun die letzte Kombination an. Ich stelle mich unwillkürlich auf die Zehenspitzen, als Wildfire abhebt, und schicke ihnen all meine Willenskraft hinüber.

Als Liz über die Ziellinie galoppiert, explodiert um uns herum ein tosender Lärm, der kaum noch nach Applaus klingt. Taidgh springt wie ein Irrer auf und ab, Shane schwenkt seine Krücken gefährlich dicht an Köpfen vorbei, aber niemanden kümmert es, denn Irland hat gewonnen!

Augenblicklich umringt die Presse uns, um unsere spontanen Reaktionen einzufangen. Ben bleibt cool, kann aber sein Grinsen nicht unterdrücken, und Nick ist den Tränen nahe. Ich werfe meine Arme um ihn und drücke ihn fest. Die Reporter stürzen sich auf Liz, sobald sie aus der Arena kommt.

»Elizabeth, Sie haben soeben den *Aga Khan* gewonnen. Wie

fühlen Sie sich?« Aber sie antwortet auf keine Frage, nimmt die Leute nicht einmal wahr. Sie springt von Wildfire und rennt zu mir.

»Gut gem…«, beginne ich, bekomme aber keine Chance, zu Ende zu sprechen, denn sie packt mein Gesicht und küsst mich stürmisch. Ich höre, wie die Menge um uns herum nach Luft schnappt und die Kameras der Reporter klicken.

»Das wurde aber auch Zeit!«, brüllt Nick so laut er kann, und wir machen uns lachend voneinander los.

»Ich gehe also davon aus, dass wir es nicht geheim halten?«, frage ich und deute auf die Fotografen um uns herum.

»Sieht nicht so aus«, sagt Liz und prustet erneut los.

Die Siegerehrung ist ein einziger Wirbel aus Aufregung, Jubelrufen und Champagner – viel Champagner. Wir brauchen nicht lange, um unsere Pferde für die Nacht zu versorgen, da sie erschöpft sind und mit ihrem Futter in Ruhe gelassen werden wollen. Danach treffen wir uns alle in der Bar, ohne uns vorher umzuziehen. Wir alle sind erhitzt, verschwitzt und schmutzig, aber es stört niemanden. Meine Familie kommt vorbei und umarmt und küsst Nick und mich. Meine Mutter hat Nick quasi adoptiert und behandelt ihn wie einen eigenen Sohn.

»Du warst phantastisch, einfach phantastisch«, sagt sie und drückt seine Schultern, als ob er ein kleiner Schuljunge wäre, der gerade beim Fußballturnier ein Tor erzielt hat.

Ann beugt sich zu mir und flüstert verschwörerisch: »Auf der Reitertribüne gab es kostenlosen Sekt. Mum und Dad sind angesäuselt.« Ich blicke hinüber und stelle fest, dass sie recht hat. Mum kichert mädchenhaft, und mein Dad schwankt bereits bedrohlich.

»Wir hatten übrigens noch gar keine Gelegenheit, uns mit diesem hübschen Mädchen hier bekannt zu machen«, verkündet er, legt seinen Arm um Liz' Schultern und zwinkert mir zu. Ich spüre, wie mir das Blut in die Wangen steigt, aber Liz lacht.

»Hallo. Ich bin Elizabeth«, stellt sie sich freundlich vor.

»Ich bin sehr erfreut, Sie kennenzulernen, Elizabeth. Und herzlichen Glückwunsch zu Ihrer Darbietung heute. Ihr alle wart wirklich toll.«

Nick reicht mir ein Glas Champagner, und wir suchen uns einen Platz zum Sitzen. »Ich mag deine Eltern, wenn sie betrunken sind. Wir sollten sie unbedingt einholen.«

Es dauert nicht lange, bis Dom, Orla, Stevie und andere Freunde und Kollegen zu unserer kleinen Siegesfeier stoßen. Der Alkohol fließt in Strömen, und wir sind alle in Hochstimmung. Ich habe Shane noch nie wirklich betrunken erlebt, aber nun, da er es definitiv ist, kann er seine Hände nicht von Justine lassen; die beiden benehmen sich wie frisch verliebte Teenager. Orla und Stevie scheinen sich nur zu unterhalten, Ben knabbert einer blonden Pferdepflegerin am Ohr, und obwohl Nick und Dom nicht so offensichtlich wie die anderen turteln, ertappe ich sie dabei, wie sie unterm Tisch Händchen halten. Ich lege meinen Arm um Liz und nehme ihn den ganzen Abend nicht mehr weg, und sie schmiegt sich glücklich an mich. Nur einmal, als eine ältere, sehr gut gekleidete Frau an unseren Tisch tritt, richtet sie sich wieder auf.

»Mum!«, ruft Liz überrascht und ein bisschen verlegen.

»Hallo, Schätzchen«, erwidert sie. Uns andere ignoriert sie vollkommen. »Ich wollte dir nur gratulieren. Du warst einfach großartig!«

»Danke«, sagt Liz, immer noch verdattert. »Magst du dich zu uns setzen?«

»Oh, nein, ich habe mich zum Essen mit den Mädels im *Four Seasons* verabredet, aber danke für das Angebot … Du warst wunderbar heute, Elizabeth. Ich bin so stolz auf dich!« Sie wirkt etwas verlegen bei den letzten Worten, doch Liz lächelt dennoch glücklich.

»Danke, Mum.«

Als Liz' Mutter geht, bedenkt sie mich mit einem strengen Blick, und ich frage mich, ob sie vorhin gesehen hat, wie wir uns in aller Öffentlichkeit geküsst haben.

»Das ist also deine Mutter? Sie macht einen netten Eindruck.«

»Sie gibt sich jedenfalls Mühe«, sagt Liz ehrlich erfreut. »Sie gibt sich *wirklich* Mühe.«

Wir wenden uns wieder den anderen zu. Taidgh steht in der Mitte der Truppe und bittet um Gehör. Alle sehen ihn erwartungsvoll an.

»Der Sieg heute ist purem Können zu verdanken«, verkündet er stolz. »Aber dass wir ohne ein Stechen gesiegt haben, ist dennoch ein Glücksfall gewesen, denn gegen Christoph anzutreten ist alles andere als ein Kinderspiel.«

»Wohl wahr«, bemerkt Nick. Er lallt schon ein wenig. »Aber wie macht er das bloß? Ich meine, was das Tempo angeht, ist er ja fast unschlagbar.«

»Talent«, erwidert Taidgh schlicht.

»Jahrelange Erfahrung«, setzt Shane hinzu.

»Und dass er vielleicht etwas nachhilft, ist nicht möglich?«, fragt Orla unschuldig.

»So was würde er doch nie machen, oder?«, frage ich, aber Dom schüttelt schon den Kopf.

»Nein, das würde er nicht. Einer seiner Pfleger hat mir erzählt, dass nach Aachen alle seine Pferde getestet worden sind. Man hat nichts gefunden.«

»Sag ich doch – pures Talent«, brüllt Taidgh, der inzwischen ebenfalls ziemlich betrunken ist. »Aber gegen uns hat es heute eben nicht gereicht!«

Es ist schon ziemlich spät, als unsere Truppe sich aufzulösen beginnt. Bens blonde Pferdepflegerin ist plötzlich verschwunden, und er fängt an, Ann begehrliche Blicke zuzuwerfen. Ich schlage meinen Eltern vor, sich ein Taxi zu nehmen, und bin erleichtert, als sie mir zustimmen. Orla und Stevie haben sich kurz zuvor weggestohlen, ohne jemandem Bescheid zu geben, und Justine muss Shane fast in ein Taxi schleifen – offensichtlich haben wir heute Abend einen Blick darauf erhascht, wie Shane in seiner wilden Zeit gewesen ist. Nick schiebt irgendeine Ausrede vor, er müsse nach seinem Pferd sehen, und niemand ist erstaunt, als Dom ihm anbietet, mitzugehen. Ich werde auf keinen Fall heute Nacht zu unserem Transporter gehen, denke ich, als nur noch Taidgh, Liz und ich dasitzen. Ich zerbreche mir gerade den Kopf, mit welcher Ausrede ich uns entschuldigen kann, als Taidgh mir zuvorkommt.

»Würdet ihr zwei jetzt bitte endlich verschwinden und euch um euch selbst kümmern?«, sagt er. »Ich weiß doch, dass ihr's kaum erwarten könnt.«

»Danke«, sage ich, und wir stehen auf.

»Gerne. Geht und amüsiert euch. Ihr habt's verdient.«

Liz tanzt in der warmen Nachtluft förmlich neben mir her.

»Meine Güte, hast du eine Energie«, sage ich.

»Ich bin glücklich«, entgegnet sie und drückt mir einen raschen Kuss auf die Lippen, der mir Lust auf so viel mehr macht. Als ich sie um die Taille packe, um mit ihr zu tanzen, bemerke ich, dass ihre Tasche vibriert.

»Dein Handy klingelt«, sage ich.

»Ich weiß. Das ist Edward.«

»Und was will er?« Mir ist klar, dass ich verbittert klinge, aber ich kann es nicht ändern.

»Wildfire … Er sagt, er wird sie morgen abholen und verkaufen.«

Ich bin überrascht, wie ungerührt sie klingt. »Gott, Liz, es tut mir so leid …«, beginne ich. Ich würde so gerne etwas sagen oder tun, um ihr zu helfen.

»Mir nicht«, antwortet sie mit einem frechen Grinsen. »Er bekommt sie nämlich nicht.«

Ich starre sie fassungslos an. Offensichtlich verschweigt sie mir etwas.

»Was meinst du damit?«

»Edward könnte neunzigtausend, vielleicht sogar hunderttausend Euro für Wildfire bekommen, aber ich weiß, dass er durch Turniere und Werbeverträge ungefähr eine Million jährlich verdient. Was würde also geschehen, wenn er für ungefähr fünf Jahre offiziell gar nicht reiten dürfte? Das wäre ein böser finanzieller Verlust, oder was denkst du?« Liz lächelt mich verschmitzt an. Es scheint ihr Spaß zu machen, mich auf die Folter zu spannen.

»Das wäre es tatsächlich … aber warum sollte er fünf Jahre lang nicht reiten dürfen?«

»Fünf Jahre dauert die Sperre der FEI, wenn man beim Doping erwischt wird.«

Ich bleibe wie angenagelt stehen.

»Edward dopt?«, frage ich verdattert. Liz blickt plötzlich verlegen.

»Ich weiß es schon eine Weile und wollte es auch anzeigen, aber ich wusste nicht, wie ich es anstellen sollte, ohne im Gegenzug Wildfire zu verlieren. Aber als Dom vorhin das über Christoph und den Dopingtest nach Aachen sagte, begriff ich, dass das genau der Hebel ist, den ich brauche, um Wildfire *nicht* zu verlieren. Wenn Edward also morgen zu mir kommt, um Wildfire abzuholen, werde ich ihn bitten, sie mir für exakt eintausend Euro zu verkaufen. Wenn er sich darauf nicht einlässt, drohe ich ihm, ihn wegen Dopings bei der FEI anzuschwärzen. Ich weiß, dass Edward mir eins auswischen will, aber er wird kaum seine gesamte Karriere dafür aufs Spiel setzen.«

»Aber bedeutet das nicht, dass er dann einfach weiterdopen kann?«, frage ich. Der Gedanke gefällt mir gar nicht.

»Ich will Wildfire zurück, was auch immer es kostet«, sagt Liz brutal ehrlich. »Aber wenn er sie mir tatsächlich verkauft, kann sich ja immer noch in ein paar Monaten ein anonymer Anrufer bei den Behörden melden …« Sie zwinkert mir zu, und ich bin ungeheuer erleichtert.

»Du musst Wildfire also nicht aufgeben«, sage ich und freue mich für sie.

»Nein, muss ich nicht«, erwidert sie. Plötzlich sieht sie mich nervös an. »Und dich auch nicht?«

Ich ziehe sie in die Arme und küsse sie.

»Nein, mich auch nicht.«

Langsam schlendern wir zu Liz' Transporter zurück. Obwohl es schon so spät ist, vibriere ich vor Energie. Als wir ihren Wagen erreichen, sage ich nichts, sondern ziehe sie an mich und küsse sie wieder. Je öfter ich sie küsse, desto mehr wächst mein Verlangen nach ihr, und ich will so unbedingt mehr. Schließlich mache ich mich los. Wir atmen beide schwer und keuchend.

»Heute war ein langer Tag«, bringe ich hervor, »also wenn du nicht möchtest … wenn du möchtest, dass ich jetzt gehe, dann tue ich es. Wir haben alle Zeit der Welt, um uns besser kennenzulernen. Es muss nicht unbedingt heute Nacht sein.« Noch während ich spreche, könnte ich mich schon treten, aber ich will sie nicht drängen; sie soll mich genauso wollen wie ich sie.

Liz lächelt. »Das ist sehr nobel und sehr lieb von dir, Matthew. Wärst du sehr geschockt, wenn ich sage, dass ich dir einfach nicht länger widerstehen kann?«

Ich brauche keine weitere Aufforderung. Ich hebe sie hoch, und sie bricht in lautes Gelächter aus, als ich sie in ihren Transporter trage. Und dann machen wir da weiter, wo wir vor nicht allzu langer Zeit aufgehört haben.

25. Kapitel

EIN JAHR SPÄTER

»Hast du schon von dem Skandal gehört?«, fragt Liz, rutscht auf die Bank neben mich und klaut mir ein Stück Kartoffel.

»Hey!«, protestiere ich und versuche, meine Mahlzeit zu verteidigen, aber sie drückt meine Hand weg. Nick schiebt ihr seinen halbleeren Teller hin, und sie macht sich gierig darüber her.

»Danke, Nick. Schön, dass es wenigstens *einen* Gentleman hier am Tisch gibt.«

»Beim Essen kenne ich keinen Spaß«, sage ich, und Liz verdreht die Augen, grinst aber, als ich sie auf die Stirn küsse.

Nach Dublin haben Nick und ich Sponsorenverträge bekommen. Ich werde von *Fitz Horse Feeds* unterstützt, Nick hat einen Deal mit *Mills Horseware*. Im Gegensatz zu Liz haben wir zwar noch nicht das ganz große Los gezogen, konnten jedoch beide dadurch jeweils ein gutes Pferd kaufen und sind jetzt regelmäßig bei S-Klasse-Springen vertreten, obwohl Shane sich seine Pferde zurückgeholt hat. Wir trainieren weiterhin auf Shanes Hof, zahlen aber Miete.

Shanes Trainerqualitäten sind heiß begehrt. Die Reiter, die bei ihm lernen wollen, stehen förmlich Schlange; wahrscheinlich hoffen sie, dass er sie bis Dublin trainiert, wie er es mit uns gemacht hat. Jedenfalls boomt das Geschäft, und Shane hat weitere Pferdepfleger eingestellt, um Nick und mich zu ersetzen. Wir sind aus dem Bungalow ausgezogen und haben uns eine Wohnung ungefähr fünf Meilen davon entfernt gemietet.

Sie ist klein und etwas heruntergekommen, aber wir stehen dadurch auf eigenen Beinen und entwickeln uns weiter.

»Kein Thema. Was für ein Skandal?«, fragt Nick.

»Aha, so ist das also. Essen gegen Klatschgeschichten, ja?«

Nick versucht nicht einmal, sich selbst zu verteidigen.

»Und wenn?«, fragt er süßlich. »Jetzt erzähl schon, Liz. Du hast damit angefangen, jetzt kannst du nicht mehr kneifen.«

Liz lässt sich nicht lange bitten. Ich habe im vergangenen Jahr nur zu oft feststellen können, dass sie mindestens genauso gerne klatscht und tratscht wie Nick.

»Erinnert ihr euch daran, wie Owen beim letzten Turnier mit dieser Sarah angebandelt hat?«

»Das kann man wohl kaum vergessen«, bemerke ich mit vollem Mund. Wir waren vor ein paar Wochen in Spanien, und so gut wie jeder, der bei dem Turnier dabei gewesen war, hatte es mitbekommen. Es war spät nachts in einer Bar gewesen, und wir hatten ausgelassen gefeiert. Owen hatte Sarah in eine Ecke gedrängt, und sie hatte ihm die Beine um die Hüfte geschlungen – unmöglich, die beiden nicht zu bemerken.

»Na ja, Owen und Sarah haben sich danach noch ein paarmal getroffen, sind hin und wieder miteinander ausgegangen und so weiter«, fährt Liz fort. »Aber dann stellte sich heraus, dass Owen an diesem Abend in Spanien auch was mit Penelope hatte und sie anschließend ebenso wiedergesehen hat …«

Nick und ich sehen uns an. Ist uns etwas entgangen?

»So mies ist das doch nicht. Owen war offiziell mit keiner von beiden zusammen, also hat er ja nicht wirklich etwas Schlimmes getan, oder?«, sagt Nick, was genau das widerspiegelt, was ich denke.

»Nein, richtig«, erwidert Liz lächelnd. »Das ist auch nicht der Aufreger an der ganzen Geschichte. Aber als die beiden Frauen herausfanden, was Owen abgezogen hat, haben sie die SMS, die er ihnen geschickt hatte, miteinander verglichen, und stellt euch das vor – sie waren absolut identisch. Wort für Wort.«

»Anfängerfehler«, bemerkt Nick. »Aber wie sind die Mädels da überhaupt draufgekommen?«

»Er hat einmal vergessen, am Anfang der Nachricht für Penelope den Namen zu ändern …« Liz kann sich nicht mehr zurückhalten, und auch Nick lacht laut.

»Meine Güte, das ist wirklich zu bescheuert … nicht zu fassen«, gebe ich zu.

Liz isst Nicks Teller leer, und ich schiebe ihr meinen rüber, da ich weiß, dass sie sowieso gleich von mir klauen wird.

»Du Weichei«, sagt Nick zu mir, als Liz sich auch über mein Essen hermacht.

»Hey, hey. Sie ist stark. Wenn ich nicht tue, was sie sagt, verprügelt sie mich.«

Liz kneift mich in den Arm. »Da hast du verdammt recht. Matthew muss hin und wieder daran erinnert werden, wer die Hosen bei uns anhat.«

Ich sehe Nick an und ziehe die Augenbrauen hoch, und er grinst.

»Okay, ihr Turteltauben, ich verschwinde. Ich muss noch drei Pferde reiten, bevor es dunkel wird. Nicht vergessen, Matt – du hast in weniger als einer Stunde einen Termin mit Billy in Wexford.« Er tippt theatralisch auf seine Armbanduhr, aber ich mache eine wegwerfende Geste.

»Ja, ja, ich weiß. Ich hau auch gleich ab.« Billy ist mein Hauptsponsor von *Fitz Horse Feeds* und möchte mir ein Pferd kaufen. Er behauptet, bereits einen großartigen Hengst entdeckt zu haben, will aber mein Okay, bevor er sein Angebot abgibt.

Nick hüpft beinahe, als er davongeht.

»Der ist aber gut gelaunt«, bemerkt Liz staunend.

»Ich glaube, er hat jemanden kennengelernt. Er geht fast jeden Abend aus und hält sich sehr bedeckt, wenn ich ihn frage, was er denn so treibt.«

Sie schürzt die Lippen. »Ach, ich wünschte, es hätte mit Dom geklappt. Die beiden passen so gut zusammen.«

»Aber Dom musste ja nach Amerika abhauen«, bringe ich verbittert hervor. Nick war die erste Zeit ziemlich am Boden.

»Ach komm, das Angebot konnte er auch nicht ablehnen«, verteidigt Liz ihn. »Im Übrigen war es Nick, der gesagt hat, eine Fernbeziehung käme für ihn nicht in Frage.« Wir haben uns schon oft über das Thema in die Haare bekommen, und weil wir nie zu einer Einigung kommen, sprechen wir nur noch selten darüber.

»Und – wie läuft es heute bei dir?«, frage ich und schlinge den Arm um Liz. Sie rückt näher und schmiegt sich an mich.

»Gar nicht so übel. Wildfire hat sich gut gemacht heute Morgen, und ich freue mich auf das Turnier am Wochenende. Allerdings bin ich ziemlich platt: Orla und Stevie waren furchtbar laut gestern Abend.«

»Streit oder Sex?«

»Erst das eine, dann das andere«, antwortet Liz verärgert. »Ich mag Stevie ja wirklich, und ich weiß, dass die zwei vernarrt ineinander sind, aber müssen sie immer so ein Drama um alles machen?«

»Tja, du weißt ja, dass es sich nicht immer vermeiden lässt.« Ich muss daran denken, wie oft wir uns im vergangenen Jahr heftig gestritten und ebenso heftig wieder versöhnt haben.

»Auch wieder wahr. Wenigstens kann ich heute bei dir bleiben.« Sie hebt den Kopf und küsst mich.

»Bei mir kriegst du aber auch keinen Schlaf«, sage ich anzüglich und kneife ihr in die Hüfte, und sie windet sich kichernd.

»Wenn *du* mich wach hältst, ist das etwas anderes.« Sie küsst mich noch einmal, hört aber viel zu schnell wieder damit auf.

Obwohl wir schon ein Jahr zusammen sind, kann ich immer noch nicht genug von ihr kriegen.

»Ich nehme an, du hast das von Edward gehört?«, frage ich nicht mehr ganz so beiläufig.

»Ja. Ich hab's heute Morgen in der *Irish Field* gelesen. Zwei Jahre Sperre wegen Dopings. Wenigstens weiß niemand, dass ich es war, die ihn angeschwärzt hat …« Wenn Liz über Edward spricht, schwingt immer auch ein Hauch Wut in ihrer Stimme mit. Ihr Plan, Wildfire zu behalten, hatte damals zwar funktioniert, aber der Streit mit Edward war ganz schön ausgeartet. Edward hatte dabei sein wahres Gesicht gezeigt und sie als eine geldgeile Schlampe beschimpft, und ich kann mit allerbestem Gewissen behaupten, dass nicht ich die Beziehung der beiden zerstört habe – das hat Edward schon ganz allein geschafft. Nachdem Liz rechtmäßige Besitzerin von Wildfire geworden war, gab sie der FEI einen anonymen Tipp, aber Edward an den Karren zu fahren war nicht so einfach, wie wir alle gedacht hatten. Die Organisation hat lange gezögert, Edward ohne einen handfesten Beweis offiziell anzuklagen; schließlich handelte es sich um einen der besten irischen Springreiter, und vermutlich befürchtete man, dass dadurch das Ansehen des gesamten Springsports Schaden nehmen würde. Aber Liz hatte Zweifel gesät, und nach einer langen Phase der Unentschlossenheit wurden Edwards Pferde schließlich alle getestet. Doch obwohl er tatsächlich überführt wurde, folgten noch viele Monate mit Prozessen und Berufungen, denn Edward kämpfte um jeden Meter Boden. Erst jetzt, fast ein Jahr später, scheint er endlich den Preis für seinen Betrug zahlen zu müssen.

»Er hat es sich selbst zuzuschreiben«, sage ich.

Tatsächlich hatte ich keinerlei Mitleid mit ihm, als ich von der Sperre hörte. Er ist ein Lügner und Betrüger und hat bekommen, was er verdient. Ich bin wirklich sehr erleichtert darüber, dass Liz das auch so sieht. »Und wir haben einen starken Konkurrenten weniger.«

»Ja, das ist wahr«, erwidert Liz lächelnd, aber man merkt ihr an, dass sie nicht weiter darüber reden möchte. »Du solltest jetzt besser gehen, sonst kommst du noch zu spät.«

Ich küsse sie und stehe auf. »Ich hole dich um sieben ab. Ich habe uns einen Tisch in der Stadt reserviert.«

»Oh, sehr schick. Bis nachher.«

Als ich zu meinem Wagen gehe, um mich auf den Weg nach Wexford zu machen, denke ich an das vergangene Jahr zurück. Ich könnte natürlich behaupten, dass zwischen Liz und mir seit Dublin nur eitel Sonnenschein herrscht, aber das wäre gelogen. Zwar mussten wir uns seitdem nicht mehr mit derart grundlegenden Themen auseinandersetzen, aber wir streiten uns dennoch ab und an. Nichtsdestoweniger bin ich mit ihr glücklicher und zufriedener, als ich es je gewesen bin. Keiner von uns nimmt ein Blatt vor den Mund, weswegen wir uns manchmal ankeifen wie ein altes Ehepaar, aber es bedeutet auch, dass sie mir niemals etwas vormacht und ich immer weiß, woran ich bin.

Nach der *Dublin Horse Show* fuhr ich mit Liz zu meinen Eltern. Mein Dad grinste breit, und ich wusste, er würde mich aufziehen, sobald wir allein waren. Meine Mum war ziemlich zurückhaltend, aber das hatte ich schon erwartet. Liz kommt aus einem ganz anderen Elternhaus als ich, und manchmal fürchte ich, dass die Leute vor allem nur ihr Geld sehen. Aber Liz gelang es recht schnell, meine Mum zu bezaubern.

Mit Ann dagegen war es quasi Liebe auf den ersten Blick, was ich überhaupt nicht erwartet hatte. Im Gegenteil – ich hatte eher die Sorge, dass Ann sie nicht ausstehen könnte, aber gegen Ende des Abends bei meinen Eltern waren die zwei nahezu unzertrennlich. Sie verabredeten sich direkt zum Shoppen und telefonieren seitdem mindestens einmal pro Woche miteinander.

Liz und ich wissen beide, dass wir in unserer Beziehung noch viel zu lernen haben. Manchmal ist es furchtbar frustrierend, aber wenn alles läuft, ist es die Mühe mehr als wert. Von ihrem Vater sieht sie nach wie vor nicht besonders viel – die Arbeit scheint immer vorzugehen –, doch mit ihrer Mutter wird es immer besser. Manchmal kann sich Barbara zwar eine beißende Bemerkung nicht verkneifen, aber man spürt, dass sie sich wirklich bemüht und viel stärker darauf achtet, was sie sagt. Ich weiß, dass es Barbara lieber wäre, wenn Liz keinen Reiter zum Freund hätte, doch wir nähern uns langsam, aber sicher einander an, und ich glaube, dass sie mich eigentlich mag. Ich brauche nur noch ein bisschen Zeit, um ihr zu beweisen, dass ich der richtige Mann für Liz bin.

Als ich über den Hof an Shanes Reitplatz vorbeifahre, entdecke ich Linda, die dort mit ihrem Pferd arbeitet. Vergangene Woche hat sie die Scheidung eingereicht. Ich weiß nicht, wie es letztendlich herausgekommen ist, aber anscheinend hat es praktisch jeder gewusst. Es gehen verschiedene Gerüchte um, warum es zur Trennung kam: Die einen sagen, sie habe Roger im Bett mit einer Zwanzigjährigen erwischt, andere behaupten, sie habe gesehen, wie er in aller Öffentlichkeit eine Kollegin geküsst hat, und ich würde Linda niemals danach fragen, aber fest steht wohl, dass er sie betrogen hat und ihre Ehe endgültig vorbei ist. Die letzten Tage war Linda jeden Abend nach der Arbeit hier bei ihrem Pferd; vermutlich will sie einfach nicht nach Hause gehen. Roger dagegen hat sich gar nicht mehr blicken lassen, und man munkelt, dass er sein Pferd verkaufen will.

Ich beobachte Linda eine Weile und frage mich nicht zum ersten Mal, ob ich damals etwas hätte sagen sollen. Hätte es irgendetwas geändert? Ich weiß es nicht. Aber ich bin froh, dass das Ende ihrer Ehe sie offenbar nicht allzu sehr aus der Bahn geworfen hat. Sie ist noch immer der gutherzige, fröhliche Mensch, den ich seit Jahren kenne, und Roger ist einfach ein Mistkerl. Manchmal wünsche ich mir, dass er doch noch einmal auf dem Hof auftaucht, damit ich ihm den Kinnhaken verpassen kann, den er unbedingt verdient hat.

Ich schaffe es tatsächlich noch rechtzeitig nach Wexford, und als ich ankomme, winkt Billy mich auf einen Reitplatz. Billy sieht in seinem weißen Leinenhemd und der *Ray-Ban*-Sonnenbrille wie immer ziemlich geschniegelt aus, und ich gebe ihm höflich die Hand, doch meine Aufmerksamkeit wird fast augenblicklich von einem riesigen schwarzen Hengst gefesselt, der auf dem Platz steht. Der Pfleger, der ihn hält, hat zahlreiche kleine Wunden und blaue Flecken, und ich frage mich unwillkürlich, woher sie kommen.

»Also, darf ich vorstellen: Das ist Satan«, sagt Billy aufgeregt.

»Das ist ja ein Monster.«

»Er hat ein Stockmaß von eins fünfundsiebzig, ist aber ein absoluter Gentleman«, sagt der Stallbursche und tätschelt seinen Hals.

»Und wie ist er dann zu seinem Namen gekommen?«, frage ich. Der Gedanke, mich auf ihn zu setzen, erfüllt mich mit Schrecken.

»Ach, das war bloß ein Witz«, versichert Billy mir. »Was ist – bereit zu einem Proberitt?« Er meint es anscheinend ernst, also nähere ich mich dem schwarzen Ungeheuer.

Normalerweise schaffe ich es problemlos auf jedes Pferd, aber Satan ist so groß, dass ich einen Tritt zum Aufsteigen brauche. Doch einmal oben, stelle ich angenehm überrascht fest, dass er tatsächlich ein Gentleman ist. Sein Trab ist federleicht und sein Maul weich wie Watte. Ich bitte Billy, ein Hindernis aufzubauen, und Satan überwindet es so locker, als würde er über eine Stange am Boden traben. Billy legt das Hindernis höher und höher bis auf wuchtige ein Meter sechzig, aber Satan springt darüber, als wäre es nichts.

»Er ist großartig!«

»Nicht wahr?«, sagt Billy selbstzufrieden. Er ist sichtlich stolz, dass er ihn entdeckt hat.

»Gott, man sollte sich wirklich nicht vom Äußeren leiten lassen. Der Bursche ist ja sanft wie ein Lämmchen.«

»Und vielleicht ist er gut genug, dass du ihn nächstes Jahr bei der *Dublin Horse Show* reiten kannst.«

»Könnte sein. Taidgh hat immer schon Außenseiter geliebt.« Auch ich kann meine Begeisterung nicht mehr verbergen.

»Wir sollten heute Abend mit seinem Besitzer essen gehen und ihn ein bisschen abfüllen, bevor wir ihm ein Angebot machen«, schlägt Billy vor.

»Gute Idee, aber heute kann ich nicht. Wie wär's mit morgen?«

»Komm schon, Matt, das hier ist wichtig. Ich möchte den Kauf möglichst schnell unter Dach und Fach bringen, ehe noch ein anderer bemerkt, was in ihm steckt.«

»Du hast recht, aber heute Abend geht es wirklich nicht. Ich will meiner Freundin einen Antrag machen.«

Auf Billys Gesicht erscheint ein breites Lächeln. »Ernsthaft?«

Ich nicke und freue mich, dass ich es ausgesprochen habe. Ich habe noch niemandem von meinem Vorhaben erzählt, nicht einmal Nick. »Ja«, antworte ich glücklich.

»Und du denkst, dass sie ja sagt?«, neckt Billy mich.

Ich grinse. »Keine Ahnung … aber was wäre das Leben, wenn man nicht hin und wieder etwas wagt?«

Dank

Vor allem möchte ich meiner Agentin und Freundin Marianne Gunn O'Connor danken. Sie ist ein unglaublich inspirierender und lieber Mensch, und ohne sie wäre diese Geschichte niemals erzählt worden. Vielen Dank, dass du immer an mich geglaubt hast.

Außerdem danke ich den Leuten von Transworld Publishers, vor allem Cat Cobain, Sophie Wilson und Harriet Bourton. Sie haben so viel zur Entwicklung dieser Geschichte beigetragen, und es war großartig, mit ihnen zu arbeiten.

Meine Familie hat mich von Anfang an in meinem Wunsch zu schreiben bestärkt und unterstützt, und ich bin ungeheuer froh, dass es sie gibt. Ein besonderer Dank geht an meine große Schwester Lucy, meine Verbündete in der irischen Springreiterszene. Ohne meine Familie hätte ich viele großartige Erfahrungen gar nicht erst machen können.

Ich möchte mich auch besonders bei meinen Freundinnen Miriam, Aoife und Feidhlim bedanken, die immer ein offenes Ohr für mich hatten, egal, ob die Dinge nun gut liefen oder eben nicht. Ihre Ideen und Tipps bei dem Entwurf dieser Geschichte waren für mich von unschätzbarem Wert. Ich bin euch allen jede Menge Drinks schuldig.

Zum Schluss noch ein Riesendankeschön an die *Showjumping Association Ireland,* das *Cavan Equestrian Centre*, das *CoilÓg Equestrian Centre*, die *Millstreet Horse Show*, die *Dublin Horse Show* und die vielen anderen Reitsport-Einrichtungen Irlands. Das Springreiten ist ein großer und aufregender Bestandteil meines Lebens, und ich freue mich sehr, dass ich diese spannende Welt so vielen Menschen nahebringen darf.

Mhairi McFarlane

Vielleicht mag ich dich morgen

Roman

Wiedersehen macht nicht immer Freude. Schon gar nicht Anna, die nach 16 Jahren beim Klassentreffen mit genau jenem Typen konfrontiert wird, der ihr damals den Schulalltag zur Hölle machte. Damals, als sie noch die ängstliche, pummelige und so gern gehänselte Aureliana war. Wie wenig sie heute als schöne und begehrenswerte Frau mit dem Mädchen von einst gemein hat, wird klar, als James sie nicht erkennt. Er ist fasziniert von der schönen Unbekannten. Anna kann es kaum glauben und wittert ihre Chance: Endlich kann sie ihm alles heimzahlen. Beide ahnen nicht, wie sehr sie das Leben des anderen noch verändern werden. Nicht heute. Aber vielleicht morgen.

»Eine schöne Liebesgeschichte, absolut keine Schnulze.«
Neue Presse

»Eine warmherzige Mischung aus Romantik und Verwirrspiel, perfekt für ein gemütliches Wochenende.«
Petra

KNAUR